Le strade
394

I edizione: giugno 2019

Via Isonzo 42, Roma

Titolo originale: *The Changeling*
Traduzione dall'inglese di Sabina Terziani

ISBN: 978-88-9325-327-7

www.fazieditore.it

Victor LaValle

Favola di New York

traduzione di Sabina Terziani

Fazi Editore

A Emily, Geronimo e Delilah.
La mia grandissima squadra.

«Quando credi in cose che non capisci,
allora soffri».

STEVIE WONDER, *Superstition*

1
PRIMA VIENE L'AMORE

1

Questa storia comincia a New York nel 1968, durante uno sciopero della nettezza urbana. Nel febbraio di quell'anno i netturbini si rifiutarono di raccogliere la spazzatura per ben otto giorni di fila. I marciapiedi erano ingombri di centomila tonnellate di immondizia che invadevano anche la strada. La mattina i ratti facevano jogging insieme alla gente; i fumi della spazzatura incendiata arroventavano l'aria. I cinque *boroughs* erano dati per spacciati. Eppure l'aria doveva per forza essere pervasa anche da una certa folle magia se Lillian e Brian si incontrarono proprio in quella settimana di sciopero. Venivano entrambi da paesi remoti e si erano ritrovati nel Queens. Nessuno dei due immaginava che innamorarsi avrebbe scatenato un tale scompiglio.

Lillian Kagwa era emigrata dall'Uganda, Brian West veniva da Syracuse, un distretto alieno quasi quanto l'Africa orientale. La figlia delle terre africane e il nativo dei territori a nord di New York si incontrarono in un'agenzia per modelle di infimo livello sul Northern Boulevard, e nessuno dei due era un cliente.

Quella settimana Lillian fu assunta come segretaria dall'agenzia. Accoglieva i clienti alla reception. I passanti, carichi di spazzatura vecchia di giorni, la guardavano dalla vetrina, ed era uno spettacolo gradevole. Brian, un agente di custodia, capitava ogni tanto in agenzia per controllare il fondatore, il quale aveva passato quattro anni in prigione per truffa, ma non era ancora tornato sulla retta via. Quella settimana, però, Brian non si concentrò tanto su Pavel Aresenyev, quanto sulla nuova segretaria, la ragazza che lo salutava ogni volta che entrava. Vederla era come trovare una rosa in mezzo a una discarica. Nell'arco di sette giorni Brian fece ben quattro visite all'agenzia.

Nonostante l'attrazione immediata per Lillian, Brian continuava a pronunciarne il cognome nel modo sbagliato, mentre lei lo confondeva con altri uomini bianchi. Quando si dice la forza del destino. Eppure Brian West – basso, tarchiato, ostinato – non mollava. E nei giorni in cui non passava a trovarla, Lillian scoprì con grande sorpresa che lui le mancava.

Lillian Kagwa veniva da Jinja, la seconda città dell'Uganda. Aveva vissuto il processo di decolonizzazione dalla Gran Bretagna e gli anni della presidenza Obote. Milton Obote si avvaleva dell'esercito e della polizia segreta, la General Service Unit, per sottomettere il paese e diffondere il male, proprio come avevano fatto gli inglesi anni prima.

Nel 1967 Lillian e tre cugini, diretti a Kampala, furono fermati da tre uomini che sostenevano di appartenere alla GSU. I quattro viaggiatori aspettarono in silenzio che gli agenti controllassero i documenti. Gli uomini ordinarono all'unico maschio, il cugino Arthur, di scendere dall'auto e aprire il portabagagli. Arthur non voleva lasciare sole Lillian e le sue sorelle; vedendolo esitare, un agente gli sparò nella pancia dal finestrino aperto.

Per qualche istante le ragazze furono assordate e accecate dallo sparo; ma Lillian si accorse comunque che la mano dell'agente che aveva fatto fuoco si stava muovendo all'interno dell'abitacolo per cercare le chiavi. Quegli uomini non avevano intenzione di lasciarle in pace. Lillian, che era alla guida, accese il motore e ripartì all'istante, prima di aver ritrovato l'uso dell'udito e della vista. Fece i primi metri sbandando da una corsia all'altra come se fosse ubriaca. Gli agenti spararono, ma non poterono inseguirle perché la loro auto di servizio aveva finito la benzina: avevano istituito il posto di controllo proprio per rubare un veicolo. Ora avrebbero dovuto aspettare che ne passasse un altro.

Arrivò a Kampala in mezz'ora, con l'acceleratore a tavoletta, ma Arthur era già morto da un pezzo. Un evento come quello non faceva notizia in un paese che andava disintegrandosi nel caos. Lillian Kagwa non ne poteva più: un anno dopo riuscì a procurarsi un visto per gli Stati Uniti.

Arrivò a New York nel 1968. Aveva venticinque anni, non conosceva nessuno ma parlava un inglese perfetto, che aveva imparato dai colonizzatori. Questo rese più facile il periodo di transizione. Aresenyev l'aveva assunta in agenzia proprio perché parlava un inglese di gran lunga migliore del suo. Grazie a lei quell'attività commerciale sembrava una cosa seria e legittima, benché Brian West ci avesse visto giusto: si trattava di una truffa bella e buona. Ma Lillian aveva accettato quel lavoro senza saperlo; sapeva soltanto che le offrivano uno stipendio che era il doppio del minimo sindacale, tre dollari l'ora. E poi, cos'era mai uno sciopero dei netturbini a confronto di un omicidio di Stato? In Uganda non c'era lavoro di nessun tipo; per lei quell'ingaggio era prezioso.

L'agenzia si chiamava Glamour Time e operava al primo piano di un ufficio senza finestre vicino a Queensboro Plaza. Tutt'altro che il cuore pulsante della fashion industry, ma abbastanza centrale da riuscire a intercettare le aspiranti modelle della classe operaia del Queens. Per affiliarsi all'agenzia le candidate dovevano solo fornire una fototessera. Guarda caso, Aresenyev aveva uno studio fotografico proprio all'interno dell'agenzia e le foto le scattava lui, dietro compenso. A certe ragazze proponeva sedute fotografiche dopo l'orario di chiusura, lui e loro da soli. Le strade di New York straripavano di spazzatura abbandonata, ma la puzza che si sentiva da Glamour Time era altrettanto pungente: l'unico aspetto onesto di quell'attività commerciale era la donna africana che rispondeva al telefono in reception.

L'attività di Aresenyev avrebbe potuto girare senza intoppi per un bel po', continuando per anni a intercettare ragazze speranzose, non fosse stato per quel maledetto agente di custodia che aveva piantato le tende nella reception. Come si fa a gestire una truffa degna di questo nome se ti ritrovi un poliziotto tra i piedi un giorno sì e uno no? Brian West nuoceva agli affari. E pure Lillian Kagwa nuoceva agli affari, se quel poliziotto stravedeva per lei. Quindi la licenziò. Non fu una mossa delle più furbe, ma Aresenyev non era un uomo intelligente. Brian, l'ispettore Javert di Onondaga County, si mise a dare la caccia a Pavel, e stavolta faceva sul serio. Far pagare le fototessere non era illegale, ma gestire uno studio fotografico senza licenza costituiva una violazione della libertà vigilata, perciò Pavel Aresenyev tornò in carcere; Brian West si prese un encomio; Lillian Kagwa si mise a cercare un altro lavoro.

Lo trovò come segretaria amministrativa in un ufficio legale di midtown Manhattan. Lo stipendio era inferiore. Si trasferì in un appartamento più piccolo. Interruppe ogni contatto con Brian. Lui le era costato un buon impiego, per non parlare della mezz'ora in più di tragitto in treno per midtown, perciò non voleva nemmeno sentir parlare di una serata ristorante-cinema con Brian. Comunque lei era giovane, e quella era New York, una città dove ci si divertiva molto più che a Jinja. Si erano incontrati nel 1968, ma uscirono insieme per un vero appuntamento solo otto anni dopo.

Brian West si mantenne a una distanza rispettosa, aiutato anche dall'estensione del *borough* che li separava. Affittò un appartamento a Staten Island e ci si ambientò pure bene, ma non riusciva a smettere di pensare a lei. Perché? Che cos'aveva quella Lillian? Non se lo spiegava. Era come se gli avesse fatto un incantesimo.

Brian West era l'unico figlio di una coppia di alcolizzati per nulla romantici. A dodici anni tirava su uno stipendio vendendo caramelle all'Elmwood Theatre. Un giorno fece l'errore di mostrare a suo padre, Frank, i soldi che aveva guadagnato, aspettandosi una pacca sulla spalla e bei complimenti; invece subì un furto con aggressione in soggiorno. Con quei soldi suo padre ci comprò una cassa di birra Genesee, e se la scolò tutta la sera stessa insieme alla mamma. Una famiglia così o ti distrugge o ti rende più forte; forse fa entrambe le cose. A paragone di un padre che prima ti gonfia di botte e poi ti ruba il primo stipendio, cosa sarà mai dover aspettare il perdono di una donna?

Verso la fine del 1976, Brian West e Lillian Kagwa uscirono insieme. Si erano incontrati venticinquenni durante lo sciopero degli spazzini, ora di anni ne avevano trentatré. Nel frattempo Lillian aveva conosciuto molti uomini, e Brian non sfigurava affatto a confronto. Era un gran lavoratore, non beveva, metteva i soldi da parte e pagava tutti i debiti. Incredibile come lei apprezzasse quelle qualità, adesso. L'unico intoppo fu quando a cena Brian disse di volere dei figli, quanto desiderava essere marito e padre, e lei gli fece notare delicatamente che quello era soltanto il loro primo appuntamento. Potevano almeno aspettare la fine del film per organizzare il matrimonio? Va detto, a onore di Brian, che non reagì da uomo ferito o con rabbia, ma scoppiò a ridere. Non lo sapeva, ma fu proprio in quel momento che Lillian si innamorò di lui.

La portò a vedere *Rocky*, un film che lei non avrebbe mai scelto, ma che verso metà cominciò a piacerle, tanto che si riconobbe persino nella storia. Parlava di uno strenuo sognatore, quel film. Dopotutto non era anche lei una sognatrice? Se non altro le piaceva pensarlo. Forse proprio per questo Brian l'aveva portata a vederlo, per mostrarle qualcosa di lui che non sarebbe mai riuscito a esprimere a parole. Le aveva raccontato di quando suo padre l'aveva derubato, lei gli aveva detto del cugino Arthur a cui avevano sparato nella pancia; e ora erano seduti al buio, in un cinema di Times Square, a New York. Insieme. Due sopravvissuti. La situazione, loro due, tutto sembrava così improbabile, bizzarro come una favola. Nel buio lei gli stringeva la mano. Sarebbero trascorse tre ore prima che facessero sesso, ma possiamo dire che il loro primo figlio – l'unico, in verità – fu concepito proprio nella penombra del cinema. Un pensiero, un'idea, un sogno condiviso; essere genitori è una storia che si comincia a raccontare in due.

Ad aprile 1977 già si vedeva che era incinta. Brian trovò un appartamento con due camere da letto a Jackson Heights. Il bimbo nacque a settembre. Brian pensò che il nome Rocky sarebbe suonato assai strano per un bimbo meticcio, perciò lo chiamarono Apollo. Al neo papà piaceva tenerlo in braccio sussurrandogli dolcemente: «Tu sei il dio Apollo. Buona notte mio piccolo sole». E dunque vissero felici e contenti. Perlomeno per qualche anno.

Quando Apollo compì quattro anni, Brian se n'era già andato.

Non era scappato con un'altra donna, né era tornato a

vivere a Syracuse. Era come se fosse svanito nel nulla, cancellato dall'esistenza. Impossibile trovarlo: non aveva lasciato tracce, briciole o ricevute della carta di credito. Era scomparso. Dissolto. Svanito.

Alla nascita di Apollo, Brian e Lillian avevano creduto che la storia fosse finita, ma si sbagliavano. Il bello doveva ancora venire. Lo scompiglio era appena iniziato.

2

Subito dopo la scomparsa di Brian, il bimbo cominciò a fare un sogno ricorrente. Siccome aveva solo quattro anni, Lillian non riusciva a capire gran parte dei dettagli. Era più che altro il balbettio precipitoso di un bambino impaurito, ma la madre riuscì comunque a ricavarne un racconto intellegibile. C'era un uomo alla porta di casa. Apollo gli apriva e lui entrava con prepotenza. Si inginocchiava davanti al bambino. Aveva un volto, e se lo toglieva. Il volto che c'era sotto era quello del papà. Brian West apriva la bocca e ne usciva una nube densa. Una nebbia che si spandeva dalla gola del papà e che faceva piangere Apollo. La nebbia invadeva l'appartamento finché non si vedeva più nulla. Poi il papà lo prendeva in braccio. C'era un rumore di acqua corrente, forte come una cascata, per tutto l'appartamento. Suo padre lo teneva in braccio e lo portava verso l'origine del rumore. Infine gli parlava. Apollo si svegliava urlando.

Quell'incubo tornò tutte le notti per settimane. Diventò talmente regolare che rovinò la loro vita quotidiana. Apollo non voleva più andare a dormire, e Lillian non chiudeva occhio perché sapeva che a un certo punto il suo bambino si sarebbe messo a urlare.

Tu vieni con me.

Ecco cosa diceva Brian nel sogno.

Cercando di consolarlo, Lillian chiese al figlio perché quelle parole l'avessero svegliato causandogli così tanta paura. La risposta la trafisse come una pugnalata: Apollo non gridava per la paura, ma per il desiderio di stare con il papà.

«Perché non mi ha portato con lui?».

Alla fine l'incubo non si presentò più; perlomeno Apollo smise di parlarne. La vita si assestò su una nuova normalità: quella di una madre single che lavora a tempo pieno e tira su un figlio, una vita faticosa ma anche gratificante. Si mise a studiare per diventare segretaria di uno studio legale: il sabato seguiva un corso di formazione in ricerche giuridiche, dettatura e stenografia. Apollo diventò un ragazzino studioso, introverso e guardingo.

Si barcamenarono così per altri otto anni. Apollo compì dodici anni. A quel punto non parlavano più di Brian West e neppure si aspettavano che fosse un argomento di conversazione per il resto della loro vita, ma improvvisamente, un pomeriggio, Apollo ricevette un messaggio da quell'uomo. Era un regalo.

3

Era l'autunno del 1989. Apollo Kagwa frequentava le medie alla Rachel Carson Intermediate di Flushing. Siccome Brian non c'era più, Lillian si riprese il cognome da nubile e lo attribuì al figlio, che divenne un Kagwa anche all'anagrafe. Il cognome West scomparve completamente dalla loro vita.

Persino un ragazzo introverso e guardingo finisce per trovare dei compagni, e Apollo aveva due amici del cuore e ottimi voti in Storia americana con il professor Perrault. Lillian aveva terminato con successo il corso di segretaria legale e ora lavorava in uno studio di avvocati a midtown Manhattan. Era salita di grado, ma anche il carico di lavoro era aumentato, per cui a volte rientrava alle otto di sera. Apollo era un figlio che restava a casa da solo, parte di un fenomeno di cui gli adulti parlavano con rammarico nei talk show, rimproverando le madri lavoratrici per i danni che causavano alla prole indifesa onde guadagnarsi di che vivere.

Apollo aveva trascorso quel pomeriggio come un qualsiasi ragazzino che non ha fretta di tornare a casa. Prima era passato dal diner, dove aveva giocato a Galaga, privandosi di qualche moneta da venticinque centesimi, poi dal negozietto all'angolo, dove si era rifornito di aranciata e patatine, infine aveva fatto una capatina in Colden Street dove avevano improvvisato una partita a baseball. Era rimasto a giocare per un'oretta o forse tre, poi era rientrato. Per dirla tutta erano due giorni che non faceva una doccia, e giocando aveva sudato parecchio, tanto che non poteva più fare finta di non puzzare. Aprì la doccia e cominciò a spogliarsi. All'altro capo dell'appartamento qualcuno bussò energicamente alla porta. Provò a ignorare il rumore – forse era un vicino che cercava la mamma – ma i colpi diventarono più forti. L'acqua bollente riempì tutto di vapore. Quando Apollo uscì dal bagno era come se spuntasse da una nuvola.

Arrivato a metà strada sentì un brivido alla nuca. Continuavano a bussare e il vapore aveva invaso il corridoio come se lo seguisse: ebbe le vertigini. Senza saperlo era entrato nel sogno di qualcuno. Il suo. Fu come una scossa elettrica. Quel sogno l'aveva fatto un milione di volte, da piccolo. Quanti anni aveva? Tre? Quattro? C'era qualcuno che bussava alla porta, il rumore dell'acqua che scorreva, l'appartamento avvolto nella nebbia e...

Corse alla porta. La persona che bussava smise di colpo.

«Aspettami», sussurrò. Si sentì stupido, ancora di più a ripeterlo.

Oltre la porta non c'era suo padre. Oltre la porta non c'era suo padre. Oltre la porta non.

Eppure sbloccò i chiavistelli. Si sentì rimpicciolire. Come aveva fatto ad aprire la porta nel sogno? Era un bambino piccolo, come aveva fatto a raggiungere la serratura in alto? Nei sogni tutto è possibile, ma adesso cos'era accaduto? Si era addormentato nella vasca e chissà quale casuale impulso elettrico nel cervello aveva riportato alla luce quella fantasia. Decise di non curarsene. Sapere di trovarsi in un sogno dà una certa libertà. Magari avrebbe aperto la porta per vedere che faccia avesse suo padre, per ricordarne i tratti del viso. Li aveva dimenticati. Aprì la porta, ma suo padre non c'era.

C'era una scatola sulla soglia.

Si sporse per cogliere un'ombra del padre onirico, magari in fondo al corridoio, ma non c'era più nessuno. Guardò la scatola di cartone spesso, con una scritta a pennarello sul coperchio.

«IMPROBABILIA».

Piegò un ginocchio e prese la scatola – non era pesante – per portarla in casa. Il contenuto slittava e sbatteva contro le pareti di cartone. Si mise a sedere sul tappeto in soggiorno. Alzò il coperchio.

4

«Quella scatola era di tuo padre», disse Lillian.

Il sole era tramontato e sua madre era tornata a casa, ma Apollo non si era accorto di nulla. Fu la carezza sulla nuca a riportarlo alla consapevolezza del momento. Lillian lasciò cadere la borsa e si accovacciò accanto a lui.

«Dove hai trovato questa roba?».

«Qualcuno l'ha lasciata davanti alla porta».

Apollo aveva sparso il contenuto sul tappeto. Un paio di biglietti del cinema strappati, la foto ritratto di una giovane donna bianca, un contratto di affitto per un appartamento a Jackson Heights, la ricevuta del pernottamento in un hotel sulla Ninth Avenue proprio accanto a Times Square, un mazzetto di scontrini di cibo da asporto, il certificato di matrimonio tra Brian West e Lillian Kagwa, un libro per bambini.

«Ma di che stai parlando?», mormorò Lillian, passando in rassegna la raccolta di oggetti. «Oddio», disse in un soffio.

Apollo si voltò verso di lei, che si rialzò e fece un passo indietro per ritrovare l'equilibrio. «Dimmi la verità. Hai trovato queste cose nel mio armadio? Hai frugato tra le mie cose?».

Apollo indicò la porta di casa. «C'era qualcuno che non smetteva più di bussare. Ho creduto che…». Rimase in silenzio per un momento. «Non sapevo chi era. Stavo per farmi una doccia».

In quell'istante si rese conto del rumore dell'acqua che scorreva. Balzò in piedi e corse in bagno. Il tubo di scarico non funzionava bene, perciò l'acqua aveva riempito la vasca ed era traboccata sul pavimento.

«Apollo!». Lillian vide il disastro. Scansò il figlio e si precipitò a chiudere il rubinetto. Prese degli asciugamani dallo scaffale e li gettò a terra. «Devo scendere a controllare che Mrs Ortiz non abbia infiltrazioni dal soffitto».

Nonostante l'impossibile presenza di quella scatola, scelse di affrontare per prime le preoccupazioni pratiche di qualsiasi genitore. Per esempio: controllare che quello sbadato di suo figlio non abbia causato un danno grave nell'appartamento della gentile, anziana signora che gli faceva da babysitter quando era piccolo. E poi: quanto sarebbe costato far riparare il danno?

Uscì dal bagno e Apollo la seguì. La scatola e il suo contenuto erano ancora sul tappeto. Rapidamente si chinò per prendere un foglio e uscì dall'appartamento. Apollo tornò in soggiorno. Lillian aveva preso la ricevuta dell'hotel di Times Square. Pensò che così stava nascondendo qualcosa a suo figlio, ma in realtà nel tempo in cui era rimasto seduto sul tappeto aveva memorizzato praticamente tutto e tentato di collegare quei dati a ciò che già sapeva sui suoi genitori. L'unica cosa di cui non era completamente sicuro gliel'aveva confermata lei stessa.

Com'era possibile che un uomo che teneva così tanto a questi oggetti abbandonasse la moglie e il figlio? E come aveva fatto quella massa di prove a finire davanti alla porta di casa sua? Guardò di nuovo il coperchio, con quella parola, *Improbabilia*, tracciata sopra.

Sua madre doveva spiegargli il significato di gran parte di quegli oggetti, ma ce n'era uno che non era difficile da capire: il libro di Maurice Sendak, *Outside Over There*. Lo aprì, sperando di trovare un'annotazione, una dedica del papà al suo bambino, una traccia minima della calligrafia di suo padre. Non trovò nulla, solo pagine consumate da ripetute letture, con l'angolo in alto leggermente macchiato, il dorso screpolato. Non si trattava di un volume da collezione, bensì di un libro letto infinite volte. Immaginò Brian West – chissà se si era seduto sul divano lì in soggiorno – che leggeva ad alta voce per il figlio. Lesse la prima pagina ad alta voce.

«Quando papà era via per mare».

Sua madre non era una lettrice. Aveva tante buone qualità, ma le mancava l'amore per la lettura. Dopo una giornata di lavoro sfiancante, Lillian tornava a casa e le rimaneva soltanto l'energia sufficiente per guardare la TV con il figlio. Spesso si addormentava davanti allo schermo. A lui non dispiaceva. Appena sua madre era partita per il mondo dei sogni, le sfilava le scarpe, le toglieva la parrucca, spegneva la TV e andava in camera sua a leggere. Faceva così da quando aveva cominciato a parlare. Il libro che adesso teneva tra le mani gli permetteva di immaginare un passato in cui non era l'unico lettore in casa. Amava pensare di aver ereditato il piacere della lettura. Forse quel libro era il primo della lunga serie che suo padre voleva condividere con lui. Con il ritrovamento della scatola, la sua fame di libri si fece più intensa.

Apollo leggeva a letto, in bagno, nel parco. Mentre giocava a baseball come esterno destro aveva sempre in mano un tascabile. I libri li perdeva, ci versava sopra le bibite, lasciava impronte digitali di cioccolato sulle pagine. Persino i bibliotecari più comprensivi si videro costretti a fargli pagare i libri che dovevano sostituire. Perciò Lillian prese l'abitudine di portare a casa libri e riviste dallo studio legale: il «Reader's Digest», «People Magazine», «Consumer Reports» e «Bon Appétit». Lui li leggeva da cima a fondo e ne reclamava altri. Lillian aveva fatto amicizia con le segretarie degli altri piani e ne aveva convinte alcune ad abbonarsi a riviste diverse da quelle che aveva lei in ufficio. Dall'altra parte della strada c'era uno studio dentistico che in sala d'attesa teneva anche romanzi commerciali; Lillian convinse la receptionist a non buttarli via quando erano rovinati. Si trattava di romanzi rosa e thriller, soprattutto storie vere di omicidi, tutti libri che finivano in una busta di plastica senza una selezione preventiva e che dopo un tragitto sulla linea 7 approdavano in casa. Perciò Apollo, quando era ancora troppo piccolo per capirci qualcosa, lesse *Un estraneo al mio fianco* di Ann Rule, *L'ereditiera capricciosa* di Blanche Chenier e *Dragon* di Clive Cussler. Li lesse tutti, dalla prima all'ultima pagina. Per il tipo giusto di bambino la lettura selvaggia è una benedizione.

Ma Lillian non si rese pienamente conto del genere di bambino che aveva educato fino al giorno in cui Mrs Ortiz, la vicina del piano di sotto, venne a trovarla. Era un sabato d'inizio ottobre. Mrs Ortiz non cercava lei, bensì suo figlio. Pensò immediatamente che Apollo ne avesse combinata una delle sue, ma la vicina sventolò una banconota da un dollaro dicendo che Apollo le aveva promesso un numero di «People» con in copertina quell'amore di ragazza, Julia Roberts, e non gliel'aveva ancora portato. Lillian, confusa e sbigottita, impiegò qualche minuto a capire che suo figlio rivendeva le riviste e i libri che lei portava a casa. Le montò una rabbia tale che andò a cercare la rivista nel mucchio che Apollo teneva in camera e la regalò alla vicina. Le offrì pure un numero più recente con Barbara Bush in copertina, ma Mrs Ortiz non sapeva chi fosse.

Apollo rientrò verso sera. Per essere ottobre faceva relativamente caldo, con massime intorno ai 21 gradi, e Apollo passava i pomeriggi a Flushing Meadows giocando a touch football finché non rinfrescava. Si presentò tutto infangato ma raggiante. Lillian lo aspettava in cucina. Aveva passato il pomeriggio a riempire sacchi dell'immondizia di riviste e tascabili e li aveva sistemati sul tavolo al posto della cena. Prima che Apollo potesse aprire bocca, gli raccontò della visita di Mrs Ortiz.

«Mi sono sempre sbattuta a cercarti questa roba perché pensavo che la leggessi». Con un grugnito di fatica fece per alzare un sacco. «Se non li leggi possiamo pure buttarli nell'inceneritore».

Apollo aprì un sacco e guardò all'interno. «Li leggo. Leggo tutto, ma quando li finisco che ci devo fare?».

«Buttarli. Cos'altro vorresti farci?». Richiuse il sacco.

«Ma a Mrs Ortiz piace leggere "People"…».

«Quindi tu la fai pagare, povera vecchietta».

«Mi dà venticinque cent, in edicola la rivista costa un dollaro e novantacinque: per lei è un affare e non le importa se è roba vecchia di settimane. Che male c'è?».

Lillian fece per rispondergli, ma non le venne nulla di significativo da dire. Guardò i sacchi uno per uno. «Riesci a vendere tutto?».

«Quello che non riesco a vendere lo butto, ma nel vicinato faccio buoni affari».

«Hai solo dodici anni», disse Lillian sedendosi di peso. «Dove hai imparato a fare queste cose?».

Apollo rimase in silenzio per qualche istante. «Da te, mamma. Guardandoti», rispose con un sorriso.

«Che significa?».

«Sei una gran lavoratrice, mamma. Io lo vedo. Sono tuo figlio, ce l'ho nel sangue».

Lillian indicò la sedia accanto alla propria e Apollo si sedette. Lo fissò a lungo.

«Se vuoi gestire un commercio devi procurarti dei biglietti da visita, con nome e numero di telefono. Potremmo metterci il numero di casa. Te ne faccio stampare un po' in ufficio senza spendere niente».

Uscì dalla cucina e tornò con un foglio di carta bianco e una penna. Disegnò un grande rettangolo e ci scrisse dentro:

«APOLLO KAGWA
RIVISTE E LIBRI USATI».

cancellò con un tratto la seconda riga e scrisse:

«LIBRI E RIVISTE D'OCCASIONE».

Sulla riga sotto mise il numero di telefono.

Spostò la penna sulla parte alta del rettangolo e rimase con la punta ferma, a pensare.

«La tua ditta avrà bisogno di un nome». Aspettò che il figlio dicesse qualcosa.

Infine Apollo prese la penna e scrisse:

«IMPROBABILIA».

5

Se non fosse stato per un tizio di nome Carlton Lake, Apollo Kagwa sarebbe andato al college. Frequentava l'ultimo anno alla John Bowne High School, e i suoi voti erano assolutamente nella media. Tutte le sue pagelle fin dalla prima superiore erano una sfilza di B e C; fatto che stupiva alcuni insegnanti perché lo giudicavano sì un ragazzo intelligente e studioso, ma privo di entusiasmo per la scuola. E in effetti ad Apollo Kagwa interessava soltanto una cosa: fare affari.

Adesso aveva diciassette anni e *Improbabilia* era cresciuta fino a diventare un'impresa fiorente. A Manhattan, nel Queens e nel Bronx lo conoscevano tutti. Funzionava così: i librai di seconda mano ricevevano una telefonata da un collega che diceva di trovarsi nei paraggi e chiedeva se poteva passare in negozio per fare conoscenza. Certo, rispondevano, sconcertati dalla cortesia squisita di quei modi che sembravano usciti da un manuale di etichetta dei tempi andati. Di lì a poco si vedevano entrare in negozio un quindicenne nero dal passo pesante, con uno zaino stracarico che nemmeno un animale da soma. Il ragazzo, con un paio di occhiali dalle lenti grandi come parabrezza, si presentava come Apollo.

Entrava nel negozio e cercava di piazzare vecchie riviste malridotte come «The Connoisseur» e «Highlights».

E lo faceva con un misto di spirito imprenditoriale e ingenuità assoluta che non mancava mai di affascinare alcuni di quei vecchi librai, i quali finirono per riversare su di lui gli insegnamenti che tanto desiderava. Man mano gli spiegarono come si valuta un libro, come ci si destreggia nelle svendite e dove è meglio piazzare il banchetto ai mercatini dell'usato.

Altri librai erano molto meno disponibili. Quando Apollo mostrava loro la merce, lo accusavano di averla rubata. Per caso aveva sfondato una vetrina da qualche parte e arraffato quello che poteva? Alcuni di quei librai commerciavano nelle zone più prestigiose di Manhattan, e da loro si entrava solo suonando il campanello. In quel periodo Bernhard Goetz andava in giro a sparare ai ragazzini neri nella metropolitana, e c'erano parecchi bianchi che gli dicevano bravo. Qualsiasi ragazzino dalla pelle intensamente pigmentata era considerato un superpredatore, persino se portava gli occhiali e uno zaino pieno di libri. Ad Apollo capitava anche di aspettare un quarto d'ora davanti alla porta, mentre i commessi facevano finta di non vederlo.

A peggiorare la situazione arrivava puntuale la domanda: veramente faceva paura alla gente? Era davvero un mostro, e suo padre lo aveva abbandonato per quel motivo? In quei momenti il mondo intero sembrava avvalorare la sua mostruosità, e Apollo sentiva divampare dentro di sé quella convinzione. Se non stava attento, simili pensieri avrebbero finito per incenerirlo. Aveva perciò escogitato un mantra – forse le parole venivano da qualche antico ricordo – che gli permetteva di sopportare le umiliazioni e l'impatto esplosivo da supernova di tutto quell'odio per se stesso mentre stava ad aspettare sotto sguardi giudicanti. *Io sono il dio Apollo. Io sono il dio Apollo. Io sono il dio Apollo.* Lo salmodiava finché non si sentiva assolutamente divino; ma non gli garantiva l'accesso alla libreria.

Nel 1995, ultimo anno delle superiori, fu ammesso al Queens College. Quell'estate uno dei librai che lo aiutavano gli regalò, per festeggiare la maturità, *Confessioni di un archeologo letterario*, di tale Carlton Lake.

Lake racconta la sua vita di collezionista di libri rari e preziosi, manoscritti, spartiti, persino lettere dell'epoca napoleonica. Nella prima parte del libro spiega come gli è venuta la passione per i libri rari che in seguito ha reso famoso lui e la sua collezione. Era un lettore vorace e frequentava le librerie di seconda mano. Quando giunse il momento di mettersi a collezionare in modo serio libri che costavano più di mezzo dollaro, Lake poté avvalersi «della complicità di una nonna comprensiva»: in altre parole, sua nonna lo finanziò. In men che non si dica Carlton Lake si ritrovò ad ammassare poeti francesi del diciannovesimo secolo: Baudelaire, Verlaine, Rimbaud, Mallarmé. Ebbe ben presto un momento di «illuminazione», come lo definisce lui, durante un'asta a New York, quando si aggiudicò una copia di *Les Fleurs du mal* di Baudelaire in cui trovò le correzioni a margine dell'autore stesso. Fu quella scoperta a trasformarlo in un archeologo letterario; fu in quell'occasione che scoprì la sua vocazione. Era diventato un bibliofilo.

Non appena ebbe terminato di leggere questo aneddoto, Apollo Kagwa seppe che in autunno non sarebbe andato all'università. Non aveva una nonna che lo finanziasse, né conosceva ancora la differenza tra Baudelaire e Beatrix Potter, ma era sicuro di una cosa: si sentiva un bibliofilo. Se Carlton Lake ce l'aveva fatta, perché non avrebbe dovuto farcela anche lui? Il figlio di due appassionati sognatori era diventato come i genitori.

6

Il termine "svendita" avrà pure qualcosa di solenne, ma a volte per Apollo significava doversi fare una scarpinata fino a New Rochelle solo per guardare dentro un sacco dell'immondizia pieno di libri rovinati dall'acqua nello scantinato di una villetta vittoriana. Tuttavia, poteva pure capitargli di entrare in una casa a schiera a Sugar Hill e trovarci ben quattro scaffali di prime edizioni in condizioni perfette. Per lui la suspense e la sorpresa erano importanti quasi quanto il guadagno.

Aveva scoperto la sua vocazione precocemente, ma la grande rivelazione – il suo momento Baudelaire – gli giunse solo a trentaquattro anni. Era andato a vivere da solo a diciannove anni, in un monolocale a Jackson Heights talmente pieno di libri che c'era a malapena lo spazio per un letto singolo. La caccia ai libri lo portava costantemente in giro. A volte alzava lo sguardo da margini e frontespizi per osservare il paesaggio o per uscire con una ragazza, e trascorreva bei momenti, ma subito dopo tornava alla sua occupazione preferita.

Il grande giorno lo trovò nello scantinato di un condominio nel Bronx, circondato da quarantadue contenitori – tra le scatole di scarpe c'era pure una vecchia cassetta di plastica arancione sottratta a un supermercato – pieni di libri sulla magia e l'occultismo, alcuni dei quali rarissimi. Mr e Mrs D'Agostino erano morti a pochi mesi di distanza l'uno dall'altra lasciando ai quattro figli e undici nipoti una collezione di volumi che facevano venire la pelle d'oca. Dalle pagine di un grimorio saltò fuori una foto della strana coppia: somigliavano ai due vecchietti di *Up*, solo che questo Carl e questa Ellie Fredricksen avevano passato la vita ad accumulare libri sulla stregoneria. Il contrasto tra i sorrisi affabili della foto e il carattere ultraterreno della collezione era talmente forte che Apollo cercò in ogni modo di non mettersi a ridere di fronte alla famiglia.

Fece un'offerta bassissima e si aggiudicò i pezzi solo perché era il primo compratore che si fosse preso la briga di spingersi fin laggiù. Quel pomeriggio noleggiò un furgoncino e si portò via tutto. Impiegò una settimana a catalogare i volumi e a recuperare informazioni per ciascuno di essi. Sfogliandoli scoprì che c'erano annotazioni ai margini e che si trattava di due mani diverse.

Mentre esaminava una terza edizione in-folio di un libriccino dal gaio titolo *Witch Hunter Manual of the Blood Council*, gli scivolò tra le dita una cartolina indirizzata ai D'Agostino. Era una normalissima cartolina, neanche troppo ingiallita se si considerava che il timbro postale risaliva al 1945. Il mittente – dalla firma assolutamente chiara e leggibile – era Aleister Crowley. Con una rapida verifica online accertò che tale Crowley era stato un famoso occultista degli inizi del Novecento, noto come "l'uomo più cattivo della storia". Era stato accusato di satanismo. Faceva uso di droghe e conduceva una vita sessuale sregolata negli anni in cui tutto ciò era scandaloso e non un banale dettaglio da inserire sul proprio profilo social. Ozzy Osbourne aveva scritto una canzone su di lui nel 1981. Domenico ed Eliana D'Agostino avevano ricevuto una cartolina proprio da lui. Il testo recitava:

Alcuni uomini nascono sodomiti, altri raggiungono volontariamente tale stato, altri ancora lo subiscono.
Vi penso.

Be'... Niente male, no? I D'Agostino avevano ricevuto la certificazione di eccentricità dalla massima autorità nel campo.

Per Apollo quello era il miglior colpo di sempre, anche prima di scoprire la cartolina. Se fosse riuscito a farla autenticare, la sua scoperta sarebbe diventata qualcosa di leggendario. Carlton Lake aveva trovato le annotazioni di Baudelaire; Apollo Kagwa aveva messo le mani su una cartolina sconcia di Aleister Crowley. La rilesse e scoppiò a ridere. La prese e fece per mostrarla, ma a chi? Era solo. Aveva scoperto un tesoro e non aveva nessuno a cui dirlo. Con sua grande sorpresa un'emozione diversa lo travolse.

Apollo Kagwa si sentì maledettamente solo.

Diede un'altra occhiata ai libri che aveva acquistato; rilesse la cartolina. Sembrava proprio che Mr e Mrs D'Agostino ne avessero combinate di tutti i colori nel mondo dell'occulto. Le scritte ai margini, le calligrafie diverse, raccontavano come marito e moglie avessero passato anni a studiare quei volumi, a scambiarsi annotazioni, in una sorta di conversazione ininterrotta durata decenni. All'improvviso Apollo capì che quei libri rappresentavano molto di più che una giornata proficua: erano la prova di come due vite potessero intrecciarsi.

Così, alle tre di notte, nel suo monolocale, circondato da una folla di testi di occultismo, Apollo Kagwa, all'età di trentaquattro anni, si rese conto che la sveglia del suo orologio biologico stava suonando.

7

Apollo frequentava le liquidazioni delle biblioteche con minore regolarità rispetto agli svuota-cantine e alle librerie dell'usato, ma siccome quel giorno era dovuto andare a Washington Heights per uno svuota-cantina che si era rivelato infruttuoso, decise di fermarsi alla sede di Fort Washington della NYPL.

In genere le svendite delle biblioteche consistevano in un misto di vecchi volumi che la biblioteca di quartiere sperava di vendere piuttosto che mandare al macero, e di libri donati dagli utenti; certamente non materiale come quello dei D'Agostino. Potevi comprare a cinquanta centesimi e sperare di rivendere a cinque dollari, ed era quello il margine che decideva la sopravvivenza o il fallimento dei piccoli commercianti. Nulla di romantico; del resto la realtà non lo è quasi mai. In simili situazioni Apollo puntava alle edizioni a caratteri grandi di romanzi polizieschi che attraverso il suo sito rivendeva agli anziani, ai pensionati che preferivano ricevere i libri per posta. Quel tipo di commercio gli ricordava come aveva cominciato, quando vendeva vecchi numeri di «People» a Mrs Ortiz dell'interno C23.

La biblioteca di Fort Washington era un edificio di tre piani, ma la svendita avveniva nel seminterrato, in una stanzetta dietro la sala lettura. Una bibliotecaria si occupava da sola sia della svendita sia dei prestiti, e Apollo la trovò impegnata a scegliere libri illustrati – e dall'aspetto molto logoro – insieme a una madre con i due figli. La missione del bambino più piccolo sembrava scaraventare a terra un libro ogni tre, sotto lo sguardo indifferente – per istinto o per calcolo – della madre. Perciò alle due incombenze della bibliotecaria se ne aggiungeva una terza, quella di rimettere in ordine. Improvvisamente dalla sala lettura giunse una voce maschile a squarciare il silenzio.

«Ehi! Ehi! Ho un problema!».

La bibliotecaria corse al bancone, dove torreggiava una specie di gigante. L'uomo portava sulla schiena un vecchio zaino molto ingombrante e reggeva borse della spesa stracolme in entrambe le mani. Sembrava un animale da soma.

«È un disastro!», gridava. «Mi serve un bagno!».

La bibliotecaria lo circumnavigò e si posizionò dietro al bancone. Era esile di spalle e larga di fianchi, e l'uomo la sovrastava di un buon mezzo metro. Dal punto di osservazione di Apollo, la donna sembrava un elfo alle prese con un orco.

I presenti, perlopiù anziani, alzarono lo sguardo dai giornali e dalle riviste, per nulla intenzionati ad assumere un ruolo più attivo. Apollo si avvicinò. Dieci passi lo separavano dal prestare aiuto.

«Mi ascolti bene», disse la bibliotecaria. «Mi sente?», chiese con un sorriso, anche se l'intensità della voce e la postura suggerivano ben altra autorità.

«Certo, mica sono senza orecchie!», rispose l'uomo sporgendosi verso di lei come se volesse schiacciarla.

«Bene. Perché le orecchie ce le ho anch'io, sa?». Non cedeva di un millimetro. «Perciò, mi spiega perché urla così?».

L'uomo vacillò, come se di colpo le borse si fossero

fatte più pesanti. Forse era confuso: un personaggio di quella stazza non è abituato ai rimproveri; figurarsi quelli che giungono da una donna alta poco più di un metro e cinquanta.

La bibliotecaria aprì un cassetto e prese un righello di legno da cinquanta centimetri alla cui estremità era legata una chiave.

«Per darle la chiave ho bisogno di un documento d'identità».

Non aveva mai smesso di sorridere, ma adesso tutti – anche il gigante – avevano capito che con lei non si scherzava. Era sottile come un giunco ma forte come l'acciaio. Forse, minuta com'era, aveva imparato a imporsi già da bambina, per sopravvivere all'indifferenza e alla prepotenza. In ogni caso il suo atteggiamento fu efficace: tutti rimasero ammaliati.

«Non ho documenti», replicò l'uomo, ora in preda all'imbarazzo.

Con il righello la bibliotecaria indicò un punto accanto al bancone. «Lasci a me le borse. So che tornerà a prenderle».

Per reazione, l'uomo le strinse a sé, quasi fossero due smisurati portafogli. «Contengono dei segreti».

Lei annuì, aprì il cassetto, posò il righello, richiuse il cassetto e incrociò le braccia; poi inclinò la testa all'indietro e fissò l'uomo dritto negli occhi.

Apollo contò mentalmente fino a dieci. Le borse furono poggiate a terra. «Anche lo zaino?», chiese l'uomo, come ipnotizzato.

«Tutto».

Se in quel momento la bibliotecaria avesse fatto un cenno ad Apollo, anche lui le avrebbe consegnato la borsa che aveva con sé. Il gigante depositò lo zaino accanto alle borse; la donna aprì il cassetto e gli consegnò la chiave.

«Grazie», disse l'uomo con voce sommessa.

«Non c'è di che», rispose lei, sorridendo calorosamente.

Nella sala lettura tutti tesero le orecchie al rumore della chiave nella serratura, al cigolio della porta che si apriva e poi si chiudeva. Infine il silenzio fu percorso da un brivido, come se i presenti si fossero risvegliati da un sogno. Ma la bibliotecaria era ben sveglia e, superando Apollo, tornò prontamente alla madre con i bambini, che comprò quattro libri per un dollaro.

Sbrigata la questione, la bibliotecaria si rivolse ad Apollo, che era rimasto impietrito dalla meraviglia.

«Ha bisogno d'aiuto?».

Apollo indicò le borse, ammucchiate contro il bancone. «L'avrei aiutata io a gestire quel tizio». Lei guardò le borse, poi di nuovo lui. «Ma se l'è cavata da sola».

«È il mio lavoro».

La invitò a cena, e lei declinò educatamente mentre batteva lo scontrino per i tre libri che aveva scelto. Poiché la svendita era ogni venerdì, Apollo tornò la settimana dopo, e quella successiva. Infine gli disse come si chiamava. Emma Valentine.

Cinque mesi dopo il primo incontro accettò l'invito.

8

Per fare colpo portò Emma a mangiare sushi in un posto minuscolo in Thompson Street, dove si faceva la fila per entrare. In quella stagione – era autunno inoltrato – aspettare in strada era come stare dentro un frigorifero. Quando infine ottennero un tavolo avevano il gelo fin dentro le ossa e finirono una bottiglia di sakè caldo prima ancora che arrivasse il cibo.

Apprese che Emma era cresciuta in Virginia, in un paesino chiamato Boones Mill. Aveva una sorella, Kim, più grande di lei di undici anni. I genitori morirono quando aveva cinque anni. Non volle raccontare altro al riguardo.

Alla maggiore età, Kim divenne tutrice legale della sorella, trovò un lavoro e si dedicò a lei invece di studiare, rinunciando al posto offertole dal Jefferson College of Health Sciences di Roanoke. Aspettò che Emma finisse le superiori e che si iscrivesse all'UVA, poi entrò al Jefferson per studiare Scienze infermieristiche. I tre luoghi che avevano scandito la vita di Emma dopo la morte dei genitori erano la casa, la scuola e la South County Library di Roanoke, a venti minuti da casa.

«La mia bibliotecaria preferita era Ms Rook», disse Emma. «Si è presa cura di me quasi come mia sorella».

Erano a metà della cena e della seconda bottiglia di

sakè caldo, seduti uno di fronte all'altra, vicinissimi. Il locale era affollato, e nei loro andirivieni i camerieri urtavano Apollo di continuo, ma lui non ci faceva caso. Ascoltava Emma.

«La sera, se Kim tardava, Ms Rook mi teneva buona facendomi guardare un film, così poteva chiudere la biblioteca. Ho guardato tutti i film per bambini che avevano. Poi, un giorno, avevo dodici anni, ho scelto un film a caso, solo perché mi piaceva l'immagine sulla copertina: due guerrieri neri seminudi che brandivano delle lance».

«Solo per l'immagine?».

«Era l'unico film della loro collezione che avesse dei neri sulla copertina. Certo che volevo guardarlo! Si intitolava *Quilombo*. Era un film brasiliano. Ms Rook ogni tanto veniva pure a controllare cosa facevo. Vedeva che il film andava avanti e che ero occupata: questo le bastava».

A quel punto Emma era un po' brilla e rideva rumorosamente.

«Ms Rook non poteva sapere che si trattava di un film sulle rivolte degli schiavi in Brasile, né che mostrasse la carneficina dei portoghesi per mano degli schiavi! Era una signora tanto dolce, non le ho mai detto di cosa parlava il film. Sentivo che ci sarebbe rimasta molto male, ed ero troppo educata per parlarne comunque. Però mi piaceva moltissimo, non volevo vedere altro».

Piegò la testa di lato e sorrise guardando il soffitto.

«Era in portoghese con i sottotitoli in inglese. Adoravo il suono di quella lingua. Ci volle un po', ma alla fine convinsi Ms Rook a ordinare altri film brasiliani: *Bye bye Brasil*, *Un trem para as estrelas*, *Os trapalhões e o Rei do Futebol*. A un certo punto dovette smettere di comprarli perché la passione di una ragazzina sola non bastava a giustificare il costo delle videocassette. Ma ormai aveva fatto molto per me: avevo capito che il mondo era immenso, ben più vasto di Boones Mill. E volevo vederlo».

«Hai un occhio più grande dell'altro», disse Apollo. L'aveva appena notato. La differenza era trascurabile, ma dava l'impressione che guardasse il mondo con maggiore intensità rispetto alle altre persone. Oppure, semplicemente, si stava innamorando di lei.

Emma chinò la testa e si coprì l'occhio più grande. Forse si era offesa per quel commento. Cosa avrebbe potuto dire per rimediare al passo falso? Nel dubbio Apollo diede voce al primo pensiero che gli passò per la mente: «Sai, non mi è mai importato se avrò un maschio o una femmina. Voglio soltanto essere un buon padre».

Già mentre lo diceva si rese conto di quanto suonasse folle quel discorso. *Ottimo argomento di conversazione per un primo appuntamento! Perché non le chiedi se vuole sottoscrivere un mutuo a tasso fisso per trent'anni insieme a te, già che ci sei?*

Emma abbassò la mano e si versò del sakè. Ne bevve un sorso con calma e posò il bicchiere. «Vorrei spiegarti perché ti ho detto no quando mi hai chiesto di uscire la prima volta».

«E le cinque volte successive».

«E le cinque volte successive, sì».

Emma appoggiò la schiena alla sedia; Apollo si sporse ancora di più verso di lei.

«Ho detto no perché sto per trasferirmi in Brasile. Ho già comprato il biglietto. Vado a Salvador de Bahia, nel Nord».

«Per quanto tempo?».

«Non lo so».

Apollo finì il sakè bevendo direttamente dalla bottiglia. «Allora perché stavolta hai detto sì?».

Emma abbassò lo sguardo sul tavolo e sorrise. «Mi

sono accorta che non vedevo l'ora che fosse venerdì per rivederti alla svendita». Alzò gli occhi e lo fissò. «Mi mancavi».

Mentre uscivano dal ristorante la prese per mano; lei strinse forte.

«Ora dimmi del viaggio in Brasile».

Io sono il dio Apollo. Io sono il dio Apollo.

«Sei sicura che non posso convincerti a restare?».

Emma Valentine, mezza ubriaca, fece un sorriso sghembo. Si baciarono.

Quattro settimane dopo partì per il Brasile.

9

Dopo quella sera uscire con altre donne fu un'impresa cui Apollo non si sottrasse, pur affrontandola senza convinzione. Emma Valentine: voleva soltanto lei. Dopotutto, quanto sarebbe rimasta in Brasile? Si scrissero, ma Emma non aveva a disposizione una connessione internet stabile. Dopo qualche mese lasciò Salvador e si trasferì a Manaus, poi a Fortaleza. In seguito avrebbe visitato anche Rio e São Paulo. Apollo si ritrovò a cercare notizie dal Brasile su internet; acquistò il DVD di *Quilombo*, e pur pensando che fosse un film impegnato – c'erano gli schiavi africani che si ribellavano alla brutalità dei portoghesi – l'idea di una Emma dodicenne che lo guardava e riguardava nella biblioteca di Roanoke lo faceva ridere. In sua assenza si innamorò ancora più di lei.

Un libro per volta riuscì a vendere tutto il fondo D'Agostino. Caricò la cartolina di Crowley sul sito e quattordici ore dopo aveva già cinque offerte. Alla fine la vendette per tremila dollari. Verso la fine del 2003 aiutò Lillian a pagare la caparra per una graziosa villetta unifamiliare a Springfield Gardens. Dapprincipio lei rifiutò qualsiasi aiuto, ma poi, quando ebbero quantificato il risparmio che avrebbe comportato una caparra del trenta per cento invece che del venti, si lasciò convincere. Apollo cercava di tenersi occupato con questo genere di attività. Passò un anno ed Emma scrisse che era di ritorno negli Stati Uniti. Sarebbe atterrata a tarda notte, e forse Apollo non era più interessato; se invece lo era ancora, al suo arrivo in aeroporto le sarebbe piaciuto moltissimo vedere la sua faccia come prima cosa.

L'aereo doveva atterrare alle dieci, ma subì due ritardi, e Apollo finì per passare la notte al JFK. Tra i parenti e gli amici dei viaggiatori c'era chi stava seduto o stravaccato, chi gironzolava senza pace, chi scrollava le spalle con rassegnazione. Alcuni litigavano pure. Man mano che il ritardo aumentava, le persone in attesa si sistemavano più comode, e anche Apollo poco dopo mezzanotte finì per cedere al sonno.

Ogni tanto uno degli aerei in ritardo atterrava, e ne uscivano passeggeri intorpiditi che andavano a ricongiungersi ai loro cari, altrettanto stanchi. Quando finalmente atterrò anche il volo di Emma, dalle grandi vetrate del terminal arrivi internazionali entravano ormai le prime luci del giorno.

Aveva i capelli molto più lunghi e ricci, con riflessi rossastri; era abbronzata, vestita con colori sgargianti e stoffe leggere, inadatte al fresco clima primaverile. Non aveva con sé la valigia con cui era partita, ma soltanto uno zainetto, che teneva su una spalla. Era tornata con molte meno cose. Camminava lentamente, forse per la stanchezza; di sicuro non aveva fretta. Lo vide prima che lui vedesse lei.

«Allora sei rimasto?», chiese mentre Apollo le prendeva lo zaino.

Gli occhi le si inumidirono di una luce tremolante, forse perché era esausta.

«Sei rimasto», ripeté sottovoce.

Si sedettero nell'area ristorazione dell'aeroporto per assaporare la meravigliosa varietà dei prodotti Dunkin' Donuts.

«Benvenuta negli Stati Uniti», disse Apollo mentre scartavano dei tramezzini all'uovo e formaggio. «Presto ti porterò in un posto più carino». Alzò il tramezzino a mo' di spiegazione.

Emma tirò su le maniche della camicia, ma di poco. «*Fique tranquilo*», disse. Sorrise. «Ti prometto che non parlerò portoghese».

Apollo andò al bancone per chiedere un coltello. Il pane del tramezzino non era tagliato fino in fondo. Non tornò subito al tavolo, rimase a osservare Emma mentre portava il tramezzino alla bocca. Che meraviglia, era tornata. Aveva un cordino rosso al polso. Perché gli bastava la vista di quel braccialetto a innervosirlo? Aveva un aspetto, come dire, sentimentale; sembrava il regalo di uno spasimante povero, un bel ragazzo brasiliano che poteva permettersi soltanto di annodare un pezzetto di cordino al polso di una donna americana. Era stata via un anno: ci stava pure che si fosse innamorata di un altro. Forse era tornata con meno cose proprio perché contava di ripartire per il Brasile.

Con questi pensieri in testa tornò al tavolo con un coltello di plastica in mano e un bel carico di ansia in corpo. Cincischiò con il tramezzino; gli era passato l'appetito. Emma mangiò in silenzio, poi alzò il braccio per mostrargli il braccialetto. Il cordino era rigido per la sporcizia; lo portava da chissà quanto.

«Quando sono arrivata a Salvador mi ha ospitata una famiglia che abita in un quartiere chiamato Itapuã, dove c'è la laguna do Abaete. Ricordi che quella sera a cena mi hai parlato dell'anziana coppia di satanisti? Vedendo la laguna ho pensato a te. Dicono che sia infestata dai fantasmi. Quando ho cominciato a cavarmela con il portoghese ho fatto amicizia con una lavandaia, da cui la mia famiglia ha cercato di tenermi lontano dicendomi che era una strega. Mi stava simpatica, non mi faceva certo paura, anzi, mi ricordava mia madre, come potrebbe essere se fosse ancora viva. Era una tipa tosta, divertente, e se ne fregava di quello che la gente pensava di lei. Finiva sempre che uscivo di nascosto per andare alla laguna a tenerle compagnia mentre lavava i panni. Prima che partissi per Manaus mi disse di esprimere tre desideri, poi mi legò questo cordino al polso».

Emma ruotò il polso per osservare il filo rosso.

«Deve sciogliersi da solo, ha detto, e quando succederà, i miei desideri si avvereranno. Non posso tagliarlo. *Nao corta-la*, ha detto. Per un po' ho pensato che fosse divertente, un tantino mistico, ma ormai sono sei mesi che lo porto! È sporco e rovinato, ma voglio davvero che i miei desideri si avverino. Dai, non guardarmi così! In fondo credo nella magia».

Apollo le afferrò la mano e la trasse a sé.

Io sono il dio Apollo, pensò. *Io sono il dio Apollo.*

Prese il coltello di plastica e, con un solo movimento, tagliò il braccialetto. Il cordino cadde sul piano di plastica del tavolino. Emma fu scossa da un brivido. Apollo non lasciò andare la mano.

«Te lo prometto. Con me, tutti e tre i tuoi desideri si avvereranno».

In quell'istante Emma Valentine si trovò di fronte a una scelta: considerare Apollo Kagwa uno stronzo arrogante, oppure decidere che era un uomo coraggioso e degno. Lui aveva agito; la mossa successiva toccava a lei.

2
Poi ci si sposa

10

Faceva quasi buio quando infine Apollo arrivò a Ridgewood, nel Queens. Era una di quelle case a schiera a due piani, e mentre saliva le scalette strascicando i piedi, pensò con un sorriso a quanto gli sembrava altolocato quel tipo di villetta a schiera quando, da bambino, viveva con sua madre in un appartamento di due camere a Flushing. Le aveva chiesto perché loro non abitassero in una casa come quella, e lei gli aveva risposto che erano case di proprietà, non per gente che pagava l'affitto. E persino ora che lui ed Emma possedevano un appartamento a Manhattan, non riusciva a impedirsi di ammirare le villette a schiera: guardava a bocca aperta le finestre del primo piano e la grondaia che incorniciava la facciata. Apollo Kagwa era un uomo di trentasette anni, ma si sentiva ancora come quel bambino.

Suonò il campanello e dall'interno giunse la voce di una donna, poi il rumore di una chiave che girava nella serratura, mentre una mano scostava leggermente le tendine della finestra a pianoterra per osservare di nascosto il visitatore sotto il portico. Una voce maschile interruppe l'apertura della porta. Gli sembrò di rivivere certi momenti del passato quando i librai nervosi lo lasciavano fuori ad aspettare oppure un proprietario di casa si rifiutava di farlo entrare. *Io sono il dio Apollo*, pensò; *io sono il dio Apol-*

lo. Ormai quel mantra gli veniva naturale come respirare. Mentre aspettava prese il cellulare e mandò un messaggio a Emma. Chissà se era già arrivata al ristorante.

Arrivo tardi per cena, ma ci sarò. Contaci.

«Aspetti!», gridò la donna dall'interno della casa. «Ci sono!».

La porta fu scossa, la serratura scattò in un senso, poi nell'altro.

«Aiutami», brontolò la donna. «Non vedi?».

La tenda ondeggiò. Intervenne un rumore di passi più pesanti e veloci. Due scatti della serratura, il pomello ruotò e la porta si aprì. L'uomo che apparve sulla soglia era sulla trentina; dietro di lui una donna di corporatura minuta, anziana. Pallidi, con la faccia scarna e segnata, rigidi come manici di scopa, sembravano usciti da una xilografia medioevale

«Non era difficile, no?», gridò l'uomo, rivolto all'anziana alle sue spalle. Quell'atteggiamento infantile stonava con il suo aspetto fisico.

La vecchia lo tirò per un braccio per farlo spostare.

«Lei è Mrs Grabowski?», chiese Apollo.

«Lei è l'uomo dei libri?».

«Sì, sono l'uomo dei libri».

Le tese il biglietto da visita, ma il tizio che era con lei lo intercettò con uno scatto della mano e si ritrasse all'interno. Apollo decise che lo avrebbe chiamato Igor, qualunque fosse stato il suo vero nome. La vecchia gli fece un sorrisetto tirato e lo invitò a entrare.

Il tavolo della sala da pranzo era occupato da sei scatoloni. Nella stanza comunicante c'era un divano componibile, un grande televisore a schermo piatto su un tavolino basso e poco altro.

«Mi diceva che suo marito è morto», esordì Apollo.

«Ex marito», precisò Mrs Grabowski, guardandosi intorno. Al tavolo mancavano le sedie. Le pareti erano talmente polverose che sembravano grigie. Da un sacco dell'immondizia aperto nel mucchio accatastato in un angolo uscivano lembi di giacche sportive incrostate di sporco e pantaloni consunti. In vecchiaia Mr Grabowski si era lasciato andare ad abitudini da scapolo.

«Negli ultimi anni io e mio figlio abbiamo abitato a poca distanza da qui».

«Be', almeno siete rimasti vicini», commentò Apollo.

Mrs Grabowski fece spallucce. «Siamo a Little Ukraine. Non potevamo fare altro che rimanere nel quartiere. Entro il fine settimana dobbiamo sgomberare la casa. I proprietari vogliono darla in affitto».

Nonostante vivesse negli Stati Uniti da almeno vent'anni, aveva conservato l'accento della sua lingua d'origine. Lillian non aveva mai perso quella leggera cadenza britannica con cui quarant'anni prima si era guadagnata l'assunzione da «Glamour Time». Ogni volta che pronunciava "aluminum" all'inglese, Apollo non poteva fare a meno di ridere.

Igor sventolava il biglietto da visita con un atteggiamento da buttafuori che controlla un documento d'identità.

«Ha fatto una scuola per esercitare la sua professione?».

«I libri sono quelli?», chiese Apollo indicando gli scatoloni sul tavolo.

Non aspettò che la donna rispondesse; si avvicinò agli scatoloni solo per creare distanza tra sé e Igor. Circolare, Igor, circolare.

«Amava leggere», disse Mrs Grabowski mentre Apollo apriva il primo scatolone, «ma negli ultimi anni non ci vedeva più tanto bene».

Igor non sopportava che lo si ignorasse. «Conosce Bauman's?», chiese, alzando la voce.

Sua madre lo guardò. «Ti prego, non fare lo sciocco».

Apollo non dovette neppure guardare dentro per capire che dentro lo scatolone non c'era nulla di valore; gli bastò l'odore di muffa che si levò nell'aria come uno spettro. Quei libri avevano preso acqua. Passò alla scatola successiva, ma incontrò lo stesso odore.

«Quelli di Bauman's Rare Books», osservò Igor, «hanno già fatto un'offerta per la collezione di mio padre».

La vecchia si voltò verso il figlio e gli diede una manata sul braccio, rimproverandolo nella loro lingua madre. Apollo passò alla terza scatola con la sensazione sgradevole di essere venuto fin lì solo per trovare sei scatole piene di libri macchiati, con le pagine accartocciate e strappate.

Ecco cosa aveva fatto invece di andare direttamente a cena con Emma. Nichelle, una vecchia amica di Emma di passaggio in città, aveva prenotato per loro un tavolo da Bouley: pronuncia il nome del posto con accento francese corretto e capirai quanto ti costerà la cena. E invece eccolo a Ridgewood, costretto ad ascoltare un litigio familiare in ucraino. Forse parlavano russo? Tutta quella strada per sentirsi dire da quell'idiota di un Igor che avevano ricevuto un'offerta da parte di Bauman's per una pila di libri puzzolenti di muffa; tutto quello sbattimento per poi dover sopportare che la sua autorevolezza ed esperienza fossero messe in discussione da un tizio che si considerava superiore per diritto di nascita. Ma un vero bibliofilo non si lascia mai sfuggire l'occasione di scovare una rarità.

Soprattutto un bibliofilo che aspetta un figlio.

Igor tirò fuori il cellulare e toccò lo schermo. «Ho una linea diretta con Bauman's», dichiarò in inglese.

Apollo passò alla sesta scatola. Questa conteneva edizioni rilegate, e una veloce annusata rivelò che la muffa era assente. Controllò i libri.

«Di quale Bauman parla, David o Natalie?».

Qualche saggio sul Vietnam. Alcuni volumi avevano persino la sopraccoperta. Se non avesse avuto quell'appuntamento a cena, avrebbe offerto venti dollari e si sarebbe portato la scatola a casa per guardarsela con calma.

Mrs Grabowski assestò un'altra manata al figlio. «Quante volte ti ho detto che non devi dire bugie!», gridò.

Per sbaglio colpì il cellulare, che volò in aria e, rimbalzando e scivolando sul parquet, finì sotto il divano.

«Mamma!». Igor corse a recuperare l'apparecchio e si lasciò sfuggire il biglietto da visita, che cadde a terra volteggiando.

La donna si girò verso Apollo. «Le piacciono questi libri? Vuole comprarli?».

«Be'», rispose lui, continuando a guardare nella sesta scatola. Come dirglielo senza ferirla? «È evidente che a suo marito piacevano molto».

La vecchia chinò la testa con un fremito di disperazione. Proprio in quell'istante Apollo vide un volume che lo mise sull'attenti. Era un romanzo di James Webb, *Fields of Fire*, sopraccoperta dai colori intatti, margini puliti, nessun segno di usura. Dal colophon capì che si trattava di una prima edizione; niente a che vedere con la cartolina di Crowley, chiaramente, ma aveva un cliente affezionato in Virginia, un appassionato di storia che per quel libro avrebbe sborsato duecentocinquanta dollari.

Apollo si guardò nuovamente attorno. Vecchi abiti nei sacchi dell'immondizia, un divano componibile sfasciato, la cucina – quello che riusciva a vedere dal soggiorno – come un cimitero di pentole ed elettrodomestici. Difficilmente l'ex marito poteva averle lasciato qualcosa di valore. E la casa, poi, era in affitto. In sostanza aveva ereditato una casa disastrata che doveva liberare in fretta con l'aiuto di quell'inetto di Igor.

Ciononostante aveva conservato la dignità, rifiutandosi

di stare allo stupido gioco del figlio, e pur avendo grande necessità di denaro aveva preferito non mentire ad Apollo. Forse lavorava tutto il giorno e tornava a Ridgewood la sera per dare una pulita al caos lasciato dal defunto marito, sicuramente inetto come il figlio. Benché fosse ucraina, gli ricordava sua madre, una donna che aveva sempre lavorato come una bestia senza mai vedere neppure un briciolo della fortuna che meritava. Corrisponderle il vero valore del libro sarebbe stato un gesto gentile. Persino metà del valore, un centinaio di dollari, avrebbero fatto la differenza, consentendole di fare la spesa per una settimana oppure di pagare la bolletta mensile della luce.

Dall'altra stanza, Igor gridò: «Spero per te che non mi abbia rotto lo schermo, mamma!».

Mrs Grabowski si voltò per guardarlo: era in ginocchio, con un braccio infilato sotto il divano per cercare il cellulare. Sembrava un bebè che gattonava dietro a un giocattolo perso. La donna sembrò svuotarsi di ogni energia. Apollo si sentì invadere da un grande senso di solidarietà, quasi fosse un'eruzione cutanea.

E tuttavia, immediatamente, ricordò la ragione che l'aveva portato fino a Ridgewood proprio quella sera: erano ormai sei anni che non gli capitava di mettere le mani su un affare come il fondo D'Agostino, men che meno su qualcosa del valore di questo romanzo di James Webb. Inoltre, in biblioteca, Emma era passata dal tempo pieno al part-time e, cosa ancora più importante, tra due settimane sarebbero diventati genitori.

Prese due volumi dalla scatola. «Prima non avevo notato questi», disse, quando ebbe di nuovo l'attenzione di Mrs Grabowski.

Lei sbirciò le copertine e lesse i titoli a voce bassa. «Hanno un certo valore?», chiese osservando attentamente l'espressione di Apollo.

«Sì, valgono qualcosa», disse infine.

Se avesse acquistato solo un libro, Mrs Grabowski avrebbe pensato che fosse di gran valore; invece, se ne prendeva anche un altro – un thriller qualsiasi dalla copertina consunta – *Fields of Fire* sarebbe passato inosservato. Era un trucco che aveva imparato molti anni prima dai librai esperti. Ma odiava comportarsi così, perciò, guardandosi dentro, decise che l'avrebbe attuato solo per il bene del figlio non ancora nato. *È per il bambino*, si disse. Quelle parole placarono la sua coscienza, come fresco succo d'aloe su una scottatura.

«Posso darle cinquanta dollari», disse a bassa voce.

«Per ciascuno?», chiese Mrs Grabowski alzando la voce.

Prese il portafogli. «Per entrambi».

Attese un cenno di assenso e le porse il denaro.

Igor tornò con il cellulare ben stretto in mano. «Allora, come si sente? Orgoglioso di aver raggirato una povera vedova?».

La donna strinse le banconote nel pugno e colpì Igor. «Non parlare così! Sono più soldi di quanti me ne abbia dati tuo padre in tanti anni».

Igor non fece caso né al pugno né alle parole. «Sa che le cose stanno così», disse sorridendo ad Apollo. «E lo so anch'io».

Apollo mise i libri sotto il braccio. Mrs Grabowski lo accompagnò alla porta; Igor li seguì strascicando i piedi.

Apollo uscì. Arrivato al marciapiede si voltò e vide che Igor era rimasto sulla soglia. Dietro di lui Mrs Grabowski contava i soldi. Non si capiva se fosse soddisfatta o sospettosa.

«Sono affari», disse Apollo. «Sono venuto fin qui solo per questo».

«Il diavolo ama nascondersi dietro la croce», ribatté Igor, e chiuse la porta.

11

Entrare da Bouley fu come varcare la soglia di una casa di marzapane. L'edificio in Duane Street, un isolato elegante ma pur sempre centrale, a Manhattan, mostrava una sobria facciata color albicocca e un portone senza pretese, in legno con pannelli di vetro, che sembrava esprimere una scelta semplice e appropriata da parte di Nichelle. Ma non appena Apollo mise piede nell'atrio si ritrovò circondato da centinaia di mele. Le pareti erano coperte di scaffali occupati da file e file di mele rosse profumate che arrivavano fino al soffitto. La porta si richiuse alle sue spalle e gli sembrò di essere entrato in un piccolo cottage incontrato per caso in fondo a una stradina dimenticata dove il bosco è più fitto. Si trattenne nella stanza pervasa dal profumo delle mele e ne inspirò l'aroma. Se per caso aveva portato con sé lo squallore dell'interazione con Mrs Grabowski, allora sostare in quell'atrio lo avrebbe purificato.

Una porta conduceva dall'atrio alla sala d'attesa, un corridoio lungo e stretto con poltrone e tavolini bassi. Dalle travi sul soffitto pendevano sei piccoli lampadari a bracci che spandevano una luce fioca; le tende alle finestre avevano un aspetto vaporoso e ricco come lo strascico di un vestito da sposa. L'ambiente era avvolto in un'elegante penombra da salotto di dimora signorile.

Subito, istintivamente, Apollo controllò se indossava le scarpe da ginnastica e spostò la borsa a tracolla dietro la schiena. Nel corridoio c'erano clienti che aspettavano di essere accompagnati al tavolo, ma non vide né Emma né Nichelle. Il maître – un uomo alto in completo blu – stava dietro un bancone di legno scuro e fissava uno schermo che gli illuminava il viso spigoloso in modo bizzarro. Quando sollevò lo sguardo per salutare Apollo, i suoi occhi sprofondarono nell'ombra insieme alle labbra, per cui assunse un aspetto più macabro che distinto.

«Lei porta la elle?».

Ecco una domanda inaspettata. Mise giù la borsa e mostrò le mani. Se lo stavano mandando via, quello era il rifiuto più strano che gli fosse capitato.

«Nichelle Murray?», ribatté Apollo.

Il maître annuì e si ritirò in una stanzetta dietro il bancone. Apollo diede un'occhiata ai clienti in attesa, nient'altro che sagome su poltrone di pelle. Il maître riapparve un momento dopo con una giacca sportiva e lo aiutò a indossarla.

Stringendo un menù sotto il braccio fece cenno ad Apollo di procedere verso il tavolo prenotato. Il soffitto a volte della sala da pranzo era rivestito di foglia d'oro a diciotto carati, con una velatura bianca d'oro a dodici carati che dava al tutto un aspetto vellutato. Il pavimento era in pietra di Borgogna, coperto di tappeti persiani. Se l'atrio sembrava una casetta nel bosco, e la sala d'attesa un salotto infestato dagli spettri, la sala da pranzo ricordava il salone di un antico castello. L'atmosfera del ristorante si faceva sempre più fiabesca e Apollo aveva l'impressione non tanto di spostarsi da una stanza all'altra quanto di viaggiare da un regno all'altro. Non sarebbe rimasto sorpreso se avesse incontrato delle sentinelle in armatura. E in effetti, al tavolo trovò una vera e propria regina: Emma Valentine, troppo incinta per alzarsi e dargli il benvenuto. Apollo si chinò su di lei e la baciò.

Nichelle si alzò e lo abbracciò. «Eccolo, finalmente, il padre della sposa».

Emma sorrise e si sporse verso l'amica. «Sei un disastro, Nichelle».

Nichelle gli stringeva ancora il braccio sinistro. Apollo capì che era ubriaca. Completamente ciucca. Sul tavolo c'era una bottiglia di vino bianco da cui mancavano due bicchieri, e una bottiglia di Perrier quasi vuota davanti al piatto di Emma. Avevano anche assaggiato tre piattini di aperitivi: ostriche, funghi e un'altra pietanza che Apollo non riconobbe. La tovaglia era sgualcita come un lenzuolo dopo una nottata di sonno.

«Sono in super ritardo, vero?».

«Noi siamo arrivate presto», rispose Emma.

Nichelle indicò l'amica. «Il modo più sicuro per sedersi subito è presentarsi con una donna al nono mese».

«Trentotto settimane, prego!».

«Per la gente normale i tuoi calcoli non significano niente. Sei al nono mese di gravidanza e basta», disse Nichelle con un gesto noncurante.

Apollo fece per sedersi di fianco a Emma, davanti a Nichelle, e subito apparve un cameriere che gli versò il vino, rabboccò il bicchiere di Nichelle e riempì d'acqua frizzante quello di Emma. Non chiese se volevano un'altra bottiglia, si limitò a sollevare leggermente quella vuota. Nichelle puntò il dito verso di lui. Apollo posò la borsa a terra, tra la sua sedia e quella di Emma, che si era seduta in modo da distendere le gambe sotto il tavolo e non toccare il bordo con la pancia. Lanciò un'occhiata alla borsa e poi ad Apollo.

«Ridgewood. Niente di speciale».

Emma gli diede un colpetto sulla coscia. «L'importante è provare».

Era alla trentottesima settimana e sembrava un colibrì che avesse inghiottito un uovo di emù. Eppure viveva quel corpo con una sorta di esausta autorità, quasi le desse piacere essere temporaneamente più pesante. Quando il cameriere arrivò con la bottiglia di vino bianco da aprire, Emma stava seduta con le gambe distese, a caviglie incrociate e con i piedi che sporgevano da sotto il tavolo. In qualsiasi altro momento della sua vita, persino nei mesi iniziali della gravidanza, avrebbe tirato indietro i piedi per far passare il cameriere; non più: ora toccava al mondo adattarsi a lei. I piedi rimasero sporgenti e il cameriere li aggirò.

Il bicchiere di Nichelle fu riempito; quello di Apollo rabboccato benché avesse bevuto soltanto un paio di sorsi. Gli altri clienti avevano un modo molto diverso di stare a tavola. L'età media era da miliardari, e persino gli aiuto-camerieri erano bianchi.

«Come ti trovi a Los Angeles? Cambia mai quella città?», disse Apollo.

«Quando sei felice il tempo passa più lentamente», rispose Nichelle. «E a Los Angeles ci sto bene».

Emma punzecchiò un guscio d'ostrica con la forchetta, poi infilzò l'ultimo fungo sull'altro piatto. «Scrive i testi per *The Witching Hour*». Nella sua voce risuonò come una nota musicale l'orgoglio per l'amica.

«Ehi, ma noi seguiamo quel programma», commentò Apollo. Prese un sorso di vino e si rilassò, iniziando a godersi la conversazione.

«E secondo te, perché avremmo cominciato a guardarlo? Per sostenere la mia amica!», disse Emma, appoggiandosi al braccio di Apollo.

«Ne hai fatta di strada da Boones Mill». Apollo sollevò il bicchiere per brindare.

Nichelle guardò Emma e sollevò il proprio. «A entrambe».

Bevve un sorso e increspò le labbra, fissando la pancia dell'amica. «Ho saputo che vi imbarcate nella grande avventura del parto in casa. Scusate, ma per me è troppo».

Le discussioni su questo tema non erano pensate per le orecchie di Apollo, nonostante fosse con loro a tavola. Quando l'avevano detto a Lillian, lei si era quasi fatta venire un colpo apoplettico per la paura. L'aveva definito "una gran preoccupazione", e la maggior parte delle donne con cui Emma aveva rapporti aveva reagito in modo simile. Soltanto Kim, la sorella maggiore, sosteneva il suo progetto, e per un buon motivo: era la levatrice.

Mentre Nichelle esprimeva tutta la sua preoccupazione riguardo al parto in casa, Apollo commise l'errore di dare un'occhiata al menù. Sul tavolo c'erano tre piatti da antipasti, ormai vuoti. Le ostriche costavano trentadue dollari. I funghi quarantadue. Quarantadue cazzo di dollari per un piattino di funghi. Cosa ci fosse stato nel terzo piatto non riusciva proprio a immaginarlo. Era un piatto fondo con delle tracce di brodo o di salsa, per cui non si capiva quale potesse essere il prezzo sul menù. Proviamo a tenerci bassi, pensò, e diciamo ventidue dollari. In un posto come questo, una simile cifra per un banale brodino potrebbe pure starci. Ciò significa che il conto è già arrivato a un centinaio di dollari. Come famiglia erano sotto di cinquanta dollari, e lui non aveva ancora messo niente sotto i denti.

Finì il vino per calmarsi. Era uno Chablis celestiale. Quanto poteva costare? La lista dei vini non era più sul tavolo. Mettiamo che avesse conosciuto il prezzo di quello Chablis Grand Plus: trecentosettantacinque dollari; cosa avrebbe fatto? Probabilmente se la sarebbe data a gambe con la moglie incinta in spalla.

Fare l'autore di testi per la televisione rendeva sicuramente più del commercio di libri e della biblioteconomia. Ma, se non altro, quella sera la sua moglie bellissima e piena di riguardo per gli altri – la sua Emma – beveva solo acqua.

Anzi, Perrier, non acqua del rubinetto. E chissà quanti beati, benedettissimi dollari santi chiedeva un ristorante come questo per una bottiglia di acqua frizzante. Ci mettevano la polvere di diamante prima di servirtela? Gli sfuggì un gemito che risvegliò l'attenzione delle due commensali.

Emma gli accarezzò la schiena. «Hai fame, lo so. Chiamiamo il cameriere».

Nichelle ordinò l'anatra bio di Long Island (quarantacinque dollari); Emma l'agnello bio del Colorado (cinquantatré dollari). Il cameriere si voltò verso Apollo, il quale gli consegnò il menù e indicò il cestino del pane vuoto. «Io prendo altro pane».

12

Arrivata in fondo alla seconda bottiglia di Chablis, Nichelle perse ogni contatto radio con la terra. Se prima era brilla, ora era decisamente sbronza. Parlava a voce talmente alta che Mrs Grabowski e il figlio avrebbero potuto sentirla dal Queens. Il segno inequivocabile della sua ubriachezza non erano tanto l'eloquio farfugliante o la gestualità esagitata – li aveva entrambi – quanto il fatto che aveva smesso di ascoltare cosa dicevano gli altri due. Le persone brille diventano chiacchierone, ma gli ubriachi sono logorroici.

Eppure la serata non fu un disastro, perché alle dieci sia Emma sia Apollo avevano ormai perso ogni capacità di sostenere una conversazione. Emma ultimamente non riusciva neppure ad appisolarsi, ma quella sera scivolò in una sorta di dormiveglia, l'unico genere di sonno che segnava le sue lunghe nottate. "Dormiva" seduta, puntellata dai cuscini, perciò la sua posizione sulla sedia da Bouley non era poi così diversa da quella che la aiutava a riposare di solito. Nel frattempo Apollo aveva mangiato soltanto pane e bevuto acqua di rubinetto, e non gli era bastato, nonostante il pane avesse un sapore meraviglioso. Apollo ed Emma arrivarono al dessert con le batterie a terra, mentre Nichelle sembrava collegata a un generatore inesauribile.

«Limbo? Coolimbo? Come diavolo si chiamava quel film?», disse Nichelle. Per accompagnare la Pera Butirra d'Anjou caramellata aveva chiesto del porto. Emma invece aveva ordinato il flan di amaretti, benché ne volesse solo un piccolissimo assaggio. Quanto ad Apollo, non sapeva quanto potessero costare quei dessert, perché a quel punto vedeva tutto sfocato e non sarebbe riuscito a leggere il menù neppure volendo. Sperava soltanto che non ci fosse un secondo dessert o un menù degustazione digestivo, o chissà quale altra diavoleria d'alto bordo che lo avrebbe obbligato a mettere mano al libretto di risparmio.

«Questa ragazza voleva convincermi a guardare un film sulla rivolta degli schiavi in un momento della mia vita in cui ero tutta presa dal problema di come farmi sposare dal tipo dei New Edition». Prima che Apollo potesse commentare gli fece un cenno con la mano per zittirlo. «No, non si trattava né di Ralph né di Bobby. Mi piaceva Michael Bivens. Lui sì che ci sapeva fare».

Ci fu un momento di silenzio in cui Apollo ed Emma rimasero con il fiato sospeso e gli occhi sbarrati.

«*Quilombo!*», esclamò Nichelle battendo il palmo sul tavolo con forza tale da rovesciare il bicchiere di porto. «Oh, accidenti», biascicò. Fece segno al cameriere per averne un altro, benché la quantità di liquido che era finito sulla tovaglia fosse minima, una macchia grande come una monetina.

«Alla fine l'ho guardato insieme a lei, e dopo dieci minuti le faccio: "Ma che lingua parlano questi?", al che Emma dice che è portoghese. Allora mi sono tolta le cuffie e me ne sono andata. Piantandola lì davanti al televisore».

Emma si decise ad affrontare il dolce. «*Bye Bye Brasil* ti era piaciuto».

«Mi era piaciuta Betty Faria», replicò Nichelle arricciando le labbra e chiudendo gli occhi.

Arrivò il bicchiere di porto; Emma assaggiò il flan. Nonostante la stanchezza e il terrore che provava al pensiero del conto, Apollo si sentì pervadere da una calda felicità. Era bello pensare che queste due donne si erano conosciute da ragazze a Boones Mill, in Virginia, e che il loro era stato un incontro fortunato perché continuavano a volersi bene.

Di recente Apollo aveva stretto amicizia con Patrice Green, un libraio come lui, ex militare che di ritorno negli Stati Uniti si era messo a commerciare in libri usati. Spesso alle svendite erano gli unici librai neri, due unicorni che contro ogni probabilità si ritrovavano sullo stesso prato. Non c'era da stupirsi che avessero fatto amicizia. Grazie a Dio esiste l'amicizia, pensava Apollo. Nichelle ed Emma; Apollo e Patrice. Prima di riuscire a impedirselo, alzò la mano per chiamare il cameriere e ordinare un bourbon.

Quando il bourbon arrivò al tavolo, Emma aveva preso ad ansimare lievemente. Apollo si preoccupò, ma poi notò che si toccava la gola e non la pancia.

«Quel flan continua a tornarmi su», disse Emma. Nichelle le consigliò di bere un sorso d'acqua, ma così avrebbe soltanto peggiorato la situazione. «Vado in bagno».

Apollo l'aiutò ad alzarsi, e la seguì con lo sguardo mentre si avvicinava al cameriere, che fece un cenno di assenso e l'accompagnò fuori dalla sala da pranzo. Quando se ne fu andata, Apollo lanciò un'occhiata a Nichelle e la trovò intenta a fissarlo con una serietà sconcertante, come se l'ubriachezza fosse stata tutta una recita, e ora avesse deciso di non fingere più.

«C'è una foto di tua moglie nuda in una galleria d'arte di Amsterdam», annunciò Nichelle.

È possibile rispondere adeguatamente a una simile rivelazione? «È una foto a colori o in bianco e nero?». Non gli veniva in mente nulla di più appropriato.

«È andata in Brasile, lo sai. Mi ha detto che al suo ritorno l'aspettavi in aeroporto. Che tenero sei stato. Mille punti. Ma mentre era là ha avuto delle storie. Di sicuro te ne avrà parlato, giusto?».

«Il braccialetto rosso. Mi ha parlato di quello».

«Tre desideri!», esclamò Nichelle, come se sul tavolo fosse apparsa una torta di compleanno. «Certo, la tua è stata una mossa audace. Mi sei piaciuto. Bravo».

«Ho tenuto il cordino, per non dimenticare la mia promessa». Lo conservava nel portafoglio, nascosto dietro la patente.

Nichelle annuì, ma non c'era modo di sapere se avesse fatto caso alle sue parole. Era troppo ubriaca. Riusciva comunque a sorridere in modo scherzoso. «Te lo dico sinceramente: dovresti essere orgoglioso. Hai già fatto avverare due di quei tre desideri. Non ti ha mai detto quali fossero, e questo porta sfortuna. Comunque sia, ormai non importa».

Alzò la mano stretta a pugno e puntò l'indice. «Un buon marito». Puntò il medio. «Un figlio sano. Ah, ora che ci penso: conoscete il sesso? Emma mi ha detto che non volevate saperlo, ma a me puoi dirlo».

«Non lo sappiamo proprio. Volevamo scoprirlo alla nascita».

Nichelle scosse la testa. «Mai visto degli hippy neri; anzi, non sapevo neppure che esistessero, ma evidentemente ce ne sono almeno due nell'universo».

La mano era rimasta alzata. Apollo fissava l'anulare ancora piegato, che era sul punto di distendersi per rivelare il terzo desiderio, ma Nichelle aprì la mano. «Un mese prima di tornare, quando era a Salvador, Emma ha incontrato un fotografo olandese».

Il bourbon aveva lo stesso colore dell'umore di Apollo in quel momento. Dimenticò il terzo desiderio seduta stante.

Un fotografo olandese?

Un cazzo di fotografo olandese?

«C'era una grande affinità tra lui ed Emma, tanto che cominciarono a girare per Salvador fotografando tutto quello che capitava a tiro. Il tizio cercava in ogni modo di fotografare anche lei, ma Emma non voleva. Preferiva imparare a scattare le foto, non essere fotografata. Vanno in esplorazione in una vecchia fabbrica abbandonata, una sorta di rovina romantica, e ci passano quasi tutta la giornata. A un certo punto il fotografo si assenta per fare pipì, lasciando Emma da sola con l'attrezzatura, e lei decide che quella è l'occasione giusta per comparire in una foto che scatterà da sola. L'attrezzatura è professionale, non un cellulare qualsiasi con fotocamera, ma Emma è una tipa sveglia, ha imparato come azionare il timer. Inquadra una parete semicrollata, in modo che si veda che siamo dentro un edificio, ma anche nella foresta tropicale, quella che si intravede oltre la sua spalla destra e il muro. Due mondi a confronto: la civiltà che si sgretola e la natura rigogliosa e conquistatrice. Emma entra nell'inquadratura, e un momento prima dello scatto si spoglia completamente!».

Apollo annuiva senza sapere perché; in fondo Nichelle non stava dicendo nulla che richiedesse cenni di approvazione. Sembrava quasi volesse mettere alla prova la tenuta della testa sul collo. Era ancora attaccata, ma non si fidava: meglio finire il bourbon per essere sicuri.

«Non disse nulla al fotografo. In seguito avrebbe sviluppato le immagini in camera oscura; da quel momento il destino del suo autoscatto non la riguardava più. Il punto era averlo fatto. Capisci? È sempre stata così. Già da ragazza se si prefissava un obiettivo, potevi stare sicuro che l'avrebbe raggiunto. Ti piace pensare che sei rimasto ad aspettarla in aeroporto, ma non è questa la realtà. Lei era sull'aereo e con il pensiero ti impediva di allontanarti. Non saresti riuscito ad andartene nemmeno se lo avessi voluto. Mi rendo conto che suona molto strano, ma io credo che sia andata così».

Annuì e ripeté il movimento della testa più volte, senza necessità, solo per goderselo, poi tornò alla storia di Emma e della foto.

«Il fotografo sviluppò gli scatti solo dopo il suo ritorno ad Amsterdam. Era evidente che la foto di Emma meritava di essere conservata. E infatti la fece incorniciare, organizzò una mostra e la incluse tra le opere. Il proprietario della galleria la comprò e la lasciò appesa. Non sono andata ad Amsterdam, ma Emma mi ha fatto vedere il JPEG. Credo che il gallerista abbia inserito la foto nel catalogo della galleria».

«E poi?». Apollo aveva la gola troppo secca per poter dire altro.

Lanciò un'occhiata in direzione della toilette. Quanto gli sarebbe sembrata diversa Emma ora che aveva saputo quella storia da Nichelle? E poi, perché Nichelle aveva deciso di raccontargliela? Solo perché era ubriaca?

«Emma non è mai stata una ragazza robusta, ma in Brasile era diventata molto snella, tutta muscoli e ossa, non un filo di grasso, e quegli occhioni che sai… Un fascio di muscoli, intensa, nuda e senza vergogna. Guarda nell'obiettivo come se ti vedesse, come se sapesse chi sei e dove sei. Sembra una cazzo di strega, ti dico; una delle cose più belle che abbia mai visto».

Nichelle tacque di colpo e guardò con stupore il bicchiere di porto che stringeva tra le dita. Lo vuotò in un sorso, e lo posò capovolto sul tavolo con un gesto deciso.

«E l'olandese? Come si chiamava?».

Nichelle l'osservò a lungo in silenzio. «Sto cercando di dirti qualcosa di importante e tu ti concentri sulle stronzate», disse con gli occhi ridotti a due fessure.

«Se è una stronzata, allora parlami di lui».

Nichelle fece scivolare le mani sulla tovaglia fino a raggiungere quelle di Apollo e conficcarvi le unghie ad artiglio. «Sto cercando di svelarti il terzo desiderio di Emma senza tradire la sua fiducia. E lo faccio perché ancora non si è avverato».

Quelle parole lo colpirono con la forza di un pugno, proiettandolo all'indietro. «Va bene, ti ascolto».

Ma prima che potessero dire altro, apparve il cameriere. Correva verso di loro; arrivato al tavolo urlò: «Sua moglie! Sua moglie ha bisogno di lei!».

13

La domanda che Nichelle non era riuscita a formulare per tutta la sera, nonostante avesse cercato – a modo suo, certo – di portare la conversazione su quel binario, era la seguente: perché Apollo ed Emma, due persone apparentemente razionali, avevano optato per il parto in casa? Non erano mica contadini del Terzo Mondo. Non erano neppure bianchi benestanti, né svitati complottisti arrabbiati con l'industria ospedaliera. Che diavolo era successo a quei due?

Al momento di pagare il conto la preoccupazione si fece pressante. Nichelle aveva appena firmato la ricevuta della carta di credito quando Apollo le si presentò davanti con Emma paonazza e senza forze. Stava in piedi perché lui la teneva per un braccio, e la prima reazione di Nichelle fu prendere il cellulare per chiamare il 911, ma Emma la fermò. Intanto Apollo insisteva per rimborsarle la spesa della cena, benché già al momento della prenotazione gli avesse detto che l'avrebbe offerta lei, e l'avesse ripetuto a Emma quando si erano sedute al tavolo. Solo che, quando era arrivato Apollo, si era dimenticata di ribadirlo anche a lui… e Apollo non sapeva che avrebbe potuto mangiare di tutto! Invece adesso nello stomaco aveva soltanto pane e bourbon. Mai e poi mai si sarebbe aspettato di assistere mezzo ubriaco alla nascita del suo primo figlio.

Ma la cosa più difficile da gestire per Nichelle fu il fatto che Emma non volesse chiamare l'ambulanza. Mentre uscivano di corsa da Bouley – per quanto potesse correre una donna incinta di nove mesi – Emma ribadì che loro figlio sarebbe nato a casa e che le ambulanze non erano un servizio di trasporto privato che ti porta dove vuoi. Nella stanza delle mele Nichelle suggerì di chiamare almeno un taxi, o prenotare con Lyft, ma anche quella soluzione fu respinta. Era venerdì sera, si trovavano in centro, in Duane Street, e un'auto poteva soltanto passare per la West Side Highway, che a quell'ora era intasata come la tangenziale di Pechino o di Mumbai. Ci avrebbero messo non meno di un'ora per arrivare a Washington Heights, forse persino di più.

La stazione metro Chambers Street, invece, era a quattro isolati di distanza. La linea A li avrebbe portati a casa in mezz'ora.

Nichelle li accompagnò in silenzio fino all'angolo con Church Street. «Perché vi comportate così?», gridò, incapace di trattenere oltre l'irritazione. «Che vi è preso?».

Attraversarono Reade Street. «Chiama Kim», disse Emma.

Apollo aveva già il cellulare pronto. Kim era la sorella maggiore, ostetrica qualificata; aveva il suo numero tra le chiamate rapide. «Kim!», gridò dopo un istante. «Emma ha le contrazioni».

Nel rumore del traffico la risposta si udì a malapena. Perché sussurrava? Emma camminava lentamente ma con decisione verso la metro, mentre Nichelle, indietro di mezzo isolato, inseguiva entrambi gridando con voce talmente farfugliante che non si capivano le parole, quasi parlasse una lingua inventata. La gravidanza è una dura prova per tutte le donne, ma anche per le loro amiche.

«Smettila di urlare», sussurrò Kim. «Sono al cinema. Aspetta».

Arrivarono alla stazione. Chissà che film stava guardando, pensò Apollo. Curiosità inutile. «Sarebbe un po' presto», disse Apollo.

Erano in cima alle scale. Nichelle li raggiunse e avvolse Emma in un abbraccio scomposto. «È soltanto alla trentottesima settimana!», proseguì Apollo. Dal tono di voce sembrava che supplicasse Kim di sospendere il travaglio.

«Smettila di gridare», disse lei. «Potrebbe essere un falso travaglio, magari sono solo contrazioni di Braxton Hicks».

Apollo guardò Emma che si era accasciata su Nichelle, ansimando sul collo dell'amica. Sembravano una coppietta sgraziata al ballo studentesco. Ma ad Apollo non importava niente se il travaglio era falso; voleva soltanto che Kim uscisse dal cinema e si mettesse in macchina, con l'attrezzatura da ostetrica che teneva sempre nel baule, e si dirigesse verso nord nonostante il traffico. Forse l'avrebbero preceduta, ma non avrebbe comunque tardato troppo. Poi, se tutto quel trambusto si fosse rivelato solo un caso di contrazioni di Braxton Hicks, avrebbe pure potuto prenderli in giro quanto voleva, lo avrebbe sopportato di buon grado, purché fosse arrivata. Pensa se fosse stato necessario far nascere il bambino senza nessun aiuto. Kim li aveva preparati a quell'eventualità, ma non significava certo che potesse accadere davvero. Un simile scenario era talmente ridicolo che per poco non scoppiò a ridere proprio lì, all'entrata della metro.

«Ci vediamo a casa. Dai, sali in macchina», disse cercando di sembrare sicuro di sé e per nulla nel panico.

Intanto Nichelle stringeva spasmodicamente l'amica. «Ti voglio bene», disse. «Ti voglio tanto bene».

Emma le accarezzò i capelli. «Andrà tutto bene, te lo prometto. Sarà tutto ok».

«Ehi, non dovresti essere tu quella che tranquillizza!», esclamò Nichelle con una specie di risata.

«Il tuo hotel è a due passi. Ce la fai a rientrare da sola?», sussurrò Emma, articolando a fatica le parole.

Apollo sapeva – grazie al corso pre-parto con il metodo Bradley – che il travaglio vero e proprio non era ancora iniziato, se Emma riusciva a sostenere una conversazione. Questo pensiero lo calmò un poco. Mentre Nichelle lo abbracciava e lo salutava, e poi mentre aiutava Emma a scendere le scale, passò in rassegna tutto quello che avrebbe dovuto fare a casa: gonfiare la piscinetta con la pompa elettrica, stendere il telo di plastica, attaccare il tubo. Conosceva a menadito tutti i passaggi perché li aveva ripetuti almeno sei volte nell'ultimo mese. Conosceva il proprio ruolo e ciò lo tranquillizzava.

Non aveva riattaccato; Kim continuava a gridare dal cellulare. Attivò il viva voce. Emma scendeva le scale aggrappata al corrimano.

«Stiamo entrando in metro», annunciò Apollo.

Kim smise per un istante di gridare per ascoltare le sue parole. «Sono in viva voce?», poi, senza aspettare la risposta, proseguì: «Emma? Sto arrivando. Resisti! Puoi farcela!». La comunicazione si interruppe.

Era proprio questo il motivo per cui Apollo ed Emma avevano deciso di partorire in casa. Kim Valentine, infermiera pediatrica, intorno alla cinquantina aveva deciso di diventare ostetrica per una sorta di illuminazione, e come accade a tutti i neoconvertiti si era messa a fare proselitismo. Chiamava amiche, ex colleghe, cugine e donne qualsiasi in ogni situazione; accettava persino le chiamate pubblicitarie pur di avere a disposizione qualcuno da convincere della bontà del parto in casa. Perciò, quando sua sorella era rimasta incinta, non avevano immaginato altra soluzione che il parto in casa e Kim come ostetrica. Non aveva figli, ma era stata una madre per Emma sin dalla tenera età di cinque anni. Quello era un dettaglio importante. E poi, diventare zia sarebbe stato un traguardo importantissimo. Parto in casa per Emma; Kim come ostetrica: la decisione si era presa da sé. Lo avevano annunciato ad Apollo durante un brunch al diner di Fort Washington Avenue. Lui aveva fatto domande, ma soltanto per curiosità, non perché fosse scettico. Prima di sera sapeva già tutto sulle piscinette gonfiabili, e Kim gli aveva promesso che gliene avrebbe procurata una scontata.

Giunsero in fondo alle scale e superarono il tornello. Non dovettero aspettare molto. La metro arrivò quasi subito e ci salirono con un gran senso di sollievo.

14

Erano talmente agitati che non notarono neppure gli altri passeggeri, quasi non esistessero. Emma volle rimanere in piedi, reggendosi all'asta verticale, con Apollo dietro di lei per permetterle di appoggiarsi. Le porte si chiusero, il treno partì con un sibilo, e subito si udì la voce di un ragazzo.

«Spettacolo, signore e signori! Che ora è?».

«È ora di cominciare lo spettacolo!», risposero tre voci all'unisono.

Emma gemette. Apollo non capì se era per il dolore del travaglio o per il fastidio di vedere quei quattro ragazzi che si erano messi a ballare sul treno. Per quelle bande di ragazzi tra i quindici e i diciannove anni la metropolitana di New York era ciò che il Midwest era stato per i saltimbanchi. Uno smanettava sul ghetto blaster, così rumoroso che sovrastava lo sferragliamento del treno sui binari, mentre gli altri tre eseguivano coreografie di breakdance adattate allo spazio del vagone. Di solito si esibivano sulla linea A, tra la 59th e la 125th Street, una tratta abbastanza lunga da permettere a ciascuno di loro di sviluppare una coreografia e tirare su delle belle sommette. Era assurdo incontrarli così in centro, a Chambers Street, in piena notte, proprio ora che Apollo ed Emma avevano un bisogno assoluto di tranquillità.

I quattro se ne stavano raggruppati in fondo al vagone, di spalle rispetto ad Apollo ed Emma, intenti a ripassare le coreografie.

Il treno sferragliava e oscillava, diretto a Canal Street. «Non ce la faccio a stare in piedi», disse Emma.

«Gli dico di spegnere la musica», propose Apollo, ma non appena fece per allontanarsi da lei, Emma allungò un braccio e lo trasse a sé.

«Se rimango in piedi vomito». Il treno uscì dal tunnel ed entrò in stazione. Apollo si guardò attorno per la prima volta da quando erano saliti. Nel vagone c'erano una decina di persone, inclusi i quattro breakdancer.

«Se il tuo uomo non riesce a fare questo...», scandì uno dei ragazzi con intonazione da attore.

«Lascialo a casa!», gli risposero gli altri.

Non ce l'avrebbero mai fatta a scendere prima che chiudessero le porte; e non era davvero il caso di cambiare vagone in corsa, con Emma nel pieno del travaglio. Toccava sopportare la messinscena dei quattro fino alla fine.

«Neri che se la danno?», fece il capo della banda.

«No! Che se la prendono!», risposero gli altri.

Emma vacillò gonfiando le guance e si coprì la bocca con la mano. Apollo l'abbracciò per impedirle di barcollare. Cosa avrebbe fatto se Emma avesse vomitato? I passeggeri avrebbero odiato di più loro due coperti di vomito o i ragazzi che facevano casino? Ah, New York.

Alla fermata West 4th Street la fece adagiare delicatamente sul sedile in plastica grigia all'estremità della fila, ma non appena fu seduta – con tutto il peso del corpo a gravare sul coccige – si piegò di colpo in avanti, il volto contratto per la tensione e la concentrazione. Soffriva a stare seduta, ma se fosse rimasta in piedi avrebbe sicuramente vomitato, e mancavano ancora dieci fermate prima di arrivare a casa.

Emma lo guardò con espressione vagamente assente. «Perché hai mangiato soltanto pane? Sai quanto erano buoni quei piatti?».

Se scherzava era buon segno, pensò Apollo, perché nel pieno del travaglio non ti viene proprio di fare le battute. Si tolse la giacca, l'arrotolò e ci fece sedere Emma sopra. Sull'altro binario arrivò il treno della linea C, un locale. Si aprirono le porte e i passeggeri scesero di corsa per non perdere la coincidenza con il treno di Apollo ed Emma. Il vagone ora era quasi pieno. Appena prima che si chiudessero le porte, riuscirono a entrare altri tre passeggeri, una madre con due bambini: una femmina di circa nove anni, e un bimbo più piccolo che dormiva nel passeggino. La donna notò Apollo ed Emma – due adulti ansimanti e sudati – poi gettò una rapida occhiata agli altri passeggeri.

«Spettacolo, signore e signori, spettacolo!», annunciarono i ragazzi.

La donna incurvò le spalle, improvvisamente stanca e sconfitta. I ragazzi si erano spostati al centro del vagone e il ghetto blaster andava a tutto volume. La maggior parte dei passeggeri finse indifferenza, come se non ci fosse musica assordante, come se i ballerini non stessero facendo acrobazie incredibili. Alcuni si lamentarono ad alta voce, il treno partì.

La donna spinse la carrozzina fino ai sedili di fronte ad Apollo ed Emma. Chiamò la bambina in spagnolo, e lei obbedì; andò a sedersi e prese un libro dalla borsa. Per un attimo Apollo si chiese se non fosse la stessa mamma che comprava libri usati per i figli nella biblioteca di Fort Washington il giorno che aveva conosciuto Emma. Impossibile, improbabile, ma provò il desiderio fortissimo di impadronirsi del libro per vedere se da qualche parte c'era il timbro della biblioteca.

La bambina non prestava attenzione né ai ballerini né

ad Apollo ed Emma; aveva il suo libro e sembrava soddisfatta. Il fratello nel passeggino dormiva ancora. La madre stava cambiando idea sulla coppia che occupava i sedili di fronte: se prima aveva pensato che fossero due drogati in preda ai sudori freddi, adesso, vedendo il pancione di Emma, la fissò con espressione tranquilla, e si scambiarono uno sguardo d'intesa.

Il treno prese velocità ed Emma si sollevò leggermente, come sulle montagne russe. Al primo scossone ricadde indietro, e il dolore si fece più forte. Premette il viso contro la spalla di Apollo, che sentì il sudore inzuppargli la camicia. Strofinò la faccia sulla sua spalla per asciugarsi, a labbra strette.

14th Street. Salirono due agenti del NYPD e i ragazzi spensero immediatamente il ghetto blaster. I poliziotti, pur sapendo cosa avevano fatto fino a un secondo prima, si accontentarono di esercitare un effetto deterrente. Il tratto fino a 42nd Street trascorse nel silenzio assoluto. Sembrava di stare in una caverna disabitata.

Emma si concentrò sul respiro. Due inspirazioni brevi, un'espirazione lunga, finché non entrò in una sorta di stato meditativo.

«Non vediamo l'ora di conoscerti», le sussurrò Apollo.

Emma non diede segno di aver sentito, concentrata com'era sul proprio respiro. Il dolore che sentiva nel bacino e nel fondoschiena era diventato una luce abbagliante che l'afferrava e poi la spingeva via, senza soluzione di continuità.

«Non vediamo l'ora di conoscerti», ripeté Apollo.

Quel mantra se lo erano inventato durante il corso preparto. Tonya, l'insegnante, aveva suggerito ai partecipanti di pensare a una frase che il padre avrebbe ripetuto alla partoriente nel momento in cui iniziava il travaglio. Una specie di mantra. Apollo ed Emma avevano pensato di rivolgersi al bimbo con un benvenuto molto semplice che esprimesse tutta la loro emozione e trepidazione, per concentrarsi su quello invece che sul dolore.

«Non vediamo l'ora di conoscerti».

Chi l'aveva detto per primo? Emma non lo ricordava; a dire il vero neppure Apollo sapeva di chi fosse stata l'idea. Si trovavano su un treno della linea A, che stava entrando in stazione (59th Street), ma era come se fossero altrove, a casa, nella piscinetta, con Kim che li assisteva, e stavano già accarezzando il neonato, loro figlio. Ecco, bastava congiungersi con quel momento nel futuro e tutto sarebbe andato per il verso giusto.

Il treno era fermo, il vagone si stava svuotando. Adesso non era rimasto quasi nessuno, come a Chambers Street. Quando si chiusero le porte, nel vagone c'erano la donna con i figli, e i ballerini che contavano i soldi raggranellati prima che intervenissero i poliziotti. Con Emma e Apollo facevano nove passeggeri, più uno in arrivo.

Il treno partì. Il tratto successivo sarebbe stato il più difficile da gestire. Niente fermate fino a 125th Street: il tragitto più lungo di tutta la rete metropolitana di New York, quello in cui il treno andava alla velocità massima. Prevedendo gli scossoni e le vibrazioni, Apollo cinse Emma con le braccia per tenerla ferma, quasi come una cintura di sicurezza vivente. Vide sfilare le fermate: 79th Street, 81st, 86th, l'abbraccio non sembrava fare nessuna differenza. L'unica consolazione era che Emma fosse entrata in una sorta di trance. Non parlava più, segno che si avvicinava al travaglio vero e proprio. Per fortuna erano quasi a casa.

Passarono 103rd Street, e la debole luce della stazione illuminò a malapena il vagone prima che si rituffasse nella galleria.

Poi le ruote stridettero e il treno cominciò a rallentare.

Nulla di strano, succedeva sempre. Il conducente aveva portato il treno a una velocità molto alta e procedeva in folle in vista della stazione. Sarebbero semplicemente arrivati a 125th Street frenando dolcemente. Tutto regolare.

Invece, con uno stridore di freni, il convoglio si fermò.

Apollo guardò dal finestrino ma vide soltanto buio. Gli altoparlanti del vagone emisero un gracidio, una semplice distorsione acustica, poi niente. Silenzio. Le luci del convoglio si spensero. Apollo, Emma, la mamma con i bambini e i quattro ragazzi si ritrovarono al buio.

15

Durante il corso, l'insegnante aveva spiegato che gran parte delle donne partorisce da sempre senza ospedali, ostetriche, squadre di rianimazione, infermiere pediatriche e soprattutto senza ossitocina sintetica. Il corpo della donna sa esattamente quando è il momento di far nascere il bambino, e il compito dell'ostetrica, in sostanza, consiste nel togliere di mezzo il ventunesimo secolo. Emma e Apollo non erano stati categorici come altri partecipanti nel volere il parto in casa; se avessero avuto davvero bisogno di un ospedale erano d'accordo che Emma si sarebbe ricoverata. Lei aveva persino preparato una borsa con tutto il necessario e la tenevano sotto il letto. Inoltre, come diceva Tonya, il metodo Bradley permetteva persino ai papà di dare una mano al momento del parto, sempre che ce ne fosse bisogno. Apollo credeva fermamente nel suo ruolo e ne aveva parlato – con una certa arroganza e insistenza – con Patrice una volta che erano andati insieme a una svendita. Tuttavia, a onor del vero, Apollo Kagwa era anche profondamente convinto di poter far nascere un bambino proprio perché era assolutamente sicuro che non si sarebbe mai trovato in quella situazione.

Eppure eccoli là, sul treno fermo, senza neppure un'ostetrica in vista.

Forse la bambina, ora che con il buio non poteva leggere, si sarebbe rivelata una *doula* qualificata? Oppure i quattro ballerini erano in realtà una squadra di ostetrici viaggianti? Grazie al cielo il bimbo nel passeggino non si era svegliato. Com'era possibile? Che la mamma gli avesse somministrato un bel sonnifero?

«Ohhhhhhh», gemette Emma, e Apollo, nel panico, fece per tapparle la bocca con la mano. Non era tanto la decenza a preoccuparlo, quanto il significato di quel gemito. Lo avevano provato durante il corso. Quando la donna non riusciva più a respirare per il dolore, doveva esalare quel gemito preciso.

«Ohhhhhhh», ripeté.

Al corso, una futura mamma aveva chiesto quando avrebbe dovuto gemere così, come riconoscere il momento in cui doveva dire a se stessa di farlo, ma Tonya – mamma di due bimbi – le aveva risposto sorridendo: *Quando comincerà il travaglio ti verrà naturale*.

«Ohhhhhhh».

Quando comincerà il travaglio.

«Ehi, smettila di molestare la tua ragazza!».

Apollo alzò lo sguardo. I quattro si stavano avvicinando. Uno dei ragazzi teneva il cellulare puntato su di loro come una torcia benché non fosse necessario: con le luci d'emergenza a led e i segnali luminosi in galleria che rischiaravano il vagone i loro occhi si erano già adattati all'oscurità. Si rese conto di quanto fossero giovani. Il capo non aveva più di quindici anni. Incombeva su Apollo, la mano che si stava già stringendo a pugno.

«Cosa molesti la ragazza, eh?».

Apollo scoppiò a ridere. Credevano di difendere Emma, ma quando la videro per bene, persero ogni spavalderia.

«Ohi! È incinta!».

Emma precisò: «Sono in travaglio».

Incredibile la calma che riuscì a trasmettere con quelle parole. I ragazzi rimasero di sasso. Il capo della banda abbassò i pugni e rimase a bocca aperta. Adesso sembrava coetaneo del bimbo nel passeggino.

«Ci serve aiuto», disse Apollo. «Chi di voi riesce a trovare il capotreno?».

Rimasero immobili. Il capo era il più grande, gli altri – non potevano avere più di dodici, tredici anni – sembravano volersi nascondere e facevano capolino da dietro le sue spalle larghe e le sue braccia muscolose. Emma dovette ripetere la richiesta.

«Uno di voi vada a cercare il capotreno», disse, intercettando il loro sguardo.

«Vado io», disse il più piccolo. Aprì la porta tra un vagone e l'altro e corse via.

«Ohhhhhhh».

Apollo si alzò e i tre rimasti gli fecero spazio. La donna seduta di fronte aveva occhi solo per Emma. La bambina, con la testa appoggiata alla spalla della madre, teneva il libro capovolto sulle ginocchia e guardava Emma.

«Devo farla alzare», disse Apollo.

«Ma sta per avere un bambino», disse il ragazzo più grande. «Non dovrebbe stare distesa?».

«Come ti chiami?».

«Cowboy. Abitavamo a Dallas, tipo dieci anni fa, poi siamo venuti qui con la mia famiglia, così tutti mi chiamano Cowboy, ma il mio vero nome è…».

«Cowboy», lo interruppe Apollo. Il ragazzo lo guardò. «È un bel nome. Possiamo chiamarti Cowboy?».

Il ragazzo fece un gran respiro. «Sono pronto ad aiutarvi», disse lentamente.

«Allora: il modo migliore per aiutare mia moglie è farla alzare in piedi. Tenetela ciascuno per una mano e tirate; io la spingo dai fianchi. Ok?».

Cowboy annuì e lanciò uno sguardo all'amico alla sua sinistra. Si misero di fronte a Emma e l'afferrarono per le dita.

«Aspettate. Non tenetemi così, stringetemi i polsi».

I due la fissarono, immobili.

Emma sorrise dolcemente a entrambi. «State andando benissimo. Siete ragazzi coraggiosi».

La tirarono su con forza tale, tutti insieme come un'unica massa, che rischiarono di andare a schiantarsi sul passeggino. La donna lo spinse di lato appena in tempo.

«Ora accompagnatemi al reggimano più vicino», disse Emma.

Il montante era a tre passi dal sedile, ma ci vollero quattro minuti per arrivarci. Quando lo ebbe raggiunto, Apollo, che la stringeva ai fianchi, le rammentò la tappa successiva.

«Amore, adesso tieniti forte».

Emma lo afferrò.

«Avete qualcosa da farle bere?», chiese Apollo.

I ragazzi frugarono negli zainetti. «Red Bull, va bene?», disse uno di loro.

«No», rispose Emma decisa.

Apollo si voltò a guardare la donna. Con una bimba di nove anni e un bebè nel passeggino, doveva per forza avere con sé una bibita o un succo di frutta.

«*Agua?*», chiese Emma.

La donna frugò nel portaoggetti del passeggino e trovò una trousse che conteneva una tazza rossa e nera di quelle con il coperchio e il beccuccio per far bere i bambini. Apollo aveva le mani occupate; lanciò un'occhiata all'unico della banda che era rimasto senza fare niente, e il ragazzo, riconoscente per la semplicità del compito affidatogli, la prese e l'appoggiò per terra.

«Ohhhhhhhh!».

Emma non riusciva a tenersi al montante: aveva le mani scivolose per il sudore.

«A quattro zampe. Devo mettermi a quattro zampe», disse ad Apollo. «Aiutami».

«Ragazzi, vi chiedo di tenerla ancora per un istante», disse Apollo.

«Dove vai, scusa?», chiese Cowboy, nel panico.

«Vado a prendere la mia giacca».

«Non mi serve la giacca!», gridò Emma.

Ma Apollo non poteva farne a meno: la prese e la stese per terra. Non era di grande aiuto, no. Magari avesse tenuto quella che gli avevano prestato da Bouley. «Scusami, ma devo tirarti giù le calze», sussurrò all'orecchio di Emma.

«Dai, muoviti, allora», grugnì lei.

La porta scorrevole del vagone si aprì con un brontolio meccanico. Il quarto ragazzo era tornato con il capotreno, un tizio che sembrava un loro coetaneo.

«Cazzo», disse il capotreno.

«Pensa che ripartiremo a breve?», chiese Apollo.

«Cazzo».

La donna con i due bambini allungò il braccio e gli diede un pizzicotto sulla coscia.

«C'è un blackout sul terzo binario», spiegò il capotreno tornando in sé e strofinandosi dove la donna l'aveva pizzicato. «Da qui non ci muoviamo. Vado a chiamare i soccorsi via radio, ma ci metteranno un bel po'».

«Ohhhhhhh».

Pur sapendo che i soccorsi non sarebbero arrivati in tempo e che l'unico aiuto su cui potevano contare era già nel vagone, Apollo gli chiese di fare la chiamata. Dopo che il capotreno se ne fu andato, il vetro della porta si riempì di facce curiose. Spettatori, gente che aveva capito che nel vagone stava accadendo qualcosa di grosso. Anche al vetro dell'altra porta si stava radunando gente. Era arrivato il pubblico. Ma la cosa più brutta era vedere le lucine dei cellulari che cominciavano a registrare l'evento.

«Cowboy! Con i tuoi amici potete tenere lontana quella gente? Magari oscurare i vetri?».

Il ragazzo guardò da entrambe le parti. «Certo, non è difficile».

Oltre le porte si assiepavano parecchie persone. «Sei sicuro?», chiese Apollo.

Quello che era andato a chiamare il capotreno fece una risata. «È tutta gente che appena ci vede salire sul treno si allontana». Si premette le mani sul petto e fece finta di tremare. «Questi ragazzi neri mi mettono tanta soggezione!». Gli altri scoppiarono a ridere.

«Li teniamo lontani noi», disse Cowboy sorridendo.

Si misero a presidiare le due porte dividendosi in due coppie.

«Niente spettacolo, stavolta, signore e signori!», gridò Cowboy.

«Niente spettacolo per voi», gli fecero eco gli altri tre.

Apollo si mise a quattro zampe e si accostò a Emma, che teneva la testa china. I capelli le ricadevano ai lati del viso come un sipario, in ciocche umide di sudore. Le avvicinò la tazza alle labbra, alzandole la testa per farla bere, e lei bevve due sorsi d'acqua.

Posò la tazza. Non sapeva come avrebbe fatto a stare sia alle spalle di Emma per ricevere il bambino sia di fronte a lei per farla bere e mantenere un contatto rassicurante. La donna li stava osservando. Quando erano saliti, c'era stato un momento molto intenso in cui i loro occhi si erano incontrati, e tra le due donne era passato qualcosa, una consapevolezza che Apollo non avrebbe mai potuto comprendere. Ora la fissò con una disperata richiesta d'aiuto negli occhi. La donna accarezzò la figlia e si alzò. Spinse il passeggino davanti alla bambina, che si mise a sorvegliare il fratello.

Raccolse la tazza e cominciò a parlare spagnolo con Emma. Il tono della sua voce sembrò tranquillizzare Emma, che forse non aveva bisogno d'altro. Si sporse in avanti fino a toccare con la fronte la spalla della donna, con un gesto talmente intimo da sfiorare il misticismo. Apollo diede un'occhiata dietro di sé: i ragazzi gli voltavano le spalle e agitavano le braccia per cercare di bloccare i tentativi di fotografare la scena da parte dei curiosi. Sfilò le scarpe a Emma e le tirò giù i collant fino alle ginocchia, poi le strinse dolcemente i fianchi con i palmi delle mani, un gesto che nei tre mesi precedenti l'aveva sempre tranquillizzata molto.

Poi si rivolse al bimbo che stava per nascere: «Non vediamo l'ora di conoscerti».

16

E fu così che, sanguinando e spingendo con tutte le sue forze, Emma partorì in un vagone della linea A, bloccato a metri e metri di profondità sotto le strade di New York. Apollo ripeté i due comandi che Kim considerava sempre appropriati: «vai piano» e «respira», concentrandosi soltanto su sua moglie e il figlio che stava per nascere. Ogni volta che Emma inarcava la schiena e grugniva, lui premeva con i pollici sull'osso sacro, poco sopra il coccige, e la schiena si raddrizzava. Quando cominciò a perdere sangue e a spingere più forte, le strinse la coscia e disse: «Vai piano. Respira». Poi vide la testa che affiorava, ed ebbe un momento di confusione: ecco la testa, ma perché era avvolta in una specie di pellicola di gomma? Il sacco amniotico non si era ancora lacerato e formava una barriera tra il feto e l'osso pelvico della madre. Malgrado tutto il dolore che sentiva, era accaduto un piccolo miracolo: non si erano ancora rotte le acque e questa sofferenza almeno le era stata risparmiata. Ce l'avrebbe fatta.

Vide le proprie mani che si tendevano a raccogliere il bambino; si sentì testimone e protagonista. Il bambino esitava tra la madre e il mondo e stava in entrambi; vivo e al tempo stesso sospeso nell'etere del grembo materno. Anche Apollo si sentiva in bilico su una soglia. Con la testa quasi fuori e il corpo ancora nascosto, il bambino sembrava un emissario divino.

«Riesci a vedere la testa?», chiese Emma. Apollo provò a rispondere, ma riuscì soltanto a balbettare.

A quel punto si ruppero le acque. Emma gemette per il sollievo, e il bambino sgusciò fuori, e Apollo Kagwa lo afferrò prima che toccasse il pavimento.

«È un maschio», disse.

«Un maschio», sussurrò Emma. Spostò il peso in avanti e si appoggiò alla donna, che la baciò sulla testa. Rimase a quattro zampe ancora per qualche minuto finché la placenta non fu espulsa.

Intanto Apollo rimase solo con suo figlio. Si sbottonò la camicia per sentire sulla pelle il corpo del neonato, che non gridava, stava a occhi chiusi. Apriva e chiudeva la bocca minuscola, mentre Apollo osservava i suoi primi respiri ansimanti. Rimase a guardarlo per chissà quanto… un'ora? Un'eternità?

«Possiamo chiamarlo Brian?», disse con voce rauca. Non avrebbe voluto fare quella domanda al momento della nascita, non aveva mai pensato che avrebbe desiderato chiamare suo figlio come il padre scomparso. La domanda, il desiderio, erano semplicemente sgusciati fuori, come se fossero rimasti nascosti per anni dentro di lui, in attesa sulla punta della lingua.

«Mi piace», rispose infine Emma, voltandosi e tendendo le mani per prendere suo figlio.

Apollo accostò la guancia a quella del neonato.

«Ciao, Brian», sussurrò. «Sono tanto felice di conoscerti».

3
Poi arriva un bambino nel passeggino

17

Il bambino nacque venerdì notte. Il personale sanitario arrivò ventidue minuti dopo che Apollo ed Emma finalmente lo conobbero. Come previsto da Emma, la portarono direttamente all'Harlem Hospital, dove tennero lei e il bambino sotto osservazione per due giorni. Nonostante gli avessero detto che poteva tornare a casa, Apollo rimase con loro per tutto il tempo e passò le due nottate a vegliare su una sedia accanto al letto di Emma. Il lunedì mattina tornarono a casa in taxi, e lui mise a letto mamma e bambino. Aveva già scelto il nome principale; ora si trattava di proporne un altro.

«Di sicuro non lo chiameremo Cowboy», disse Emma mentre si preparava a stendersi sul letto. Apollo teneva Brian in braccio come se fosse di cristallo. Ora aveva gli occhi aperti e osservava tutto senza guardare niente in particolare.

«Dammelo», disse Emma. Si era messa dei cuscini dietro la schiena. Apollo glielo passò; lei se lo accostò al viso e gli soffiò delicatamente sulla testa.

Brian era completamente calvo, con il labbro superiore sporgente e il mento piccolo; sembrava una tartaruga. Se ne erano accorti entrambi sotto le luci intense dell'ospedale e ne avevano riso insieme.

«Ehi, Tartarughino», disse Apollo, «ora porto qualcosa da mangiare a tua madre».

Emma accostò il seno al viso del neonato, accarezzandogli la guancia come le avevano detto di fare. Il bimbo reagì aprendo la bocca, ma lei gliela riempì così tanto con il seno che lo fece tossire. Brian voltò la testa dall'altra parte. Allora si chinò su di lui, lo accarezzò di nuovo e riprovò, ma non funzionò neppure stavolta. Era da venerdì notte che ci provava, e sia le infermiere sia entrambi i dottori avevano opinioni discordanti su quale fosse l'errore che stava facendo.

In cucina c'erano i piatti della colazione rimasti sul tavolo quando erano usciti venerdì mattina per andare al lavoro. L'idea era lavarli di ritorno dalla cena con Nichelle. Pensare che fino a ieri erano due in famiglia: faticava già a ricordare quell'epoca così lontana, Avanti Brian.

Lavò i piatti. Lillian e Kim sarebbero arrivate in mattinata. Forse mentre stavano con Emma, poteva fare un salto al supermercato. Erano già passate in ospedale a trovarla, trattenendosi poco. C'era stata anche Nichelle la domenica mattina, nonostante avesse il volo di ritorno a Los Angeles nel pomeriggio. Era entrata nella stanza con un'espressione di orrore sul volto, come se Emma si trovasse ancora in quel vagone in preda alle doglie. Continuava a chiedere in modo ossessivo che odore ci fosse là sotto, ma nessuno dei due se lo ricordava. Il parto era finito sui giornali: ne avevano parlato il «Post» e il «Daily News», e persino la televisione locale. Se qualcuno fosse riuscito a girare un video decente del parto ci sarebbe stato anche lo scoop, ma Cowboy aveva tenuto fede all'impegno e i video ripresi con i cellulari quella notte mostravano soltanto quattro ragazzi neri che si sbracciavano e sorridevano con aria trionfante. In genere i media non considerano quel materiale degno di condivisione.

Apollo diede un'occhiata al salotto. Era occupato da un divano, un televisore, quattro scaffali pieni di libri e una cesta di vimini, quella in cui avrebbe dormito Brian nelle settimane a venire, insieme a loro nella camera matrimoniale. Il salotto sarebbe diventato la cameretta del bambino. Osservò l'ambiente, immaginando le cose di cui avrebbero avuto bisogno: una culla, dei peluche, un cassettone per la biancheria e i vestitini, il mangiapannolini e molto altro; molte più cose di quante riuscisse a immaginarne al momento. Tutti acquisti che avrebbero dovuto fare già da tempo e per i quali Emma aveva stilato una lista. Poi, tra il part-time che le avevano imposto, e il rischio di perdere del tutto il lavoro, era diventato necessario riflettere bene su ciò che serviva veramente comprare, e in quale ordine. La cesta, i pannolini da neonato, le tutine, il sapone delicato e gli asciugamani: l'essenziale per iniziare. Ma Apollo sentiva l'impulso irresistibile di dare qualcosa di più a suo figlio. Chiuse gli occhi e baciò lo stipite.

Il campanello suonò. Per quanto tempo era rimasto lì sulla soglia? Forse si era addormentato in piedi. Andò a vedere alla porta: erano Kim e Lillian, munite di borsoni strapieni. Kim aveva comprato generi alimentari di prima necessità: quattro confezioni di zuppa pronta di fagioli rossi, polpettone e purè, lasagne e samosa, due quiche e brodo di coda. Portò tutto in cucina e accompagnò le due visitatrici in camera, dove c'era Emma che tentava di nascondere le lacrime di frustrazione per non essere riuscita a far attaccare Brian al seno.

Kim sfilò il piccolo dall'abbraccio della madre. Come ostetrica voleva controllare lo stato di salute del neonato, come zia voleva stringere a sé il nipote; e mentre lo spogliava, Lillian si avvicinò al letto e baciò Emma sulla testa. «Con Apollo ho avuto lo stesso problema», sussurrò. «Non sapevo cosa fare, e non c'era neppure mia madre a darmi sostegno».

Emma annuì. Capiva molto bene.

«Credevo che non ce l'avrei mai fatta, ma in fondo serviva solo tempo». Con un sospiro Emma si offrì all'abbraccio di Lillian, che la strinse a sé.

Kim voltò Brian a pancia in giù. «Ma quanto mi piace questo culetto blu!», esclamò.

«Fammi vedere come fai», disse Lillian a Emma. «Forse posso aiutarti».

Kim le restituì il bimbo ed Emma lo avvicinò al seno, accarezzandogli la guancia. I suoi occhi tremarono e fecero per chiudersi, mentre le labbra si increspavano, preparandosi a succhiare.

«Aspetta», disse Lillian. Le esaminò i seni con occhio da gioielliere. Annuì piano, sospirò. «Peccato, hai i seni della forma sbagliata», commentò.

«Mamma!», gridò Apollo. L'afferrò per il colletto e la trascinò fuori dalla stanza. Kim prese immediatamente il suo posto a lato del letto. Emma non si offese né pianse per le parole di Lillian; si limitò a posizionare ancora una volta il capezzolo davanti alla bocca del neonato.

Apollo si fece aiutare da sua madre per spacchettare la spesa, e quando ebbero finito la portò fuori a prendere un caffè. Provò a spiegarglielo per ben tre volte, ma lei non capiva cosa avesse detto di sbagliato, e alla fine Apollo rinunciò. La ringraziò di cuore per il cibo che aveva portato e l'accompagnò al treno.

Per la via di casa sentì vibrare il cellulare. Era un sms di Patrice: *Svendita oggi. Andiamoci insieme. Hai una famiglia da sfamare!*

Rispose: *Ancora non ce la faccio.*

Patrice: *Guarda che non possiamo ospitarvi quando vi sfratteranno.* Apollo rise e infilò in tasca il cellulare. Patrice gli mancava, ed era anche consapevole di non poter rimandare il ritorno al lavoro per più di una settimana.

Quando entrò in casa trovò Kim che si era rimessa scarpe e giacca ed era pronta per andarsene. La fece uscire e andò in camera da letto. Tirò le tende; la stanza si oscurò; si mise a letto con Emma e Brian.

«Avevo un gallo, il mio bel gallo», cantò Emma. «Lo tenevo sotto al salice giallo». Apollo si fece più vicino. Sua moglie. Suo figlio.

«Il mio gallo faceva chicchirichì», cantava Emma. Apollo si addormentò per primo; lei lo seguì poco dopo; il bimbo rimase a occhi aperti ancora un po', ma ben presto imitò i genitori.

Molto dopo la mezzanotte Apollo si svegliò e scivolò silenziosamente fuori della camera. Trovò la borsa che aveva con sé la sera che Brian era nato e l'aprì. Ecco il libro, *Fields of Fire*. Si mise al computer sul tavolo della cucina e spedì un'email al collezionista della Virginia, allegando una foto della copertina. Il bagliore dello schermo nel buio gli illuminava il viso.

«Sono il dio Apollo», sussurrò, mentre la divinità iniziava ad agire. In mezz'ora si addormentò sul tavolo.

18

Patrice lo informò di una svendita nel Bronx, abbastanza vicino a Washington Heights da obbligarlo ad andare senza poter addurre scuse né indugiare oltre. Gli toccò portare Brian con sé. Passate sei settimane, Emma doveva tornare al lavoro, altrimenti l'avrebbero licenziata. Negli Stati Uniti un periodo così lungo di congedo pagato è considerato generoso. Quella mattina era uscita in lacrime: in confronto, la sofferenza del travaglio era stata una passeggiata. Apollo aveva promesso di stare molto attento al bimbo, ma non era la mancanza di fiducia in lui che l'annichiliva, quanto il fatto di staccarsi dal figlio così presto. Era come uscire dall'astronave senza tuta spaziale, senza una fonte d'ossigeno. Come avrebbe respirato? Eppure doveva farlo: non potevano permettersi che lei perdesse il lavoro.

Per andare nel Bronx Apollo aveva preso un'auto in car sharing, una Honda Odissey solida e affidabile. Zipcar, la compagnia, dava un nome a ogni veicolo: questo si chiamava Suave. Trovò ammirevole una simile capacità di autoinganno. Assicurò il bebè nel seggiolino girato verso lo schienale del sedile e sistemò tutto intorno, anche sul fondo del veicolo, dei cuscini portati da casa. Nonostante Brian fosse circondato di imbottiture, Apollo non superò mai i venticinque chilometri orari sull'Henry Hudson Parkway, e non si scompose mentre gli altri guidatori suonavano il clacson e lo insultavano. Pian pianino arrivarono a Riverdale. Ci misero quasi un'ora per uno spostamento che normalmente richiedeva venti minuti. In Dodgewood Road furono sorpassati persino da una spazzatrice stradale.

Riverdale era un piccolo quartiere periferico del Bronx, con strade strette che serpeggiavano tra gli alberi, e villette a un piano circondate da prati, in un ambiente quasi rurale. Il luogo della svendita era una grande villa in Dodgewood Road, con vialetto d'accesso e garage a due posti. Sul marciapiede era parcheggiata un'auto che conosceva bene, una Toyota Echo rossa del 2001, con l'adesivo sul paraurti che diceva «BIBLIOTECARIO DI ALESSANDRIA».

Patrice Green era arrivato prima di lui, nonostante abitasse nel sud-est del Queens.

Spense il motore e si inarcò all'indietro per vedere suo figlio. Brian Kagwa osservava il cielo azzurro dal finestrino; apriva e chiudeva la bocca come se stesse mangiando la luce del sole.

«Andiamo a caccia di libri», disse Apollo.

Scese e lo liberò dalle imbracature. Tirava vento forte e Brian sembrava attratto in particolare dai rami di un albero che si agitavano. Indossò il marsupio e ci infilò Brian: i battiti del cuore di papà sarebbero stati una musica tranquillizzante per il bimbo.

Passò in rassegna i contenuti della borsa con la meticolosità di un pilota prima del decollo per controllare che ci fosse tutto il necessario: biberon, tre pannolini, salviettine, straccio per asciugare il rigurgito, sonaglio di plastica e copertina soffice.

«Assistenti di volo ai vostri posti», sussurrò. «Prepararsi al decollo».

Mentre chiudeva la porta scorrevole del minivan sentì una voce maschile che lo chiamava.

«Quando ero a Falluja non avevo neanche la metà dell'equipaggiamento che hai tu». Patrice uscì dal garage sfiorando la porta basculante con la testa. Aveva la faccia da pesce gatto, con il labbro superiore sporgente, baffi radi e occhi sproporzionatamente piccoli.

«Ma va', tu Falluja non l'hai vista neppure da lontano», ribatté Apollo.

«In ogni caso ci sono andato più vicino di te».

Apollo gli mostrò la borsa con i pannolini. «Guarda qui: queste sono le mie armi batteriologiche».

Patrice Green in effetti non era mai stato a Falluja, ma aveva fatto parte dell'operazione Iraqi Freedom dal 2003 al 2004, con il 62° reggimento dell'aeronautica militare. Si era occupato di IED, ovvero di neutralizzazione di ordigni esplosivi improvvisati nella zona intorno a Iskandariyah, una quarantina di chilometri a sud di Baghdad, non lontano dall'Eufrate. Compiuta la missione era tornato negli Stati Uniti e aveva trovato lavoro come direttore di un cinema AMC in 34th Street. Poi aveva frequentato un master in Biblioteconomia di cinque mesi presso il Queens College, ed era finito nel commercio di libri usati e rari.

Il garage alle sue spalle sembrava più grande dell'intero appartamento in cui vivevano Apollo ed Emma, ed era stipato di scatoloni con le alette aperte pieni di libri. Il saccheggio era già avvenuto.

«La nonna è defunta quattro mesi fa», spiegò Patrice. «La famiglia è riuscita a inscatolare tutto e ha messo l'annuncio. Il genero mi ha fatto entrare e poi si è defilato».

«È uno a posto?», chiese Apollo saltellando per tenere buono Brian.

«Gli ho chiesto se potevo usare il bagno, ma non mi ha fatto entrare. È uno stronzo: dice che non hanno il bagno». Indicò la villa. «Quattro camere da letto e nessun bagno, figurati».

«Uno pensa che la gente controlli prima di comprare casa, e invece...». Fecero una risata, ma gli veniva da piangere. Apollo entrò nel garage per dare un'occhiata agli scatoloni aperti. Brian si dimenava nel marsupio. Se Patrice aveva già setacciato tutto non avrebbe trovato nulla di valore.

«Alla nonna piacevano i libri... ma aveva buon gusto?», chiese Apollo.

«Ho trovato qualche bel pezzo».

Certo, e li aveva pure messi da parte. Eppure gli scatoloni erano ancora belli pieni. Significava che contenevano praticamente carta straccia, roba da rivendere in blocco per ricavarne qualcosa. Aveva noleggiato un minivan perché suo figlio fosse al sicuro, ma gli sarebbe tornato utile per caricare tutti quegli scatoloni.

«Nel seminterrato ce ne sono altri», disse Patrice indicando una porta socchiusa verso il retro.

«Non sei ancora sceso?».

Per la prima volta da quando era uscito dal garage venendogli incontro, Patrice fece per ritrarsi. «Macché. Volevo lasciarti qualcosa».

Patrice Green era grande e grosso, esperto nel commercio di libri e nella neutralizzazione degli ordigni irregolari; era anche cresciuto nel quartiere più tosto di Roxbury, ma non sopportava gli scantinati. Da Iskandariyah era tornato senza traumi apparenti ma con una paura di cui non aveva mai voluto parlare. E pur intuendo di cosa si trattava, Apollo non aveva mai fatto domande. Restava il fatto che un certo numero di svendite avveniva proprio negli scantinati di New York, e guarda caso Patrice non ci andava mai.

«Hai sentito, Brian?», disse Apollo aprendo il marsupio per liberare il bimbo. «Lo zio Patrice ci manda in avanscoperta». Lo prese in braccio e lo girò verso l'esterno.

«Però dividiamo, qualunque cosa trovi. Sessanta a te, quaranta a me. Questi sono i patti», disse Patrice senza degnare di uno sguardo il bimbo.

Apollo lo alzò per mostrarglielo. Si aspettava che l'amico dicesse qualcosa, una reazione qualsiasi, invece da quando erano arrivati non aveva fatto altro che parlare di libri. Era la prima volta che vedeva suo figlio, santo cielo, perché non aveva detto niente? Si stupì di quanto gli desse fastidio quell'atteggiamento.

«Guardalo negli occhi», disse in tono scherzoso.

«E cosa dovrei dirgli?».

«Zio Patrice, mi racconti cos'è successo a Iskandariyah?», chiese Apollo con voce acuta da bambino curioso.

Patrice si chinò sul bebè. «Di' al tuo papà che lo mando affanculo».

«Ma io non so ancora parlare».

«Allora ti insegno il gesto».

Era necessario sorridere. «Però così mi insegni le cose brutte».

«Di certo non peggiori di quelle che ti insegna il tuo papà».

Apollo avvicinò di colpo il bimbo al viso di Patrice. «Zio, mi spieghi cosa vuol dire DSPT?». Poi, senza dire altro, si diresse verso la porta del seminterrato.

«Capisco perché il tuo papà ti ha abbandonato!», gli gridò dietro Patrice.

19

I due Kagwa scesero nel seminterrato: laggiù faceva più caldo che nel garage. L'ambiente era ampio, privo di separazioni o tramezzi. Nell'angolo in fondo c'era la caldaia, un grosso cilindro bianco con un quadro dei comandi blu, tubi di rame che si infilavano nel soffitto e un tubo d'alluminio che bucava la parete esterna: sembrava uno di quei macchinari assurdi che si vedono nel *Frankenstein* di James Whale, quello degli anni Trenta. In quel momento si mise a gorgogliare come se si stesse rianimando.

Sul lato opposto c'erano la lavatrice e l'asciugatrice insieme ai detersivi e al materiale per le pulizie, nonché pale, rastrelli e bidoni di vernice arrugginiti. Il terzo angolo era occupato da una catasta di giocattoli che probabilmente se ne stavano là sotto da un decennio o più. Bambole ingrigite con gli abiti a brandelli; camioncini ribaltati che perdevano i pezzi; l'orsacchiotto parlante Teddy Ruxpin che sembrava ibernato.

I sette scatoloni si trovavano nell'angolo più vicino alle scale forse perché non c'era posto in garage. Apollo poggiò un ginocchio a terra e annusò la testa del bebè, senza rendersi conto del suo gesto finché non si ritrovò un sorriso stampato in faccia. Il piccolo si dimenò tra le sue braccia.

Stese la copertina morbida accanto agli scatoloni e ci

posò sopra Brian, a pancia in giù. Il bimbo rimase fermo a occhi sgranati, boccheggiante, con il respiro corto; poi mosse i piedini e le manine come se nuotasse, finché non puntò i palmi a terra e con una spinta alzò la testa. «Evviva! Giochiamo a stare a pancia sotto!», esclamò Apollo, neanche suo figlio fosse riuscito a pilotare un aereo.

Un attimo dopo Brian lasciò cadere la testa sulla coperta.

Lo mise supino, e gli occhi del bebè cercarono il soffitto. Ora poteva dedicarsi ai libri. Corse ad aprire il primo scatolone lanciando un'occhiata al figlio che adesso era alle sue spalle.

«Mio padre, ovvero tuo nonno, è scomparso quando avevo quattro anni. Facevo sempre un incubo in cui lui mi abbandonava. Si chiamava Brian West. Hai preso il nome da lui».

Brian mosse la testa e aprì le braccia.

«Non ne ho più saputo niente, né si è fatto più sentire finché non ho avuto dodici anni. Poi, un giorno ha lasciato una scatola davanti alla porta di casa. C'erano dentro i biglietti del film che lui e la nonna avevano visto insieme la sera del loro primo appuntamento, la fotografia della tipa che aveva testimoniato contro il datore di lavoro disonesto di tua nonna… era una specie di capsula del tempo».

Brian alzò le gambine cicciotte e le buttò di nuovo giù; si dondolò come una tartaruga bloccata a pancia in su che tenta di raddrizzarsi.

«Mi sono sempre chiesto perché l'ha fatto. Perché ha lasciato la scatola ed è sparito di nuovo?». Aiutò il figlio a mettersi prono.

«Ora che ci sei tu nella mia vita finalmente l'ho capito. Voleva che sapessi quanto ero importante per lui; non voleva che sprecassi l'esistenza credendo di non essere importante. Non so in che genere di situazione si trovasse in quel momento; non so neppure se sia ancora vivo, ma credo che all'epoca non fosse tanto diverso da come sono io ora. E mi rendi già così felice, ometto mio. Se mi trovassi in esilio su Saturno inventerei un modo per mandarti un messaggio, per farti sapere che sei amato».

Rimase immobile, trattenne persino il respiro per guardare suo figlio che si sforzava di alzare la testa. Quel piccolo gesto, quello sforzo per sviluppare i muscoli del collo, un giorno gli avrebbe permesso di stare seduto, poi di gattonare, di barcollare e infine di correre. E tutto ciò cominciava a prendere forma esattamente in quell'istante, in un seminterrato di Riverdale.

Che fortuna esserne testimone. Quella creaturina di due mesi gli mandava l'emotività alle stelle: si rimise al lavoro sui libri solo per non iniziare a piangere.

Nel primo scatolone non c'era niente di interessante, perciò passò al successivo. Stessa situazione. Idem nel terzo. «Brian mi lasciò un libro, un libro per bambini che mi leggeva sempre. Si intitola *Outside Over There*. Ormai lo conosco a memoria».

Il quarto scatolone, poi il quinto. Nulla. Brian abbassò la testa: aveva i muscoli stanchi, era ora di girarlo. Lo mise sulla schiena e il bebè cominciò a piagnucolare. Tornò da lui per controllare. Gli sfilò le calzette e i pantaloni, aprì la tutina e trovò la causa del disagio. Mentre gli cambiava il pannolino continuò il discorso di poco prima.

«"Quando papà era via per mare"», recitò. «Il libro comincia così. È la prima pagina. Papà è andato via e la mamma se ne sta sotto la pergola. All'epoca non sapevo cosa fosse una pergola, ma in pratica è una struttura di asticelle di legno incrociate che si mette in giardino. La mamma è seduta sulla panca sotto il pergolato. Il papà è lontano lontano e la mamma sta in giardino».

Infagottò di nuovo il bebè, mise il pannolino bagnato di pipì nella tasca speciale della borsa e ripose le salviette insieme al tubetto di olio di cocco.

«Ma nella casa c'è una bambina di nome Ida. È molto piccola ma le tocca badare alla sorellina e nessuno l'aiuta. Per farla dormire le suona la tromba, e intanto guarda fuori dalla finestra. Sono nella stessa stanza, ma Ida non le presta attenzione. Per questo i folletti entrano di soppiatto».

Brian si era addormentato. Apollo tornò agli scatoloni con passo felpato. Ne mancavano due per finire. Aprì il sesto e l'aria fu invasa dalla puzza di muffa. Erano tutti libri rilegati e non ce n'era uno che non avesse macchie di muffa sui risguardi. Privi di valore, rovinati. Rimaneva uno scatolone.

Brian sospirò nel sonno, sembrava tranquillo e soddisfatto. La settima scatola poteva aspettare. Apollo prese il telefono. A Emma sarebbe piaciuto vederlo così, indifeso e sacro nella sua inviolabilità. Scattò undici foto e le inviò tutte – anche quelle mosse – al cellulare di Emma. Non sopportava l'idea di cancellarne nemmeno una. Poi entrò su Facebook e le postò per Lillian, che aveva aperto l'account il giorno della nascita di Brian ed era sempre affamata di immagini del bimbo. Giustificava così le sue azioni pur sapendo che tipo di genitore era diventato; uno di quelli che soltanto due mesi prima gli davano il voltastomaco; quelli che supponevano allegramente che gli amici volessero essere torturati da centinaia di foto del bebè. Eccolo che dorme! Eccolo che fa un sonnellino! Eccone un'altra: il mio bimbo sfocato… che dorme! Diosanto, la vanità di tutto ciò, il narcisismo senza limiti. Sapeva tutto, eppure caricò undici foto di Brian. Fanculo la dignità, lui era un padre innamorato. Cliccò su "post".

Mentre Brian dormiva, si dedicò all'ultimo scatolone. Aveva deciso di studiarselo da cima a fondo, se non altro per impedirsi di andare a controllare subito quanti like avevano preso le foto.

20

Entra in casa urlando. È già successo, ma stavolta è proprio tutta un'altra cosa; è l'urlo più assordante che Emma Valentine abbia mai udito. Apollo ulula mentre apre la porta ed entra di corsa in soggiorno con il bimbo che si dimena nel marsupio. Di primo acchito pensa che Brian stia male, ma Apollo ha le braccia tese e tiene un libro tra le mani come se fosse uno scudo. Tanto per rendere il momento più caotico, il televisore è acceso ed Emma ha il tiralatte attaccato al seno. Sembra di stare sotto un bombardamento della seconda guerra mondiale.

«È mio! È mio! È mio!», continuava a gridare Apollo. Urlava da quando aveva messo la cintura a Brian sul seggiolino della Honda Odissey ed erano ripartiti da Riverdale. Non aveva smesso di scandire quelle due parole neppure sulla Henry Hudson Parkway, dove un poliziotto lo aveva multato per "guida eccessivamente lenta".

Aveva una novità importantissima da annunciare a sua moglie, una notizia che non avrebbe sopportato interruzioni. O almeno così credeva. Abbassò il libro tenendolo con la sinistra, mentre con la destra indicava il seno di Emma.

«Che ti sei messa?».

Lei si guardò. Indossava un reggiseno beige da allattamento con due coppette attaccate ai capezzoli, collegate a due bottigliette di plastica che raccoglievano il latte e da cui partivano tubicini trasparenti più sottili di una cannuccia. La pompa era accesa sul pavimento e produceva un suono monotono di risucchio che faceva pensare ai movimenti di un calamaro. Emma si chinò per spegnerla, poi si rialzò.

«Com'è che non ti ho mai visto usarla?».

«Mi hai visto che usavo il tiralatte».

«Sì, ma senza questo reggiseno. È come una mungitrice meccanica».

«Non chiamarla mungitura. Sto tirando il latte».

Mimò il gesto di schiaffeggiarlo con dolcezza, poi tirò a sé il marsupio per vedere come stava il bebè. Aveva talmente fretta che non aspettò l'aiuto di Apollo; sganciò il figlio da sola con una mano, mentre con l'altra staccava le coppette dal seno. Si dispose ad allattare. Brian annusava l'aria come un maialino che grufola. Dopo il secondo tentativo di attaccarsi – Emma rimase calma e non perse fiducia – trovò la connessione e tutto andò per il meglio.

«Com'è andato il rientro al lavoro?», chiese Apollo.

Avrebbe voluto rispondergli, ma la sua attenzione fu catturata dal viso di Brian. «Mi sei mancato», sussurrò fissandolo. «Mi sei tanto mancato». Torse il collo in modo da dargli un bacio sulla testolina mentre prendeva il latte.

Ora il televisore era l'unica fonte di rumore. Trasmetteva uno di quei programmi in cui si ristrutturano le case.

«Non so mica se ce la facciamo a finire in cinque settimane», diceva il tizio sullo schermo guardando in camera.

«Se non facciamo in tempo sforiamo il preventivo», commentò la donna al suo fianco.

Emma prese il telecomando e tolse l'audio. Si rimise sul divano senza mai staccare gli occhi da Brian.

In TV, l'uomo e la donna che poco prima si preoccupavano del preventivo e dell'avanzamento dei lavori indossavano occhiali di protezione e prendevano a mazzate le pareti di una cucina veramente brutta.

«Questa parte sembra divertente», osservò Apollo.

«A me piace quando demoliscono», disse Emma annusando le orecchie di Brian.

Ora che stavano entrambi sul divano, Apollo le mostrò l'oggetto che brandiva quando era entrato urlando.

«*Il buio oltre la siepe*», lesse Emma ad alta voce.

Apollo lo aprì e andò subito alla pagina del colophon. «È una prima edizione, con la copertina originale, in ottime condizioni. Solo questo gli dà un valore di cinquemila dollari. Quando Harper Lee morirà, come minimo il valore raddoppierà».

Emma fece una smorfia.

«Ti ha morso?».

«No. È che hai detto una cosa morbosa».

«Scusa».

Si appoggiò alla spalla di Apollo, spostando Brian affinché le aderisse meglio alla pancia.

«Sai che Harper Lee non concede mai interviste né dichiarazioni, e neppure autografi». Apollo indicò il titolo. «Be', guarda: questo l'ha autografato».

Emma alzò la testa. «Wow. E c'è pure la dedica. A Pip. Chi è Pip?».

«Ah, Pip?», disse Apollo. Si stava divertendo un mondo a creare suspense. «Era il suo amico d'infanzia. Poi anche lui è diventato uno scrittore; forse ne hai sentito parlare». Emma, bibliotecaria competente e informata, gli strinse la coscia così forte da fargli male. «Truman Capote», sussurrò, guardando il libro con una venerazione tutta nuova. Aveva capito che quel libro avrebbe cambiato la loro vita.

«Sai che la scorsa estate è uscito il suo secondo romanzo? Quello in cui Atticus Finch è un razzista inacidito? Credo non sia piaciuto a nessuno: i lettori non vogliono vedere Atticus sotto quella luce. C'è troppa schiettezza. Secondo me la Lee lo sapeva già decenni fa, quando lo ha scritto. Guarda cosa ha scritto a Truman: è la ciliegina sulla ciliegina della torta».

Emma si avvicinò per leggere e Brian, strizzato tra loro due, perse la presa sul seno. Rigurgitò del latte mentre dal seno uscì uno spruzzo leggero che gli bagnò la guancia.

«"*Dedicato al papà dei nostri sogni*"». Apollo chiuse il libro: sì, quello sarebbe stato un affare strabiliante che avrebbe reso dieci volte di più rispetto al fondo D'Agostino. Con tanto di autografo e con quella dedica incredibile, il libro sarebbe persino finito sui giornali nazionali; e con la bella sommetta raggranellata avrebbero potuto comprarci un appartamento, o almeno dare un anticipo sostanzioso. Certo, non un appartamento grande – d'altronde si trattava di New York – ma sarebbe stato tutto loro.

Aveva capito chiaramente quale fortuna gli fosse capitata quando era uscito dal seminterrato. Cercando di nascondere l'agitazione, aveva bussato alla porta laterale e chiamato il figlio della signora defunta, che peraltro non lo aveva neppure fatto entrare, anzi, aveva suggerito di concludere la transazione lì, sul vialetto d'accesso. La sua offerta era stata di cinquanta dollari, decisamente, intenzionalmente bassa. Lasciò che il tizio lo convincesse a salire fino a cento dollari per dargli l'impressione di aver avuto la meglio. Durante tutta la contrattazione non aveva smesso un momento di controllare il cellulare, interrompendosi persino a metà frase per rispondere a un messaggio. Apollo pagò in contanti e tornò al minivan fluttuando a mezzo metro da terra.

Si alzò dal divano, lasciando Emma e Brian a vegetare davanti alla TV. Le puntate di *Casa su misura*, *Extreme makeover* e altre serie simili andavano in onda senza soluzione di continuità, e a Emma piaceva guardarsele mentre cullava suo figlio.

Andò nella stanza sul retro, la futura camera da letto di Brian. Salì su un poggiapiedi e passò la mano sullo scaffale più alto finché non trovò la scatola. La prese e la poggiò sul pavimento.

Improbabilia.

Da quanto tempo non l'apriva, non rovistava tra i contenuti? Anni. Quella sera si sentiva pronto per aggiungere un elemento alla capsula del tempo. Sollevò il coperchio. Prese solo il libro per bambini, pensando che lo avrebbe letto al figlio come suo padre aveva fatto con lui. Poi ripescò il cordino rosso di Emma dal portafoglio. Siccome era aggrovigliato lo districò, ottenendo una decina di centimetri di fili ritorti e consunti. Eppure, quanto calore sembrava emanare da essi, come se rispondessero al tocco della sua mano, ancora caldi di magia sentimentale. Mise il cordino nella scatola.

Sullo scaffale dei libri trovò il secondo libro che aveva comprato da Mrs Grabowski, quello che era servito a camuffare *Fields of Fire*. Osservò la copertina. *Once Upon a Die*. Che titolo senza senso. Lo sfogliò a caso. Alcune pagine si erano staccate dal dorso: quel mezzo rifiuto era invendibile, ma ogni volta che lo guardava gli tornava in mente la notte in cui era venuto al mondo suo figlio. Lo mise nella scatola.

Nella tasca davanti dei pantaloni trovò la multa che aveva preso quella sera tornando a casa. Poteva mettere anche quella nella scatola? Perché no? Quando Brian fosse cresciuto gli avrebbe raccontato la storia che c'era dietro. Voleva esserci per spiegargli tutto.

Per ultimo mise nella scatola *Il buio oltre la siepe*. Non c'era posto migliore per una scoperta così incredibile. Chiuse il coperchio, risalì sul poggiapiedi e nascose Improbabilia in un angolo buio.

21

Quella notte Brian li lasciò dormire fino alle cinque del mattino. Un nuovo record, anche se Apollo era sveglio dalle tre, come da record precedente. Il suo corpo anticipava il risveglio di Brian, e una volta in piedi non riusciva più a convincere il cervello a spegnersi di nuovo. E poi c'era tutta l'eccitazione derivante dal libro.

Nonostante fosse con ogni probabilità una precauzione inutile, decise di ingaggiare un perito della American Society of Appraisers per ottenere una certificazione indipendente dell'autenticità del libro. Mercanti importanti di libri rari come Bauman facevano affidamento sulla propria reputazione, ma uno come lui aveva bisogno di un garante esterno per rassicurare i potenziali compratori.

Alle cinque Emma era talmente piena di latte che le facevano male i seni. Anche loro si erano abituati al risveglio delle tre. Apollo le portò Brian e lei lo allattò e lo coccolò distesa sul fianco, semiaddormentata. Quando ebbe finito si impose la fatica di alzarsi per cambiargli il pannolino.

«Lo porto io al parco», sussurrò Apollo.

Emma sorrise riconoscente e cercò di dargli un bacio, ma le mancò la forza per restare in piedi e ricadde sul letto. Si arrotolò nelle coperte come in una tortilla gigante e ripiombò nel sonno. Oggi sarebbe stato il secondo giorno di lavoro, e un paio di ore di sonno in più avrebbero fatto la differenza tra presentarsi completamente KO oppure semplicemente stanchissima. Apollo si attrezzò di tutto punto, si coprì bene e imbacuccò Brian, lo infilò nel marsupio e uscì insieme al figlio alle cinque e mezzo.

Era diventato un papà moderno, migliore rispetto a quelli di una volta. I papà moderni vestono i figli e gli cambiano il pannolino tre volte per notte; lavano i piatti e fanno il bucato; cucinano; leggono libri di puericultura e fanno ricerche online. I papà moderni, inoltre, spalmano olio di cocco nelle pieghe dell'inguine del bimbo per lenire le irritazioni e preparano purè di patate dolci quando il bimbo è pronto per lo svezzamento. E vanno in giro con la borsa dei pannolini – una borsa normalissima in realtà – senza provare vergogna. Sono sempre attenti alle esigenze emotive del figlio e fanno i lavori di casa (non tutti, il trentacinque per cento diciamo, sempre meglio che zero). I papà moderni rimediano a tutti i guai combinati dai papà di una volta; sono il futuro, perlomeno questo è il loro progetto. Tuttavia, siccome devono cavarsela improvvisando, hanno anche una paura tremenda di sbagliare.

Erano le cinque e mezzo, e a Bennett Park c'erano già dei genitori. Le mamme stavano raggruppate all'estremità dell'area giochi, intorno alle altalene. Apollo cercò gli altri papà moderni come lui. Ce n'erano già quattro vicino ai tappeti di gomma. Tre sembravano trenta-quarantenni, il quarto poteva avere cinquant'anni, oppure era soltanto tremendamente fuori forma. Li salutò e loro ricambiarono il saluto. Non ricordava come si chiamassero, e lo stesso valeva per loro. Ma ricordavano i nomi dei figli altrui, e quella era la cosa importante.

«Brian!», salutarono uno dopo l'altro mentre Apollo sganciava il marsupio. Salutò i bimbi: Meaghan e Imogen,

Isaac e Shoji, anche se ovviamente il saluto era inteso per i genitori. Mise Brian a pancia in giù sul tappeto di gomma nero. I bambini correvano e saltavano attorno ai giochi. Brian, con i suoi due mesi di vita era di gran lunga il più giovane dei presenti. Meaghan e Imogen gli sfarfallavano intorno interessate, mentre Isaac e Shoji lo ignoravano completamente. A pancia in giù strinse le labbra e in pratica baciò ripetutamente il tappetino, poi Apollo lo girò e gli mise in mano un sonaglio di plastica con le chiavi, che Brian afferrò e tirò, ipnotizzato. Lo scosse energicamente, sperimentando varie espressioni, ora curioso, ora sospettoso.

I papà si avvicinarono e fecero domande sui progressi di Brian come se fossero allenatori curiosi del giocatore della squadra rivale. Riusciva a cambiare posizione da solo? Passava già gli oggetti da una mano all'altra? E i Cheerios, li raccoglieva senza aiuto? Facevano circolare queste domande con atteggiamento curioso e competitivo, ma ad Apollo quel tono non dava fastidio, anzi, trovava divertente la situazione quanto loro. Non raccontò nulla della fantastica scoperta del giorno prima: perché mai avrebbe dovuto parlarne? Dopotutto, se c'erano dei bambini di cui discutere, nessuno aveva voglia di parlare di lavoro, sogni o speranze. Apollo prese il cellulare e scattò una dozzina di foto di Brian sul tappeto di gomma. Il post del giorno prima – foto di Brian nel seminterrato di Riverdale – era stato un gran successo, perlomeno le prime foto della serie. Entrò su Facebook e, per spirito di completezza, caricò quelle che aveva appena scattato. Tutte e dodici.

22

Il giorno prima – quello del rientro al lavoro – Emma si era svegliata sola nel letto perché i suoi due ragazzi erano usciti molto presto per andare a caccia di libri. Aveva fatto la pipì, poi si era concessa una bella doccia di mezz'ora. Apollo non era entrato per fare la cacca e Brian non aveva pianto né per farsi cambiare il pannolino, né per la poppata, né per farsi cullare. Certo, una vita senza quei due non riusciva neppure a immaginarla, ma trenta minuti?

Sì, grazie.

Si era depilata le gambe sotto la doccia, con gesti lenti perché piegarsi le faceva male. Si era lavata i capelli. Dopo che il vapore si era dissipato, guardandosi allo specchio per truccarsi, il suo viso l'aveva lasciata di stucco: si sentiva diversissima, eppure la faccia, in fondo, non era poi tanto cambiata.

Tornava al lavoro. Non vedeva l'ora di ricominciare, e questo le parve sorprendente. Certo, adesso era un part-time, ma almeno manteneva la copertura sanitaria, e ciò bastava a renderlo prezioso. Apollo non aveva la copertura sanitaria e adesso guadagnava più di lei, ma l'assistenza garantita faceva una grande differenza. Per esempio Kim avrebbe ricevuto un rimborso per le sue prestazioni ostetriche, anche se l'assicurazione non avrebbe coperto il parto vero e proprio perché tecnicamente lei non era intervenuta.

Prima di vestirsi prese in frigo un tampone imbevuto di hamamelis e se lo mise nelle mutande, godendosi il sollievo e la frescura. Poi prese il cellulare e vide il messaggio di Apollo, le undici foto di Brian che dormiva come un sasso. Fece una risata piena d'amore per il suo piccolino e rispose al messaggio: *Perché mio figlio sta dormendo in un seminterrato?* Uscì per andare al lavoro.

All'angolo tra Fort Washington e la 179th Street c'era la Holyrood Episcopal Church. Potevano battezzare Brian lì, pensò passandoci davanti. Il bimbo aveva solo due mesi e già la nonna, di confessione episcopale ugandese, premeva per farlo battezzare. La famiglia di Emma era cattolica, una rarità a Boones Mill, ma dopo la morte dei genitori Emma e Kim non avevano più frequentato la chiesa. I parrocchiani erano stati gentili a volerle includere nella congregazione, ma le ragazze Valentine si rinchiusero nella loro piccolissima comunità a due.

Proseguì in direzione est. Superò una decrepita pizzeria Papa John e la nuova farmacia che aveva aperto dove prima c'era il macellaio. Su Wadsworth Avenue oltrepassò la St Spyridon Greek Orthodox Church, lo studio dentistico 24 Hour, il N&C Brokerage e il New Age Financial, uno dopo l'altro nello stesso isolato. A quell'ora i marciapiedi erano un flusso ininterrotto e indistinto di gente diretta al lavoro e ragazzi che andavano a scuola. Emma era un problema perché si muoveva lentamente. Qualcuno brontolava, altri addirittura grugnivano considerandola un ostacolo, ma a lei non importava un bel nulla di loro. Ciò che la faceva stare male era il dolore sempre più intenso man mano che si allontanava da casa; una specie di allergia che le gonfiava il petto e le stringeva la gola.

Le mancava suo figlio.

Quello strazio la obbligò a fermarsi per appoggiarsi a una buca delle lettere, all'angolo della strada. Pianse sommessamente mentre il semaforo passava dal verde al giallo e poi al rosso. Le mancava Brian. Aveva i seni gonfi e doloranti. Si era portata il tiralatte con il proposito di usarlo durante la pausa pranzo, ma capì che non sarebbe riuscita ad aspettare così a lungo. Singhiozzò piano. La lontananza dal figlio era come la sindrome dell'arto fantasma. I passanti la notavano e subito facevano come se non ci fosse. Riprese fiato, si raddrizzò e ripartì.

L'edificio a tre piani in pietra calcarea costruito nel 1914 con i soldi di Andrew Carnegie, in passato aveva avuto utenti del calibro di Marianne Moore, Maria Callas, Ralph Ellison e Lou Gehrig, ma Emma preferiva pensare ai bambini anonimi e importanti che bibliotecarie come lei avevano aiutato lungo tutto un secolo. Sperava di essere per ciascuno di loro ciò che Ms Rook era stata per lei, una liberatrice senza clamori, una salvaguardia e una tutela. Emma adorava il mestiere di bibliotecaria.

Arrivò alle 8.35 e appena entrata trovò ad accoglierla uno striscione appeso dalle colleghe – amiche – con la scritta «BENTORNATA» in lettere dorate. Sheryl aveva comprato una torta da Carrot Top, la migliore pasticceria di New York per la torta di carote; Carlotta aveva già preparato il caffè e Yurina – la più giovane – aveva comprato lo striscione e l'aveva appeso.

«Mi sei mancata», disse Emma a ciascuna di loro, abbracciandole.

Carlotta, sopraffatta dall'emozione la baciò sulla fronte. Quel bacio le sembrò una specie di benedizione solenne. Chiesero di vedere qualche foto, ed Emma fu più che felice di accontentarle. Non la finivano di sdilinquirsi per gli occhioni del bebè, per la forma delle orecchie così carine. Carlotta e Sheryl, madri già da molti anni, si misero a dare consigli non richiesti e le strapparono la promessa che avrebbe «assaporato ogni momento perché passa tutto così in fretta». Oh, i cliché dell'essere genitori! Sapeva che un giorno anche lei avrebbe detto le stesse cose ad altri neogenitori. E con ciò? L'accoglienza era affettuosissima e non avrebbe immaginato un ritorno al lavoro più bello di questo. Mangiò la torta e bevve il tè. Quando seppero che quel mattino Apollo aveva portato Brian con sé, le colleghe più anziane lanciarono gridolini di gioia. Poi fu l'ora di mettersi al lavoro. Emma ritirò i libri dalla cassetta delle restituzioni e recuperò i quotidiani, che portò in sala lettura – nel seminterrato – per metterli al posto di quelli del giorno prima. Carlotta aveva già cominciato a spacchettare i nuovi arrivi e a confrontarli con la lista d'accompagnamento. Quel giorno Sheryl era di turno al primo piano, nella sezione bambini, ma la biblioteca era talmente piccola che tutte loro cambiavano piano e mansione più volte al giorno. Al bancone principale Yurina accese i due computer ed Emma controllò che i quattro portatili in prestito fossero carichi. Alle dieci erano pronte per aprire.

Proprio in quel momento il cellulare di Emma vibrò dentro la borsa. Apollo aveva mandato un'altra foto: padre e figlio sul vialetto di una villa. Apollo cercava qualcosa nel minivan, forse caricava o scaricava una borsa, mentre Brian era steso su una coperta sulla ghiaia e guardava gli alberi. Non riuscì a fare altro che dare un'occhiata veloce che già un gruppo di bambini dell'asilo appena entrati richiedeva tutta la sua attenzione. Arrivò a mezzogiorno con l'irritante sensazione di avere qualcosa incastrato tra i denti, ma soltanto mentre tornava a casa, alle tre del pomeriggio, si rese conto di cosa esattamente non quadrasse in quella foto. A parte il fastidio di vedere suo figlio appoggiato a terra, chi aveva scattato la foto?

Era per strada, sulla 179th Street. Ripescò il cellulare nella borsa e passò una decina di minuti a cercarla nei messaggi, nei download, nella gallery. Niente. Scomparsa. Come se la persona che l'aveva inviata se la fosse ripresa.

23

«Che bello, hai portato il bimbo».

Apollo e Patrice si erano dati appuntamento in Avenue B, East Village. Patrice lo aspettava davanti a un negozietto di computer. In quel momento esatto Emma, al suo secondo giorno di lavoro, apriva la biblioteca.

«Guarda un po' questo bendidio», disse Patrice, mostrandogli lo schermo del cellulare. Era un computer con due monitor, quattro casse e altri aggeggi. «Voglio assemblarne uno ancora più fico».

Brian era nel marsupio, girato verso l'esterno, per cui guardava Patrice. Apollo lo sollevò leggermente, come a mostrare il proprio bendidio.

«Lo sai a chi somigliate? A Master Blaster», disse Patrice.

«Chi comanda a Bartertown?».

Patrice ridacchiò. «Master Blaster comanda».

I due si abbracciarono come meglio potevano, considerato il bebè di otto settimane che c'era in mezzo.

«In realtà Master Blaster aveva il nano sulla schiena; io e Brian siamo più simili a Kuato e suo fratello».

Patrice tenne aperta la porta del negozio per farli entrare. «Vorresti paragonare tuo figlio a quel cazzone di Kuato?».

Apollo posò delicatamente la mano sulla testa del bimbo. «I marziani amano Kuato perché credono sia George Washington».

«Sei un tipo strano, amico mio. Sappilo».

Nel negozio c'erano cinque clienti. Con gli ultimi arrivati non c'era più spazio. La commessa lanciò loro un'occhiata rapida e continuò a occuparsi della vendita. Brian si dimenò e piagnucolò sommessamente. Tutti gli adulti presenti tranne Apollo reagirono stringendosi nelle spalle quasi volessero proteggere l'udito da una minaccia. Due uomini si voltarono con espressione accigliata. La commessa fece un sospiro rumoroso.

Ma Apollo quasi non ci fece caso; si dedicò invece a deporre lo zaino e a sganciare Brian. Puntò un ginocchio a terra e sbottonò la tutina del bebè per aprire il pannolino. Brian scalciò e si lamentò più forte. L'aveva fatta. Prese un telo impermeabile, lo stese sul pavimento e tirò via un lembo adesivo del pannolino. Si udì il tipico crepitio.

Solo a quel punto si guardò attorno, trovandosi sotto tiro da parte di sette individui che fissavano orripilati lui e la creatura seminuda e sporca.

«C'è qualche problema?», chiese.

Un attimo dopo tutti e cinque i clienti uscirono in massa dal negozio; persino il tizio che stava contrattando con la commessa se la diede a gambe.

Patrice sorrise. «Ah, come sono contento che hai portato il bimbo». Si voltò verso la commessa: adesso era il primo della fila. «Ho una lista bella lunga», le disse.

Apollo scrollò la testa e continuò con Brian.

Quando ebbero finito, Patrice aveva almeno sei borse, mentre Apollo aveva soltanto un pannolino arrotolato.

«Tu e Dana dovreste considerare l'idea di fare un bambino», osservò Apollo, ma subito si pentì di averlo detto. Che cosa stupida da dire; ne era ben consapevole. Neanche lui sopportava quelli che per strada gli davano consigli non richiesti su come crescere suo figlio. Certe donne anziane lo rimproveravano perché non lo copriva abbastanza, certe altre perché lo portava in giro troppo vestito. Gli uomini invece sproloquiavano sul modo migliore per fargli fare il ruttino, per farlo rimbalzare sulle ginocchia o dargli il latte. Li odiava tutti, anche se erano mossi dalle migliori intenzioni. E nonostante ciò aveva fatto lo stesso con Patrice. Forse fare un figlio era come essere ubriachi: non riuscivi a renderti conto in quale momento smettevi di essere simpatico e cominciavi a rompere le palle.

«Hai ragione», replicò Patrice. «Se non facciamo un figlio, quando mai conoscerò la gioia di portare in giro un pacchettino di cacca?».

Strand era a pochi isolati dalla Avenue B; per arrivarci bastava una breve passeggiata fino al Greenwich Village. Camminarono in quella direzione senza rendersene conto. Il motto della libreria era «18 miglia di libri». Apollo non ricordava l'ultima volta che aveva trovato un libro di valore da Strand – migliaia di lettori setacciavano quegli scaffali ogni giorno –, ma non potevano girare per il centro senza farci una capatina. Sarebbe stato come non andare a trovare un carissimo zio.

Nei primi giorni d'inverno l'aria di Manhattan è croccante come una mela appena colta. Mentre camminavano, Apollo girò Brian con la faccia contro il proprio petto per proteggerlo dal vento freddo. Nel girarlo, il bimbo lo guardò in viso; o forse guardò soltanto le strisce di cielo azzurro tra gli edifici. Strinse le labbra e le sue minuscole narici si allargarono per un istante. Intanto i due amici si avvicinavano alla libreria con passo rilassato.

Come ogni volta, scartabellarono gli espositori su ruote all'esterno del negozio. Era il regno dei tascabili consunti, dei *Frankenstein* e *Jane Eyre* in versione Signet Classics, dei libri scolastici usati e dei ricettari. Patrice e Apollo non cercavano nulla che avesse un valore, era soltanto un rito.

«Così sono dovuto andare via prima che tu uscissi dal seminterrato», spiegò Patrice.

«Dovevi scendere a salutarmi», lo provocò Apollo.

Patrice si schiarì la voce e finse di non aver sentito. «Hai trovato qualcosa laggiù?».

Apollo coprì con la mano la nuca di Brian per chinarsi a leggere i titoli sui dorsi dei tascabili. Respirò a fondo il profumo della pelle di suo figlio mentre rifletteva sulla domanda. Aveva trovato qualcosa? Un libro che avesse voglia di condividere con Patrice, riservandogli una quota di profitto? Brian strofinò la testa contro la guancia di suo padre. Aveva trovato qualcosa di valido? «No», rispose infine. «Niente di interessante. Una gran delusione».

24

Tornarono a casa nel tardo pomeriggio e la trovarono immersa nel buio, come se fosse già notte. In soggiorno le tende erano tirate, e quando Apollo provò ad aprirle scoprì che c'era una spilla da balia che le teneva accostate. Stessa situazione in camera da letto. In cucina gli avvolgibili erano abbassati. Emma stava nella cameretta di Brian, in cima a una scala, con un trapano in mano. Le tende giacevano ammucchiate sul pavimento.

Era talmente concentrata sull'operazione che non li aveva sentiti entrare. Apollo la osservò in silenzio dalla soglia; Brian non si mosse, quasi fosse anche lui assorto nella contemplazione di quella strana scena. Emma avvicinò il trapano alla traversa superiore della finestra e lo azionò. Quando estrasse la punta la segatura le piovve addosso e cadde sul pavimento.

«Che stai facendo?», chiese Apollo.

Lei si girò di scatto, rischiando di cadere dalla scala. Gli puntò contro il trapano.

«Com'è andata al lavoro?».

«Tende oscuranti», rispose lei. Si voltò verso la finestra e fece un altro buco. Stavolta Brian reagì al rumore. Non si era addormentato, ma almeno era tranquillo.

«Credevo che non fosse ancora il momento dell'educazione al sonno», disse Apollo.

Emma scese dalla scala e posò il trapano sul pavimento. Prese un oggetto da una scatola che era rimasta nascosta sotto le tende ammucchiate e risalì sulla scala. Estrasse un cacciavite dalla tasca e fissò il telaio della tenda oscurante.

«Infatti non è per quello», rispose senza smettere di montare il telaio.

«Allora a che ti serve questa cosa che stai installando? E perché hai bloccato tutte le finestre?».

«Ho trovato un bel forum di mamme che mi hanno consigliato proprio queste tende. Pare che siano le migliori sul mercato».

«E quanto costano?».

Non gli rispose. Finì il lavoro e scese.

«Perché hai lasciato Brian a terra su quel vialetto?».

Apollo mostrò un disappunto esagerato. «Stavo caricando l'auto. Ci avevo provato con lui nel marsupio, ma dovevo chinarmi troppo e si era messo a piangere, così l'ho posato a terra solo per qualche minuto. Ma tu come fai a saperlo, scusa?».

«Mi hai mandato una cazzo di foto».

Apollo fece un passo indietro. «Io?».

«Dammi il cellulare».

Fece scorrere qualche schermata, poi chiuse il cellulare con un grugnito. Andarono in cucina. Apollo le chiese di vedere il cellulare. Lei glielo mostrò, dicendo che la foto non c'era più.

«Be', e perché l'hai cancellata?», chiese Apollo passandole il bimbo.

«Ho forse detto che l'ho cancellata? Perché mai l'avrei fatto?», ribatté lei.

Si sedette a tavola, alzò la maglia, aprì la coppa del reggiseno e Brian si attaccò al seno immediatamente.

Apollo aprì il frigo e prese l'occorrente per una cena

veloce. «A volte pensi di avermi spedito un messaggio, ma in realtà è rimasto nelle bozze. Forse ce l'hai ancora. Fammi dare un'occhiata».

Emma si trattenne a malapena dal balzare in piedi. Se non avesse avuto il bimbo al seno gli sarebbe saltata addosso.

«Sto cercando di dirti che ho ricevuto una foto inquietante e tu sai solo accusarmi di aver sbagliato».

Apollo mise la padella sul fornello, versò una cucchiaiata d'olio d'oliva, accese la fiamma e tritò velocemente una cipolla e uno spicchio d'aglio. Cercò di concentrarsi più che poteva sulla sequenza dei gesti per evitare di aprire bocca. Alle sue spalle Emma parlava dolcemente al bimbo, nel tentativo di allentare la tensione.

Quando la cena fu nel piatto, era ormai tornata la calma tra loro e provarono a parlare di nuovo della foto. Emma spiegò cosa aveva visto e quando l'aveva ricevuta; Apollo scorse i messaggi sul suo cellulare con meticolosità da investigatore. Intanto Brian era sulla sdraietta appoggiata sul pavimento, e mentre Apollo esaminava il cellulare di Emma, lei con un piede la faceva oscillare delicatamente. Il bimbo fissava il lampadario con sguardo velato. Era lì lì per addormentarsi, perciò i genitori abbassarono la voce a un sussurro, finché il sibilo della tubatura dei termosifoni dietro la sedia di Apollo non fu più rumoroso dei loro bisbigli. Di notte i radiatori si svegliavano e rumoreggiavano, ma a quel punto di solito Brian era profondamente addormentato.

«Devo sistemare la porta della sua cameretta», disse Apollo. Dalla sua posizione la vedeva molto bene, e in realtà la porta non c'era ancora, non c'era mai stata. Gli serviva soltanto la motivazione giusta per sbloccarsi e montarla. «Devo parlare al manutentore per capire se ne ha una in deposito. Lo pagherò bene per fare il lavoro».

I papà moderni non sanno fare riparazioni in casa, ma hanno i soldi per pagarle. Emma annuì e rise sommessamente. Era bello vederla ridere.

Cenarono tranquilli, e Brian si addormentò. Promettere che si sarebbe occupato della porta non aveva nulla a che vedere con il messaggio che aveva ricevuto Emma, ma garantiva un servizio come quello appena eseguito, ovvero montare le tende da oscuramento. Serviva a rinforzare il nido.

Terminata la cena impilarono i piatti nel lavandino, evitando la sdraietta sul pavimento come se fosse una trappola. Uscirono dalla cucina in punta di piedi e Apollo spense la luce. Forse era sbagliato far dormire un figlio in cucina? Che male gli avrebbe fatto? Dopotutto era nato su un vagone della metropolitana. Andarono in camera da letto lasciando la porta aperta per sentirlo se avesse pianto.

«Non ha mai dormito così lontano da noi», disse Apollo. Scivolarono sotto le coperte, ed Emma si mise sul fianco in modo da guardare la porta della cucina. Apollo la avvolse a cucchiaio, posandole una mano sulla pancia. La baciò sul collo e lei si voltò per ricambiare il bacio. Pochi minuti e crollarono addormentati. E mentre la famiglia Kagwa dormiva, il cellulare di Emma, rimasto sul tavolo, si accese. Era partito un messaggio. Fu come se un occhio luminoso si fosse aperto e subito richiuso nel buio dell'appartamento.

25

Lillian arrivò presto. Voleva presentarsi per le sette, ma alle sei e mezzo era già alla porta. Suonò il citofono e Apollo le aprì, nel panico, chiedendosi come rimediare in tre minuti al disordine accumulato in tre mesi. La cucina era un disastro, così come il soggiorno, la camera da letto e il bagno. Emma era sotto la doccia; Apollo se l'era appena fatta. E Brian dov'era? Si accorse di averlo in braccio. Se non altro a forza di tenerlo gli si era irrobustito il braccio sinistro. Suonò il campanello, Lillian entrò.

Mentre Emma si vestiva, Lillian mostrò ad Apollo il cellulare appena comprato. Brian, seduto sulle sue ginocchia lo afferrò, per quel poco che le sue mani minuscole riuscivano a stringerlo, e lei glielo lasciò tenere. Ma Emma uscì di corsa dalla camera e glielo strappò di mano.

«È troppo piccolo per queste cose», commentò Apollo.

Emma restituì il cellulare a Lillian. «Non vogliamo che si abitui a usarlo così presto», disse. Lillian lo posò sul bracciolo del divano. «Lui è troppo giovane e io sono troppo vecchia. Vorrà dire che passeremo la serata a giocare e starcene abbracciati».

Emma le diede un bacio sulla guancia. «Grazie, mamma».

«Non ringraziarmi. Stare con mio nipote è un regalo». Girò il bebè per guardarlo in faccia. Apollo adorava vedere sua madre che teneva in braccio suo figlio. Poiché non trovava le parole per esprimerlo, prese il cellulare e scattò quindici foto tutte insieme.

«Non dondola più la testa», disse mentre inquadrava la scena.

«L'ho notato anch'io! Si sta irrobustendo, ma sembra ancora una tartaruga». Lillian lo riempì di baci sul mento minuscolo. «E il sonno?».

«Pare che presto comincerà a dormire sei, sette ore di fila. Almeno, così si dice», rispose Apollo. «Ma io ci crederò solo quando l'avrò provato».

Lillian sorrise. «Ti sei tagliato i capelli».

«È per la grande serata».

Emma era pronta. Indossava orecchini a goccia dorati e aveva un velo di rossetto. Lillian annuì in segno di apprezzamento. Apollo la prese per mano.

Andarono in centro per vedere un film al Film Forum. Forse era *The Tree of Life* di Terrence Malick, tornato nei cinema in seconda visione. L'avevano scelto perché gli orari coincidevano con i loro programmi per la serata, compresa una cena in centro. Non appena si sedettero sulle poltrone del cinema ebbero la sensazione sorprendente e insieme rassicurante di essere tornati adulti; non una madre e un padre, ma marito e moglie. Quello stato d'animo durò diciotto minuti. Si addormentarono durante le presentazioni dei film in uscita, e quando si svegliarono il film era cominciato da un'ora. Brad Pitt era un padre meschino, ma non si capiva perché, e non sembrava che la situazione sarebbe migliorata a breve. Apollo ed Emma si scambiarono un'occhiata nel buio della sala, i volti illuminati dallo schermo, e decisero di darsela a gambe.

Tornarono al sushi di Thompson Street, il locale del loro primo appuntamento. Ci pensavano sempre con nostalgia, e poi quella sera volevano comunque andare in centro; perché non tornarci? Il clima mite, però, aveva incoraggiato molti altri a fare lo stesso, e la coda per entrare nel locale era lunga mezzo isolato. Decisero di andare da Arturo, dietro l'angolo, per una pizza al forno a legna. Lì avevano un pianoforte accanto al bancone del bar. In quel momento c'era un tizio che faceva scorrere le dita sulla tastiera ricavandone qualche occasionale melodia. Emma si concesse un bicchiere di vino rosso. Quella sera avrebbe pompato il latte e lo avrebbe buttato. Apollo bevve il resto della bottiglia. Sperava di apparirle bello quanto lei lo era per lui. Si alzarono da tavola affrettandosi per non perdere il treno, tanto erano sicuri di aver fatto mezzanotte, ma quando Emma guardò l'orologio scoppiò a ridere: mancava un quarto alle dieci.

«Facciamo ancora una cosa», disse Emma.

Apollo scosse la testa. Erano all'angolo tra Houston e MacDougal Street. «Facciamo una fuga in grande stile?».

«Basta che siamo a casa entro mezzanotte. Tua mamma sarà stanca».

Apollo la spinse fuori dal ristorante. «Amore mio, ferma un taxi».

Ne trovarono uno al secondo tentativo. Apollo si infilò di corsa dietro di lei. «Wall Street, molo 11», disse, andando quasi a sbattere contro il divisorio. Arrivarono al molo appena in tempo per l'ultimo giro del water taxi sull'East River, che durava un'ora e toccava la Statua della Libertà e Governor's Island, passando sotto al ponte di Brooklyn. Roba da turisti, certo... ma perché no? Essere un neogenitore a New York ti fa retrocedere allo status di turista, anzi, diventi qualcosa di peggiore, perché almeno i turisti escono la sera.

Non faceva ancora caldo, nonostante l'estate fosse alle porte, perciò i passeggeri rimasero raggruppati al chiuso per tutto il tragitto, mentre Apollo ed Emma stavano sul ponte abbracciati, appoggiati al parapetto.

«Sono contenta che siamo usciti», disse Emma guardando lo skyline di Manhattan. «Una serata tutta per noi». Quelle parole suonarono esotiche, come se stesse imparando una lingua straniera.

26

C'era un uomo alla porta di casa. Lo sentiva bussare dal soggiorno. Andò ad aprire perché il rumore diventava sempre più forte. Alzò la mano e girò i tre chiavistelli. L'uomo era in corridoio. Aveva la faccia blu, era privo di naso e di bocca; aveva solo gli occhi. Si inginocchiò davanti ad Apollo e si strappò la pelle dalla faccia. Sotto la pelle blu c'era la faccia di suo padre. Apollo gli sorrise e lo abbracciò. Il papà lo strinse a sé; Apollo udì un rumore di cascata. Il papà aprì la bocca e ne uscì una nebbia bianca, che si riversò dalle labbra, e Apollo cercò di distogliere lo sguardo, ma suo padre lo teneva stretto per costringerlo a guardare. L'appartamento si riempì di fumo, mentre lo scroscio di cascata diventava assordante. Il papà lo prese in braccio e lo portò dentro la nebbia.

Papà disse: *tu vieni con me*.

Si svegliò di soprassalto, credendo di trovarsi nell'appartamento nel Queens, di nuovo ragazzo. Ma nel letto con lui c'era sua moglie che allattava suo figlio con gli occhi semichiusi. Si voltò dall'altra parte e non riuscì più a prendere sonno.

27

Sei mesi senza dormire abbastanza sono molto diversi da tre mesi senza dormire per niente. La mente si offusca; il corpo diventa una massa molle e fiacca; è come se il motore scalasse marcia. Kim sapeva bene cosa succede dopo la nascita di un figlio, ma quando vide sua sorella rimase comunque sbalordita. Una cosa era riscontrare quella condizione in una paziente; vederla manifestarsi in tua sorella è molto diverso. Restò attaccata al campanello per una decina di minuti, prima che qualcuno si trascinasse ad aprirle.

«Emma?», disse vedendola sulla soglia. Posò a terra la borsa da medico e la borsetta per abbracciare la sorella, ma non ci riuscì. Perché?

«Che ci fai da queste parti?», chiese Emma con voce atona come se parlasse nel sonno.

«È da una settimana che ti chiamo e ti mando SMS. È il momento del controllo semestrale per te e per Brian».

Emma si voltò a guardare dentro casa. Era mattina, ma l'appartamento era buio. «Brian è con Apollo», replicò. «E io devo andare in un posto».

Quelle parole furono decisive per Kim. Ora non parlava più l'ostetrica preoccupata per la paziente, bensì la sorella maggiore. «Capisci che devo fare il mio lavoro e rispettare le prescrizioni mediche?».

Emma fece spallucce.

Kim fu sul punto di mettersi a discutere, ma ci ripensò. In fondo quante mamme ignoravano i suoi messaggi, quindi dovevano fissare un nuovo appuntamento, poi se ne dimenticavano completamente e continuavano a dormire nonostante lei consumasse il campanello a forza di suonare? Chiuse gli occhi e cercò di calmarsi. «Posso accompagnarti?».

Emma la guardò negli occhi. Finalmente.

Kim avrebbe voluto pettinarla e farle una coda, lavarle il viso, darle da mangiare e metterla a letto. Alzò la mano ma si trattenne dal toccarla. Emma aveva gli occhi asimmetrici, il destro era leggermente più grande del sinistro, ma adesso sembrava molto più grande. Forse era solo un'impressione, ma pareva dilatato. Kim lasciò la borsa da medico nel vano della porta. Aspettò che Emma chiudesse a chiave.

«Allora, dove andiamo?», le chiese mentre scendevano le scale.

«Se vieni con me lo vedi».

Imboccarono Fort Washington Avenue, dirette a nord. A metà mattina la folla dell'ora di punta si era dileguata, sostituita da anziani e genitori con bimbi piccoli. All'aria aperta Emma aveva un aspetto migliore, se non altro perché si ravviò i capelli all'indietro, e dopo qualche minuto disse persino qualche parola. «Ho smesso di leggere i messaggi sul cellulare. Ecco perché non sapevo che saresti venuta».

«E da quanto hai smesso?».

«Boh. Da un mese?».

Non aspettò il verde e attraversò la 181st Street senza rallentare il passo. Alzò solo una mano. Le auto che dovevano svoltare inchiodarono per farla passare. Kim la rincorse, e gli automobilisti, anche se non suonarono il clacson per Emma, gridarono dietro alla sorella.

Proseguirono su Fort Washington e superarono Bennett Park.

«Apollo porta il bimbo al parco ogni mattina. Non riesce più a dormire», disse Emma.

«Chi è che non dorme, Brian?».

«Apollo. Ha gli incubi».

«Se porta Brian con sé, almeno al mattino riesci a dormire».

Emma camminava a passo di marcia. «Non dormo quando loro due sono fuori. Non dormo proprio. È un disastro totale».

Kim sentì tornare la preoccupazione e cercò di tenerla a bada pensando da medico e attingendo alla sua esperienza clinica. «Potresti provare il Benadryl, oppure qualcosa con la melatonina. Sono principi attivi che non ti impediscono di allattare. Bevi caffè? La caffeina ha un metabolismo più lento di quello che credi».

Emma annuì, ma chinò la testa senza guardarla. Era come se tra loro due fosse sorto un muro.

Kim non sapeva come ristabilire la comunicazione.

Arrivate all'angolo con la 190th Street, Emma svoltò bruscamente ed entrò nell'atrio di un palazzo. Quando Kim la raggiunse, aveva già suonato il campanello e il ronzio del citofono indicava che le avevano aperto. Se non si fosse affrettata a seguirla, Emma l'avrebbe lasciata fuori.

Mentre aspettavano l'ascensore, Kim provò a usare la tattica della sincerità. «Sono preoccupata per te. Ti vedo così e sono molto preoccupata».

«Sai che ti dico?», replicò Emma entrando nell'ascensore. «Anch'io sono preoccupata».

L'ascensore saliva lento. Con un nodo in gola Kim attese che Emma continuasse, ma non disse altro.

Infine arrivarono al sesto piano. Emma suonò un campanello e attese con le mani incrociate dietro la schiena.

«È qui che dovevi andare? Che posto è?», chiese Kim.

«Puoi stare zitta e fidarti di me almeno una volta nella tua cazzo di vita?».

Si sentì raggelare. Quelle parole furono uno schiaffo per Kim, tanto che sentì le guance pizzicare come se la sorella l'avesse colpita davvero. Lo spioncino si oscurò per un breve istante, poi dall'interno giunse una voce femminile.

«Chi è?». La voce aveva un accento.

«Ho saputo di lei dalla chat delle mamme», rispose Emma. «L'hanno avvertita che sarei venuta».

«Chi la manda?», chiese la donna.

«Mi manda Cal».

La porta si aprì immediatamente. La donna sembrava più giovane di Kim ed Emma, ma sul suo viso c'erano i segni della spossatezza tipica delle neomamme: la pelle giallastra e gli occhi arrossati. Passò a Emma un borsone con qualcosa di pesante dentro, che faceva un rumore metallico, un tintinnio come di piccoli oggetti che cozzavano uno contro l'altro.

«Spero che le siano utili», disse. Lanciò una rapida occhiata a Kim e chiuse la porta.

Emma tornò all'ascensore. Kim le stava alle costole nel timore che la sorella tornasse a casa senza aspettarla e la chiudesse fuori.

«Andiamo a Fort Tryon Park», propose.

«No», disse Emma.

Kim osservò come reggeva il borsone con entrambe le mani e faticava a trasportarlo. «Cosa diavolo contiene?», chiese strappandoglielo di mano senza incontrare resistenza.

Guardò dentro. «Catene?». Lo stupore le mozzò quasi il respiro. Emma non diede segno di aver sentito la domanda; riprese la borsa, la tirò su sbuffando per lo sforzo e, stanca di aspettare l'ascensore, decise di scendere per le scale.

«Catene», ripeté Kim. Era rimasta sola sul pianerottolo.

28

Kim inseguì sua sorella fin sulla strada e continuò a starle dietro finché non entrò nel parco giochi Jacob Javits. Non era difficile tenere d'occhio una giovane donna che trascinava un borsone pieno di catene, e in un parco giochi saltava ancora più all'occhio. Pensò di chiamare Apollo, ma cosa poteva dirgli? Che sua moglie si comportava in modo strano? Voleva bene al cognato, ma le sembrava di tradirla. Dalla morte dei loro genitori nessuno si era mai inserito nel loro rapporto, non in modo serio, e Kim non voleva certo distruggere quella tradizione. Forse avevano appena comprato delle bici e le catene servivano per legarle. Dopotutto, nella borsa aveva intravisto un lucchetto ad arco. Si sforzò di convincersi senza riuscirci.

C'erano due mamme che spingevano le figlie sull'altalena e una coppia che aiutava il figlio ad arrampicarsi sulla scaletta di un castello. Una bambina più grande, aveva forse otto anni, stava seduta in uno pneumatico sospeso con delle catene e lo faceva girare come una trottola per farsi venire le vertigini. Sua nonna la osservava senza vederla da una panchina poco distante, lo sguardo vuoto, immensamente stanca.

Emma camminava lungo il perimetro dell'area giochi. Si muoveva lenta e metodica come un soldato durante il turno di guardia, trascinando il borsone che a volte toccava terra con uno sferragliare di catene. Sembrava lo spettro di Jacob Marley tornato per terrorizzare i bambini.

Kim la raggiunse e l'affiancò. Da Emma emanavano una tensione e un'energia tali che Kim si ritrovò a irrigidire la schiena e le spalle finché la sua postura non fu identica a quella della sorella. Non era proprio il caso di farle domande dirette su quelle catene, sulla donna che aveva aperto la porta, sul genere di forum in cui ci si scambiano borse piene di catene; era necessario stabilire un contatto diverso. Provò a raccontarle una storia.

«14 aprile 1988. Non ricordi quel giorno come lo ricordo io».

Emma mancò un passo e fu lì lì per perdere l'equilibrio. «Ricordo quello che mi hai raccontato». Riprese a camminare.

«Ah sì? Dimmi cosa sai».

«Tornavamo da scuola e abbiamo trovato i pompieri davanti casa. L'abbiamo guardata bruciare per un'eternità. Mamma e papà sono rimasti intrappolati dentro. I pompieri hanno cercato di allontanarci, per impedirci di vedere, ma noi li abbiamo aggrediti e ci hanno portato all'ospedale. Però non ho mai capito perché ci portarono all'ospedale».

«Ecco, questa è la storia che ti ho sempre raccontato, ma non è del tutto esatta. Ora ti dico com'è andata veramente».

Una delle bambine sull'altalena voleva continuare a dondolarsi, mentre l'altra aveva deciso di scendere. La madre di quest'ultima fece per aiutarla, ma la bimba insisteva affinché anche l'amica smettesse come lei. L'amica si aggrappò più forte alle catene, rifiutando di staccarsi. Per risolvere il dilemma, la donna diede una spinta all'altalena dell'amica e abbracciò la figlia.

«Quel giorno siamo rimaste a casa. Non sono andata a scuola», disse Kim.

«Non ricordo questo dettaglio». Emma posò il borsone a terra.

«Avevi cinque anni. Hai dimenticato tutto. Mamma ci aveva permesso di saltare la scuola per rimanere a casa finché papà non tornava dal turno di notte. Abbiamo guardato la TV e sgranocchiato cereali per tutta la mattina. Quando papà è tornato e ci ha viste davanti alla TV è corso in cucina e si è messo a urlare con mamma. Che cavolo ci facevamo a casa? Facevamo rumore e lui aveva bisogno di dormire. Forse ricordi questa cosa riguardo a mamma: lei gli ha risposto urlando che ci voleva con lei. Dopo un'ora di litigio papà ha rinunciato ed è andato a dormire. Mamma è venuta in soggiorno con noi e ti pettinava mentre guardavamo *Card Sharks* e *Ok il prezzo è giusto*. Poi ha provato a pettinare anche me, ma avevo sedici anni e diciamo che… non volevo tutta quella confidenza. Abbiamo quasi litigato per quella cosa. Soltanto lo scontro sui capelli e il fatto che ci aveva permesso di stare a casa avrebbe dovuto farmi capire che era una giornata tutta sbagliata, ma non riuscivo a pensare ad altro che al presente. Sapevo solo che eravamo a casa, e che dopo pranzo sarei uscita per cercare la mia amica Shelby e liberarla dai suoi per tutto il pomeriggio. Dopo *Ok il prezzo è giusto* abbiamo guardato *Febbre d'amore*, sedute sul divano con mamma che ti teneva in grembo».

«In grembo», ripeté Emma.

Si erano fermate. Davano le spalle alle bambine sulle altalene, che avevano raggiunto una tregua. Quella che voleva continuare a dondolarsi era stata convinta a scendere con la promessa di una caramella, e ora le due amiche correvano verso il castello tenendosi per mano.

«Dopo *Febbre d'amore* mamma ci preparò il pranzo.

Minestra. Strano, ma non sono mai riuscita a ricordare come fosse; so solo che aveva un sapore orrendo. Mamma disse che dovevo mangiarla anche se non mi piaceva. Mangiare sedute sul divano fu la terza stranezza di quella giornata. Di solito non potevamo portare in soggiorno neppure un bicchiere, e ora mangiavamo la minestra guardando *Beautiful*».

«Certo che guardavamo un sacco di TV», disse Emma.

«Già. Cercammo di finire quella minestra orrenda. Cosa accadde dopo non lo so, ho un vuoto di memoria; ricordo solo che eravamo ancora sul divano e papà era in piedi davanti a noi, e faceva un gran caldo. C'era fumo ovunque. *La casa brucia. Tiratevi su*, così disse papà con voce talmente stanca che sembrava calmo».

«Quindi eravamo in casa?», chiese Emma.

Le mamme delle bimbe salutarono i genitori del maschietto e si misero a chiacchierare mentre i rispettivi figli mettevano alla prova la coesistenza sociale. Le femminucce chiesero al loro nuovo amichetto se voleva andare sullo scivolo con loro; lui, che ancora non parlava, batteva le mani sorridendo. La bimba di otto anni cadde dallo pneumatico e atterrò sul tappeto di gomma. Barcollante e curiosa si avvicinò ai tre più piccoli.

«Sì, eravamo in casa», proseguì Kim. «Ricordo che mi ritrovai con il piatto fondo sulle ginocchia, capovolto. La minestra si era rovesciata e mi ero addormentata. Ora c'era papà in piedi davanti a me e la casa che bruciava. *Tiratevi su*. Ricordo perfettamente quella parte. Non riuscivo a tirarmi su, c'era troppo fumo. Papà dovette prenderci in braccio. Esile e scheletrico com'era ci caricò entrambe, una per spalla. Da lassù capii cosa voleva dire a proposito della casa. C'era fuoco dappertutto, non si vedeva nulla. Cominciai a tossire. Papà ci portò in cucina. Mamma era lì».

«Cercò di portare via anche lei?».

«Fu mamma ad appiccare quel maledetto incendio».

Kim strinse il gomito della sorella con forza tale da farle mollare la presa sul borsone, che cadde a terra.

I genitori intorno al castello puntarono immediatamente gli occhi addosso alle due estranee. Persino la nonna stanca sulla panchina si sporse in avanti per osservare. Le due donne, il borsone, l'area giochi. Dov'erano i figli di quelle due? E perché erano al parco senza figli? Kim immaginò fossero quelle le domande che andavano formulandosi nella testa del quartetto genitoriale. Due nere nell'area giochi. Erano forse tate?

«Papà ci portò in cucina. Mamma era lì, seduta al tavolo con una scodella di minestra semivuota davanti a sé. Quando vide papà che stava per uscire dalla porta sul retro con noi, si mise a urlare e ti strappò giù dalla sua spalla. Ti prese in grembo e ti strinse a sé così forte che pensai "adesso la soffoca", ma tu eri tranquillissima. Che assurdità. Cominciai a piangere come una pazza, mentre tu te ne stavi seduta sulle ginocchia di mamma come se niente fosse. Ora so che eri sotto shock. Papà le urlò contro, come se il litigio del mattino non si fosse mai interrotto; solo che adesso la casa stava bruciando e saremmo morti tutti».

«Ma allora come abbiamo fatto a metterci in salvo?», sussurrò Emma.

«Be', papà mi aveva già presa in spalla. Gridò a mamma di lasciarti andare, e anch'io mi misi a implorarla, ma non credo che lei capisse cosa le dicevo. Piangeva. Disse che non voleva lasciarci sole, che era meglio se morivamo con lei. Che madre sarebbe stata se avesse lasciato le proprie figlie ad affrontare da sole questo mondo crudele? Ti stringeva fortissimo».

«Ma io sono qui, siamo sopravvissute».

«Certo, e sei stata proprio tu a salvarci. A ogni modo il tuo aiuto è stato importante».

«Come? Avevo solo cinque anni».

«Io, mamma e papà siamo lì che gridiamo e piangiamo mentre la casa va a fuoco; tu ti giri verso mamma e le dici solo due parole: "Lasciaci andare". Non alzi neppure la voce ma noi ti sentiamo chiaramente. Non so spiegare, ma era come se sentissimo la tua voce dentro la testa. Mamma aprì le braccia, tu scendesti e prendesti per mano papà. Uscimmo tutti insieme. L'ultima immagine che ho di mamma è lei seduta, la testa china e le mani in grembo, immensamente sola».

«Ma anche papà è morto nell'incendio, no?».

Kim sussurrava, come se il racconto l'avesse riportata indietro nel tempo, al momento stesso di quell'evento terrificante.

«Papà tornò in casa. Credevo volesse mettere in salvo anche mamma, ma un attimo prima di entrare si voltò per guardarmi. Ho sempre creduto che in quel momento volesse dirmi qualcosa, esprimere il suo pensiero più profondo. Forse è soltanto una mia convinzione. Sul suo volto vidi una stanchezza assoluta, definitiva. Strinse la maniglia della porta, doveva essere bollente ormai, non so come fece a posarci la mano, eppure la strinse, la girò ed entrò».

Le sorelle erano sedute su una panchina. Kim alzò lo sguardo e si accorse che erano rimaste sole. I genitori se n'erano andati, avevano portavo via i bambini. Era questo l'effetto che facevano lei ed Emma? Erano dei mostri? Forse.

«Fummo ricoverate in ospedale per disintossicarci dai fumi che avevamo respirato. Ci restammo cinque giorni. Poi ci hanno dato in affidamento finché non ho compiuto diciotto anni. Nathan e Pauleen erano brave persone. Te li ricordi?».

«Pauleen faceva dei biscotti d'avena fantastici», sussurrò Emma.

«Sì, è vero».

«Quando ho compiuto diciotto anni ho chiesto di essere nominata tua tutrice, e siamo andate avanti così finché non hai finito le superiori».

«Perché non mi hai mai raccontato com'era andata?».

«Non pensavo di dirtelo», rispose Kim appoggiandosi allo schienale della panchina, a braccia conserte. «So che suona brutto detto così, ma è una decisione che ho preso molto tempo fa. Tu avevi cancellato tutto; perché mai avrei dovuto ricordartelo io? Non dico che sia una cosa giusta da fare, dico solo che è la scelta che ho fatto. Credevo di proteggerti».

Emma si chinò in avanti, i gomiti puntati sulle ginocchia. «Cos'è che ti ha fatto cambiare idea?».

Kim le posò una mano sulla schiena. «Mi fai paura. Hai la stessa espressione che aveva mamma quel mattino, e…».

«A volte guardo Brian e penso che non è mio figlio», la interruppe Emma.

«Che vuoi dire?». Le accarezzò la schiena.

«Forse dipende da come ha gli occhi, o da come increspa le labbra… Somiglia al Brian che ho partorito, eppure è un altro. Quando lo tengo in braccio a occhi chiusi mi sembra quasi di sentire la differenza». Singhiozzò sommessamente. «Lo so, sono discorsi tremendi. Lo so bene».

Kim le si avvicinò. «Senti un po' come la penso io. Sei esaurita. Sei tornata al lavoro troppo presto. Tua madre e tuo padre ti sono stati strappati quando eri piccola, e non mi sorprende affatto se adesso ti preoccupi di perdere la persona che ami di più al mondo».

Emma raddrizzò la schiena e appoggiò la testa alla spalla della sorella. Indicò la borsa. «La stanza di Brian è l'unica che dà sulla scala antincendio. C'è un cancello, ma non mi sembra abbastanza sicuro. Volevo chiuderlo con queste catene, per stare più tranquilla, ma ho paura che Apollo me lo proibisca. Litigheremo, lo so».

Kim le strinse la spalla. Guardò la borsa. «Diciamogli che è un consiglio del medico. Ti aiuterò io a sistemarle sul cancello».

Emma sorrise. «Sei una brava sorella».

Poco dopo si alzarono. Kim prese un manico della borsa, Emma prese l'altro, e insieme portarono a casa le catene.

29

Kim Valentine amava e sosteneva sua sorella, perciò le consigliò di prendere un antidepressivo. Zoloft. Uno degli effetti collaterali dello Zoloft è un rapido aumento del peso, ma per Emma fu l'opposto. Smise di mangiare e perse quasi tre chili in due settimane. Di solito Apollo preparava porridge per colazione – facile, veloce e sostanzioso – ma solo lui e Brian riuscivano a finirlo. Quel mattino Emma si offrì di preparare la colazione, un piccolo gesto gentile che Apollo apprezzò molto.

Erano ormai settimane che il libro di Harper Lee era tra le mani dello stimatore. Apollo non aveva scelto un perito tra quelli disponibili a New York, si era spinto fin nel Connecticut, dove operava uno specialista che godeva di un'ottima reputazione tra i commercianti di libri rari. Tuttavia, proprio a causa dei suoi alti standard, lavorava molto lentamente, «con prudenza», come rispondeva ogni volta che Apollo lo chiamava per sapere come procedeva la perizia. E Apollo avrebbe anche apprezzato tale atteggiamento se non avesse avuto i nervi a fior di pelle. Certe notti era sicuro che quel tizio lo volesse fregare vendendo il libro di nascosto, come a dire: fottiamo questo libraio nero da strapazzo, ma il senso di tutta l'operazione era proprio essersi rivolto a un professionista di comprovata onestà. Tutto bene, tutto perfetto, ma la tensione gli pesava addosso come una cappa di piombo.

Adesso Brian riusciva a stare seduto e a girarsi a pancia in giù da solo. Che stesse disteso o seduto gli piaceva ridere. Rideva di qualsiasi cosa, divertente o semplicemente nuova per lui. Le scarpe, per esempio: non c'era niente che lo facesse sbellicare come le scarpe. Gli mettevi davanti una scarpa, di Apollo o di Emma non faceva alcuna differenza, e lui rideva. Chissà Brian cosa trovava di così piacevole nelle calzature. Un neonato di sei mesi poteva aver già sviluppato un feticcio per i piedi? Certo, tecnicamente si sarebbe trattato di un feticismo per le scarpe, ma la cosa più strana era che Brian sorridesse davanti alla scarpa e poi dicesse l'unica parola che conosceva: «Bus!».

Come un pistolero, Apollo estrasse il cellulare, attivò la fotocamera e tenne premuto il tasto per scattare dieci foto in sequenza, poi le caricò su Facebook. Tutti lo prendevano in giro per quell'abitudine di inondare il profilo di foto. I pochi contatti che ancora commentavano i suoi post – due, tre amici al massimo – scommettevano sul numero di scatti identici che avrebbe postato la volta successiva. In genere erano dodici, anche se Lillian una volta aveva previsto che ne avrebbe caricati ventiquattro e così era stato. Lillian gli scriveva sempre per chiedere altre foto; Patrice invece gli scriveva con la richiesta opposta ("*Una volta ti interessavi al mondo esterno, amico mio*").

Brian aveva sei mesi, ma Apollo si sentiva invecchiato di cinque anni. Quel mattino faceva colazione seduto al solito posto, in un angolo della cucina, con il tubo del vapore dei termosifoni alle spalle. Indossava mutande logore e una maglietta sdrucita. Da quanto non faceva una doccia? Forse la stanchezza aveva un odore particolare. Emma era china sulla scodella di porridge freddo, come se il marito e il figlio non esistessero. Era lo Zoloft che la rendeva letargica o c'era una causa più profonda? La sera prima si era addormentata senza togliersi i vestiti. I jeans le stavano così larghi che quando si alzava le scendevano sui fianchi.

Facebook gli chiedeva di commentare la foto.

Digitò coscienziosamente: *La nostra casa è piena di luce!*

«Voglio farlo battezzare», disse Emma senza neppure alzare lo sguardo. Apollo non si rese conto che gli stava parlando.

«Brian?».

Emma finalmente lo guardò. «Tua madre non fa che chiederci di battezzarlo da quando è nato. Pensavo che fosse arrivato il momento».

Apollo si lasciò andare contro lo schienale della sedia. Brian tese la mano verso la scarpa e batté il palmo contro il tavolo. Il padre gli fece inghiottire una cucchiaiata di porridge. Brian aprì di nuovo la bocca: ne voleva ancora.

«Che bell'appetito ha ultimamente», commentò Apollo. «Credo che stia per arrivare uno scatto di crescita».

«La chiesa è proprio dietro l'angolo», continuò Emma. «Holyrood. Dovremmo battezzarlo lì. Ho preso appuntamento con il parroco, Padre Hagen. Sembra una brava persona».

«Quando?».

Emma guardò l'ora sul forno a microonde. «Oggi. Tra un'ora».

«Sono proprio contento che mi hai avvertito in anticipo».

«Non è necessario che tu ci sia. Posso portarcelo da sola».

«Tu mio figlio non lo porti da nessuna parte senza di me».

Si alzò e portò via le scodelle solo per allontanarsi dal tavolo, per tenere le mani occupate. Posò le scodelle con il porridge avanzato sul bancone, casomai Brian avesse avuto ancora fame, e staccò quello incrostato sul fondo della pentola. Aprì la pattumiera a pedale per buttarlo. «Perché c'è il tuo cellulare nella spazzatura?». Lasciò andare il pedale e guardò Emma.

«Ieri sera mi è arrivato un altro di quei messaggi. Una foto di te e di lui in auto. Era sul sedile posteriore, nel suo seggiolino. Sembravate fermi al semaforo, e qualcuno aveva scattato la foto dal finestrino del passeggero, come se fosse seduto accanto a lui».

«Brian!», gridò Apollo. «Si chiama Brian!».

Alzò la pentola come a brandirla, poi non sapendo cosa farci, la lasciò cadere nel lavandino per liberarsene. Un fragore metallico si riverberò per la cucina. Brian sobbalzò e Apollo corse a prenderlo in braccio. «Mi spiace tanto, piccino mio», disse baciandolo e tenendolo così stretto che il bimbo cercò di divincolarsi. «Ho fatto tanto rumore».

Emma gli parlò sopra: «"PRESO". Ecco cosa diceva il messaggio. Il commento diceva: "PRESO"».

Apollo tornò alla pattumiera, l'aprì e ripescò il cellulare. «Fammi vedere il messaggio. Fammene vedere almeno uno, di quelli che ricevi».

Emma incrociò le braccia e si chinò in avanti, terrea in viso come se stesse per vomitare. «Non ci sono più. Lo sai. Spariscono sempre».

Guardò di nuovo l'ora sul microonde. «Dobbiamo andare. Prepariamoci».

Apollo fissò Brian negli occhi, poi guardò sua moglie. «Noi in chiesa con te non ci veniamo. Avrai detto al prete che vuoi un esorcismo invece che un battesimo».

Emma schizzò in piedi tenendosi i pantaloni con una mano. «Non è come dici tu. Voglio soltanto parlare con qualcuno, visto che noi due non parliamo. Le mamme del forum consigliano uno psicologo oppure un sacerdote. Lo psicologo non possiamo permettercelo».

«Il forum delle mamme? Ah che bello sapere che un branco di pazze che non mettono mai il naso fuori casa possono aiutarci a risolvere i nostri problemi familiari. La risposta, se vuoi, te la do io: il problema sei tu, Emma. Sei tu la causa dei nostri problemi. Vai a prendere un'altra pasticca, vai».

Emma andò in camera da letto. Apollo rimase in cucina con il bimbo e provò a dargli un'altra cucchiaiata di porridge, nonostante fosse ormai sazio. Era troppo arrabbiato per andare in camera da letto a riconciliarsi con sua moglie.

Riapparve con un soprabito che nascondeva gli abiti sformati e la faceva sembrare più piccola ma al tempo stesso la rinciviliva un pochino. Era impossibile non notare quanto fosse dimagrita. Apollo ebbe un lieve giramento di testa. Prese Brian e lo tenne in braccio. Emma aprì la porta di casa. «Non capisci», disse, «ma presto capirai».

Uscì sbattendo la porta. Aveva lasciato le chiavi appese alla parete, e Apollo pensò di rincorrerla per dargliele, ma non lo fece; anzi, diede una mandata e la chiuse fuori. Tese le braccia e guardò suo figlio negli occhi.

«Tu vieni con me, qualunque cosa accada», sussurrò.

30

Nell'appartamento c'era qualcuno che urlava. E andava avanti a urlare da un bel po'. Che fosse lui stesso? No. Non pensava proprio: com'era possibile gridare sott'acqua? Ecco, si sentiva così: sott'acqua. Affondato, saturo d'acqua, annegato. Non vedeva nulla, non sentiva nulla; ma le orecchie sì, quelle funzionavano. E qualcuno urlava, gemeva per il dolore, senza interruzioni. Quel maledetto urlo.

In un certo senso era meglio così. Se non avesse udito quella voce acuta sarebbe rimasto sul fondo del mare, perso nelle tenebre. Invece l'urlo era come una luce, una fiammella che palpitava sulla superficie dell'acqua, e lui poteva muoversi verso di essa, farsi guidare dal lamento. Ma lo voleva veramente? Sì, era comunque meglio che rimanere là sotto, dove riusciva appena a respirare.

Scalciò. Sapeva nuotare, era forte. Cercò di usare le braccia, ma chissà perché non volevano muoversi. Erano talmente intorpidite che non avrebbe saputo dire se fossero ancora attaccate alle spalle. Nelle spalle sentiva soltanto un gelo profondo, un pugnale di ghiaccio conficcato nell'articolazione tra omero e scapola. Aveva le braccia legate dietro la schiena ormai da ore.

Non apriva la bocca per timore di respirare acqua. Non era né in un fiume né nell'oceano, ma si sentiva così, sommerso.

Si trovava in un appartamento a New York. In casa sua, la casa dove viveva con la famiglia da due anni, e stava tornando alla piena coscienza seguendo la traccia del dolore di un'altra persona. In un certo senso doveva essere riconoscente al dolore di quello sconosciuto. Se non fosse stato per quelle urla avrebbe continuato a dibattersi vanamente nelle tenebre, perso nell'oscurità più profonda.

Quando finalmente aprì gli occhi, quando ebbe sbattuto le palpebre per liberarsi dell'acqua salata del torpore, scoprì di trovarsi in una cucina. La cucina di casa. Seduto su una sedia Ikea bianca che Emma aveva comprato sei mesi prima. Era schiacciato contro un angolo e grondava non acqua di mare ma sudore. Sul petto, sui pantaloni era coperto di vomito. Non ancora asciutto, color crème brûlée. Ancora non ne sentiva l'odore perché era troppo stordito.

Scalciò di nuovo, come per nuotare, e sentì un rumore di ferraglia. Scrollò le spalle e il rumore si ripeté. Cercò di guardare in basso, ma si sentì strozzare e dovette aprire la bocca per respirare. Era in cucina, incatenato a una sedia, con un lucchetto a U che gli stringeva la gola e lo teneva incollato alla conduttura del vapore che usciva dal pavimento, correva lungo la parete ed entrava nel soffitto. Era ancora inverno, e i termosifoni erano accesi. Cercò di allontanare la testa dal tubo, ma il lucchetto gli stringeva il collo e lo fece boccheggiare e rimbalzare indietro. Allora la nuca toccò il tubo bollente, carne nuda come una braciola di maiale sulla piastra, e dalla gola gli uscì un sibilo simile a uno sfrigolio che lo proiettò in avanti stringendogli nuovamente il collo nel cappio di metallo. Se non voleva soffocare o ustionarsi doveva stare perfettamente dritto.

Il calore nella stanza era tropicale, oltre i trenta gradi. Certo, in parte era colpa del tubo bollente, ma ora gli giungeva il crepitio sibilante dei radiatori nelle altre stanze: erano tutti accesi. L'appartamento stava per toccare il punto di fusione. La sua faccia, le braccia nude, i piedi scalzi; si sentiva scottare dappertutto.

E poi c'erano le urla. Continuavano.

Se fosse riuscito a procedere con cautela, tenendo a bada il panico istintivo, avrebbe potuto muovere la testa per guardarsi intorno. Esplorò la cucina con lo sguardo, come una telecamera di sicurezza. Vide un martello da carpentiere sul bancone; sul davanzale c'era un trinciante; sul pavimento era sparsa una miriade di pellet verdi. Veleno per topi. Appena si erano trasferiti avevano scoperto che sotto al lavandino ce n'era una scatola. Aveva pensato di toglierla di mezzo, ora che Brian gattonava, ma le cose da fare erano così tante che gli era proprio passato di mente. I pellet erano esplosi per tutta la cucina come pallini di piombo. Ai suoi piedi, capovolta, c'era la scodella del porridge con il contenuto sparso tutto intorno.

Ed ecco l'origine delle grida: venivano non da un essere umano ma dal bollitore.

La fiamma era al massimo e l'acqua bolliva. Dal beccuccio usciva un getto di vapore e un sibilo violento, come dal muso di un drago. Era sul fuoco da chissà quanto e vibrava e saltellava sul fornello, impaziente di lanciarsi all'attacco.

Se non altro era soltanto un bollitore, non una persona che gridava per il dolore. L'unica persona in pericolo era lui. Per un attimo si sentì sollevato. Respirò profondamente, poi fu scosso da un tremito incontrollato che fece tintinnare le catene. Tutto questo, quindi, era per lui? Incredibile essere ancora vivo. Il bollitore, però, era una minaccia incombente: quella situazione di stallo non poteva durare.

In quel momento gli uscì un grido rauco dalla bocca.

Era un nome di donna, incomprensibile, nient'altro che un suono indistinto.

Riprovò. «Em?».

Fosse stato un bambino avrebbe chiamato la mamma, ma era un uomo adulto, perciò chiamò sua moglie.

«Emma?». Chi poteva sentirlo, in mezzo al frastuono del bollitore? Lui stesso udiva a malapena il suo grido. Dopo quel terzo tentativo fu scosso da uno spasmo di dolore che si irradiò dal piede sinistro su per la gamba fino all'osso sacro, talmente intenso che gli fece contrarre anche il collo. Diede uno strattone al lucchetto, ma questo lo spinse di nuovo contro la conduttura. Stavolta colpì il tubo con la testa, e si ustionò il cuoio capelluto, ma riuscì a controllarsi ed evitò un'ulteriore stretta alla gola. Ansimò, a corto di fiato e di idee.

«Brian», sussurrò.

Emma e Brian. La sua famiglia. Dimenticò le catene, il dolore, gli strumenti della violenza sparsi per la stanza. Dov'era la sua famiglia? Erano al sicuro? Nonostante fossero emotivamente distanti da mesi, in quel momento Apollo cercò Emma per stringerla a sé, come aveva fatto con Brian. Era uscita quel mattino. Aveva dimenticato le chiavi. Lui l'aveva chiusa fuori. Se non altro Emma non era in casa adesso. Quindi in casa c'erano solo loro due. Ora lo strillo del bollitore somigliava alla voce della sua paura più grande: che suo figlio fosse in pericolo.

Proprio in quel momento udì scricchiolare il pavimento di legno nella stanza di fronte.

Dall'angolo della cucina in cui era legato si vedeva la stanza di Brian. Ma oggi la porta dipinta di bianco sporco era chiusa. Come promesso a Emma, aveva pagato l'addetto alla manutenzione per montarla, e ora si pentiva amaramente di quella miglioria. Se non avessero messo quella cazzo di porta a quest'ora non sarebbe rimasto lì a fissarla in preda a un terrore che gli rovesciava lo stomaco. Se non ci fosse stata la porta avrebbe visto chi c'era nella stanza invece di starsene impotente ad aspettare lo svelarsi del mostro. La sofferenza dell'attesa, a differenza del dolore fisico, colpisce in profondità e non può essere alleviata dall'adrenalina o da uno shock: è una tortura applicata ai nervi; e mentre fissava la porta bianca i suoi nervi subivano un'ondata traumatica dopo l'altra.

La porta cigolò e si aprì. Il bollitore con il suo fischio petulante chiedeva attenzione. Gli sembrava di avere la parte sinistra della faccia ustionata da quel sibilo stridulo. Una figura si delineò nel vano della porta.

Apollo provò un terrore infantile, immenso e soverchiante.

La stanza di Brian era completamente buia nonostante fosse ancora giorno. Ed era pure una bella giornata, lo si capiva guardando dalla finestra della cucina. Tutto questo stava accadendo in una bella giornata di sole. Ma le tende oscuranti erano tirate, perché la stanza di Brian doveva essere buia come una grotta. Le tenebre nascondevano la persona sulla soglia e qualsiasi cosa avesse fatto là dentro.

«Ti prego...», gemette.

Ti prego cosa? Che frase stava cercando di formare? *Ti prego vattene*? *Lasciami andare*? No. *Ti prego lascia andare mio figlio*. Ecco cosa voleva dire. Quando si rese conto che voleva dire proprio quello, fu una rivelazione incredibile. Una rivelazione, sì, perché non sappiamo mai come reagiremo nel momento del pericolo più grande. Speriamo di mostrare coraggio, bontà, eroismo, ma raramente un evento ci mette alla prova. Ecco, in quel momento era pronto a implorare affinché la vita di suo figlio fosse risparmiata. E l'avrebbe fatto anche per Emma.

Ormai il fondo del bollitore doveva essere carbonizzato dalla fiamma, e l'acqua aveva raggiunto la temperatura della superficie del sole. Lo sconosciuto poteva versargliela sulla testa e la pelle del cranio sarebbe diventata lava rovente, e gli occhi si sarebbero liquefatti colando dalle orbite; sì, sarebbe andata così; sarebbe morto urlando. Ci stava. Ma che prima di tutto portasse Brian nell'atrio, dove forse un vicino l'avrebbe trovato e messo al sicuro. Forse nell'atrio c'era Emma che aspettava: *consegnale Brian e fai di me quello che vuoi*.

Le assi del corridoio scricchiolarono. Era un appartamento vecchio, il legno era fragile e scricchiolava a ogni passo con un rumore secco. La presenza si rivelò, più piccola di quanto si aspettasse. Bassa ed esile.

Un uomo così piccolo: com'era riuscito ad avere la meglio su di lui? Sentì una stretta allo stomaco. Non capiva come avesse fatto a introdursi nell'appartamento. La finestra della stanza di Brian aveva una grata di sicurezza; erano al quarto piano, troppo in alto perché fosse possibile arrampicarsi sulla facciata ed entrare da una finestra, troppo in basso perché ci si potesse calare dal sesto piano. Forse l'intruso era lo sconosciuto che inviava le foto a Emma. E se riusciva a inviarle e poi cancellarle in remoto, allora per lui entrare in un appartamento chiuso a chiave doveva essere un gioco da ragazzi. Dio santo, ora le credeva. Troppo tardi. Troppo tardi.

Lo sconosciuto, la creatura, portava con sé un rumore sommesso. Apollo lo distingueva nonostante il fischio del bollitore. Un borbottio sordo. Il mostro parlottava, e i toni bassi facevano vibrare il pavimento. Lo sentiva vibrare sotto i piedi, come un terremoto.

Aveva i capelli lunghi che gli nascondevano la faccia. Ciocche arruffate e polverose. Barcollava, cosa che rendeva il suo incedere ancora più demoniaco. Entrò in cucina e gli passò accanto vicinissimo, senza fermarsi. Apollo si buttò in avanti, e la sedia a cui era legato si sollevò e ricadde sbattendo sul pavimento. Nonostante le catene intorno alle caviglie e ai polsi si sentiva pronto a lanciarsi addosso a quel criminale con una forza tale che l'avrebbe stampato sul frigorifero.

Ma il lucchetto non lo aiutava.

Si lanciò in avanti, e la U lo bloccò tagliandogli il respiro. Fu sul punto di perdere nuovamente i sensi.

Nulla di strano. Era già stato sul punto di svenire; anzi, forse fluttuava tra la veglia e la perdita di coscienza da molto tempo senza rendersene conto. Forse aveva già avuto a che fare con il mostro, e il martello sul bancone, il coltello sul davanzale ne erano la prova. Forse era già stato accoltellato e preso a martellate ma non riusciva a vedere le ferite. Forse il pavimento era macchiato di sangue, il sangue che era colato dalle sue ferite. Le fitte di dolore che sentiva ovunque rendevano impossibile distinguere un taglio da un livido, da una ferita mortale.

Intanto l'intruso sembrava non fare caso alla sua presenza. Era passato accanto all'uomo che stava rantolando nell'angolo ed era davanti ai fornelli. Spense la fiamma. Il bollitore continuò a fischiare per qualche secondo. L'acqua continuò a bollire.

Ma perché le grida non smettevano?

Ora che il bollitore taceva, dalla stanza sul retro si udiva chiaramente…

No. Non poteva essere. Cercò di calmarsi, anche se adesso era molto più difficile. C'era un bambino che urlava. E di chi era quel bambino se non…

Gli sembrò che il suo corpo non avesse più una forma definita. Si sentiva immenso al pari di una stella, del sole. Costituito di un materiale gassoso incandescente, troppo grande perché la cucina di un appartamento con due camere da letto potesse contenerlo. Perché le pareti non si disintegravano? Quanto avrebbero resistito il pavimento e il soffitto prima di polverizzarsi? Perché tutto ciò che lo circondava non era ancora un mucchietto di cenere? Un terrore assoluto divampò più incandescente della stella al centro del sistema solare. *Io sono il dio Apollo! Io sono il dio Apollo!* Si alzò in piedi. Forse il lucchetto lo stava strozzando, ma non sentì nulla.

Cosa avevano fatto a suo figlio?

Trovò la forza di emettere un suono ma non parole di senso compiuto. Ringhiò contro l'intruso, l'ometto che teneva in mano il bollitore rovente. Che minaccia poteva essere, ormai? Mugghiò contro l'invasore mentre nella stanza di fronte suo figlio strillava. La presenza non si mosse. Reggeva il bollitore non dal manico, ma sul palmo della mano. Il metallo rovente gliela stava scarnificando, ma la mano non tremava. L'invasore rispose infine al suo sguardo, e lo vide nell'angolo: incatenato, furioso, fuori di sé.

Ora l'uomo incatenato vedeva chiaramente chi fosse l'aggressore.

«Emma?».

Nell'altra stanza le grida di suo figlio diventarono strilli singhiozzanti. Brian aveva sei mesi, ma queste erano grida di neonato, quei gemiti particolari, ancora privi di senso, che si accavallano senza soluzione di continuità. Non esprimono soltanto dolore ma anche confusione, nuda impotenza. Sono grida che gelano il sangue dei neogenitori.

Da quella stanza era uscita Emma Valentine.

«*Emma*», provò ad articolare, «che hai fatto?».

Forse ancora non aveva fatto nulla. Forse Brian era soltanto terrorizzato, non ferito gravemente. Dopotutto le armi erano tutte in cucina, giusto? Persino in quel momento terrificante cercò di aggrapparsi a un esile filo di speranza.

Lei lo osservava.

Reggeva il bollitore sul palmo come un cameriere che porta un vassoio. Come faceva a non sentire dolore? Il palmo era diventato rosso, e Apollo udiva persino lo sfrigolio della carne, nonostante le grida di suo figlio. C'era puzza di carbone bruciato, eppure sua moglie non sembrava accorgersi di nulla. Era lì, ma stava altrove.

«Sono stato duro con te, troppo duro».

Si appoggiò allo schienale della sedia perché vedeva tutto sfocato e si era reso conto che, anche se non sentiva più dolore, il lucchetto gli impediva di respirare.

«Sei sfinita dalla stanchezza e ti sembra che il mondo ce l'abbia con te».

Lei lo osservava in silenzio. Davvero quella era sua moglie? Sembrava prosciugata, come se qualcosa le avesse risucchiato l'anima, come se qualcuno l'avesse raffigurata intagliando un blocco di ardesia verdastra. E se ne stava immobile, silenziosa. Apollo pensò che forse voleva essere convinta con le parole a rinunciare ai suoi propositi.

«Non sei sola, sono cose che succedono a tutte le mamme. Non è colpa tua. Kim ci ha avvertiti, quando hai cominciato a prendere quelle medicine. Brian è di là, lo sento chiaro e forte, è un bimbo… robusto. Non c'è nulla che non possiamo risolvere».

Emma si mosse e distolse lo sguardo da lui. Ora la mano che reggeva il bollitore tremava, come se infine sentisse dolore, come se stesse tornando in sé.

«Liberami. Andiamo a vedere come sta Brian».

Il suono del nome di suo figlio sembrò agire su di lei come un comando post-ipnotico. Gettò la testa all'indietro, quasi fosse entrata in trance, e un bagliore elettrico le accese lo sguardo. Ecco sua moglie, l'aveva agganciata. Ora doveva fare appello a quella donna, la madre di Brian, la sorella di Kim, l'amica di Nichelle, la bibliotecaria. La donna che aveva vissuto in Brasile, che era cresciuta a Boones Mill. Sua moglie. Tutte versioni di una donna che non avrebbe mai fatto del male al proprio figlio.

Ma Apollo si sbagliava. Non l'aveva agganciata per nulla.

Con la mano libera, Emma afferrò il martello e fece un passo verso Apollo, alzando il braccio con un movimento fluido. Il martello colpì lo zigomo e lo fratturò. Il rumore dell'osso che si rompeva gli risuonò assordante dentro al cranio. Improvvisamente non riusciva ad aprire il lato destro della bocca, mentre in basso diventò tutto nero, non ci vedeva più, come se il globo oculare fosse sgusciato fuori dall'orbita.

Implorò Emma – erano sposati da cinque anni! – muovendo il lato sinistro della bocca. Il martello cadde a terra.

Ora Emma stava uscendo dalla cucina. Gli passò accanto. Apollo cercò di alzarsi. Esisteva al mondo dolore paragonabile a ciò che avrebbe sofferto il piccolo Brian? No. Non esisteva. Cercò di alzarsi e il lucchetto lo spinse giù. Cadde di peso, con forza tale che una gamba della sedia sfondò il sottile pavimento di legno. Ora la sedia era tutta storta, e non serviva a nulla cercare di stare dritto: il lucchetto lo soffocava comunque. Apollo era una nave che affondava, sempre più inclinata. Il lucchetto si era trasformato in un cappio che stringeva sempre più. Stava colando a picco.

«Non fare del male a Brian», implorò.

Emma era nel corridoio, davanti alla porta della stanza. Si voltò. Sollevò il bollitore pieno di acqua bollente.

«Non fare del male a mio figlio».

Il bimbo piangeva, urlava lanciando singhiozzi strozzati.

«Non fare del male al mio bambino», supplicò.

Emma scomparve nelle tenebre della stanza, mentre Apollo scendeva nel buio dell'incoscienza.

Vedeva chiazze nere, ma continuava a tirare le catene con una forza tale che rigurgitò sangue.

Dalla stanza buia Emma parlò con voce chiara. «Non è un bambino».

4
Cazzo, vaffanculo, figlio di puttana

31

Recupero.

Una parola definita come «ottenere nuovamente la possibilità di disporre di un oggetto perduto o che ci è stato sottratto, oppure rientrarne in possesso». Recupero economico. Recupero dati. Recupero crediti. Tutte espressioni comuni, tutte realtà plausibili se si pensa alle informazioni contenute in un computer o ai conti bancari prosciugati illegalmente. Persino il corpo umano corrisponde al concetto di recupero. Per esempio, uno zigomo fratturato in seguito a un trauma inferto da un martello può essere riparato per via chirurgica. Una frattura zigomo-orbitale (effetto secondario della rottura dello zigomo) richiederà un lieve riallineamento dell'occhio, ma dopo che il globo oculare è stato sollevato e reinserito nell'orbita, è possibile ricostruire il bordo dell'orbita stessa. Si noterà il recupero nell'arco di poche settimane. I lividi sui polsi, sui gomiti e sul collo dureranno ancora meno. I capillari esplosi guariscono rapidamente con applicazioni topiche di vitamina K. Il corpo recupera.

Ma l'anima?

Quanto ci sarebbe voluto per «ottenere nuovamente la possibilità di disporre» di ciò che gli era stato «sottratto»? Apollo aveva perso un figlio, una moglie che aveva creduto di conoscere, un matrimonio. Aveva perso tre vite.

Ebbe tutto il tempo per riflettere mentre aspettava di uscire da Rikers Island insieme ad altri 149 uomini. Nelle camere di sicurezza si stava talmente pigiati che due detenuti erano svenuti in piedi. Aspettavano da undici ore che le guardie completassero le misteriose procedure di rilascio, operazioni che evidentemente richiedevano mezza giornata. A ogni modo, Apollo si considerava fortunato rispetto ad altri: a Rikers c'era rimasto solo due mesi. Lo avevano rinchiuso nell'ala Taylor insieme a quelli che scontavano pene brevi, e il tempo era trascorso senza scossoni, meglio di quanto chiunque osasse sperare. A procedura completata, quando gli restituirono gli abiti e gli altri effetti personali in un sacchetto di carta, si rese conto di essere l'unico prigioniero che non voleva uscire.

C'erano quattro bus blu e bianchi pieni di gente come lui, e l'atmosfera all'interno era frizzante. I passeggeri, uomini dai diciassette ai cinquantotto anni, saltellavano sui sedili come bambini che partivano per il campeggio estivo. Ogni tanto una guardia li redarguiva rabbiosamente. «Siete uomini grandi e grossi!», gridava, ma aveva torto: erano tornati ragazzi.

Ragazzi che si erano alzati presto. Al rilascio, i detenuti di Rikers Island venivano portati a Queensboro Plaza prima dell'alba. Scendevano dal bus con il sacchetto di carta e una busta con il denaro sufficiente per una corsa in metro e un caffè grande. Dal suo posto accanto al finestrino Apollo vide il ponte che collegava l'isola al Queens. In prigione non aveva mai temuto per la sua incolumità. Obbediva sempre; non faceva telefonate, teneva in evidenza l'identificativo e infilava sempre la camicia nei pantaloni. Certe guardie appena vedevano una camicia fuori dai pantaloni andavano fuori di testa. Apollo non si era mai fatto notare, e gli andava bene così.

La storia di Emma Valentine e Baby Brian era apparsa

sulle prime pagine dei giornali. Baby Brian – tutti ormai lo conoscevano con questo nome – era stato ucciso da sua madre, che poi si era data alla fuga. La famiglia di Apollo era diventata il cast di un film dell'orrore. Non c'era da stupirsi se in carcere aveva voluto rendersi invisibile.

E poi c'era la storia del gesto che lo aveva spedito dritto in carcere: aveva preso tre ostaggi minacciandoli con un fucile. A Rikers non c'era stata molta comprensione per lui, nessun veterano lo aveva aiutato a tenersi su con l'umore. Tutti avevano i loro problemi; non per nulla si trovavano a Rikers. Ma per Apollo era un sollievo esistere in uno stato di morte apparente; essere un corpo costretto a eseguire una serie ben precisa di movimenti, mangiare a orari prestabiliti, fare una doccia al giorno, nient'altro. Non c'era rimasto nient'altro dentro di lui, come se durante l'intervento per mettere a posto l'occhio gli avessero tolto il cuore perché non funzionava più, o per chissà quale altra ragione. Se in carcere non aveva sentito paura era perché in realtà non era vivo. Era morto insieme a Brian.

Eppure man mano che si avvicinava a Queensboro Plaza percepiva un ritorno alla vita, l'energia vitale che aumentava. Sentiva il cuore che pulsava e gli sembrava di essere abitato da una presenza estranea. Intorno a lui era tutto un pullulare di battute su quanto sarebbe durata la libertà. Un veterano raccontava con toni nostalgici del Twin Donut; era proprio lì, prima che rifacessero la stazione, con le prostitute che aspettavano l'arrivo degli ex detenuti di Rikers. Stavano sedute in quattro sui divanetti dei séparé, e sapevano bene quant'erano necessari i loro servizi a quegli uomini in astinenza.

«Ci sono ancora», disse uno. «Stanno ad aspettare al Panini Grill, sulla Ventisettesima».

«Che cazzo sarebbe un *panini*?», chiese il veterano.

Uno dei giovani fece una risata. «Le cose cambiano, nonno. Non puoi farci niente».

Uno dopo l'altro i palazzi sfilavano oltre il finestrino, e Apollo sentiva il cuore battere sempre più forte. Per la maggior parte degli ex detenuti, uscire da Rikers per approdare a Queensboro Plaza era come ritrovarsi in mezzo al nulla. Quasi tutti venivano da Brooklyn, dal Bronx o dai quartieri più a nord, e avrebbero impiegato ore per tornare a casa, perciò dover scendere lì rappresentava una specie di vaffanculo di commiato da parte dell'amministrazione penitenziaria. Apollo, invece, conosceva bene la zona e sapeva esattamente quanto ci avrebbe messo a tornare a Washington Heights.

Non tornava a casa dal giorno della morte di Brian. Era stato l'addetto alla manutenzione a trovarlo e a chiamare l'ambulanza che lo aveva portato al New York Presbiterian Hospital, dove lo avevano operato all'occhio. Dopo la dimissione era andato da Lillian per la convalescenza. Investigatori del NYPD e agenti dell'FBI erano andati a trovarlo. Quando tornò a Washington Heights Brian era morto da tre settimane.

Ma non andò a casa. Entrò invece nella biblioteca di Fort Washington imbracciando un fucile semiautomatico e prese tre ostaggi: le colleghe di Emma. In poche parole era fuori di sé. Voleva sapere dov'era andata Emma e si rifiutava di credere che le colleghe non ne sapessero nulla. Fu chiamata la polizia. La trattativa durò sei ore e mezzo. Alla fine, nonostante tutto, le colleghe non sporsero denuncia, anzi testimoniarono a suo favore il giorno del processo. Aveva trascorso due mesi a Rikers, e ora, mentre l'alba cominciava a schiarire l'orizzonte, Apollo Kagwa era di nuovo un uomo libero.

Non aveva detto a Lillian che sarebbe arrivato; non parlava con Patrice dal giorno in cui era entrato in carcere. E non aveva nessun altro al mondo. Curioso: le persone a lui più vicine erano soltanto quattro.

Scesero dal pullman come soldati in congedo. Forse Rikers rilasciava i detenuti in un luogo così remoto e a un'ora antelucana perché voleva azzerare qualsiasi danno collaterale. Forse c'era dietro lo stesso tipo di ragionamento che aveva spinto certi governi a spostare i test atomici nei deserti o sulle isole del Pacifico, anche se alla fine c'erano sempre state delle vittime, e l'area intorno all'atollo di Bikini non era mai tornata abitabile. Apollo si sentiva fosforescente per il dolore; avvelenato dal lutto come se questo emettesse radiazioni. Non poteva tornare a casa. Non poteva stare tra quelle quattro mura. Non ancora. Ecco perché forse era l'unico passeggero di quel pullman che ci era salito controvoglia. Tutti volevano tornare a casa; Apollo Kagwa una casa non ce l'aveva più.

32

Finì a Bennett Park senza sapere come. Era arrivato a Washington Heights alle cinque e mezzo del mattino, ma ormai era abituato a frequentare il parco con Brian proprio a quell'ora, e il suo corpo gli diceva di andarci anche adesso, dopo mesi e mesi di assenza da quei luoghi. Più tardi aveva un appuntamento in centro, ma le undici erano molto lontane.

Quando entrò nel parco e vide quattro uomini raggruppati a semicerchio intorno ai giochi, la confusione che gli annebbiava la mente scomparve di colpo. Fece per uscire: dopotutto voleva tornare all'appartamento, no? Ma due papà moderni lo videro – gli lanciarono un'occhiata veloce – e Apollo non seppe più come comportarsi. Sarebbe sembrato molto più strano se fosse scappato, giusto? Andò loro incontro. Erano amici, bisognava salutarli.

Affrettò il passo e rischiò di cadere proprio davanti al cancelletto dell'area giochi. Entrò nel recinto e i quattro si voltarono nello stesso istante per scrutarlo dalla testa ai piedi e poi distogliere bruscamente gli occhi con espressione imbarazzata. Vide come lo avevano guardato e cercò di fare finta di niente. Le madri erano a poca distanza, accanto alle altalene; tutto era come tre mesi prima, a parte il fatto che le mani di Apollo erano vuote e tra le braccia non stringeva nessuno. Non aveva più un bambino. Si avvicinò ai padri e – probabilmente per la prima volta – strinse la mano a tutti, poi si girò verso i giochi.

«Ciao Meaghan! Ciao Imogen! Buongiorno Shoji. Buongiorno Isaac». Sorrise ai padri, visto che i quattro bimbi lo ignoravano. «Come cammina bene Imogen», osservò.

In qualsiasi altro momento il padre avrebbe colto subito l'opportunità di spiegare per filo e per segno come la bimba aveva raggiunto quel traguardo, mostrando uno dei tanti video che immortalavano i primi tentativi di deambulazione. Anzi, avrebbe già tirato fuori il cellulare per farlo vedere a tutti, ma quel mattino non accadde nulla del genere. L'uomo rispose alle parole di Apollo con un cenno della testa, e fissò la figlia con espressione sbalordita.

In realtà tutti e quattro avevano l'aria sbalordita, disorientata. Lanciarono un'occhiata rapidissima ad Apollo e distolsero subito lo sguardo per puntare gli occhi sui bambini, sugli alberi, su Fort Washington Avenue: ovunque tranne che su di lui.

Apollo comprendeva la situazione, ma si sentiva anche confuso. Perché era andato al parco? E adesso che era lì, come poteva tenersi occupato? Cosa doveva dire? Sarebbe stato meglio continuare a parlare dei bambini e dei loro progressi, oppure spiegare dov'era stato? Avrebbero gradito ricevere informazioni sulle celle d'isolamento a Rikers, o sui turni di lavoro la mattina con la squadra di manutenzione? Certo che no, certo che no, ma di cos'altro poteva parlare? Quindi era meglio se alzava i tacchi. Al parco l'argomento di conversazione era uno solo, l'unico di cui Apollo non aveva proprio voglia di parlare. In realtà non ne aveva la forza. Tuttavia, un momento prima che si voltasse per andarsene, il padre di Isaac disse: «Ci siamo rimasti tutti male quando abbiamo saputo cosa è successo».

Gli altri tre annuirono senza guardare in faccia Apollo.

«Avremmo voluto chiamarti, ma ci siamo accorti che non ci siamo mai scambiati i numeri».

Apollo si sentì quasi svenire per il sollievo. Prese il cellulare, ma era scarico. Rikers non mandava a casa i detenuti con il telefonino carico. Prendere il cellulare era stato un gesto automatico. «Mi farebbe piacere», disse.

I papà non commentarono. Il padre di Isaac gli diede una pacca sulla spalla. Un gesto delicato. Poi si spostò in modo da affiancarsi ad Apollo. Il padre di Shoji si mise di lato a quello di Isaac, e un attimo dopo i quattro avevano formato una barriera che nascondeva i figli.

«Non dovresti essere qui», disse il papà di Imogen. Apriva e stringeva i pugni, le dita inarcate come artigli.

«Ce l'avete con me?». Il cuore gli batteva più forte che la prima notte a Rikers. «Ce l'avete con me?».

«Nessuno è arrabbiato con te», sussurrò il papà di Isaac.

«Io invece sono arrabbiato», disse il padre di Imogen. «Mi fa rabbia che ti sei avvicinato ai nostri figli».

Apollo tentò di replicare, ma riuscì soltanto a balbettare. Aveva una gran voglia di spaccargli il telefonino sullo zigomo. «Non farei mai del male ai vostri figli», disse con un filo di voce.

Il padre di Shoji lanciò un'occhiata fulminea alle proprie spalle per cogliere i movimenti del figlio, e da genitore esperto si accorse subito che qualcosa non andava. «Quello l'hai preso a Meaghan? Ridaglielo. Subito».

Meaghan gli strappò di mano "quello" e Shoji ci si aggrappò per non perderlo. Strillarono e si azzuffarono. I rispettivi padri – in veste di supporto tattico – corsero in loro aiuto.

Rimasero in due a interagire con Apollo. Lo osservavano nervosamente.

«Vi faccio paura», disse Apollo.

«Sei entrato in una biblioteca armato di fucile!», urlò il padre di Imogen, e il grido risuonò più forte nel silenzio del primo mattino.

«Volevo solo…», cominciò Apollo, ma si interruppe.

«Ci dispiace davvero tanto per Brian», disse il papà di Isaac. «Non sai quanto».

Sentire pronunciare il nome di suo figlio gli fece l'effetto di un pugno allo stomaco. Lui quel nome non l'aveva più pronunciato da quando la polizia gli aveva messo le manette sessanta giorni prima, ma nella sua testa e nel suo cuore l'aveva ripetuto sessanta volte ogni ora del giorno. Pronunciato da un altro suonava sconosciuto. Sentì l'impulso fortissimo di strappargli la lingua.

«Noi cerchiamo soltanto di essere dei bravi papà», proseguì l'uomo.

«Anch'io ci ho provato», ribatté Apollo.

Uscì dal parco. Erano le sei del mattino e non aveva altra scelta: doveva tornare a casa.

33

«Ehi, sveglia. Non puoi dormire qui».

Si era addormentato? Strano. Voleva soltanto starsene seduto per un po' nella lavanderia del palazzo, nel seminterrato, per aspettare l'ora dell'appuntamento. Era entrato in ascensore con l'idea di salire, ma invece di premere il pulsante del quarto piano era sceso.

Addormentandosi immediatamente, a quanto pareva.

«Alzati», disse l'uomo. «Mi senti? Come hai fatto a entrare nel palazzo?».

Non solo si era addormentato, aveva pure preso possesso del divano della lavanderia, come una zecca. Si era raggomitolato sui cuscini, di schiena al tizio che adesso gli dava dei colpetti con l'estremità del manico della scopa. Si girò e si mise seduto.

«Sei tu».

L'addetto alla manutenzione del condominio, quello che aveva montato la porta della stanza sul retro, fece un passo indietro e lo guardò a bocca aperta. Oltre alla scopa che stringeva nella destra aveva vari metri di tubo di gomma verde arrotolato che gli pendeva dalla spalla sinistra e gli dava un'aria da sherpa, da uomo esperto e imperturbabile. Si chiamava Fabian, andava per i sessanta, era portoricano e si occupava del condominio da molto prima che Emma e Apollo ci si trasferissero.

Si accovacciò e piegò la testa di lato per osservare la faccia di Apollo.

«Sai che ti hanno fatto proprio un bel lavoro all'occhio?».

Apollo si toccò lo zigomo ricostruito. Certo, se il chirurgo avesse lasciato il danno ben visibile, perlomeno l'esterno avrebbe corrisposto a come si sentiva dentro.

«Quando ti ho trovato eri un... disastro, ecco», proseguì Fabian toccandosi la guancia.

«Non ho ancora avuto modo di ringraziarti», replicò Apollo, tenendo la mano sullo zigomo.

«Mi ha ringraziato tua madre». Si rese conto che quelle parole suonavano strane, come uno scherzo tra ragazzi. «Cioè, ogni tanto mentre eri dentro lei passava di qui e mi salutava. Mi ha anche offerto una pinta di birra».

«Mia madre è stata qui? E ti ha offerto da bere?».

Fabian si raddrizzò e tese una mano ad Apollo per aiutarlo a mettersi in piedi.

«Sei uscito in un baleno. Rikers di solito ti si attacca e non ti lascia andare».

«Mia madre mi ha trovato un avvocato».

«Una buona madre è un gran dono», disse Fabian battendo la scopa contro il pavimento. Guardò Apollo e arrossì. «Scusa. Non volevo dire che... scusa».

«Che ora è?», chiese Apollo per cambiare argomento.

«Sono le dieci. Hai le chiavi? Ti faccio entrare io? Ho ancora le mie».

Apollo indicò il sacchetto di carta sul pavimento accanto al divano. «Le mie cose sono tutte lì. Anche le chiavi di casa».

Per ora non gli servivano. Aveva appuntamento in centro alle undici con l'agente di custodia. Strano provare riconoscenza per una circostanza simile; eppure era così che si sentiva. Come doveva vestirsi per quel primo incontro? Quanto era determinante l'abbigliamento? E se fosse andato con i vestiti che indossava il giorno dell'arresto? Ci aveva anche dormito. Fabian annuì e fece per andarsene. Il suo ufficio era in fondo al corridoio, dopo la stanza delle lavatrici e delle asciugatrici. Fece appena cinque passi e Apollo lo richiamò.

«Come facevi a saperlo?», chiese Apollo.

«A sapere cosa?».

«Che era necessario entrare nell'appartamento».

Fabian si voltò, rimanendo nel punto dove si era fermato. Con un movimento della spalla bloccò il tubo che minacciava di scivolare lungo il braccio. «Il tizio dell'interno quarantasette mi ha chiamato dicendo che si sentiva una puzza», spiegò scuotendo la testa. «Ed era una puzza tremenda, mai sentita una puzza così».

Apollo puntò una mano sul divano per reggersi. «Una puzza».

«Ho pensato che avrei avuto bisogno delle chiavi, ma la porta non era chiusa. Dentro c'era un caldo tropicale. Prima di entrare ho chiesto ad alta voce se c'era nessuno, ma avevo un brutto presentimento».

Chinò la testa e fissò il pavimento per evitare lo sguardo di Apollo.

«Il primo che ho trovato eri tu. Ho pensato che fossi morto. L'occhio ti ciondolava, così», raccontò facendo oscillare il pugno sulla guancia. «Poi sono andato nell'altra stanza e ho trovato il bimbo».

La caldaia condominiale, all'altra estremità del seminterrato, si accese con un brontolio. Apollo e Fabian rimasero in silenzio per qualche istante. Avrebbe voluto chiedergli cosa aveva visto in quella stanza. Non importava quanto fosse stata orrenda la visione; Fabian era stato lì dentro con Brian. Non voleva sapere niente, nemmeno un singolo dettaglio, ma al tempo stesso voleva sapere tutto.

Provava entrambi quei desideri contemporaneamente. Come poteva chiedergli di raccontare? Quali parole usare? Parole che non suonassero repellenti e perverse… Sentì su di sé gli sguardi dei papà moderni e una vergogna bruciante lo travolse.

«Ho detto una preghiera», disse Fabian, «quando l'ho visto. Ogni settimana, quando vado in chiesa, dico una preghiera per lui».

Apollo fece un cenno con la testa. «Ti ringrazio per le tue preghiere».

«Prego anche per te». Indicò l'ufficio. «Ora devo proprio andare», disse con voce strozzata.

34

Apollo si presentò all'appuntamento sulla 79th Street leggermente in anticipo. La biblioteca si trovava nel tipico quartiere dei film ambientati a Manhattan, su una strada ampia che in fondo si apriva in una vista magnifica sull'East River. I palazzi residenziali di venti, trenta piani al massimo, erano piccoli e accoglienti se paragonati alla media di Manhattan. La sede distaccata della New York Public Library – la Yorkville branch – era situata in un elegante palazzo in stile palladiano inserito tra gli edifici storici della città.

Apollo era fermo sul marciapiede e osservava l'edificio con la testa piegata all'indietro come un turista della peggior specie. I vecchietti che passavano lo colpivano di proposito con i gomiti, le mamme gli andavano addosso con i passeggini quasi fossero rulli compressori. Trovava incredibile che gli fosse toccato arrivare fin lì, ma la corte distrettuale di Manhattan aveva sentenziato che l'obbligo di presenziare all'incontro era «un aspetto essenziale della libertà vigilata».

L'incontro di quella sera si teneva nello spazio eventi della biblioteca, nel seminterrato, in una sala che vantava una capienza di settantadue posti a sedere, ma che non si sarebbe certamente riempita in una simile occasione. Infatti c'erano appena dodici persone sedute in cerchio. Solo una si accorse che Apollo era entrato, una donna alta che gli fece cenno di avvicinarsi con la disinvolta autorità tipica di chi aiuta le persone vulnerabili e confuse ad attraversare la strada nei pressi delle scuole.

«Per di qua», disse. «Abbiamo già cominciato».

Tutti lo osservarono mentre si sedeva.

«Le do il benvenuto nel gruppo dei Sopravvissuti», annunciò la donna rimettendosi a sedere. «Ci chiamiamo così».

Apollo guardò i partecipanti uno per uno. Il tribunale gli aveva ordinato di prendere parte a una terapia di gruppo come presupposto della libertà vigilata. «Ringrazi il nostro nuovo sindaco progressista», aveva detto il giudice, incapace di nascondere il disprezzo.

Mentre gli altri Sopravvissuti parlavano, Apollo rimase in silenzio. Gli sembrava di stare a un incontro degli Alcolisti Anonimi, per quello che ne sapeva dagli show televisivi e dai film. Gran parte di quelle persone era alle prese con qualche tipo di droga, ma invece di parlare degli eccessi e delle sgradevolezze a cui la sostanza li aveva condotti, mettevano l'accento sulla spirale tragica in cui erano intrappolati. Il sottotitolo di ciascuna storia poteva benissimo essere *Mi è accaduta una cosa tremenda, ma chissà perché sono ancora qui*. Ben presto Apollo trovò strano definirli "Sopravvissuti": fisicamente erano lì, in quella stanza, ma nessuno di loro era davvero sopravvissuto.

«Porto ancora la fede al dito», disse Apollo in tono stupito alzando lo sguardo sui presenti. Tutti fissarono l'anello che portava, e lui alzò la mano per mostrare l'anulare. «Scusatemi. Mi è sfuggito. Non volevo dirlo ad alta voce».

Alice, la donna alta, si sporse verso di lui. «Va bene, non preoccuparti».

«Mia moglie era una bibliotecaria».

Perché si era messo a parlare? Cosa stava dicendo?

Un tizio avanti con l'età e la barba brizzolata annuì. «Sì, è apparso sui giornali».

Apollo si raddrizzò. «Era al corrente? Perché non l'ha detto subito, quando sono entrato?».

Il tizio con la barba incrociò le braccia. «Avevo qualche problemuccio personale di cui parlare, sa?».

Apollo scoppiò in una risata aspra.

«Ma ora il palcoscenico è tutto suo», proseguì in tono più gentile.

«È la mia prima volta in questo gruppo. Sono uscito da Rikers stamane prima dell'alba, nel pomeriggio ho incontrato l'agente di custodia che mi ha fatto aspettare per ben due ore prima di ricevermi, e adesso sono qui».

Lo osservarono in silenzio. Espressioni imperscrutabili, come statue di Buddha. «L'agente di custodia ti ha mandato da noi il giorno stesso del rilascio?», chiese Alice.

In realtà l'agente gli aveva detto di andare a casa, farsi una doccia e riposarsi, ma innanzitutto Apollo voleva trovare un gruppo di sostegno, qualsiasi cosa pur di non tornare in quell'appartamento. Ma come avrebbe potuto spiegarlo?

«Sì. È proprio un coglione», rispose.

Alcuni dei partecipanti espressero disapprovazione facendo schioccare la lingua. Il tizio con la barba brizzolata fece un lieve cenno con la testa, che Apollo interpretò come un "fanculo la polizia".

«Perché l'ha fatto? Ha mai spiegato la ragione?», intervenne una ragazza, parlando a scatti.

Apollo si voltò verso di lei, sbigottito. Quindi tutti l'avevano riconosciuto nel momento stesso in cui era entrato?

Non è un bambino.

«No, non l'ha mai spiegato».

«E tu, invece, perché l'hai fatto?». Alice non aveva più quell'espressione rassicurante da ausiliaria delle strisce pedonali.

«Si riferisce alla biblioteca?», chiese Apollo.

«Sì, certo». La donna incrociò le braccia, appoggiandosi allo schienale.

«Ho dato di matto. Non ho capito cosa aveva fatto mia moglie finché non sono uscito dall'ospedale. Ero a letto e guardavo i telegiornali: l'ho scoperto così.

«L'appartamento era ancora sigillato come scena del crimine, perciò non potevo entrare. Stavo da mia madre. Quando mi sono rimesso in piedi, per prima cosa sono andato alla biblioteca di Fort Washington, dove lavorava mia moglie. Era giovedì, e la biblioteca apriva a mezzogiorno. Sono arrivato alle undici perché sapevo che i bibliotecari erano già dentro per prepararsi all'apertura. Come avrete saputo dai telegiornali avevo un fucile».

Gli eventi di quel giorno li aveva dovuti raccontare parecchie volte, prima all'avvocato difensore, poi al giudice e alla pubblica accusa. Non aveva affrontato una giuria, anche se adesso gli sembrava davvero di trovarcisi davanti.

«Avevo le sue chiavi, così sono entrato senza problemi. Al pianoterra incontrai subito due bibliotecarie, la terza era in bagno e arrivò dopo».

«Avevano paura?», chiese Alice.

«Certo».

Alice abbassò lo sguardo.

«Credo di aver delirato per un bel po'. Ci ho messo parecchio prima di riuscire a parlare in modo chiaro, a spiegare loro perché ero lì. È stato allora che mi è partito un colpo per sbaglio ed è finito sul soffitto. L'hanno sentito dall'esterno, e qualcuno ha chiamato la polizia. Ho fatto scendere le tre bibliotecarie nel seminterrato e ci siamo barricati nella sala lettura».

Una donna si alzò e si allontanò di gran fretta, quasi correndo.

«Quando mi hanno dimesso dall'ospedale i giornali non parlavano che della fuga di Emma Valentine. L'FBI e il NYPD erano sulle sue tracce. La polizia mi aveva già interrogato, alla ricerca di informazioni che li aiutasse a stanarla. Forse avevano già parlato con le tre bibliotecarie, senza ricavarne nulla, ovviamente. Ero convinto che le tre sapessero dove si trovava Emma: con chi altri poteva essersi confidata? Le colleghe erano la sua famiglia. I suoi genitori erano morti; il marito e il figlio non significavano niente per lei. Quanto a me, non riuscivo a rintracciare sua sorella, per questo sono andato in biblioteca. Ero sicuro che Emma avesse parlato con loro; di certo possedevano le informazioni che mi avrebbero aiutato a scovarla».

«E si era confidata?», chiese l'uomo barbuto, sporgendosi verso Apollo.

«No. Me lo giurarono più volte, ma ci misi sei ore e mezzo a crederci. Alla fine consegnai il fucile a Carlotta. A Ms Price. Mi arresi alla polizia. Tutte e tre testimoniarono a mio favore, non vollero sporgere denuncia. Ecco perché sono uscito di galera così velocemente. Sono state incredibilmente comprensive».

«Pensi che tua moglie sia ancora viva?», chiese la ragazza che aveva già parlato.

«Spero di no». Guardandola in faccia, Apollo si rese conto che quelle parole suonavano tremende. «Cioè, l'FBI e il NYPD la stanno cercando, quindi no, non so se è ancora viva».

«Ma se le colleghe ti avessero dato le informazioni che cercavi, cosa avresti fatto?», proseguì la ragazza. «Cosa avresti fatto se l'avessi trovata?».

«Ha ucciso mio figlio. Se l'avessi trovata l'avrei ammazzata, e poi mi sarei fatto fuori». Apollo non sapeva cos'altro dire. Tacque. I Sopravvissuti rimasero in silenzio.

«Ok», disse Alice dopo un po'. «Vi ringrazio di essere venuti. Per stasera abbiamo finito».

35

Rimase in biblioteca fino alle sette, l'orario di chiusura. Passò il tempo seduto su una poltroncina accanto al bancone dei prestiti con una rivista sulle ginocchia. Raccontare la sua storia ai Sopravvissuti l'aveva messo molto a disagio, ma adesso si sentiva ancora peggio. Se non altro durante l'incontro era stato insieme a persone come lui. Il tizio con la barba brizzolata, per esempio, era alla guida e mandava SMS quando, attraversando un incrocio, gli era venuto addosso un camion. La fidanzata era morta sul colpo, ancora prima che la macchina smettesse di girare come una trottola. Tutto quel condividere storie, tutte quelle urla e quei pianti… a che pro? Era pur sempre mercoledì sera e ti ritrovavi da solo come prima. Sei mesi di quella roba lì? No, grazie. D'altra parte, se non fosse andato agli incontri, un pullman l'avrebbe riportato a Rikers, dove sarebbe rimasto fino a data da stabilirsi. Perciò restò per ore su quella poltrona a cercare di convincersi che doveva essere tollerante, tenace; che era necessario recuperare. Ma alla fine fu costretto ad ammetterlo: era ora di tornare a casa.

Eppure, quando arrivò in prossimità dell'isolato, quando fu davanti al portone del palazzo, quando entrò in ascensore, lo ossessionava il pensiero che qualcuno potesse impedirgli di entrare. Ma non accadde. Giunse davanti alla porta, ebbe un momento di esitazione, ma poi infilò le chiavi e aprì.

Si era aspettato di sentire dei rumori entrando nell'appartamento? In realtà no. Allora perché il silenzio lo stupiva così tanto? Forse perché l'ultima volta che era stato lì il rumore era assordante? Tre mesi fa. Solo tre mesi.

Varcò la soglia e chiuse la porta. Rimase immobile nel buio, respirando piano. Nonostante le luci fossero spente si sentiva che il parquet era pulito, si vedevano dei riflessi nell'oscurità, come se il legno fosse bagnato.

Entrò in soggiorno. Spazio, silenzio, nessun movimento. Assenza di vita. Ecco il divano, al solito posto sotto le finestre. La piantana nell'angolo, gli scaffali dei libri in basso, il termosifone: nessun segno di vita nemmeno da quest'ultimo. Qualcuno l'aveva spento. La camera da letto che aveva condiviso con Emma stava a sinistra, la cucina a destra. Aprì la porta della camera, aspettandosi quasi di trovarci Emma, la fuggitiva che si era nascosta dove chiunque avrebbe potuto trovarla. Ovviamente non c'era altro che il letto rifatto. Il pavimento era pulito e lucidato, come in soggiorno. Le tende erano aperte. Guardò giù in strada. Vide un tizio che cercava di parcheggiare in uno spazio troppo piccolo per la sua auto. Quando si allontanò dalla finestra quel tale era ancora impegnato nelle manovre.

Andò in cucina. Sul pavimento c'erano i pellet di veleno per topi. Sul bancone c'era il martello. Sui fornelli il bollitore rovente sibilava sputando un getto di vapore dal beccuccio. Lo vedeva chiaramente, ma non sentiva alcun rumore. Sbatacchiava sul fornello, ma non faceva alcun fracasso. Avvicinò la mano al getto di vapore, ma non sentì calore.

Fece qualche passo indietro per allontanarsi dal bollitore fantasma, strusciando i piedi sul pavimento per evitare i pellet di veleno, ma quando si avvicinò al tavolo e guardò la sedia a cui era stato incatenato non vide ripetersi la scena di quel giorno: non c'erano né catene né sangue. Il buco nel pavimento era stato riparato. Si mise in ginocchio per controllare.

Lillian si era occupata di tutto. Chi altro si sarebbe preso un simile impegno?

In quella posizione – in ginocchio – si voltò per guardare la stanza sul retro. La porta era chiusa. Un adesivo verde fosforescente attaccato poco sopra il pomello sigillava il bordo della porta e parte dell'intelaiatura. Si avvicinò a quattro zampe: gli tremavano troppo le gambe per stare in piedi e camminare normalmente.

«Locale sottoposto a sequestro da parte del NYPD, in conformità all'articolo 435 del codice amministrativo. È fatto divieto a chiunque di entrare senza autorizzazione rilasciata dalle autorità competenti».

Per lui quella era ancora la camera di Brian. Puntò le mani contro le pareti del corridoio per alzarsi. Non voleva che Brian vedesse suo padre camminare carponi. Prima o poi sarebbe entrato nella stanza di suo figlio, ma non quella sera. Aveva creduto che l'emozione di tornare a casa, di trovarsi davanti a quella porta, l'avrebbe travolto; invece non provava niente. Non avrebbe neppure saputo dire se in petto aveva un cuore che batteva.

Barcollando andò in bagno. Erano sessanta giorni che non faceva una doccia da solo. Aprì l'acqua e si spogliò. Rimase per mezz'ora sotto il getto prima di cominciare a insaponarsi. Finita la doccia andò in camera da letto. Non dormiva su un materasso decente da novanta giorni. Quello del letto d'ospedale gli aveva lasciato la parte bassa della spina dorsale indolenzita. Tuttavia era impossibile dormire sul letto che aveva condiviso con Emma, perciò prese la trapunta e il lenzuolo e tornò in soggiorno. Mise in carica il cellulare e si stese sul divano. Oltre le finestre il cielo notturno era senza stelle.

«E ora?», chiese.

Si addormentò ben prima che il cellulare vibrasse illuminandosi, rischiarando la stanza buia per un istante, più splendente di una stella. Poi tornò l'oscurità.

36

Patrice stava sulla soglia di casa, il seminterrato di una palazzina di due piani nella parte sud-est del Queens che la proprietaria aveva ristrutturato e dato in locazione per pagarsi il mutuo. L'affitto, senza contratto, era di 1.300 dollari al mese. L'appartamento aveva due camere da letto, cucina, bagno ed entrata indipendente sul retro. Patrice ci viveva con Dana, la sua attuale compagna, dopo che il precedente matrimonio non aveva resistito al suo ritorno dall'Iraq.

Si sporse verso Apollo e lo apostrofò con finta alterigia: «Ecco l'uomo di Alcatraz. Sei in ritardo».

«Ho preso il treno e poi l'autobus per arrivare fin qui. Non ricordavo che il Queens fosse così distante da New York», replicò Apollo.

Patrice fece un gesto noncurante con la mano. «Abbiamo cominciato senza di te».

«Ho portato il vino». Apollo mostrò un sacchetto di carta.

«E l'hai comprato in un negozio dove non ti danno neppure una busta di plastica?».

Queste parole gli strapparono un sorriso. Era bello rivedere un amico.

«Perché non lo fai entrare invece di startene sulla soglia a sbandierare i fatti nostri per strada?», chiese Dana con voce sonora.

Patrice si voltò verso l'interno. «Cara, l'entrata è sul lato della casa. L'unica cosa che possono fare i vicini se tengo la porta aperta è dare un'occhiata in corridoio».

«Entra, dai!».

Il soffitto gli parve basso; chissà come doveva sembrare a Patrice, che era almeno quindici centimetri più alto di lui. Le pareti rivestite di legno assorbivano la luce delle finestre a filo del soffitto e rendevano la stanza ancora più buia. I mobili della cucina dovevano avere almeno dieci anni, anzi qualcuno in più. L'unico pezzo di valore lì dentro era il tavolo, comprato da Crate & Barrel, pretenzioso e ingombrante per una cucina così angusta.

Ma Dana aveva apparecchiato in modo raffinato, con una tovaglia a quadretti rossi e sottopiatti in rattan; tovaglioli a quadretti blu e piatti di porcellana bianca con il bordo argentato. In quel momento stava finendo di apparecchiare per Apollo. Chiunque fosse passato per strada non avrebbe mai saputo né immaginato che oltre quella porta, in un seminterrato all'estremità sud orientale del Queens, c'era un tavolo allestito con tale cura e raffinatezza. Era come posare per caso lo sguardo su un passeggero sporco e arruffato in un vagone della metropolitana e intravederne l'anima splendente di luce. Apollo rimase senza fiato per un istante.

Quando vide la bottiglia, Dana prese due calici da vino, gli unici che avevano, e rifilò a Patrice una tazza da caffè.

«Scusate il ritardo», disse Apollo.

Dana versò il vino. «Nessuno vuole mai venire fin quaggiù. Siamo contenti che tu ce l'abbia fatta».

Lo abbracciò. Era una donna ben piantata, braccia e gambe robuste, schiena larga: perfetta per stringerti in un abbraccio. Se la stretta di Patrice era stata prudente, quella di Dana regalava calore. Patrice e Dana avevano partecipato al funerale del bambino mentre Apollo era a Rikers, e il modo che aveva di abbracciarlo, prendendosi tutto il tempo per esprimergli l'affetto che provava per lui, andava oltre qualsiasi discorso di condoglianza.

«Voi sedetevi», disse Patrice. «Servo io la cena».

Prima di sedersi Dana diede un colpetto sulla pancia di Patrice. «Fa tanto il magnanimo, ma vuole soltanto che sappiamo chi ha cucinato».

Dana lavorava per la Port Authority come casellante al Bayonne Bridge di Staten Island ormai da molti anni. Ogni giorno impiegava un'ora per andare al lavoro, e nei giorni in cui Patrice andava a fare acquisti di libri nel New Jersey, era lui che l'accompagnava e passava a riprenderla nel pomeriggio. Stavano bene insieme e ne erano consapevoli.

Patrice prese un mestolo da un cassetto. «Stufato di pollo. Cosce e petti, mezzo vasetto di olive denocciolate, tre cucchiaini della loro salamoia, un limone a fette, un cucchiaino di erbe aromatiche, una tazza di brodo di pollo, mezzo cucchiaino di sale e una punta di pepe». Immerse il mestolo nel tegame da stufato e il profumo intenso di limoni e olive ebbe su Apollo un effetto immediato: si chinò sul piatto come se il cibo fosse già davanti a lui.

«E una foglia di alloro», concluse Patrice mentre versava lo stufato nel primo piatto fondo. Con quel soffitto basso, in uno spazio così ristretto, aveva l'aspetto di un orso da circo in gabbia che imita un cuoco.

«Mi sembra incredibile che tu possa abitare in un seminterrato», osservò Apollo.

«Perché, che c'è di strano?», replicò Dana inspirando a denti stretti. «Ho trovato io questo posto».

Apollo sorrise. «Perché Patrice è terrorizzato da…», cominciò a spiegare, ma si interruppe. Guardò Patrice, che si era bloccato nell'atto di riempire l'altro piatto e che lo stava sorvegliando nonostante avesse tutta l'aria del perfetto padrone di casa. Evidentemente Dana non era stata informata che i seminterrati lo facevano tremare, e persino il diretto interessato sembrava sorpreso che Apollo lo sapesse. Un tempo Apollo avrebbe considerato normale quel dettaglio: sapeva che le persone raccontano costantemente bugie innocue al coniuge o agli amici, ma adesso non riusciva a fare finta che una simile falsità fosse qualcosa di benigno. Se costruiamo i rapporti accumulando tante piccole menzogne, alla fine essi diventano una prigione di falsità che ci soffoca.

«A Patrice impegnarsi fa molta paura», spiegò Apollo. Se l'era cavata con un luogo comune sugli uomini, con un'idea talmente banale e convenzionale che esprimerla significava anestetizzare qualsiasi conversazione. Da quel momento in poi non sarebbero più scesi in profondità nell'argomento, ma si sarebbero limitati a scivolare sulla superficie, perdendosi in chiacchiere e battute da sit-com.

Dana si rilassò. «Forse gli succedeva prima di conoscermi».

Il momento di disagio era passato senza lasciare il segno. Patrice portò il piatto colmo a Dana e le diede un bacio in fronte mentre lo posava sul tavolo. Guardò Apollo e tornò al bancone per prendere il suo piatto.

Finito di mangiare, Dana e Patrice sparecchiarono. Apollo allontanò la sedia dal tavolo. «Ho una cosa da farvi vedere», disse.

Aprì la borsa e posò il cellulare. Lillian lo cercava dal giorno prima; lo stava inondando di messaggi per portarlo al cimitero a vedere la tomba di Brian. Era suo dovere vedere il luogo dove riposavano le spoglie mortali di suo figlio. La prima notte a casa aveva dormito sul divano e quel mattino, al risveglio, c'era un messaggio sul cellulare. Lo lesse e chiamò subito Patrice e Dana per chiedere se poteva andare a trovarli quella sera.

Prese dalla borsa un pacchetto regalo che aveva comprato al Duane Reade della 181st Street. Il tavolo era sparecchiato. Dana passò la spugna sulla superficie prima che Apollo ci appoggiasse il regalo.

«Guardate», disse Apollo.

Patrice lo scartò mentre Dana si alzava sulle punte dei piedi per vedere.

«*Il buio oltre la siepe*», lesse Patrice ad alta voce. Aprì il libro, esaminandolo con fare professionale. «La sopraccoperta è in buono stato. La rilegatura anche. Risguardi puliti. È una prima edizione. Accidenti! C'era una svendita a Rikers Island?».

Dana allungò la mano per prenderlo, ma Patrice lo chiuse e lo tenne ben stretto.

«Guarda sul frontespizio», fece Apollo.

Lessero in silenzio. Dana diede una gomitata a Patrice. «Chi è Pip?».

Patrice scosse la testa, ma non riuscì ad ammettere che non lo sapeva. Batté con il dito sulla parte bassa del frontespizio, accanto alla firma dell'autrice. «Questa però la conosco».

«Oggi sono andato in Connecticut per ritirarlo. Il tizio che ha fatto la valutazione mi ha mandato un messaggio per dirmi che era pronto. Erano settimane che mi mandava messaggi. Mi sa tanto che non guarda i telegiornali. Il certificato di autenticità è tra le pagine del libro».

«Questa è roba che ti garantisce una pensione, oppure una vacanza lunghissima e di lusso. Dove l'hai trovato?».

Apollo barcollò leggermente, ma si sorresse al tavolo.

«Non è importante dove l'ho trovato. Adesso è qui e voglio che tu lo prenda». Fece segno che non lo interrompessero, e proseguì: «Volevo venderlo e con il ricavato comprare una casa per la mia famiglia. Ma ormai è andata. È finita. Non m'importa dei soldi, non saprei che farci. Voglio...».

Si interruppe. Aveva un nodo alla gola. Non volle finire la frase davanti a loro. Dana alzò la mano. «Lo prendiamo noi», disse.

Apollo e Patrice rimasero a bocca aperta, e anche Dana, in fondo, era stupita dalle proprie parole. Prese il libro sfilandolo di mano a Patrice.

«È un gesto generoso da parte tua e lo apprezziamo molto», disse con dolcezza.

Detto questo si voltò e uscì dalla stanza per andare a chiudersi in camera da letto. Patrice seguì con lo sguardo tutti i suoi movimenti nel tentativo di risolvere un'equazione che lei evidentemente aveva già risolto, ma alla fine non gli rimase che accettare il fallimento con un sospiro.

«Immagino che per stasera non la vedremo più», commentò Apollo.

Al momento di salutarsi, mentre salivano le scale sul lato della casa, Patrice disse: «Sai perché mi sei sempre piaciuto? Perché siamo diventati amici?».

«Io sono meglio di te come commerciante di libri, e tu volevi imparare dal migliore professionista in assoluto».

Patrice lo guardò con espressione scettica. «Ma se non ci credi neppure tu! Dove ti ho incontrato la prima volta? Credo fosse al West End Bar, che all'epoca era ancora aperto. Rich Chalfin ci aveva portato un gruppo di compratori a bere qualcosa. Ti raccontai che ero appena tornato dall'Iraq – niente di strano perché l'avevo già detto a tutte le persone sedute a quel tavolo – e sai cosa mi hai detto?».

Apollo diede un colpetto al rivestimento in alluminio dell'edificio. «"C'è una svendita in Pennsylvania. Ci vieni?"».

Patrice scosse la testa ripensando a quel momento.

«Non mi hai mai detto frasi di circostanza come "grazie per il servizio che hai reso alla patria", né mi hai chiesto se ero contro la guerra o chi avevo ammazzato. Insomma, ti sei comportato come se non te ne fregasse niente. E mi piaceva parecchio quel modo di fare, perché ho capito subito che eri una persona con cui potevo essere normale, non un veterano. Solo me stesso, Patrice».

Colpì Apollo sulla coscia affinché lo guardasse. «Senti, te lo dico senza tante cerimonie. Voglio essere sincero come non sono mai stato finora».

«Va bene».

«Se stasera te ne vai di qui e ti ammazzi, sai che ci faccio con quel preziosissimo libro che mi hai regalato? Lo butto nel cesso e ci piscio sopra, e poi... faccio di peggio. Sarà la mia vendetta: rovinare quel libro».

«Ma di che stai parlando?», replicò Apollo senza alzare troppo la voce.

Patrice gli posò una manona sulla spalla e chinò la testa per guardarlo dritto negli occhi. «Quello sguardo l'ho già visto».

«Quale sguardo?».

«Questo. Mi stai guardando proprio con quell'espressione precisa, un'espressione che ho già visto e che conosco». Gli strinse forte la spalla. «La conosco».

Apollo gemette per il dolore e si liberò dalla stretta. Non aveva nessuna intenzione di fare una cosa simile. Oppure sì? Fece due passi indietro e gli voltò le spalle. Oppure sì?

Si avviò verso il cancello costeggiando la parete laterale della casa. Udì i passi di Patrice che lo seguiva.

«Sei un libraio», disse Patrice quando giunsero al cancello. «Stasera metto in vendita quel libro, e se ti fai fuori non conoscerai mai la cifra che la gente è disposta a pagare per averlo. Non lo saprai mai».

Patrice stava da un lato della recinzione, Apollo dall'altro. Doveva tenere d'occhio il suo migliore amico per impedirgli di suicidarsi? Questo pensava Patrice, e glielo si leggeva negli occhi.

«Sei un grandissimo stronzo», replicò Apollo. «E sì, voglio sapere quanto vale quel libro».

Patrice gli puntò contro l'indice. «Bravo. Ti chiamo non appena ho un'offerta. Ed è meglio che tu sia vivo, così puoi rispondere».

37

Apollo rientrò a casa dopo mezzanotte, e quando aprì la porta sentì subito un rumore in cucina, il sibilo e il ticchettio del fornello a gas che si accendeva. Dovette aggrapparsi alla maniglia per non cadere. In cucina la luce era accesa, mentre il resto dell'appartamento era al buio. Altri rumori: qualcuno che prendeva una pentola dal mobile della cucina e poi faceva scorrere l'acqua. Fu lì lì per scappare, invece entrò, chiuse delicatamente la porta, si sfilò le scarpe e mosse qualche passo verso la cucina. Era tornata. Forse, mentre lui era a Rikers, era tornata a casa e aveva pulito tutto per eliminare le prove. Forse si sentiva così in colpa che non era riuscita a tenersi alla larga dal luogo del delitto.

Entrò in soggiorno con passo felpato. Il sibilo del gas cambiò nel momento in cui la pentola – o era il bollitore? – venne appoggiata sul fornello. Sentì un lieve profumo di zenzero nell'aria. Nell'oscurità del soggiorno gli sembrava quasi di vedere il suo respiro condensarsi in una nuvoletta azzurra di elettricità statica. Man mano che si avvicinava alla soglia della cucina percepiva un acutizzarsi della sensibilità agli stimoli. Emma era lì dentro e stava ripetendo uno dopo l'altro tutti i gesti di quel giorno. Stavolta l'avrebbe beccata, ma non le avrebbe parlato, l'avrebbe distrutta, si sarebbero annientati fino all'ultima molecola, in una sorta di fissione nucleare all'interno della cucina. E di loro due non sarebbe rimasto altro che due ombre bruciate sulla parete.

«Apollo? Sei tu?».

«Mamma?». Entrò in cucina agitando le mani come se la confusione che aveva in testa fosse uno sciame di mosche che gli ronzavano attorno.

Lillian Kagwa era davanti al frigo aperto con un cartone di latte scremato in mano. «Sto preparando il tè», disse.

Sul fornello c'era un pentolino di latte che bolliva. Lillian ci aveva già messo le foglie di tè e delle fettine di zenzero. Apollo vide che la schiuma del latte stava salendo verso il bordo e corse a spegnere la fiamma – come aveva imparato a fare da piccolo – prima che il liquido si spandesse dappertutto. Ora che la fiamma era spenta, il latte, che aveva assunto un bel colore marrone ramato, tornò al livello normale con uno sbuffo di vapore.

«Bravo», disse Lillian, avvicinandosi ad Apollo. La tazza era già sul bancone, con il colino appoggiato sopra. Versò il liquido, rimise la pentola sul fornello, prese la tazza e bevve una bella sorsata di tè.

«Che ci fai qui?», chiese Apollo. «È notte fonda». Aveva una tale confusione in testa che barcollava, perciò si sedette.

«È mezzanotte e venti», rispose lei, bevendo il tè in piedi, da donna attiva che la mattina esce presto per andare a lavorare. «Com'è andata la cena con Dana e Patrice?».

Apollo alzò gli occhi al lampadario. «Dana ti ha chiamato. Ecco perché è andata in camera: per chiamare te».

«Mi è sembrato strano che tu abbia pensato di vedere loro per primi».

«Ti prego, dimmi che non stai cercando di farmi sentire in colpa», disse Apollo scuotendo la testa e ridendo.

Lei sorseggiava il tè. «Ma di che parli? Ti senti in colpa? Perché non mi hai chiamato? Sarei venuta a prenderti».

«Era troppo presto. Non volevo svegliarti».

Lillian prese un'altra tazza e la riempì per lui. «Alle quattro di notte è da criminali. Ti preparo qualcosa da mangiare».

«Ho appena cenato con Patrice e Dana».

Nei pochi secondi che impiegò per finire la frase, Lillian aprì il frigo e prese delle uova, una cipolla, un pezzo di cheddar, panna acida e una busta di gocce di cioccolato fondente. Un'accozzaglia di ingredienti talmente strana che gli venne voglia di farci una battuta, ma vedendo che continuava a prendere cose dal frigo – mandarini e pomodori ciliegini – si rese conto che doveva essere molto in ansia per lui. Si erano visti al processo ma non avevano il permesso di parlarsi. Poi l'aveva chiamata da Rikers, ma era dal giorno del processo che non la vedeva.

«Sono felice che sei qui, e sono felice di vederti».

Si alzò e chiuse la porta del frigo con delicatezza. Rimasero uno accanto all'altra a guardare i cibi che Lillian aveva posato sul bancone.

«Chissà cosa volevo cucinare».

«Dai, beviamo il tè e basta», suggerì Apollo facendola accomodare sulla sedia da cui si era appena alzato.

Si sedette accanto a lei e bevvero in silenzio. Sentiva di avere una faccia più vecchia di quella di sua madre. E gli parve importante confortarla, placare le sue paure. Dopotutto era bello avere qualcuno di cui prendersi cura.

«Devi dormire. Ne hai bisogno, come me», disse.

Lillian si batté dolcemente il petto con la mano. «Quando Dana mi ha chiamato dormivo già. Vado a letto prestissimo quasi tutte le sere».

«Ma eri a Springfield Gardens? Come hai fatto ad arrivare qui prima di me?».

Lillian sorrise. La sua borsa era sul tavolo; allungò la mano per prenderla, aprì la cerniera ed estrasse il cellulare. Passò il dito sullo schermo e mostrò il telefonino ad Apollo.

«Ho chiamato un Uber».

«E quanto hai speso?», chiese con quel tono di rimprovero che hanno i figli adulti nei confronti dei genitori anziani.

Lillian arrossì e posò il cellulare. «Ho chiamato un Uber e ora sono qui. Non c'è altro da dire».

Finirono il tè e rimisero il cibo in frigo. Sembrava ancora fresco, e Apollo capì che Lillian aveva fatto la spesa per lui di recente, in attesa del suo ritorno. *Una buona madre è un gran dono*, pensò.

«Ho chiamato la polizia tutte le settimane finché non mi hanno detto che potevo entrare in casa tua. Fabian mi ha prestato le sue chiavi. La polizia ha frugato dappertutto, nei cassetti e negli armadi. Non volevo che tornassi a casa e trovassi in disordine, con tutto quello che ti è successo».

Lavò le tazze e il pentolino. Apollo le offrì il proprio letto, e quando lei rifiutò, le spiegò che non sarebbe comunque riuscito a dormirci.

«Te ne regalerei uno nuovo, ma Uber mi ha prosciugato il conto in banca».

Apollo scoppiò a ridere, contagiando sua madre con il buonumore.

Andarono in camera da letto e Apollo tirò giù le coperte per aiutarla a coricarsi, ma lei gli afferrò la mano e la scosse. «Domani mattina devi venire a visitare la tomba di Brian. Portiamogli dei fiori».

La tomba di Brian.

Erano bastate quattro parole per fargli desiderare che lei gli rimboccasse le coperte.

«È a Nassau Knolls, Port Washington, un posto molto bello».

«Mamma», disse Apollo con un filo di voce, «non sono pronto».

Lo fece sedere accanto a lei sul letto e gli prese una mano tra le sue. «Voglio raccontarti una storia».

Apollo sfilò la mano. «Non è che mi racconti un'altra volta la storia di come il militare ha sparato ad Arthur, vero? La dittatura in Uganda. Di come hai guidato a rotta di collo, ma tuo cugino perdeva molto sangue e non sei riuscita a salvarlo. Poi sei arrivata negli Stati Uniti. Gli immigrati sono straordinari e hanno reso grande l'America, lo so».

Lillian strofinò i palmi sulle cosce. «Non volevo dire questo».

«E allora cosa volevi dire?».

«Un'altra cosa!». Si alzò, si sfilò le scarpe e le ripose accanto al letto. Indicò la porta, congedando Apollo, e gliela chiuse praticamente in faccia. Apollo rimase davanti alla porta chiusa finché il riflesso della luce sul pavimento non scomparve. Voleva chiedere scusa? No, per nulla. Voleva aggiungere qualcosa, parole brutte. Voleva fare qualcosa di brutto; non a lei, a se stesso. Patrice aveva ragione. Se non gli avesse fatto quel discorso chissà dove sarebbe andato invece di rientrare a casa. Il George Washington Bridge era a un isolato dall'appartamento. Ogni tre o quattro giorni qualcuno cercava di saltare dalla ringhiera bassa del ponte. Forse quella sera sarebbe toccato a lui.

Aveva creduto di compiere un gesto disinteressato regalando il libro a Patrice e Dana, ma era perfettamente possibile che in quel momento non avesse piena padronanza di sé. Che avrebbe fatto se non ci fosse stata Lillian ad aspettarlo? Non lo sapeva, e questo lo stupì molto. Chi era adesso? Cosa sarebbe diventato? Non aveva mai nutrito dubbi su chi era stato fino ad allora – libraio, marito, padre – ma improvvisamente quei ruoli gli sembravano estranei.

38

Per tagliare l'adesivo verde che sigillava la porta usò il coltello seghettato da pane, e l'operazione fu talmente lunga che la lama perse l'affilatura. Tese l'orecchio per captare rumori dalla camera dove dormiva Lillian.

L'aveva svegliata? Rimase con il coltello in una mano e la maniglia nell'altra. Perché se ne stava in corridoio ad ascoltare il silenzio e non entrava? Forse in realtà non voleva entrare in quella stanza. Accese la luce nel corridoio e spinse la porta.

Sul pavimento c'erano delle impronte. Suole larghe. Polizia e infermieri; polvere grigia sul parquet di legno scuro, come passi di danza in uno schema esplicativo. Li distingueva persino al buio. Ecco l'unica stanza che Lillian non era riuscita a pulire. Una tenda oscurante era tirata a metà e lasciava passare una striscia di chiaro di luna; l'altra era completamente alzata.

Qualcuno aveva chiuso con una tavola di legno la finestra rotta che dava sulla scala antincendio. Questa era la scena che Fabian aveva trovato: il bimbo nella culla, il vetro in frantumi e il cancello di sicurezza aperto; poi aveva chiamato la polizia. Frammenti di vetro sul davanzale e sulla scala antincendio, ma non nella stanza. Emma era passata di lì, e nessuno era riuscito a spiegare come avesse fatto, quel mattino, a entrare senza chiavi e con la porta principale chiusa a chiave.

La scientifica aveva raccolto i frammenti di vetro nella speranza di trovarci tracce di sangue, e così era stato. Si trattava del sangue di Emma Valentine. Nessuna rivelazione, soltanto una conferma.

Apollo entrò nella stanza, ma aspettò prima di accendere la luce. Pensava alla notte in cui era nato Brian; al luogo in cui era accaduto, il treno della linea A. Non alla cena con Nichelle, né alla negoziazione con i quattro ragazzi, ma al momento in cui la testa di suo figlio – ancora avvolta nel sacco amniotico – aveva toccato il palmo della sua mano, un attimo prima che il feto sgusciasse fuori e il sacco si aprisse rilasciando il liquido sul pavimento sporco. Quel momento in cui il tempo si era fermato e il bimbo aveva esitato sulla soglia tra due mondi – tra realtà ed eternità – e sia Apollo sia Emma, toccandolo, avevano indugiato sulla soglia. Erano stati una famiglia, tra l'attuale e l'eterno. Insieme. In un istante fiabesco e antico come quando le fiabe erano pensate per gli adulti, non ancora per i bambini. Apollo esitò nella semioscurità della stanza provando quella sensazione. Se avesse allungato la mano avrebbe persino toccato la sottile membrana dell'aria, scostandone i lembi invisibili. Ora e Allora.

Cosa avrebbe trovato dall'altra parte? Cosa *lo* avrebbe trovato?

Ma Lillian accese la luce.

«Scusami», disse quando Apollo si voltò a guardarla. «Mi sono svegliata con una bruttissima sensazione, come se tu non ci fossi più».

Ora che la luce era accesa la stanza era tornata nella realtà, diventando semplicemente qualcosa di mostruoso. Meno male che la polizia aveva portato via la culla e i frammenti di vetro. Le foto della culla, però, erano finite su internet. Chi le aveva diffuse? Qualcuno della polizia? Qualcuno della scientifica? Erano passate al telegiornale mentre Apollo era in ospedale, e non appena l'infermiere se n'era accorto aveva subito spento lo schermo.

Nella stanza di Brian faceva molto più freddo che nel resto dell'appartamento. La tavola di legno non riusciva a tenere a bada il gelo, perciò c'erano una decina gradi in meno. C'erano delle mosche che ronzavano placide per la stanza, altre che si arrampicavano sulle pareti. Lillian uscì e tornò con una paletta acchiappamosche gialla.

Apollo andò a prendere scopa e paletta per eliminare quelle impronte, per cancellare le tracce degli sconosciuti che avevano camminato ovunque. Sugli scaffali, che un tempo fungevano da deposito per Improbabilia – dopo la nascita di Brian aveva portato i libri nello scantinato – erano rimasti vestiti usati, giocattoli e tutto il necessario per il benessere del neonato. Su un ripiano, per esempio, c'era ancora una confezione di pannolini da giorno e un pacco di pannolini da notte, taglia mini.

Emma aveva comprato dei cassetti di plastica per i vestiti ben prima che il bimbo nascesse, e passava ore a metterli in ordine. La dimostrazione di quanto si fosse applicata era davanti a lui: cassetti con l'etichetta «TUTINE 0-6 MESI», «PANT. FELPA 0-6 MESI» e «JEANS 0-6 MESI». La stessa suddivisione si ripeteva per i vestiti da sei a dodici mesi. «MAGLIONCINI», «CALZE», «BERRETTI E SCIARPE», «BAVAGLI», «STROFINACCI». Una lattina gialla di Café du Monde conteneva mezza dozzina di ciucci che non avevano mai usato perché Brian si addormentava con il pollice in bocca. Accanto alla lattina c'era un libro che spiegava come togliere quell'abitudine ai bambini. Era stata Emma a scegliere il meglio per il loro bimbo e a disporre tutte quelle cose in ordine sugli scaffali, per accoglierlo nel migliore dei modi. Come aveva potuto trasformare la stanza in una scena del crimine?

Outside Over There era rimasto sullo scaffale, proprio

accanto al libro sulla suzione del pollice. Lo prese. Si era riproposto di leggerlo a suo figlio ogni sera, ma alla fine, quante volte l'aveva fatto? Nessuna. Quel mattino nel seminterrato a Riverdale glielo aveva recitato a memoria, ma l'idea di leggerglielo aveva una magia particolare. Significava insegnare a suo figlio ad amare i libri; girare le pagine e leggere le parole ad alta voce finché Brian non fosse stato capace di farlo da solo; sedersi accanto a lui e perdersi insieme nelle storie. Aveva cominciato a sognare a occhi aperti quei momenti il giorno in cui erano tornati a casa dall'ospedale, eppure in sei mesi non era riuscito a farlo neppure una volta. Era sempre troppo stanco, svuotato di ogni energia. In fondo, pensava, non ha senso leggere a un neonato. *Ci sarà tempo, ci sarà tempo*, aveva sempre pensato. Aprì il libro e lo sfogliò.

Intanto Lillian schiacciava mosche sulla parete con un lieve crepitio.

«"Tu vieni con me"», disse Apollo.

Lillian si fermò di colpo.

«Cos'hai detto?». Fece qualche passo verso di lui e le assi di legno del pavimento scricchiolarono.

Apollo si voltò. «Sono le ultime parole che ho detto a Brian».

«Perché proprio quelle?».

«Avevo ricominciato a fare quel sogno, quel vecchio incubo, ricordi? Subito dopo la nascita di Brian».

«Non lo sapevo. Perché non me l'hai detto?».

«Perché avrei dovuto? È soltanto un vecchio incubo».

Lillian si mise a piangere. «Mi sa che devo dirti una cosa».

39

Ad Apollo Kagwa servivano un secchio e uno straccio per pulire il pavimento. Erano le due di notte, ma aveva urgenza assoluta di togliere quelle impronte dal parquet. Uscì dalla stanza prima che sua madre potesse continuare. Nel ripostiglio trovò lo spazzolone, sotto al lavello della cucina c'era il secchio e persino mezzo flacone di detergente per parquet. Poi andò in bagno e mise il secchio nella vasca: non sapeva perché, ma voleva evitare sua madre e ciò che aveva intenzione di dirgli. Dove andare a rifugiarsi?

Lillian lo trovò seduto sul bordo della vasca. Rimase in corridoio a guardarlo a braccia incrociate e testa bassa. «Lavoravo da Lubbick e Weiss da poco meno di un anno», cominciò. Si schiarì la voce e proseguì: «Offrivano un'ottima copertura per le cure dentistiche. Avevi appena compiuto quattro anni ed era il momento di farti visitare da un dentista. La copertura era buona anche per le cure oculistiche. Nonna soffriva di glaucoma già a quarant'anni, perciò temevo che sarebbe toccato anche a me. Insomma, ci stavo bene in quello studio legale, ed era anche in una posizione strategica, in centro, per cui prendevo il sette, camminavo per sei isolati ed ero arrivata».

Apollo aprì l'acqua calda e riempì il secchio.

«Ma uno degli avvocati, Charles Blackwood, cominciò a ronzare intorno alla mia scrivania. Sapevo cosa voleva dire, alcune colleghe mi avevano messo in guardia contro la sua ostinazione. Era implacabile; mi ricordava tuo padre, solo che non aveva la sua dolcezza. Ci regalò dei biglietti per un concerto, ricordi? Allo Shea Stadium. Che gruppo era? The Police e... Joan Jett and the Blackhearts, sì, erano loro».

Apollo non commentò. Guardava il secchio che si riempiva.

«Chissà perché aveva pensato che mi piacesse quel genere di musica. Non conoscevo quei gruppi, ricordo solo che la musica era assordante e che c'erano un sacco di bianchi. E tutti bevevano. Credo volesse andare al concerto con me, ma io ci portai te. Quella notte dormimmo molto male».

Mentre l'acqua scorreva, Apollo prese il flacone di detergente per parquet e lesse la lista degli ingredienti. Laureth-6, olio di cocos nucifera bio, caprilil/decil glucoside, e altri dal nome sempre più difficile da pronunciare. Forse Lillian Kagwa sentiva la necessità di raccontare la sua storia, ma questo non significava che lui dovesse ascoltarla. E tuttavia: perché era così sicuro di non voler ascoltare?

«Cercai di respingere le avance di Charles con educazione, ma con certi uomini non serve a niente essere cortesi, perché credono che tu sia indecisa. Captano soltanto il tono delle parole, non il significato. Questo complica parecchio la vita a noi donne, mentre gli uomini come lui neanche ci fanno caso. A un certo punto dovetti dirglielo chiaramente: non sarei mai uscita con lui. Non usai queste parole esatte; dissi che avevo un fidanzato. Avrei tanto voluto dirglielo chiaro e tondo, ma trovavo difficile essere esplicita. Perciò gli raccontai che ero fidanzata e che non potevo uscire con lui. E sai come reagì? Mi obbligò ad andare in ufficio anche il sabato mattina. Lui neppure c'era; non lo fece per vedermi, solo per punirmi. Come avrei potuto oppormi? Lavoravo lì da meno di un anno, non potevo rischiare il licenziamento».

L'acqua arrivò al bordo del secchio, ma Apollo non chiuse il rubinetto. Si voltò verso Lillian e posò a terra il flacone. Lei abbandonò le braccia lungo i fianchi e alzò lo sguardo sul figlio. Varcò la soglia e si fermò.

«Per tre fine settimana riuscii ad andare in ufficio lasciandoti con una delle mamme che abitavano nel nostro palazzo, in genere con i genitori di MJ e Petey. Stavi volentieri con loro, era tutto molto semplice. Ma il quarto sabato non c'era nessuno che potesse tenerti. Le sfortune arrivano sempre tutte insieme. Chiamai in ufficio per spiegare il problema. Charles Blackwood in persona mi richiamò poco dopo dalla sua residenza nel Connecticut per dirmi che se non mi fossi presentata l'avrebbe detto ai soci. Non minacciò apertamente di licenziarmi, si limitò a ricordarmi che i soci apprezzavano la disciplina. Mi opposi, non per me stessa ma per il tuo bene. E mi difesi senza timore. Riuscii a strappargli una concessione: mezza giornata di lavoro, dalle dieci all'una. Riagganciai sentendomi completamente persa. Chiamai tutti quelli che conoscevo, ma nessuno rispondeva al telefono, erano tutti fuori casa o chissà che altro. All'epoca quasi nessuno aveva le segreterie telefoniche, per cui non potevo neppure lasciare un messaggio. E comunque nessuno poteva aiutarmi. Che fare? Più stavo a pensarci più rischiavo di arrivare in ritardo. Alla fine decisi di lasciarti a casa da solo».

L'acqua tracimò dal secchio nella vasca e andò giù per lo scarico, ma Apollo non ci fece quasi caso. Ora madre e figlio si fronteggiavano come due pistoleri.

«Preparai una tazza di latte e due d'acqua, di quelle

con il coperchio e il beccuccio, pane con burro d'arachidi, una busta di popcorn e una ciotola d'uva, e li lasciai in soggiorno. A quell'età ormai la facevi nel vasino senza problemi, ma ti misi ugualmente il pannolino. Non ti piacque per niente, continuavi a strappartelo di dosso, così alla fine presi due secchielli di plastica e li lasciai a un'estremità del divano. Fu quella la cosa che ti fece più paura: non che me ne andassi, ma che ti toccasse fare i bisogni, quello piccolo e quello grande, nel soggiorno. Accesi la TV e da quel momento in poi non facesti più caso a me. Tutte le tue paure svanirono quando trovai il tuo programma preferito: *I Puffi*. Ti dissi che potevi guardare la TV finché non fossi tornata e tu mi desti un bacio. Sì, ricordo bene, mi desti un bacio. Io ti baciai sulla testa almeno cinquanta volte, credo. Chiusi a chiave la porta di casa e andai al lavoro. Avevi quattro anni».

Fece altri due passi avvicinandosi ad Apollo. Fissava il rubinetto della vasca. Non cercò di chiuderlo, lasciò che l'acqua continuasse a scorrere. L'acqua non era miscelata, usciva bollente e una nuvola di vapore si alzava dal secchio. Lo sguardo di Lillian si perdeva nel vapore.

«Quando tornai dormivi. Avevi finito i popcorn e l'uva, il latte e una tazza d'acqua. Il pane con il burro d'arachidi era caduto sul tappeto, la parte spalmata in basso. In un secchiello c'era della pipì e la TV era accesa su *American Bandstand*. Eri crollato sul divano, ma stavi bene. Non mi sono mai sentita così sollevata come quel giorno. Ma il sabato successivo il problema si presentò di nuovo. MJ e Petey erano nel New Jersey dai parenti, quindi ripetei la strategia della settimana prima e andai al lavoro per metà giornata. Quando tornai era andato tutto bene, eri stato bravissimo. Siccome la strategia funzionava, divenne una routine. Il sabato lavoravo mezza giornata e questo sembrava soddisfare Charles Blackwood. E tu eri così indipendente... mi sentivo molto orgogliosa di te. Perlomeno giustificavo in questo modo le mie azioni».

Lillian era seduta sul bordo della vasca e osservava l'acqua bollente che scendeva nel secchio. Allungò la mano e chiuse il rubinetto senza staccare lo sguardo finché l'ultima goccia non cadde. Apollo, rimasto in piedi, si appoggiò alla parete, di fianco al portasciugamani.

«Poi però le cose cambiarono. Cominciasti ad avere gli incubi, ti svegliavi urlando che tuo padre era alla porta di casa. Dicevi che era venuto per prenderti ma poi ti aveva lasciato qui. Perché era venuto e ti aveva lasciato qui? Quella cosa mi fece stare malissimo».

Apollo si sedette sul water per guardare sua madre negli occhi. «Mi stai dicendo che papà veniva fisicamente a trovarmi?».

«Sì». Lo disse così piano che Apollo glielo lesse sulle labbra.

«Era un ricordo, non un sogno».

«Sì», ripeté Lillian, con voce quasi inaudibile.

Rimasero in silenzio ad ascoltare il gorgoglio dell'acqua che andava giù per lo scarico.

«E poi cosa accadde?», chiese Apollo con un sussurro altrettanto flebile.

«Un pomeriggio sono tornata e l'ho trovato in casa. Non ci credevo. Lo mandai via».

«Perché?».

Lillian aprì la mano sinistra e si toccò l'anulare. «Avevo presentato istanza di divorzio. Lo stavo lasciando».

Apollo scattò in avanti e afferrò il manico del secchio. Nell'alzarlo versò quasi metà dell'acqua. Poi prese il mocio e uscì dal bagno.

Tornò nella stanza di Brian. Posò il secchio. Si sentiva stranito, come se si stesse guardando dall'esterno. Teneva il manico dello spazzolone di spugna con entrambe le mani, sospeso in aria a trenta centimetri dal pavimento.

Lillian entrò senza fare rumore e gli porse il flacone di detergente.

«Perché volevi il divorzio?».

Lillian abbassò la mano che teneva il flacone, facendolo sbattere contro la coscia. «Tuo padre era un brav'uomo. Come sai, conservava tutto, biglietti del cinema, fototessere, quel libro. Sapeva essere veramente romantico, e per un po' è stato divertente. Ma quando avevi due mesi ti mandai al nido per poter tornare al lavoro. Tutti i giorni uscivo dal lavoro stanchissima e venivo a prenderti; tornavamo a casa e trovavo tuo padre che guardava la TV sul divano e mi chiedeva quando sarebbe stata pronta la cena. Stessa storia a colazione. Tutti i santi giorni. Poi perse il lavoro e le cose peggiorarono. Ciondolava per casa tutto il giorno e neppure dava una mano. Era come se avessi sposato due bambini. Per quello ero venuta in America? Per fare la serva?».

«Allora era colpa mia. Vi ho reso impossibile la vita insieme». Continuava a stringere il manico del mocio oscillando appena.

Lillian appoggiò il flacone sul pavimento e si avvicinò al figlio. Gli dette dei colpetti sulla schiena per consolarlo.

«Invece sei il motivo per cui siamo stati insieme così a lungo. E sei il più bel risultato di quell'amore. Ma dovevo scegliere, e lasciare Brian era necessario per rimanere a galla».

«E io? Avevo bisogno di entrambi».

«Lo so», sussurrò Lillian.

«Ho sempre cercato di capire come si fa a essere un brav'uomo, e ora mi vieni a dire che ne avevi uno e l'hai lasciato andare. Quando è stato il momento di essere padre non avevo nessun esempio da seguire, nessun modello da cui imparare, a cui paragonarmi. Ho dovuto inventarmi il ruolo strada facendo, sempre con l'impressione di sbagliare tutto, e per colpa di una scelta che hai fatto più di trent'anni fa».

Lillian uscì dalla stanza e Apollo la seguì senza lasciare la presa sul manico, quasi gli si fosse incollato alle mani. «Ho fatto quello che potevo», replicò lei. «Non avrei saputo fare altrimenti». Attraversò la cucina e il soggiorno, e andò in camera da letto per infilarsi le scarpe. Tornò in soggiorno e recuperò la borsa dal divano. Prese il soprabito dall'armadio in corridoio e aprì la porta. Sulla soglia si voltò a guardare Apollo nella speranza che potesse offrirle una tregua.

«Perché non gli hai permesso di fare parte almeno della *mia* vita? Avrebbe potuto tenermi con sé ogni due fine settimana, un contatto tra di voi non sarebbe stato necessario. Molti miei amici avevano famiglie che funzionavano così, e io li invidiavo tantissimo».

«Non potevo farlo».

«Non sto parlando di te! Credevo di essere un mostro. Pensavo che ci fosse qualcosa di sbagliato in me!».

«Come hai potuto pensarlo?».

«Ho sempre creduto che mio padre mi avesse abbandonato senza guardarsi indietro. Del resto, perché l'avrebbe fatto se non perché ero un bambino che non valeva niente? E ora mi vieni a dire che l'hai lasciato soltanto perché avevi fatto una scelta che giudicavi migliore per te? Dici che non ti aiutava nei lavori di casa perché aveva perso il lavoro? E concedergli un po' di tempo per rimettersi in pista, no? Non potevi proprio? Dio santo».

Lillian annuì e rientrò in corridoio. Aprì la borsa, prese un pezzetto di carta e ci scrisse sopra. «Ecco l'indirizzo di Nassau Knolls. Non devi venirci per forza con me, ma dovresti comunque andare a visitare la tomba di Brian».

Poiché Apollo non accennò a prendere il biglietto, Lillian lo posò a terra. Apollo chiuse la porta a chiave, controllando due volte di aver dato le mandate. Controllò una terza volta. Sbirciò dallo spioncino: Lillian era sul pianerottolo. Parlava al telefono con il servizio taxi per prenotare il ritorno a Springfield Gardens. Rimase nell'atrio, dall'altra parte della porta, finché un bip non la avvisò che il suo taxi era arrivato. Apollo andò in camera e guardò dalla finestra mentre saliva nell'auto. Erano le due e mezza di notte.

40

La Holyrood Episcopal era una chiesa in stile gotico, aperta al culto nel 1914. Tutta guglie e solidità progettuale, sembrava piccola accanto alla mole della stazione dei pullman al George Washington Bridge. Era quella la chiesa dove Emma aveva pensato di far battezzare Brian.

Il portale era aperto, ma nonostante fosse pieno giorno l'interno rimaneva buio. Apollo entrò a passo lento. Tre donne sedute nell'ultimo banco pregavano in silenzio. Un uomo alto e magro, in piedi accanto a un tavolino ingombro di innari e opuscoli, premeva rabbiosamente i tasti di un cellulare a conchiglia.

«Padre Hagen?», chiese Apollo.

Il tizio era paonazzo. Sembrava sulla sessantina, sguardo vivace, capelli radi. Guardò Apollo con espressione esasperata e chiuse il cellulare con uno scatto. «Chiamami Jim», rispose gesticolando con il telefonino. «Stavo appunto cercando di chiamarti ma non trovavo il tuo numero. Non ci so fare con questi aggeggi». Si strinse nelle spalle con un sorrisetto furbo, come se fosse abituato a fingere svagatezza, a impersonare il ruolo del vecchietto stordito.

«Hai avuto problemi a trovarci?», chiese. Le tre donne in preghiera alzarono lo sguardo e lui si scusò con un cenno della mano, poi fece segno ad Apollo di seguirlo lungo la navata fino a una porta che conduceva nel seminterrato.

«Abito a un isolato di distanza, non è stato difficile trovarvi».

«Già», replicò l'anziano sacerdote come se non fosse affatto sorpreso. Apollo lo osservava con circospezione. Padre Hagen gli posò una mano sulla spalla per fermarlo mentre scendevano i gradini.

«Devo proprio confessartelo: so chi sei».

«Certo, per via dei telegiornali», disse Apollo.

Il sacerdote lasciò cadere la mano. «No, per via di tua moglie».

«Emma?».

«Venne da me per organizzare il battesimo di vostro figlio. Prese un appuntamento per tornare con te e con Brian».

Apollo si appoggiò alla ringhiera delle scale, ma la sensazione di vuoto alle spalle gli diede comunque l'impressione di essere sul punto di cadere all'indietro. «Sì, me lo ricordo».

Adesso Padre Hagen pareva un bassotto, la faccia stanca e un velo di tristezza negli occhi. «Mi era sembrata in gran difficoltà, ma non avrei mai immaginato che… se avessi capito avrei cercato di aiutarla».

Stavolta toccò ad Apollo offrire conforto. Posò la mano sulla spalla del sacerdote. «Non è colpa sua».

Padre Hagen si diede un colpetto sulla fronte e sorrise. «Vorrei tanto averla aiutata».

Rimasero così, a braccia incrociate sulle scale, sospesi tra la chiesa e il seminterrato. Apollo faticava a trattenere la rabbia. Avrebbe tanto voluto aiutarla? Con tutta la gente bisognosa di sostegno che c'era nella famiglia di Apollo, lui sceglieva di dolersi per Emma? Mah, in fondo meglio lasciar correre; che senso aveva litigare con quel tale? Bisognava andare avanti e basta.

Estrasse dalla tasca un foglio di carta piegato in quattro. «Mi serve che lei firmi questo documento. È per la libertà vigilata».

Padre Hagen esaminò il foglio. «Molto volentieri. Lo farò dopo l'incontro, che ne dici?». Scese gli ultimi gradini. «Ospitiamo gli incontri dei Sopravvissuti quattro o cinque volte l'anno. Siccome con Alice siamo diventati amici, mentre programmavamo il prossimo incontro qui in parrocchia, mi ha raccontato che ti aveva conosciuto in biblioteca. Le ho chiesto di tenere qui l'incontro di questa settimana nonostante volesse organizzarlo in centro perché volevo conoscerti e dirti di persona quanto mi dispiace non essere riuscito ad aiutare in modo adeguato la tua famiglia». Aprì una porta massiccia e fece segno ad Apollo di entrare.

Era una vasta sala parrocchiale, dove si servivano caffè e rinfreschi al termine della messa, si tenevano feste di comunione e ricevimenti, e si votava per le elezioni locali e nazionali. Il martedì e il giovedì mattina la sala accoglieva una mensa per i poveri che generava una fila lunga mezzo isolato. Quel pomeriggio toccava ai Sopravvissuti. C'erano ben più di dodici sedie: i Sopravvissuti erano almeno quindici, sedici con Apollo.

Quando Padre Hagen entrò, una donnina anziana gli si avvicinò per sussurrargli qualcosa all'orecchio.

«Ne parliamo dopo, te lo prometto», rispose sommessamente.

Alice stabilì un contatto visivo con Apollo e gli indicò una sedia vuota. C'era anche il tizio con la barba grigia, si chiamava Julian e viveva nel Bronx. Riconobbe altri, non tutti, ma non importava. La settimana precedente era stato lui l'ultimo arrivato, adesso toccava a loro sentirsi nuovi.

«Do il benvenuto a tutti i nuovi partecipanti», disse Alice, quando infine la seduta ebbe inizio. «Sono contenta che siate riusciti a trovarci nonostante questa variazione dell'ultimo momento».

Una donna di mezz'età – una dei nuovi – seduta a due sedie di distanza da Apollo, alzò la mano con un gesto appena abbozzato. «L'ho saputo dalla vostra pagina Facebook. Il mio terapeuta mi ha parlato del gruppo».

«Bene», disse Alice. «Sei un membro o un follower? Credo di aver sbagliato qualcosa quando ho creato la pagina. Chi vuole essere un follower dei Sopravvissuti?».

Julian alzò la mano. «Io sono un follower».

Alice sorrise. «Grazie, Julian. Anch'io lo sono». Si guardò intorno. «Scusate, sono Alice. Non mi ero ancora presentata. Ehi... mi scusi».

Un altro nuovo arrivo, un tizio panciuto sulla cinquantina, aveva estratto un cellulare dalla tasca e stava toccando lo schermo con espressione imbambolata. Alzò lo sguardo su Alice.

«Niente cellulari durante gli incontri», proseguì lei, calma.

L'uomo le mostrò lo schermo. «Mi scusi, ho pensato che fosse carino diventare follower mentre ne parlavamo». Guardò il resto dei partecipanti. «Se non lo faccio subito rischio di dimenticarmene». Toccò lo schermo ancora una volta e rimise il cellulare in tasca. «Scusate».

Alice si sporse verso di lui. «Grazie. Apprezzo molto quello che hai fatto. Adesso conosciamoci, che ne dite? Non dovete parlare per forza, ma sarebbe bello sapere qualcosa di più su di voi. Se vi trovate qui significa che siete dei Sopravvissuti».

La donna di mezza età intervenne con una specie di borbottio appena comprensibile. «Da quando mia figlia se n'è andata faccio una gran fatica a vivere».

«Da bambino mio padre mi leggeva libri ad alta voce», disse Apollo.

Di cosa stava parlando? Che attinenza aveva quel discorso con il crimine commesso da Emma, o con la sua guarigione?

«“Quando papà era via per mare”». Apollo recitò l'incipit fino al punto in cui Ida volta le spalle alla sorellina e i folletti – piccole creature senza faccia, avvolte in mantelli viola – entrano di soppiatto dalla finestra aperta.

Si interruppe per riprendere fiato. Il cellulare che aveva in tasca vibrò due volte, ma non si preoccupò di controllarlo. Si guardò intorno. Era quasi un'ora che parlavano.

«È una storia di Maurice Sendak», disse.

«Quello di *Nel paese dei mostri selvaggi*?», chiese Julian.

«Proprio lui. Questa storia però non è altrettanto tenera. Il titolo è *Outside Over There*».

«Perché ti leggeva proprio questa storia?», chiese Alice. «Il pezzetto che hai citato fa davvero paura. Non c'è nessuno che sorveglia la bimba».

In quell'istante scese il silenzio tra i partecipanti. Forse stavano valutando le implicazioni della domanda posta da Alice; Apollo, per esempio, ci pensava.

Non c'è nessuno che sorveglia la bimba.

Ciascuno dei presenti viveva nel proprio mondo di tristezza. Prevaleva uno stato d'animo meditativo, il silenzio e la preghiera.

Il cellulare gli vibrò di nuovo in tasca, e Apollo sobbalzò. La suoneria era disattivata e nessuno aveva notato nulla, ma lui si guardò intorno con espressione afflitta. Il cellulare continuava a vibrare: si trattava di una serie di messaggi. Alice stava seduta a occhi chiusi, impegnata in una sorta di esercizio di respirazione.

Senza staccare lo sguardo da lei, Apollo prese il cellulare e lo tenne sul palmo, appoggiato alla coscia. Apparvero quattro sms in sequenza:

Già trovato compratore!
Vuole discutere il prezzo di persona.
Gli ho detto che sei in chiesa.
Concludo l'affare.

Non ebbe il tempo di chiedersi come diavolo facesse Patrice a sapere che era in chiesa. Scrutò le facce intorno per capire se uno dei presenti fosse il compratore. Sperava di no; tutti i dettagli personali che aveva messo in piazza avrebbero certo condizionato la contrattazione. Si augurava che Patrice avesse contrattato senza coinvolgerlo. Del resto, se Dana aveva chiamato Lillian per impedire ad Apollo di suicidarsi, forse quello era il modo che aveva Patrice di perseguire lo stesso scopo. L'incontro andava avanti da cinquantacinque minuti. Ne mancavano solo cinque alla fine; poi avrebbe chiamato Patrice.

«Ho visto mia figlia nel computer».

Quelle parole lo colpirono come una frustata. Il tono di voce, le parole galvanizzarono tutti i presenti. Apollo rimase così sbalordito che il cellulare gli scivolò tra le dita e cadde a terra, lo schermo in basso. Lanciò un'occhiata fulminea ad Alice, che si accorse del telefono e lo guardò con disapprovazione prima di voltarsi verso la donna che aveva appena parlato. Erano trascorsi cinque secondi, non di più.

«Ho acceso il portatile e l'ho vista. La mia bimba. Una foto con i nonni al parco».

Era la donna di mezza età che poco prima aveva parlato della pagina Facebook dedicata ai Sopravvissuti. Apollo non l'aveva ancora guardata con attenzione, nonostante sedesse a due posti di distanza da lui. Era scheletrica, come se non si nutrisse da un'eternità. Aveva i capelli raccolti in una coda disordinata, e il viso segnato da rughe profonde sulla fronte, ai lati della bocca e intorno agli occhi, nonostante fosse più giovane di Apollo. Non era un viso invecchiato, ma angosciato. Mentre parlava si voltò verso Apollo.

«Ma la foto chi l'ha fatta?». Sembrava che lo chiedesse direttamente a lui. Mise una mano in tasca e i presenti si ritrassero istintivamente come temendo che tirasse fuori una pistola, invece prese un foglio accartocciato.

Padre Hagen lanciò un'occhiata ad Apollo e alla donna, poi in tono fin troppo tranquillo e disinvolto, come se fosse abituato ad avere a che fare con personaggi fuori di testa come loro, disse: «Una volta sono entrato su Gmail e ho visto una pubblicità a lato della pagina. Si rivolgeva a me chiamandomi per nome, dicendo: "Jim, crediamo che ti meriti una vacanza in Costa Rica". Mi chiesi come facevano a sapere che preferisco essere chiamato Jim – James è il mio secondo nome – piuttosto che con il nome di battesimo, Francis».

La donna si girò a guardarlo con un'ombra di perplessità sul viso come se i discorsi da squilibrato li stesse facendo Padre Hagen. Distese il foglio, che rimase grinzoso e sgualcito come un pezzo di stoffa.

«La foto è stata scattata dall'altra parte della strada, dalla finestra di un'abitazione», disse sommessamente senza mostrare l'immagine. «Chi mai si prenderebbe la briga di fotografare mia figlia da lassù? Nemmeno abitassimo dall'altra parte del parco. Ce l'avevano portata a giocare i nonni, quel giorno».

Apollo rabbrividì. Gli altri sembravano muoversi al rallentatore; il mondo intero sembrava andare più lento. Alice, Julian, Padre Hagen, gli altri: lo stavano fissando o era una sua impressione?

«E ho ricevuto altre foto, scattate in luoghi e occasioni diverse, ma ogni volta che cercavo di mostrarle a Gary erano già sparite. Si erano cancellate da sole dalle email. Chi può fare una cosa del genere? Per fortuna ho pensato di stampare questa appena l'ho vista, perché è l'unica prova che mi è rimasta».

China in avanti fissava l'immagine come se volesse tuffarcisi dentro.

«Però, guardandola, mi sono resa conto di un'altra cosa. La bambina nella foto non è mia figlia. Non è Monique».

Padre Hagen le si avvicinò. Obbligò l'uomo che stava seduto accanto a lei ad alzarsi e andarsene, poi prese il suo posto e cominciò a sussurrarle qualcosa all'orecchio. Apollo non riusciva a sentire.

«Ho raccontato tutto a Gary, e sa cosa mi ha detto? Fatti curare. Si sono presi mia figlia e lui mi ha dato della pazza». La donna guardò Apollo, come se si rivolgesse proprio a lui.

Apollo provò l'impulso fortissimo di scappare. Si sentiva soffocare da una minaccia incombente. Cercò il cellulare nella tasca senza staccare gli occhi da quella donna, come ipnotizzato.

«Ho dovuto cercare aiuto da sola. E guarda caso ho trovato le madri. Le Donne Sagge. Cal mi ha detto come riprendermi mia figlia. Cal mi ha detto cosa fare». Abbassò lo sguardo e si sporse in avanti. «Ma non so se riuscirò a farlo».

Apollo si alzò in piedi e puntò il dito contro di lei. «Quella donna ucciderà sua figlia».

Padre Hagen lo guardò.

«Se non chiama subito la polizia, questa donna tornerà a casa e ucciderà sua figlia. Stavolta non potrà dire che non lo sapeva», disse Apollo puntando il dito contro di lui.

Quelle parole ebbero la forza dirompente di una rivelazione. Non poteva più rimanere in quella stanza, nella chiesa. Si avviò verso l'uscita. Alle sue spalle la donna singhiozzava.

«Non è una bambina», mormorò.

41

«La prego, smetta di scappare!».

Apollo camminava come un ratto rasente i muri. Giunse all'incrocio con Amsterdam Avenue e solo allora guardò indietro. Non era possibile spingersi più a est; Manhattan finiva lì, nell'Harlem River. Oltre c'era il Bronx. Il cielo al tramonto, immenso, lo rendeva più piccolo, trasformando lo skyline degli alti palazzi in una visione pittoresca. Chissà se sarebbe riuscito ad attraversare il fiume a nuoto.

«La smetta di scappare!».

Sentendo quella voce per la seconda volta si rese conto che apparteneva a un uomo e non alla donna di prima. Si fermò all'angolo tra Amsterdam Avenue e la 179th Street, permettendo così all'uomo di raggiungerlo. Lo riconobbe: era il tizio panciuto, quello che prima, durante l'incontro, usava il cellulare.

«Lei va veloce», disse quando lo ebbe raggiunto, «e io sono vecchio. Mi chiamo William». Si presentò, ma non gli tese la mano destra perché con quella stringeva il cellulare, mentre con la sinistra si teneva la pancia ansimante. «William Wheeler», disse con un tono di voce più alto. «Mi manda Patrice, Patrice Green. Voglio comprare il libro».

Comprare il libro.

Nonostante tutti i discorsi della sera prima con Patrice, in quel momento per Apollo non esisteva frase più stupida in tutta la lingua inglese.

«E allora se lo compri questo cazzo di libro. Che bisogno aveva di venire a cercarmi?».

L'uomo – William Wheeler – portò la mano con il cellulare al collo come se volesse afferrare una collana di perle. «Be' non è che abbia insistito; cioè, mi scusi, ma è stato Patrice a dirmi di venire qui. Se vuole insultare qualcuno, chiami lui, non si sfoghi con me, perché non me lo merito proprio». Mise il cellulare in tasca e si tirò su i pantaloni, raddrizzando la schiena, poi si allontanò nella direzione opposta. Dopo neanche cinque passi si voltò e guardò Apollo.

«Però quel libro mi piacerebbe davvero», dichiarò con un sorrisetto timido.

Si trovavano a mezzo isolato di distanza dalla chiesa, perciò videro distintamente le luci dell'ambulanza. Apollo rimase a osservare la scena, William Wheeler fece lo stesso. Riconobbe un gruppetto di Sopravvissuti sul marciapiede che parlavano animatamente indicando il seminterrato della chiesa. Poco dopo apparve Padre Hagen, seguito da due paramedici e due poliziotti. C'era una donna ammanettata, tutta muscoli e nervi, nascosta in mezzo a quei quattro in uniforme: la scortarono verso l'ambulanza e la fecero salire.

«Non avrei mai creduto che chiamassero davvero la polizia», commentò Apollo.

«È stata una scena piuttosto brutta», sussurrò William.

Wheeler lo invitò a cena, ma Apollo propose di prendere soltanto un caffè. Nella 178th c'era un Dunkin' Donuts. Attraversarono la strada diretti verso Broadway. Alice notò il movimento e alzò lo sguardo. Riconobbe Apollo? Sembrò salutarlo, ma forse voleva soltanto sgranchirsi il braccio. Accanto a lei c'era Julian; parlavano e si guardavano intorno. Si stavano chiedendo dove fosse finito? Avrebbe scritto loro più tardi, sulla pagina Facebook. Intanto avrebbe falsificato la firma di Padre Hagen o quella di Alice: l'aveva vista, sapeva com'era. Perché non ci aveva pensato subito? Il responsabile della libertà vigilata non si sarebbe accorto di nulla, con un centinaio di ex galeotti che gli toccava controllare. Perciò andò a prendere il caffè con William. Pensare al lavoro era il modo migliore per sopravvivere.

Da Dunkin' Donuts i tavolini erano quasi tutti occupati da persone sole; uomini, perlopiù. Di sera il locale sembrava una cella di contenimento, benché molto meno affollata di quelle che aveva visto a Rikers. Individuarono l'unico tavolino libero. Wheeler si sedette ed esaminò l'ambiente con un'occhiata panoramica degna di una telecamera a circuito chiuso. A servire dietro il bancone c'erano dei bengalesi. Scherzavano e chiacchieravano a voce alta, ma dagli occhi vitrei e dalle palpebre gonfie si vedeva che erano esausti. Terminata la ricognizione del locale, Wheeler portò infine l'attenzione su Apollo. «Non mi sono mai spinto così a nord, a Manhattan».

«Il miglior pollo arrosto lo trovi sulla 175esima, da Malecon».

Wheeler annuì e sorrise con l'espressione di chi viene a sapere qualcosa che non avrà alcun impatto sulla sua vita. Chiese ad Apollo se voleva un caffè e, prima che quest'ultimo potesse rispondere, era già andato al bancone per ordinarne uno a testa. Scambiò due chiacchiere con la cassiera, che seguì i movimenti delle sue labbra con grande concentrazione mentre traduceva mentalmente e calcolava il resto.

«Insomma, stamane sono stato un po' al telefono con Patrice», raccontò Wheeler quando tornò al tavolo con i caffè. «Ha combattuto in Iraq, lo sai?».

«Sì».

«Naturalmente l'ho ringraziato per il suo servizio alla patria».

«Ah sì, gli piace molto essere ringraziato», commentò Apollo cercando di non ridere.

«Era un ringraziamento sincero», replicò l'altro con fervore, spegnendogli definitivamente la risata in gola. Non voleva ridicolizzare il suo entusiasmo.

«Quindi sei davvero un lettore appassionato di Harper Lee», osservò Apollo.

Wheeler fece un lieve cenno d'assenso, bevve due sorsi di caffè, annuì di nuovo. «Voglio essere completamente sincero con te. *Il buio oltre la siepe* è uno dei due libri che nella mia vita ho letto per puro piacere». Si appoggiò allo schienale della sedia. «Ti sembrerà una cosa stupida; tu sei un professionista nel campo dei libri».

Apollo tamburellò distrattamente sul lato della tazza. «Rimarresti molto sorpreso se sapessi quanti mercanti di libri non leggono per niente. Non è una cosa romantica da dire, ma per molti professionisti i libri sono soltanto oggetti da vendere. Ne conosco alcuni che si emozionano parlando dello stato di conservazione di un libro. Come sono i risguardi? È rilegato con la cucitura o no? Ha degli inserti o dei fascicoli staccati? Se invece gli chiedi di cosa parla il libro, sei su dieci non ne hanno la minima idea e ti considerano un cretino perché credi che sia importante».

Wheeler accostò la tazza alla tempia e si colpì in quel punto. «Bum! Che roba sconvolgente!».

Continuarono a chiacchierare di libri e bibliofilia, e Wheeler si dimostrò assai curioso, persino affascinato dalle vicissitudini di quel genere di commercio. Apollo era felice di poter parlare di qualcosa che non riguardasse il suo dolore, anzi, stava addirittura bene in compagnia di quell'uomo.

«Abbiamo bevuto qualcosa insieme», disse Wheeler. «È segno che c'è fiducia tra noi».

Apollo si guardò intorno. Wheeler aveva parlato a voce alta senza rendersene conto, con un entusiasmo infantile. Due degli avventori seduti vicino alla vetrina gli lanciarono un'occhiata incuriosita. Era indizio di mentalità paranoica pensare che con quelle parole Wheeler si era rivelato una potenziale vittima ai loro occhi? Il genere di persona da seguire quando sarebbe uscita dal locale per derubarla del cellulare e del portafogli? Forse era un pensiero paranoico, eppure Apollo si assicurò che tutti quei personaggi che lo fissavano vedessero come li stava osservando a sua volta, come a dire loro "lui è con me".

«Mi racconteresti dove hai trovato il libro, se non ti dispiace?». Mandò giù altro caffè. «Dimmi com'è successo».

Chiacchieravano ormai da mezz'ora. Apollo aveva forse qualche appuntamento? Un posto dove andare? Gli raccontò della casa di Riverdale.

«Pensa se rinunciavi dopo aver visto sei scatoloni». Wheeler scosse la testa, stupito.

«Non l'avrei mai fatto. Avevo una bocca da sfamare».

Apollo non disse altro. In mezz'ora non aveva pensato neppure una volta a Brian. Raddrizzò la schiena con uno scatto: quello era un nuovo record; provava sollievo ma anche un senso di slealtà. Perché fare a meno di quel dolore? Che diritto aveva di godersi la vita?

Ma Wheeler fraintese la situazione. Sorrise posando il cellulare sul tavolo. «Ho due figlie: credimi, ti capisco fin troppo bene».

Cercò le foto sul telefono. Stava per mostrargli una raccolta infinita di immagini che avevano per soggetto due bambine indubbiamente graziose e, cosa essenziale, vive. Tanta ingenuità e dolcezza da parte di Wheeler si stavano trasformando in insensibilità. Proprio non sapeva niente di Apollo? Non aveva ascoltato i suoi discorsi durante la terapia di gruppo né seguito le notizie in TV?

Ripercorse rapidamente l'atteggiamento tenuto da Wheeler nei suoi confronti sin dalla prima volta che l'aveva incontrato: un modo di fare privo di trepidazione, che non esprimeva nessuna premura né condoglianza. Sospirò rendendosi conto che con ogni probabilità quel tizio non aveva la minima idea di chi fosse. Durante la terapia di gruppo aveva parlato del libro che suo padre gli leggeva quando era piccolo, e forse Wheeler aveva pensato che il problema di Apollo si limitasse a un conflitto irrisolto con il padre, conflitto che comunque esisteva. Tutto questo gli rendeva più gradita quella nuova conoscenza. Wheeler non sapeva nulla della sua storia, o se non altro non gliene importava granché; voleva soltanto acquistare un libro prezioso. Forse era questo che intendeva Patrice quando gli aveva detto che lo apprezzava perché se ne fregava del fatto che avesse combattuto in Iraq. Ciascun essere umano è una collezione di storie, ed è bello quando qualcuno vuole sentirsene raccontare una nuova.

«Ho visto mia figlia sul computer». Wheeler scosse il cellulare. «Accidenti». Invece di aprire le foto delle sue bellissime bimbe aveva aperto per sbaglio l'ultimo file della raccolta, un video girato un'ora prima. «Ho acceso il portatile e l'ho vista. La mia bimba. Una foto con i nonni al parco».

«Scusa!», esclamò Wheeler continuando a scuotere il cellulare.

Fece per toccare lo schermo e spegnere il telefono, ma Apollo lo prevenne e gli allontanò la mano, costringendolo a posare il cellulare sul tavolo. Le immagini erano poco più che macchie sfocate: Wheeler aveva registrato il video con l'apparecchio appoggiato sulla coscia. Apollo aveva già dimenticato quasi tutto ciò che aveva detto quella donna, tranne le ultime quattro parole. *Non è una bambina.* Aspettò che le pronunciasse, mentre cresceva in lui un'attrazione morbosa.

L'inquadratura cambiò; Wheeler si era alzato e, continuando a registrare, si era spostato in un angolo della stanza. Ora si vedeva Padre Hagen avvicinarsi alla donna, mentre i presenti osservavano la scena a bocca aperta. «Una volta sono entrato su Gmail», stava dicendo.

«Non so perché ho registrato la scena. È una pessima abitudine, lo so. Quando succede qualcosa di strano, la prima cosa che faccio è prendere il cellulare. Scusami. Lo elimino subito», disse Wheeler parlando sopra il sacerdote.

«No, aspetta». Apollo avvicinò il viso allo schermo, subito imitato da Wheeler.

«Ho dovuto cercare aiuto da sola. E guarda caso ho trovato le madri. Le Donne Sagge. Cal mi ha detto come riprendermi mia figlia. Cal mi ha detto cosa fare. Ma non so se riuscirò a farlo».

Apollo toccò lo schermo per fermare il video. Quello era il momento esatto in cui era scattato in piedi e aveva detto: «Quella donna ucciderà sua figlia». Non voleva vedersi mentre pronunciava quelle parole perché il pensiero di Emma sarebbe dilagato. Wheeler, vedendo la sua sofferenza, capovolse il cellulare per nascondere lo schermo. «È un'abitudine cretina. Scusami. Scusami».

Apollo si afflosciò sulla sedia.

Wheeler bevve del caffè. «Chi è Cal?».

«Non lo so».

Rimasero in silenzio per un minuto, mentre Apollo ripeteva a se stesso le parole di quella donna.

«"Le Donne Sagge": ne hai mai sentito parlare?».

Wheeler prese il cellulare e digitò qualcosa con espressione concentrata. I suoi occhi si muovevano da un'estremità all'altra dello schermo. «Oh», sussurrò. Alzò gli occhi, incrociò lo sguardo di Apollo e li riabbassò, quasi imbarazzato.

«Hai trovato qualcosa? Dimmi».

«"Nei villaggi c'era sempre almeno una donna 'saggia', a volte anche due"». William alzò di nuovo lo sguardo. «È scritto su un libro».

«Ma dice cosa significa "Donne Sagge"?».

Wheeler fece per parlare. Non disse nulla, si limitò a stringere le labbra. Girò lo schermo verso Apollo.

Apollo prese il cellulare e lesse. «Ma dai. Non può essere vero».

Wheeler distolse lo sguardo, imbarazzato, come se avesse pestato un escremento e si vergognasse a parlarne.

Apollo fissò lo schermo e rilesse la frase. «Donne Sagge».

Streghe.

5
Le donne sagge

42

«Sono tutte stronzate, lo sai, vero?». Patrice e Apollo aspettavano il treno per Long Beach, contea di Nassau, alla Jamaica Station. Mancavano sei minuti.

«Preferisce che il libro glielo portiamo noi», spiegò Apollo. «Quando un cliente è d'accordo a sborsare settantamila dollari per un libro, non mi faccio certo dei problemi a prendere un treno per portarglielo». Guardò Patrice con espressione di sfida. «E tu vieni con me».

Patrice scosse la testa. Nonostante fosse alto e robusto, quel gesto lo fece sembrare piccolo, quasi un bambino. E infatti, visto da lontano, dava l'impressione di un figlio redarguito dal padre.

«Sembriamo due spacciatori che vanno a consegnare la roba».

«Gli spacciatori non fanno confezioni regalo», replicò Apollo.

Aprì la borsa che conteneva il libro e lo tirò fuori. Era avvolto con cura perfetta in carta da regalo serigrafata con un motivo a dischi dorati e finemente decorati. Per completare il tutto ci aveva anche messo un fiocco.

«Che leziosità da finocchi», commentò Patrice facendo il gesto di respingere il pacchetto. Ma subito dopo si avvicinò e lo sfiorò con delicatezza. «Hai preso la carta da Kate's Paperie a Soho?».

«E dove, se no? È carta yuzen con dischi dorati».

Patrice annuì. «Roba figa». Si guardò intorno. «Nascondila prima che qualcuno ci veda: due uomini che parlano di carta da regalo».

Apollo provò l'impulso fortissimo di mettersi a correre su e giù per la banchina con il libro bene in vista gridando nome, cognome e indirizzo di Patrice, anche se con la fortuna che si ritrovava sarebbe sicuramente caduto e il libro sarebbe volato verso i binari, dove un treno in arrivo lo avrebbe spiaccicato. Lo rimise in borsa. Aspettarono in silenzio. Con Patrice non aveva parlato dell'incontro dei Sopravvissuti e della tizia fuori di testa, né di Cal o delle Donne Sagge; del resto, cosa avrebbe potuto dire, se non sapeva neppure cosa pensare?

Jamaica Station era stata restaurata nel 2006. Avevano rifatto le banchine, installato ascensori e scale mobili. Una passerella pedonale collegava la stazione con il terminal dell'AirTrain per l'aeroporto JFK, e la copertura in acciaio e vetro proteggeva i passeggeri dalle intemperie senza separare gli spazi in modo netto dall'esterno. Il restauro aveva conferito alla stazione un aspetto europeo, molto diverso da come Apollo la ricordava negli anni Ottanta. Dresda dopo i bombardamenti e Dresda oggi: ecco quanto era drastico il cambiamento.

Eppure, se guardava intorno a sé vedeva ancora le vecchie banchine e, a livello strada, la stazione, esattamente com'erano. Se sua madre fosse stata lì forse avrebbe visto una Jamaica Station e un Queens diversi, quelli che esistevano quando era appena arrivata negli Stati Uniti. Quante Jamaica esistevano? Chi fosse nato mille anni prima avrebbe ricordato una distesa di paludi, quando Jamaica Avenue era il Rockaway Trail degli indiani Rockaway e Canarsie. E prima ancora? Nel diciannovesimo secolo alcuni operai che dragavano il fondo del Baisley Pond vi trovarono i resti di un mastodonte. Ora, nel parco c'era la scultura di un mastodonte, nell'area giochi Sutphin. Il luogo stesso raccontava tutte quelle storie una dopo l'altra, e ciascuna ispirava la successiva. La storia non è un racconto narrato una volta per tutte, ma una serie di revisioni.

Sarebbe stato strano se in quei luoghi, un tempo, ci fossero state anche delle streghe? Il vagone era quasi vuoto. All'una del pomeriggio di mercoledì in pochi andavano a Long Beach. Oltre il finestrino il Queens scivolava veloce.

«Sono molto contento che la vendita vada in porto, ma pensa se avessimo aspettato dopo la morte dell'autrice: avremmo guadagnato il doppio», osservò Patrice.

«Senti: siamo nel 2015 e Harper Lee potrebbe campare altri dieci anni. Questo tizio invece vuole comprare subito e paga settantamila dollari un libro che ho ottenuto per un centinaio di dollari. Pensa quanto margine abbiamo già».

Patrice incrociò le braccia e guardò fuori dal finestrino. «Se mi proponi argomentazioni razionali non sto certo a discutere. Pensa solo che potrebbe schiattare tipo tra un anno. Quanto potrei incazzarmi per averlo venduto così presto?».

Apollo gli diede una pacca sulla spalla. «Non succederà».

«Poi dovrai tornare subito indietro, giusto? Per un altro appuntamento», disse Patrice con naturalezza.

Patrice aveva ragione. Nonostante l'ultima volta fosse scappato dall'incontro dei Sopravvissuti per bere un caffè con William Wheeler, quella sera aveva intenzione di andare all'appuntamento. Anzi, il gruppo gli mancava. Del resto il responsabile della libertà vigilata aveva fatto una faccia strana leggendo la firma sul modulo di registrazione. Non lo aveva accusato di aver falsificato la firma di Alice, ma prima di compilarlo era rimasto a guardare il foglio in tralice per qualche secondo, come in segno di ammonimento. Meglio non rischiare. Quindi, sì, sarebbe tornato all'incontro. Aveva persino confermato la sua presenza sulla pagina Facebook del gruppo, commentando che sarebbe andato, casomai il responsabile seguisse i suoi movimenti sui social.

Patrice controllò sul cellulare. «"I Sopravvissuti. Ci incontriamo presso il Chinese Community Center di Flushing". Vuoi l'indirizzo?».

«Fai parte del gruppo?», chiese Apollo, così stupito che lasciò la presa, e la borsa che aveva sulle ginocchia cadde a terra senza che se ne accorgesse.

Patrice la raccolse. «No», rispose, «ma quando ti sei registrato nel gruppo è apparso un avviso sulla pagina commemorativa».

Apollo si sentì mancare il respiro, come se gli avessero messo la testa sott'acqua. «Di che cazzo stai parlando?».

«La pagina in memoria di Brian», rispose Patrice con voce sommessa. Mostrò il cellulare ad Apollo.

«"In memoria del piccolo Brian"», lesse Apollo ad alta voce.

Esisteva una pagina Facebook dedicata a Brian Kagwa. E aveva sedicimila follower.

Come immagine del profilo c'era la foto di Brian che tutti avevano visto in TV e sui giornali, quella che Apollo aveva scattato nel seminterrato di Riverdale. Qualcuno l'aveva presa dal suo profilo personale. Ma chi era stato il primo? Un giornalista? Ecco che rispuntava su un'altra pagina Facebook. I polpastrelli gli bruciavano come se il cellulare fosse rovente.

«Sono un follower», sussurrò Patrice. Si rese conto di quanto suonassero strane quelle parole e alzò le mani.

«Non un semplice follower… sai cosa voglio dire. Vabbè, d'ora in poi me ne starò zitto».

Apollo scorse la pagina. C'erano tanti, troppi post. Gli utenti si erano inventati dei soprannomi per lui.

Il marito impiccato.

Il prigioniero dell'interno 43.

Papà strozzato.

Padre fallito.

Mr Mio-figlio-è-morto.

Ovviamente c'erano soprannomi gentili, così come epiteti ben peggiori. Un bel numero di utenti lo incolpava di ciò che era accaduto. Uomini e donne, gente di ogni razza e provenienza, negli Stati Uniti e all'estero, tutti avevano un'opinione. Qualunque fosse l'insieme di persone preso in considerazione, al suo interno c'era sicuramente una parte che lo odiava, anche se quelli che odiavano Emma erano molti di più. Quasi tutti dedicavano almeno una riga a maledirla e condannarla alle pene dell'inferno. *L'unico innocente in tutta la vicenda era il bambino*. E, nonostante quell'affermazione lo ferisse, Apollo non se la sentiva di contraddirla.

Tornò all'intestazione della pagina. Era nata mentre lui era in ospedale; mentre lui, Emma e Brian erano su tutti i giornali. Con ogni probabilità, chi aveva creato la pagina era animato da buone intenzioni, ma poi mille altri impegni erano sopraggiunti, e quella persona aveva smesso di seguirne l'evoluzione. Ben presto nessuno aveva più moderato gli interventi e, in mancanza di un capitano, tutti avevano preso il timone. Alcuni avevano postato messaggi affettuosi per Brian, citando preghiere da testi religiosi che Apollo neppure conosceva; altri avevano postato immagini di angeli che cullavano un bebè vagamente somigliante a Brian; altri ancora avevano incollato la faccia di Brian su quelle stesse immagini. Poi c'erano foto di Emma, e a volte anche di Apollo, sovrapposte a mostri del cinema o della mitologia, con la figura di Medea come costante. Non mancavano immagini di lapidi con il nome di Emma e l'iscrizione «RIPOSA INCULO PUTTANA».

All'inizio c'erano stati utenti che litigavano su vari aspetti del caso, sulla scomparsa di Emma, sull'incapacità delle forze dell'ordine di scovarla; alcuni proponevano teorie del complotto incentrate su Apollo che aveva ucciso entrambi facendola franca. Altri post condannavano la misoginia e la misandria in generale. Alcuni thread si erano trasformati in gruppi di discussione sulla cura dei figli, nei quali gli utenti discutevano del fallimento di Apollo ed Emma come genitori. Su quali basi poggiassero le critiche non era per niente chiaro, e ovviamente non aveva importanza. Avevano sbagliato tutto perché erano stati dei genitori elicottero. No, la tragedia veniva dal fatto che lavorassero entrambi. Qualcuno esprimeva comprensione per Emma, perché era evidente che soffrisse di depressione post-parto. Altri suggerivano – con soddisfazione maligna – che quel genere di tragedia era molto comune nelle famiglie di neri: quella gente viveva in un inferno, perciò si comportava in modo diabolico.

«Non ci posso credere», sussurrava Apollo, senza riuscire a staccare gli occhi dallo schermo.

Mentre era in ospedale – e poi in carcere – e persino ora che cercava con tutte le sue forze di guarire dal trauma, qualcuno aveva discusso, analizzato e criticato ogni sua azione. Si sentiva come se gli avessero fatto notare che finora era andato in giro senza mutande. Sarebbe stato meglio non aver saputo dell'esistenza di quella pagina? Oppure sarebbe stato peggio?

E poi: la persona che aveva creato la pagina, l'amministratore. Si faceva chiamare Green Hair Harry, e il suo profilo rimandava a una pagina vuota. L'immagine del profilo mostrava il Grinch ghignante, e l'unica informazione personale pubblicata riguardava la sua città natale, il monte Crumpit.

«Per quale ragione questo tizio ha creato la pagina?», chiese Apollo, alzando infine lo sguardo dallo schermo.

Patrice lo fissò a bocca aperta. «Credevo sapessi della pagina, amico mio. Non avrei mai… Mi è arrivato l'avviso che qualcuno aveva postato sulla pagina, e ho visto che ti eri registrato nel gruppo dei Sopravvissuti. Il tuo nome sulla pagina dedicata a Baby Brian per me significava che eri al corrente di tutto».

«Ma io non ho fatto nulla del genere, perlomeno non di proposito. Cercavo solo di pararmi il culo con il responsabile della libertà vigilata».

Dovette forzarsi a tacere, perché se avesse continuato a parlare dei dettagli tecnici di post e notifiche avrebbe finito per spaccare il cellulare in testa a Patrice. E poi, perché mai Patrice si era messo a seguire quella pagina?

Patrice gli sfilò il cellulare di mano e se lo mise sulla coscia, con lo schermo rivolto verso il basso.

Apollo cercò di allontanarsi da lui, appoggiandosi con la spalla al finestrino. Avevano lasciato il Queens ed erano a Long Island. Le case avevano cortili poco più ampi, gli edifici commerciali non superavano i due piani.

La pagina aveva sedicimila follower? A che pro? Il treno sfrecciava attraverso i quartieri residenziali, e Apollo si chiese se in qualcuna di quelle case non ci abitassero proprio i suoi follower. Forse Green Hair Harry abitava in quel villino in mattoni in stile Tudor; o in quello accanto. Non riusciva a respirare, aveva le vertigini, si sentiva svenire. Solo venti minuti prima la minaccia che incombeva sulla sua vita era costituita da cosa? Da delle cazzo di streghe? Perché temere le streghe quando internet riusciva a creare una minaccia peggiore?

43

L'edificio della stazione di Long Beach era dipinto di bianco con profili marrone sugli angoli e aveva il tetto di tegole in cotto: sembrava una villetta in stile mediterraneo piuttosto che il capolinea della ferrovia per Long Island. E nel pieno dell'inverno, quando i venti freddi provenienti dal Reynolds Channel a nord e dall'Atlantico a sud lo facevano tremare, l'edificio aveva un aspetto ancora più incongruo.

«Sarebbe quello il tizio?», chiese Patrice.

William Wheeler aspettava a braccia incrociate nel parcheggio della stazione, davanti a una Subaru Outback verde del 2003. Fissava l'asfalto con espressione concentrata, come se stesse decifrando dei fondi di caffè. Patrice e Apollo rimasero a guardarlo senza uscire dalla stazione. Si riscosse e fece qualche passo attorno alla Subaru. Aprì lo sportello posteriore dal lato del guidatore e prese una busta di plastica del supermercato. Era chiusa con un nodo; lo sciolse frettolosamente.

L'atrio della stazione era pervaso da un ronzio di fondo, generato dal microfono lasciato acceso dal bigliettaio che si era allontanato dalla sua postazione. E quel ronzio accompagnò i movimenti di Wheeler mentre apriva la busta e afferrava uno degli oggetti che conteneva: una bottiglia da quasi due litri di cola, con una fascetta di plastica rosso sbiadito, ormai rosa chiaro.

Tab.

«Siamo nel 2015», sussurrò Patrice, «chi cazzo beve ancora la Tab?».

Un litro di birra sarebbe stato problematico, uno di gin decisamente preoccupante, ma due litri di Tab cos'erano se non ridicoli? Wheeler si appoggiò al cofano e cominciò a bere a garganella.

«Sai cosa rappresenta quello lì? È il tuo futuro», disse Patrice.

Apollo fissava come ipnotizzato il movimento alternato del pomo d'Adamo e la pancia di Wheeler che si contraeva ed espandeva man mano che ingurgitava il liquido. Patrice passò un braccio sulle spalle di Apollo e lo trasse a sé.

«Ecco un uomo che non ha nessun tipo di contatto con una donna ormai da molto tempo», spiegò, stringendogli la spalla per sottolineare l'affermazione. «E non da qualche mese, ma da anni. Da decenni. Un uomo che vive da solo tanto a lungo perde ogni senso della civiltà. All'inizio gira per casa in mutande sformate; poi senza accorgersene esce di casa con quelle stesse mutande per guardare nella cassetta delle lettere, e alla fine lo vedi nel portico che beve birra con indosso soltanto dei boxer cascanti, scandalizzato dal fatto che i vicini lo considerano un disadattato».

Wheeler abbassò la bottiglia senza staccarla dalla bocca, respirò con il naso e la rimise in posizione per continuare a bere. Beveva con tale entusiasmo che un rivolo di cola gli colava giù per il collo. Sembrava un pitone che inghiotte un topo.

«Vedi? Quando non c'è una donna nella tua vita ti trasformi in uno di questi tipi sovrappeso che curano la barba e le danno forme "interessanti", che postano video rabbiosi sul tema "Quanto è cretina la gente perché non mi apprezza" e "Alle donne piacciono solo gli stronzi":

ecco il loro mantra; e sono uomini che si sono resi inscopabili ma non vogliono assumersi la responsabilità di questo stato di cose. Non scaricano le palle da talmente tanto tempo che gli invade il cervello e gli fa marcire la testa. Ecco come si fa a finire in un parcheggio a Long Island a scolarsi un bottiglione di merdosissima Tab sotto gli occhi di tutti».

Apollo annuì. Provava pietà per William Wheeler, non scherno. Quell'uomo li aveva invitati a Long Island ed era venuto a prenderli soltanto per avere il privilegio di staccare un assegno a quattro zeri. E come ripagava Patrice un simile gesto di generosità? Con il disprezzo.

Uscirono dalla stazione, e Wheeler agitò la mano libera in segno di saluto. Poggiò la bottiglia sul cofano. Fece due passi verso di loro e la bottiglia oscillò, cadde e rotolò, lasciando strisciate di cola dietetica sul cofano prima di finire a terra. Wheeler si voltò indietro e si chinò a raccogliere la bottiglia con una premura che altri avrebbero riservato a un bambino. Nell'atto di piegarsi, l'orlo della giacca si alzò a rivelare la ciambella di adipe, accentuata dai pantaloni stretti in vita.

«Comincio a credere che questo tizio non sia mai stato con una donna», osservò Patrice.

Apollo non sentì la necessità di menzionare il fatto che Wheeler avesse due figlie. A che scopo? Del resto stava bene così, con quel vento fresco che spazzava il parcheggio, e forse anche rivedere Wheeler gli faceva bene. Persino un presente così imbarazzante gli faceva rivivere quella sera al Dunkin' Donuts, e capiva qualcosa di cui al momento non era stato consapevole, ovvero che quell'uomo l'aveva aiutato, che almeno un pochino gli aveva salvato la vita. Uscire dall'incontro, dopo le parole di quella donna, forse l'aveva portato sull'orlo del crollo psicologico, ma la presenza di Wheeler, con il suo invito a sedersi per un caffè e discutere di affari, stranamente era bastata a evitargli di sprofondare.

«C'è un'altra cosa che questo tizio non ha mai fatto: non ha mai cliccato "SEGUI" su una cazzo di pagina in onore di Baby Brian, per quanto tu possa sfotterlo», disse voltandosi verso l'amico.

Patrice si fermò di botto. Trattenne il fiato, rimase a occhi spalancati, come se il suo sistema nervoso fosse andato in tilt. Apollo proseguì, salutò Wheeler e gli strinse la mano.

Stranamente la Subaru era pervasa da un profumo dolce che – Apollo lo capì ben presto – proveniva da due Arbre Magique a forma di fragola appesi allo specchietto retrovisore. Patrice, seduto dietro, si sporse e gli diede un colpetto con il dito.

«Ce li hanno messi le mie figlie», disse Wheeler in preda all'imbarazzo (lui che non si era vergognato di bere Tab in pubblico).

«Figlie», ripeté Patrice.

«E moglie», aggiunse Wheeler mentre avviava il motore.

Apollo preferì non mostrare il senso di rivincita che provava nei confronti dell'amico, e per tutto il tragitto evitò ogni contatto visivo con lui.

«Le chiamavo sempre le mie fragoline, perché quando si arrabbiano diventano tutte rosse in viso», disse Wheeler mentre uscivano dal parcheggio. Quel ricordo lo fece sorridere. Imboccarono East Park Avenue. «Ho pensato che potremmo andare a discutere di affari sull'acqua. Vi sembra un'idea divertente? Che ne dite?».

«Vuole dire che prendiamo un traghetto?», chiese Patrice con un'aria delusa e disorientata. Sembrava aver dimenticato quel modo che aveva di dominare ogni conversazione; se ne stava nel suo angolino e parlava a voce bassa, ancora memore della strigliata che aveva ricevuto da Apollo.

«Non è un traghetto», rispose Wheeler che se la godeva un mondo a mantenere il mistero.

Giunto al semaforo, svoltò a sinistra per immettersi in Long Beach Boulevard. Attraversarono un ponte sul Wreck Lead Channel e imboccarono una strada a senso unico. Wheeler parcheggiò davanti a un edificio di due piani in stile coloniale con una targa sopra la porta che recava la scritta «ISLAND PARK YACHT CLUB», e indicò una serie di pontili ai quali erano ormeggiate cinque piccole imbarcazioni.

«"Sei mai stato in una cabina di pilotaggio, Joey"?», chiese Wheeler.

Apollo conosceva la citazione da *L'aereo più pazzo del mondo*, ma non riuscì a ridere e neppure a sorridere. Intanto Patrice aveva preso il cellulare e digitava qualcosa sullo schermo.

Wheeler diede un colpo con il dito alle fragoline, che oscillarono e rimbalzarono l'una contro l'altra. «Sono vecchio», disse con una risata, «lasciatemi perdere. Però vorrei chiedervi un favore: potreste chiamarmi William?».

Li condusse fino a uno Hunter Sloop da dodici metri. L'imbarcazione oscillava lievemente, ora avvicinandosi, ora allontanandosi di pochi centimetri dal molo. William ci salì con agilità, ma per Apollo e Patrice era la prima volta e non fu affatto facile.

Intanto era sceso sottocoperta. Le acque grigie del Wreck Lead Channel sciabordavano contro lo scafo. La barca era stata battezzata *Child's Play*.

«Scendete! C'è della birra!», gridò William.

«Dai, pensiamo a fare soldi», disse Patrice, sfoggiando positività.

Apollo non rispose e lo precedette sottocoperta.

44

Cosa immagini di trovare quando qualcuno ti invita sulla sua barca? Probabilmente le tue aspettative dipendono da quanto conosci il mondo della vela. Apollo non si aspettava che all'interno si stesse così... allo stretto. C'erano delle panche imbottite intorno al tavolo, poco più grande di una scacchiera, e la finta pelle rossa di cui erano rivestite aveva un aspetto squallido da divano dei grandi magazzini. C'era un angolo cucina: lavandino, microonde, piastra elettrica e macchinetta per il caffè, ma l'ambiente era poco più grande di un armadio, e altrettanto buio. E il bagno? Be', faceva rimpiangere la spaziosità e il comfort delle toilette sugli aerei. Insomma, la barca di William era un po' una delusione.

E tuttavia, Apollo Kagwa era forse un proprietario di barche? Proprio no. Perciò, seduto al microtavolo con Patrice e William, alzò il bicchiere di birra e brindò con loro alla salute di quella graziosissima imbarcazione. William bevve un sorso e sorrise. «Ora devo confessarvi una cosa perché non so mantenere i segreti».

«L'hai rubata?», chiese Patrice. Aveva già finito la birra in due sorsate e stava attaccando la seconda. Sul tavolino c'erano due confezioni da sei bottiglie, imperlate di condensa.

William scoppiò a ridere sonoramente. «Ma no che

non l'ho rubata! Però non è mia». Si appoggiò allo schienale del divanetto, per quanto il movimento fosse trascurabile, dato lo spazio ristretto. Prese il cellulare e lo posò sul tavolo. Patrice si sporse in avanti per guardare lo schermo, che mostrava l'icona di un dinghy che fendeva le onde. La barca oscillava appena.

«La app si chiama Afloat. È come Airbnb, ma per le barche». Toccò l'icona, che si aprì come un fiore. Apparve l'immagine di *Child's Play* con una didascalia: le cifre di un conto alla rovescia. «L'ho affittata per due ore».

Perché sbattersi così?, si chiese Apollo. La complicazione di farli venire in treno fin lassù, per poi guidare fino al porto e farli salire su una barca. Una teatralità che stonava un po' con quel suo stile dimesso da papà piccolo-borghese, ma del resto ad alcune persone piace fare tanta scena.

«Pensavi di portarci da qualche parte?», chiese Apollo. «Perché io dovrei essere a Flushing per le cinque».

William rimise il cellulare in tasca. «Ah, ma non so mica come si pilota una barca».

«E allora perché l'hai affittata?», chiese Patrice, ormai impegnato con la terza birra. Forse era il senso di colpa che gli metteva tutta quella sete.

«L'app l'ho progettata io. Se non la uso io, chi vuoi che la usi? E poi ultimamente non sto molto in compagnia».

«Quante barche ci sono a disposizione?», chiese Apollo.

«Finora una», rispose William battendo con la mano sul tavolo.

«Sei un programmatore», commentò Patrice, e prese a sua volta il cellulare. Cercò una foto per mostrarla a William. «Guarda un po' questo accrocco».

William fece un grugnito d'approvazione. «Te lo sei assemblato da solo, vero?».

«Se l'avessi comprato mi sarebbe costato almeno otto volte di più!».

«Il primo computer di mia figlia l'ho assemblato io».

«Hai delle foto?». Patrice iniziava a provare simpatia per quell'uomo.

Apollo non capiva se l'amico volesse vedere foto della figlia o del computer. William fece scorrere il dito sullo schermo, trovò la foto e la mostrò a Patrice.

«Che meraviglia», commentò Patrice.

«Ci ho messo un processore Core i5». Era estasiato.

Bello che fossero entrambi appassionati di computer, ma Apollo sentì la necessità di cambiare subito l'argomento della discussione per non rischiare di trascorrere così le due ore successive. Prese il libro dalla borsa, e la strategia funzionò. William distolse l'attenzione da Patrice.

«L'hai confezionato? Che carino. In effetti voglio regalarlo a una persona». Si asciugò le mani sui pantaloni e lo portò vicinissimo al viso, forse per annusarlo, pensò Apollo.

«Certo che mi sarebbe piaciuto vederlo prima di comprarlo». Guardò Apollo e Patrice. «Ma va bene lo stesso. Sento che posso fidarmi di voi».

«Dammelo», disse Apollo. Riprese il libro e lo posò sul tavolo.

«No, no, va bene lo stesso».

Patrice finì la birra e fece per prendere la quarta bottiglia, ma si fermò. Nonostante si sentisse in colpa, non avrebbe rischiato di rovinare un libro così costoso con della birra aperta in giro. Se ne fosse caduta qualche goccia sul bordo delle pagine, William avrebbe potuto esigere uno sconto di diecimila dollari.

«Stai per pagare questo libro settantamila dollari, perciò voglio che tu possa dire di averlo visto prima dell'acquisto». Con la punta della chiave della cassetta della posta, Apollo cominciò ad alzare delicatamente il nastro adesivo.

«Dicevi che è un regalo», biascicò Patrice.

«È per mia moglie», replicò William, senza staccare lo sguardo dalle mani di Apollo.

«È il suo compleanno o che?». Patrice teneva la quarta bottiglia ben stretta.

William chinò la testa. «Siamo separati». Sospirò. «È tornata dai suoi a Bay Shore. Sono undici mesi che vivo da solo».

«Eccolo», disse Apollo porgendogli il volume.

William lo prese e se lo portò al viso. Lo aprì, lesse il frontespizio.

«È perfetto», sussurrò.

Un'espressione sollevata si diffuse sulla sua faccia rubiconda; lacrime gli brillarono negli occhi. Erano bastati pochissimi dettagli sulla sua vita – la separazione dalla moglie, la famiglia disgregata – per dare ad Apollo l'idea che avesse alle spalle una storia commovente.

«Il papà di Gretta le leggeva questo libro quando era piccola. Gretta Strickland è mia moglie. Suo padre si chiamava Forrest Strickland, venivano dall'Alabama, da una città chiamata Opelika, proprio come nel romanzo».

Parlava in tono così sommesso che la sua voce era quasi coperta dallo sciabordare delle onde contro lo scafo. Apollo dovette avvicinarsi per sentirlo.

William chiuse il libro e osservò la copertina. «In fondo è una storia su un buon padre, giusto? Nella vita reale nessun padre potrebbe mai essere all'altezza di quel personaggio, ma credo che suo papà le leggesse il romanzo solo per darle un modello, un obiettivo a cui ambire, capisci? Lei non l'ha mai dimenticato. Poi ha sposato me, ma non ero Atticus Finch».

«Ma neppure lui lo era!», esclamò Patrice intervenendo in modo sguaiato. William gli lanciò una rapida occhiata e tornò a fissare Apollo. «Be'», biascicò, «per via dell'altro libro».

William si rivolse direttamente ad Apollo. «Ho dieci anni più di te, credo. Faccio parte dell'ultima generazione di uomini convinti che per essere padri superlativi non si dovesse fare altro che lavorare, lavorare e lavorare. Mantenere la famiglia. E invece cosa succede quando vivi così? Dopo venti, venticinque anni, alzi la testa e scopri che tua moglie non sa chi sei, che i tuoi figli forse – forse, dico – ti rispettano, ma con loro non hai mai condiviso nessun momento felice perché non c'eri. Capisci? Né tua moglie né i tuoi figli sanno chi sei. Poi, un bel giorno, la società ti presenta una serie di nuove pretese; parlo degli uomini della tua età. Ora non basta più fare soldi, e del resto non riesci a guadagnare abbastanza per coprire tutto. Non da solo. Tua moglie forse vuole lavorare, forse no, ma non importa: deve farlo. Quando ho messo su famiglia io, si riusciva ad andare avanti con uno stipendio solo, ma oggi per sopravvivere con uno stipendio devi essere povero oppure ricco sfondato; in mezzo, per rimanere a galla, marito e moglie devono sgobbare a tempo pieno».

Restituì il libro ad Apollo, che lo riavvolse nella carta con un nuovo senso di rispetto. Non si trattava più semplicemente di un acquisto di lusso, il libro avrebbe presto fatto parte della storia di una famiglia ben precisa.

«I "papà moderni", tutti li prendono in giro. Ma quando vedo questi uomini che vanno a lavorare con il figlio nel passeggino, oppure che portano i bambini al parco alle sei di mattina, sento di essermi perso la parte migliore dell'essere padre. So che è un lavoro duro, ma è la parte più bella, e non sapevo nemmeno di essermela persa. Nessuno mi ha mai detto che era quella la parte da desiderare più di ogni altra. Per mio padre non era certo essenziale.

Ma non sono diventato ricco seguendo le vecchie regole, poco ma sicuro. Ho sgobbato come un matto solo per rimanere a galla. Ora questo tentativo di riconquistare Gretta mi costa quasi tutti i miei risparmi». Indicò il libro e finì la birra in un sorso. Apollo completò il pacchetto e passò delicatamente il polpastrello dell'indice sui bordi, ancora una volta.

«Se solo riuscissi a far tornare mia moglie vivrei meglio, perché ora so quali sono le cose importanti. Voglio un bene dell'anima alle mie figlie, ma non gliel'ho mai detto. Pensavo fosse ovvio, e che le mie azioni lo rendessero tale. Le persone, però, hanno bisogno di sentirselo dire, capisci? Ci ho messo venticinque anni per arrivarci».

Apollo gli passò il pacchetto, e lui se lo strinse al petto, quasi volesse proteggerlo.

«Quando ho visto l'annuncio ho pensato che forse il libro avrebbe convinto Gretta della serietà delle mie intenzioni. Lo leggeva alle bambine, proprio come suo padre aveva fatto con lei. Quando eravamo giovani la chiamavo Mockingbird, tordo, come vezzeggiativo. Non ricordo quando smisi di chiamarla così; credo dopo la nascita delle bambine. Circa due anni fa ho capito dove sbagliavo, e ho cercato di tornare ai vecchi tempi, alla vita di una volta, ma forse era troppo tardi. Forse lei non voleva più farlo con me. Mi ha lasciato perché eravamo diventati estranei. Non l'ho mai picchiata, né tradita. Non litigavamo neppure. Cioè, ho fatto il programmatore per diciannove anni. Passavo tutte le notti e il fine settimana a rimettermi in pari con il lavoro che non riuscivo a finire nell'orario normale! Devo aver trascorso più tempo a scrivere codici che a fare il marito. È andata così. Sono diventato un fantasma per lei e viceversa. Secondo voi questo regalo potrebbe funzionare? Che ne pensate?».

Patrice rimise una bottiglia vuota nella cassetta. Una

dopo l'altra le riordinò tutte, liberando il tavolo. Adesso non sembrava più brillo, come se il fervore e la sincerità di William gli avessero snebbiato la mente dai fumi dell'alcool.

«Se le dici quello che hai detto a noi, secondo me almeno un pochino ci riflette».

William annuì debolmente. Prese il cellulare dalla tasca.

«Posso firmarvi un assegno, se volete. Oppure, se preferite un modo di pagamento più rapido, posso versare la somma per via telematica. Preferite questa soluzione?».

Apollo gli comunicò le proprie coordinate bancarie e il numero di conto. Con Patrice avrebbero diviso la somma in seguito, quando fosse andata in valuta.

William aggiornò la pagina del browser e rimase a fissare la cifra in fondo alla schermata: tutti zeri. «Ecco fatto. Ho dato fondo alle risorse, se con questo non tornano da me non saprei che altro fare».

Posò il cellulare e soppesò il pacchetto. «La carta che hai usato è molto bella».

Detto ciò, gli sfuggì un singhiozzo e scoppiò a piangere. Passato il momento di stupore per quella reazione, Apollo e Patrice lo consolarono con delle pacche sulle spalle, mentre le lacrime sgorgavano senza freni.

45

Pagare i debiti è la prima cosa che si fa quando entrano dei soldi in cassa. Non si compra niente di nuovo finché il libro mastro non risulta in ordine: questa era una delle prime cose che Apollo aveva imparato nella sua carriera di libraio, ed era rimasta una regola sacra.

Ecco perché andò a finire che cercò di incontrare di nuovo Kim Valentine.

Il tempio buddhista Mahayana è una delle attrazioni turistiche più famose di tutta Chinatown. Due leoni dorati ne sorvegliano il portale rosso, e all'interno si trova la statua di Buddha più grande della città. Prima di diventare un tempio era un cinema, il Rosemary Theater, dove i film di kung-fu si alternavano ai porno senza soluzione di continuità.

Nel 2011 Kim aveva chiesto ad Apollo ed Emma di incontrarla al tempio per confermare la decisione di averla come ostetrica. Nessuno di loro era buddhista, perciò quando entrarono furono trattati – ovviamente – come dei turisti qualsiasi, tre figure anonime tra milioni di visitatori che facevano il giro del tempio ammirando a bocca aperta quel profluvio di decorazioni rosso-oro. Sostarono davanti al monumentale Buddha dorato alto cinque metri seduto sul fiore di loto e con l'aureola di neon azzurro. Non sapevano se fosse il caso di inginocchiarsi, di chinare la testa o che altro. Apollo, per abitudine, si fece il segno della croce.

Alla fine Kim ammise che incontrare i clienti – tutti occidentali – in un tempio buddhista le sembrava conferisse un tocco di sacralità che non offendeva nessuno. Emma e Apollo erano stati i primi a mettere in discussione la scelta di quel luogo. Siccome si sentivano un po' sciocchi andarono a pranzo in un ristorante lì vicino, il Tasty Dumpling in Mulberry Street, dove facevano i dumpling migliori di tutta Chinatown. Condividere un buon pranzo fu un'esperienza ben più sacra della visita al tempio.

E fu con l'affetto e il calore dei bei tempi che Apollo accolse Kim davanti al tempio quel giorno. L'attese accanto a uno dei leoni dorati, cercando di non intralciare la strada ai turisti e ai fedeli che entravano e uscivano. Kim gli parve sfinita, consumata dalla stanchezza.

«Non ho dormito per due giorni», confessò staccandosi dall'abbraccio. Fece un passo indietro e scrutò Apollo con espressione diffidente. «È bello vederti. Mi hai convocata qui per sgridarmi?».

«Ci ho pensato, in realtà», rispose Apollo cercando di mantenere un tono spensierato, senza essere sicuro di riuscirci. «Ma ho scelto questo luogo perché è pieno di bei ricordi».

Kim lo abbracciò di nuovo; stavolta indugiando nella stretta.

«Vuoi entrare o facciamo due passi?».

«Dentro è un po' buio, e io sono così stanca che potrei addormentarmi».

Apollo indicò il Manhattan Bridge. «Allora facciamo due passi».

Attraversarono la strada e si fermarono sullo spartitraffico in attesa che passasse la fiumana di auto che si stavano immettendo sulla rampa del ponte, le cui arcate imponenti rimanevano maestose nonostante tutto lo smog che nel corso degli anni si era accumulato.

Un'ombra di sofferenza passò sul viso di Kim. «Un parto trigemino», disse. Si rese conto dell'espressione addolorata che aveva. «Ti dà fastidio se ne parlo?», chiese scrutando la reazione di Apollo.

«No, tranquilla».

«Tre gemelli. Mai avuto così tanti parti plurigemellari. La coppia ha utilizzato la procreazione assistita, oggigiorno lo fanno quasi tutti, è incredibile. Eppure ogni volta rimango a bocca aperta».

«Secondo te non è una buona cosa? Torneresti indietro?».

Kim aprì le mani, come se le avessero dato un neonato da tenere. «Per me significa più vita nel mondo, e io sono una gran fanatica di tutto ciò che è vita».

«Senti, volevo pagarti per i tuoi servizi». Apollo prese il portafogli e le porse l'assegno. «Scusami, ma è postdatato a venerdì. Prima di allora la cifra non sarà disponibile».

Stringeva l'assegno tra le dita, e il vento teso che soffiava dall'East River lo faceva schioccare come una bandiera. Kim era confusa come non mai. Scosse la testa, e gli occhi già arrossati lo diventarono ancora di più.

«Alla fine, però, non vi sono servita a nulla. Emma ha fatto tutto da sola, anzi, l'avete fatto insieme».

«Un po' grazie a te, un po' grazie al corso, ci siamo preparati bene. Questo è tuo».

«Apollo...». Kim rimase a corto di parole.

«Non ho mai saputo quale fosse il suo terzo desiderio», disse Apollo senza rivolgersi a nessuno in particolare.

Kim fece un passo verso di lui e lo abbracciò. «Dovresti conoscerlo, sì», disse premendo la guancia contro il collo di Apollo, mentre intorno a loro scorreva il traffico. «Non sarebbe dovuta andare così». Cominciò a piangere senza più trattenersi.

«E invece è andata così».

Si separarono. Apollo stringeva ancora l'assegno tra le dita. Kim annuì e lo prese. Gli diede un bacio sulla guancia e se ne andò.

«Addio, sorelle Valentine», sussurrò guardandola mentre si allontanava.

Rimase a lungo immobile sullo spartitraffico. Kim si era dileguata tra la folla di Canal Street già da molti minuti, quando Apollo si voltò verso l'imboccatura del ponte con l'intenzione di attraversarlo a piedi per tornare a Brooklyn. Attraversò la strada di corsa e raggiunse il percorso pedonale. In quel momento il cellulare vibrò in tasca. Fece due passi e vibrò ancora. Si fermò e guardò il fiume; per un istante pensò di gettare il telefono in acqua, ma poi cedette al fascino di una tecnologia ben più antica, di una funzione innata nel cervello degli esseri umani: la curiosità. Sbloccò lo schermo e trovò un nuovo messaggio.

Emma Valentine è viva.

Posso aiutarti a trovarla.

46

Quanto rimase sul ponte? Una ventina di minuti? Mezz'ora? Fissava il cellulare come in attesa che gli dicesse qualcosa. Con la voce di chi? Rimase immobile con il telefono in mano mentre i passanti lo schivavano, irritati dal fatto che occupasse spazio prezioso. I ciclisti scampanellavano o gli gridavano di spostarsi, ma Apollo fissava lo schermo come un troglodita che ha appena scoperto il fuoco. Apparve un altro messaggio:

Segui la mappa.

E subito si aprì una mappa sul cellulare. Apparve un reticolo, che fu immediatamente riempito dal tracciato di Chinatown e da una planimetria dettagliata del Manhattan Bridge con un puntino blu che corrispondeva al cellulare di Apollo. All'estremità dello schermo apparve un puntino rosso lampeggiante.

Raggiungimi.

Di primo acchito pensò che il puntino rosso rappresentasse un luogo di Chinatown, ma quando il suo puntino blu si avvicinò a quello rosso, la mappa si aggiornò e il rosso finì più a nord; non più a Chinatown ma a Little Italy, anzi a NoLita. Stringeva il cellulare, quasi fosse l'amo di una lenza che lo attirava verso il pescatore. Per quattro volte si ritrovò in mezzo alla strada, con i guidatori che frenavano e suonavano il clacson, e andò a sbattere contro i passanti guadagnandosi una serie di insulti, ma nemmeno se ne accorse. Attraversò NoLita ed entrò nell'East Village, diretto a ovest finché non giunse a Washington Square. Adesso il puntino rosso e quello blu erano quasi sovrapposti. L'arco di Washington Square richiamava quello di Manhattan Bridge, ma laddove il primo gli aveva dato l'impressione di un'opportunità di fuga – attraversando il fiume – il secondo lo portava soltanto verso l'interno. Non appena lo ebbe varcato, la mappa sul cellulare si chiuse, ovvero l'app che la gestiva scomparve da sola. Ricevette un altro messaggio.

Ti vedo.

Cos'era? Una specie di tortura? Una caccia all'uomo ambientata a Manhattan, condotta da un cervello onnipotente che si sarebbe rivelato solo alla fine di quella lunghissima partita a scacchi? Non aveva la pazienza per stare dietro a quel giochetto scemo.

Dimmi dove cazzo sei o me ne vado.

Il cellulare vibrò.

Scusa! Sono vicino alle fontane.

Ma guarda un po': un burattinaio che chiedeva scusa. Carina, come sorpresa.

47

William Wheeler stava accanto alla fontana centrale e si sbracciava con il cellulare in mano come un segnalatore sulla pista di decollo di un aeroporto.

«William?», disse Apollo quando furono a portata di orecchi. Sinceramente si sarebbe aspettato di trovare Kim o Patrice, persino Lillian, ma non quello sconosciuto che aveva appena pagato una somma spropositata per acquistare un libro. E se si fosse trattato di nient'altro che di un modo complicato e perverso per chiedergli di restituire i soldi? Un'ulteriore dimostrazione di teatralità da parte di William. «Mr Kagwa», esordì. «Apollo. Mi spiace doverti incontrare di nuovo in una situazione simile».

La piazza era troppo rumorosa e affollata. La massa di persone che, passando, urtavano Apollo, lo caricavano di forza cinetica. Che strana situazione quella in cui un messaggio criptico aveva il potere di attrarlo fino al West Village; e ancora più strano era trovarsi davanti quel cazzone di William Wheeler, con tutta quella gente che gli veniva addosso e lo sbatacchiava e gli metteva una gran voglia di fare qualcosa di eroico e avventato. Si rese conto che se non si fossero allontanati dal parco avrebbe finito per picchiare quell'uomo. Lo prese per il gomito e lo spinse avanti a sé, usandolo per fendere la folla quasi fosse un aratro.

«Scusi», borbottava William ogni volta che urtava qualcuno. «Mi dispiace. Scusate!».

Attraversarono Washington Square North e si ritrovarono di fronte a una schiera di edifici in mattoni rossi dall'aspetto impeccabile che sembravano la perfetta antitesi della realtà all'interno del parco. Da una parte un pullulare vitale e caotico, dall'altra ordine e bellezza, come se le facciate fossero dorsi di libri rari allineati sullo scaffale di una biblioteca privata. Il numero di passanti era diminuito drasticamente; l'irritazione era infine sotto controllo.

Lasciò andare il braccio di William. Agitò il cellulare con fare minaccioso. «Che cazzo sarebbe questa storia?».

William si toccò il gomito con cautela. Sembrava senza fiato, ma forse era soltanto impaurito.

Apollo si fece più vicino. «Questi messaggi, cosa sono?», chiese in tono glaciale.

«Lo so, lo so, sembra una storia più misteriosa di quel che è. Non volevo che l'effetto fosse questo».

«Sai per certo che Emma è viva?».

«Sì. Te lo giuro». Si appoggiò alla ringhiera in ferro battuto che fungeva da confine tra lo spazio delle dimore in mattoni rossi e il marciapiede.

«Allora perché non me l'hai detto quando eravamo al Dunkin' Donuts, o sulla barca?».

William scosse la testa. «Non lo sapevo ancora. L'ho appena scoperto. Volevo soltanto capire».

«Perché?».

«Dopo che ti ho conosciuto, dopo che ho parlato con te. Cioè, tu vai agli incontri del gruppo dei Sopravvissuti per imparare a gestire… quello che ti è successo, ed è una cosa difficile di suo. Poi ci si mette anche quella tizia che se ne esce con quei discorsi assurdi, rivolti a te. Ti sembra giusto? A me, no».

Allargò le braccia, come a mostrare che non aveva con sé né armi né cattive intenzioni. «Insomma, ho pensato che avrei fatto tutto il possibile per aiutarti».

«Né l'FBI né il NYPD sono riusciti a trovarla», replicò Apollo. Il cellulare gli pesava in mano come un mattone.

William si staccò dalla ringhiera e lanciò un'occhiata a destra e a sinistra come ad accertarsi che non ci fossero curiosi in ascolto. «Un tempo potevamo affidarci soltanto alla polizia. Se non ci riuscivano loro, significava che non c'era alcuna speranza di ritrovare una persona. Ma oggi è diverso. Cento persone armate di computer e sparse per tutto il paese possono essere altrettanto efficaci. Se poi si tratta di persone coinvolte emotivamente, lavoreranno per te giorno e notte».

«Ne hai parlato con altri?».

«Solo con i miei amici, persone di cui mi fido. Persone a cui sta a cuore la tua vicenda».

Apollo provò una leggera vertigine. «Dove si trova, quindi?». Aveva parlato a voce troppo alta?

«Su di un'isola nell'East River».

Come per magia, Apollo si ritrovò seduto sul marciapiede. Non si aspettava che William rispondesse in modo così preciso, né che Emma fosse così vicina. William tese la mano per aiutarlo a rimettersi in piedi. I passanti non li notarono neppure.

«Come faccio ad arrivarci?».

«Ti serve una barca».

«Non ce l'ho una cazzo di barca».

William sbloccò lo schermo del cellulare, passò il dito e toccò l'icona di una barchetta. «Ma c'è l'app giusta».

48

«Andiamo nella batcaverna».

La batcaverna era la camera degli ospiti nel seminterrato di Patrice. Un attimo dopo essersi congedato da William Wheeler, Apollo aveva chiamato Patrice per chiedergli se poteva passare a trovarlo. Ci mise quasi due ore per arrivare fin laggiù. Fu Dana ad accoglierlo alla porta. Sembrava evitasse di guardarlo, aveva una strana espressione sfuggente e contrariata.

«Mi ha fatto piacere che tu abbia chiamato mia mamma. Ho capito che cercavi di aiutarmi», le disse.

Sentendo quelle parole, Dana si rilassò e lo invitò a mangiare. C'erano gli avanzi della cena, poteva scaldarli. Ma Apollo non aveva appetito. Dal suo sguardo vibrante di rabbia repressa Dana capì che era accaduto qualcosa di grosso, ben più importante del ritrovamento di un libro raro. Poi arrivò Patrice e lo seguirono nella batcaverna.

Era una stanza davvero angusta, resa ancora più piccola dal rivestimento in legno delle pareti che assorbiva la luce lasciando l'ambiente immerso in una penombra cupa. Anche la moquette marrone a pelo lungo ci metteva del suo, ed era come stare sotto l'ascella di Chewbecca. Povero Patrice: il soffitto non arrivava a due metri; se avesse camminato in punta di piedi, la sua testa avrebbe sfondato il controsoffitto. Stare in tre in quella stanzetta era come essere chiusi dentro il ripostiglio delle scope.

Tutto ciò senza considerare il mastodonte allineato contro la parete.

«Ecco a voi Titano», annunciò Patrice con la riverenza di un rabbino che apre l'arca della sinagoga per rivelare i rotoli della Torah.

«Trentadue giga di RAM DDR3-1866, velocità 4.7 gigahertz, processore Intel Core i7-3970x, spazio di archiviazione due terabyte, driver DVD-RW Asus 16x, tre monitor da 27 pollici e, ciliegina sulla torta, il mouse a forma di granata».

Dana andò ad accendere la stufetta sotto la finestra. Girò la manopola situata a pochi millimetri dallo spigolo e l'apparecchio emise un debole ronzio. Ben presto le resistenze si scaldarono, emettendo un bagliore arancione.

Patrice accese il computer, e i tre – tre! – schermi si illuminarono di blu per un attimo, mentre il sistema si caricava. Sembrava di stare dietro a un jet militare sul punto di decollare: Apollo fece un passo indietro.

Dana tese il braccio per bloccarlo. «Non vuoi darti fuoco ai pantaloni, giusto?», disse indicando la stufetta accesa. Afferrò la mano sinistra di Apollo. «Cos'è?», chiese toccandogli il dito medio, cinto da un cordino rosso.

«Era di Emma. Dopo che ho chiamato Patrice sono tornato a casa, e siccome non avevo niente da fare ho guardato in giro e l'ho trovato».

«E te lo sei infilato al dito?».

«Ci ho fatto un nodo e ho espresso un desiderio. Uno soltanto».

Dana lo guardò negli occhi. «Non voglio sapere qual era il desiderio».

«Brava. Meglio di no». Liberò la mano dalla stretta.

Patrice si schiarì la gola per attirare l'attenzione di Apollo.

«Siamo abbastanza vecchi da ricordare quel film, *WarGames*. Te lo ricordi quel supercomputer? Questo accrocco è infinitamente più potente, e quel coso era talmente grosso che nel film l'avevano nascosto dentro una montagna! Il mio giocattolino, invece, sta tutto in una stanzetta di un seminterrato nel Queens».

Sullo schermo centrale era apparsa una finestra che chiedeva una password. Prima di digitarla, Patrice si chinò sulla tastiera in modo da non farsi vedere da Apollo e Dana.

Apollo guardò Dana, che gli disse nell'orecchio: «Tanto la password la conosco».

«No che non la conosci. La cambio ogni settimana», la rimbeccò Patrice.

Lei gli diede un colpetto sulla nuca. «Sì, ma la scrivi sul cellulare perché cambiandola così spesso finisce che te la dimentichi ogni volta».

Patrice si irrigidì. «Quindi mi stai dicendo che controlli il mio cellulare?».

«Rimaniamo sul pezzo, per favore. Apollo ha bisogno del nostro aiuto», replicò Dana posando la mano sul braccio di Apollo.

Patrice sospirò e tornò a dedicarsi al computer. Quella macchina potentissima era alloggiata su una scrivania in metallo verniciato a polvere che era costata la modica cifra di 78 dollari e 89 da Lowe's.

Dana prese un vassoio e si alzò. Si avvicinò a Patrice e gli sfiorò una spalla. Lui si sporse all'indietro e increspò le labbra per chiederle un bacio, che ottenne.

Si schiarì la voce. «Bene. Questo tizio ha qualche prova del fatto che Emma sia viva?». Indicò una sedia pieghevole appoggiata alla parete.

«Mi ha mandato un video», rispose Apollo, estraendo il cellulare dalla tasca. «Ma sul mio telefono non riesco a vederlo».

Patrice squadrò il telefonino con una smorfia. «Immagino che sia in Flash. Potresti scaricare un browser come Puffin per aggirare il problema, oppure potresti craccare il cellulare».

Da un punto di vista lessicale e grammaticale le due frasi appena pronunciate erano corrette e intellegibili, ma Apollo non ci aveva capito niente. Avvicinò il cellulare al viso dell'amico e ripeté: «Non riesco a vederlo sul telefono».

«Allora inoltramelo».

Patrice osservò ogni gesto di Apollo. Dana fece scivolare il vassoio sotto alla stufetta per proteggere dal calore la moquette scadente.

«La buona notizia è che prima di vendere il libro a William Wheeler ho fatto delle ricerche su di lui».

«Vuoi dire che hai scavato nella sua vita?».

«Stavamo per vendergli il libro più costoso che ci sia mai capitato di incontrare, una cosa che forse non ci succederà mai più, e se non altro volevo essere sicuro che quel tizio non usasse uno pseudonimo!».

Apollo spedì il video. «E quindi?».

«William Webster Wheeler. Possiede una casa a Forest Hills, sulla Ottantaseiesima. Ha lavorato nell'aeronautica militare per due anni all'inizio degli anni Ottanta come programmatore. In seguito è entrato alla Medical University di Charleston, dove è rimasto fino al 1996. Da quel momento ha cominciato a spostarsi verso nord-est, per tornare ai luoghi d'origine: Levittown, contea di Nassau. Ultimo impiego: sviluppatore per una società di servizi finanziari».

«Accidenti, hai proprio ficcato il naso».

Patrice, tutto orgoglioso, si diede delle pacche sulla pancia. «Vuoi sapere quanti soldi ha sul conto?».

«Sai anche questo?».

«Ma no, ti sto prendendo per il culo. Però, se volessi… Io e il mio Titano possiamo tutto». Accarezzò la tastiera come se fosse la zampa di un leone. «Perlomeno l'amico William è chi dice di essere. Di questi tempi non è poco. Allora, me l'hai mandato il video?».

Non aspettò la risposta, aprì direttamente il browser.

«Dice che domani sera affitta una barca e mi porta fino all'isola sul fiume. Se riusciamo a trovarla. Sull'East River ci sono nove isole; su una delle nove ci ho passato due mesi, quindi ce ne restano otto da esplorare».

«Mi spieghi perché questo tizio ti sta aiutando?», chiese Dana appoggiandosi alla spalla di Patrice. «Che gliene viene?».

Adesso le resistenze della stufetta erano di un rosso incandescente.

«È per questo motivo che ho preferito vedere Patrice, prima di andare. Forse Wheeler è mosso dalla solidarietà, forse è pazzo. Oppure vuole spararmi e scaricarmi nel fiume».

«Forse vuole tutte e tre le cose», commentò Dana.

«Non importa. Se Emma è viva, voglio trovarla». Mostrò la mano e sfiorò il cordino rosso con il pollice. «Voglio trovarla».

«La farai arrestare?».

«No. Non è quello che farò».

Patrice lanciò un'occhiata ad Apollo e tornò a guardare lo schermo. Aprì l'email.

«Sembra un filmato preso da una telecamera di sorveglianza per strada. Quelle a circuito chiuso, roba da NYPD. Gli amici del tizio hanno fatto ricerche parecchio approfondite».

Patrice cliccò «RIPRODUCI». Ingrandì la finestra finché occupò un quarto dello schermo, su tutti e tre i monitor. Patrice, Dana e Apollo si avvicinarono per guardare.

49

Sullo schermo di Patrice c'era un fantasma. L'ultima volta che l'aveva vista era stato tre mesi prima. E ora eccola di nuovo.

Il fantasma di Emma Valentine scivolava tranquillo lungo una delle tante avenue di Manhattan, chissà quale. Non era chiaro dove si trovasse. Sembrava molto più a sud di Washington Heights, nella vallata dei grattacieli, vicino Wall Street. Camminava tra i pedoni, che forse la notavano, ma facevano finta di non vederla. La scansavano istintivamente come se fosse circondata da un'aura di negatività. La gente si voltava addirittura dall'altra parte mentre passava per non guardarla. Alcuni fissavano lo schermo del cellulare pur di non posare gli occhi su di lei. Lo facevano apposta o si trattava di una specie di allergia inconsapevole alla presenza di quell'essere spettrale? Comunque fosse, Emma si muoveva non vista tra la gente.

Indossava un cappotto che le arrivava alle caviglie e sembrava davvero scivolare lungo i marciapiedi.

Era il giorno in cui aveva ucciso Brian?

Usciva dal raggio d'azione di una telecamera ed entrava in quello della successiva, osservata da un'angolazione diversa. Si trattava di un collage di riprese montate da William Wheeler e dai suoi innumerevoli amici. In alcuni momenti Emma era appena scomparsa dall'inquadratura, in altri non ci era ancora entrata, e questo dava ad Apollo la sensazione di un inseguimento in tempo reale, come se lei si trovasse per strada in quel momento preciso. Solo dalla data e dall'ora nell'angolo dello schermo si capiva che le immagini si riferivano al passato.

Man mano che Emma si avvicinava al fiume, i grattacieli scomparivano. Ora Apollo sapeva dov'era: South Street Seaport. Si avvicinò al molo 16, da dove partivano i taxi acquatici. Erano andati proprio lì, la sera del loro appuntamento, l'ultimo in cui erano stati una coppia felice. L'idea di andarci era stata di Apollo: per questo Emma sapeva come arrivare fin lì e fino a che ora della notte c'era ancora il servizio taxi? Fu come un pugno alla gola. Davvero era fuggita da Manhattan in taxi? Bastavano trenta dollari per sparire?

E i soldi dove li aveva presi? Quando gli aveva sfondato lo zigomo con il martello non sembrava davvero dotata della presenza di spirito necessaria per prendere con sé il portafogli.

Dunque Emma era sul molo. Aspettava. Una folla di turisti e di giovani faceva la coda per salire sul taxi successivo. Improvvisamente, dalla fila uscì una donna, che si avvicinò a Emma senza esitazione e l'abbracciò. Emma rimase inerte, non rispose all'abbraccio. Quando arrivò il taxi, la donna lasciò andare la stretta e l'accompagnò alla fine della fila, dove attesero insieme il loro turno per imbarcarsi. La donna mostrò due biglietti, salirono a bordo e l'imbarcazione si staccò dal molo.

Apollo guardava la scena con un senso di umiliazione e timore.

Naturalmente aveva riconosciuto la complice di Emma. Quel mattino stesso, a Chinatown, le aveva dato un assegno del valore di diecimila dollari.

Anche Patrice e Dana avevano riconosciuto Kim. Chinarono la testa, incapaci di guardare Apollo negli occhi.

Apollo prese il telefono. Mandò un messaggio a William.

Mi serve la barca.

Aiutami.

50

Brian West era alla porta di casa. Dal soggiorno, Apollo sentì bussare e andò verso la porta. I colpi erano sempre più forti. Allungò la mano e aprì le tre serrature. C'era un uomo in corridoio, ma ancora non era Brian West. Aveva la faccia blu, senza naso né bocca, solo occhi. Entrò di prepotenza. Si inginocchiò davanti ad Apollo e si tolse lo strato di pelle blu. Sotto c'era la faccia del suo papà. Apollo sorrise e abbracciò Brian West. Brian West strinse forte suo figlio. Brian West chiuse la porta a chiave. Brian West fece il giro dell'appartamento chiamando Lillian Kagwa. Brian West andò in bagno e aprì la doccia. L'acqua calda scorreva nella vasca. Apollo guardò la TV con suo padre sul divano. Davano una puntata dei *Puffi*.

Sullo schermo c'era un uomo con un lungo pastrano nero che ridacchiava, mentre un gatto marrone lo imitava, acciambellato sul tavolo del laboratorio. Come si chiamavano? Gargamella e Birba. Volevano sterminare i Puffi.

L'acqua bollente continuava a scorrere nella vasca, e ormai il bagno era invaso dal vapore, che presto cominciò a strisciare lungo il corridoio. Ora aveva invaso il soggiorno.

I Puffi cantavano in coro. Non sapevano che Gargamella e Birba erano nascosti nel bosco in attesa del momento opportuno per piombargli addosso.

Brian West si alzò e prese in braccio Apollo. Lo tenne ben stretto. Gli disse: «Tu vieni con me».

Si inoltrò nella nebbia.

51

La *Child's Play* era ormeggiata al Locust Point Yacht Club nel Bronx. Perché proprio lì piuttosto che a Long Island? Be', l'ultimo cliente non l'aveva riportata indietro, e la carta con cui aveva pagato si era rivelata rubata. Da lì in poi la questione si era fatta così ingarbugliata che non ci si capiva più niente. William era alquanto contrariato, ma avrebbe comunque dato una mano ad Apollo. Secondo lui era meglio muoversi di notte perché di giorno la guardia costiera e le vedette del NYPD li avrebbero notati di sicuro. Mandò un messaggio con il luogo e l'ora dell'appuntamento e una faccina sorridente.

Apollo passò tutto il giorno chiuso in casa, esercitando un ferreo autocontrollo per impedirsi di andare a Brooklyn ad appiccare il fuoco alla casa di Kim Valentine. Se Kim aveva aiutato la sorella a svignarsela solo poche ore dopo che costei aveva ammazzato il figlio, cosa le avrebbe impedito di avvisarla adesso? Anche se Apollo si fosse presentato alla sua porta con una falange di agenti dell'FBI e una pattuglia di polizia, cosa le avrebbe impedito di mandare un ultimo messaggio alla sorella? *Scappa*. Apollo si vide costretto a far passare in secondo piano la soddisfazione immediata di affrontare la cognata rispetto alla possibilità di trovare Emma sull'isola. No, non c'era alcun dubbio su quale fosse la priorità. Perciò non cercò alcun contatto con Kim; si concesse soltanto una rivincita: chiamò la banca e annullò l'assegno. Misera consolazione.

Provò a guardare un film; non ci riuscì. Cercò di mangiare, ma il cibo non sapeva di nulla. Andò su internet per vedere dove sarebbe stato il prossimo incontro dei Sopravvissuti: al Jewish Community Center di Staten Island. Scrisse che avrebbe partecipato. Se l'ufficiale di sorveglianza gli avesse fatto qualche domanda avrebbe risposto che aveva fatto un casino, ma l'adesione avrebbe dimostrato la bontà dei suoi intenti. Tuttavia, visto che era online e aveva un sacco di tempo da far passare prima dell'appuntamento con William, finì sulla pagina dedicata a Baby Brian. Non appena ci entrò disse a se stesso che avrebbe fatto meglio a disconnettersi. Invece fece scorrere i commenti, continuando a ripetere a se stesso: esci dalla pagina. Non uscì dalla pagina.

E così si imbatté in un commento del giorno prima, postato da un utente molto attivo, di nome Kinder Garten, che aveva tutta l'aria di essere un falso profilo. Negli ultimi tempi solo Kinder Garten e Green Hair Harry postavano con regolarità. Il primo scriveva cose tremende. Crudeli. L'ultimo post era forse il peggiore in assoluto:

«Che c'è stasera per cena? Un piatto ispirato a Baby Brian: VERDURE BOLLITE!».

Basta. Apollo ne aveva davvero abbastanza. Uscì dalla pagina.

Locust Point Yacht Club ha un nome molto fico, ma i membri del circolo non sono poi così tanto prestigiosi, trattandosi di meccanici e camionisti, manutentori di condominio e OSS. La prima cosa che si vedeva dalla strada era una recinzione e un alto cancello arrugginito oltre il quale una grata recava la scritta Locust Point Yacht Club dipinta con la vernice rossa. La sede del circolo era poco più di una baracca da pescatori. Nel cortile, tra il fasciame di uno scafo abbandonato, crescevano le erbacce. Una schiera di vecchi pescherecci ballonzolava lungo il molo.

William Wheeler lo aspettava a bordo della *Child's Play*. Con lo schermo del cellulare illuminato gli fece segno nel buio e lo aiutò a salire. Accese i motori.

«Sopra la vasca delle esche vive c'è un giubbotto salvagente», disse William. Apollo rimase a guardarlo senza reagire, allora William indicò a poppa. «Sul retro».

Prese il giubbotto. Il motore gorgogliava e scoppiettava; apparentemente era un buon segno.

William tornò al posto di pilotaggio. «Ora mollerai gli ormeggi di prua e di poppa. Quello e l'altro. Scioglili dalla bitta. La corrente ci porta verso il largo, quindi non dovremmo fare altro».

Così disse e così fu. La barca si scostò dal molo con il motore in folle, e quando si fu allontanata di un braccio William inserì la marcia e lentamente presero il largo.

«A seguire le tue istruzioni sembra un gioco da ragazzi», commentò Apollo.

William fece una risata sommessa. «Ricordi? Ti ho detto che non sono capace di mentire. Vieni un po' qui a vedere».

Apollo lo raggiunse alla postazione di pilotaggio. Un iPad era appoggiato accanto alla plancia. Wlliam mollò l'acceleratore e toccò lo schermo. Partì una musichetta elettronica, poi apparve una donna che indossava una camicia a righe bianche e nere.

«Benvenuti e congratulazioni per aver scelto di entrare nel meraviglioso mondo della navigazione. Adesso vi guiderò passo passo nell'operazione di mollare gli ormeggi. Innanzitutto assicuratevi che...».

Toccò di nuovo lo schermo e la donna si fermò a metà della frase. «È da oggi a mezzogiorno che studio come pilotare una barca».

«Grazie», disse Apollo a bassa voce. «Grazie di cuore».

William fece un gesto noncurante, tra il timido e l'orgoglioso. Portò lo sloop fino a Hammond Creek. Avrebbero doppiato il SUNY Maritime College, all'estremità del Bronx, per poi passare sotto il Throgs Neck Bridge e immettersi nell'East River. Le luci del Bronx si fecero sempre più lontane, mentre la costa pianeggiante di Long Island era un'ombra distante nella notte. Apollo spinse lo sguardo verso quell'orizzonte e gli parve di vedere – solo per un istante – una luce verde, ma non indugiò oltre nell'osservazione e puntò gli occhi davanti a sé, convinto che quella luce non fosse altro che un'illusione. Il rumore del motore si perdeva nella vastità della volta notturna.

«Siamo ancora in tempo per tornare indietro», disse William. Forse sperava che Apollo dicesse di sì, ma non ricevette risposta. Proseguirono la navigazione tra gli scoppiettii del motore, e Apollo alzò la mano sinistra, quella con la cordicella rossa sul medio e la fede all'anulare. Girò la fede in un senso e poi nell'altro e se la sfilò, gettandola nel fiume con aria indifferente. Adesso gli rimaneva un unico voto, quello espresso dalla cordicella rossa.

52

Le luci sul ponte di Throgs Neck, apparizione quasi divina, brillavano come costellazioni nella notte. I due naviganti trattennero il respiro mentre vi si avvicinavano. William scalò la marcia. In quel momento Apollo sentì nelle viscere il motivo per cui gli antichi veneravano le montagne e i ghiacciai. Gettare la testa all'indietro per spingere lo sguardo più in alto possibile e rendersi conto che non si riuscirà mai a scorgere la montagna nella sua interezza genera il desiderio di adorare quell'entità, ed è ciò che accadde ad Apollo: mentre transitavano sotto il ponte non poté fare a meno di chinare la testa. Quando furono passati oltre, William riprese velocità e proseguirono.

«Voglio farti una domanda», disse William. Il vento gli alzava i capelli scoprendogli il viso, e Apollo poté vedere quanto fossero brillanti i suoi occhi. «Hai parlato con qualcuno di questa spedizione notturna?».

«Ho detto a Patrice che mi avresti procurato una barca», ammise Apollo.

«Allora devo mostrarti una cosa».

William toccò lo schermo dell'iPad senza lasciare il timone. La pagina che cercava ci mise un po' a caricarsi, anche perché in mezzo all'East River la copertura non era il massimo, ma alla fine si aprì la pagina Facebook dedicata a Baby Brian.

Quindi sapeva della pagina. Da quanto tempo, però?

Fece scorrere i post. «Guarda», disse indicandone uno molto recente.

Fate attenzione ai pericoli sul fiume! Speriamo che torniate sani e salvi.

Era un post di Green Hair Harry.

«Patrice?», mormorò Apollo.

«Guarda anche questo».

Niente parole, solo un'immagine: una nave che affondava. Il *Titanic*. Postata da Kinder Garten.

«Se condividi le informazioni con il tuo amico», disse William indicando il post di Green Hair Harry, «il primo sconosciuto che si connette le vede, e ti trolla. Sono certo che Mr Green voleva soltanto darti il suo sostegno, ma chiunque capita sulla pagina lo legge». Toccò l'immagine del *Titanic*. «Il motivo per cui te la mostro è egoistico. È perché sono su questa barca con te, e dobbiamo essere molto prudenti. Non esistono più segreti; i vampiri non possono entrare in casa tua a meno che tu non li inviti, e postare qualcosa è come lasciare la porta aperta e invitare i mostri a entrare».

Rikers Island, dopo il tramonto, è bella. Il penitenziario si estende su una superficie di 167 ettari e ospita una popolazione di circa dodicimila detenuti. Di notte è completamente al buio, tranne un edificio che rimane illuminato per gli arrivi notturni. Il resto dell'isola si spegne. Apollo ricordava che alle nove di sera si spegnevano le luci e tutti dovevano andare a letto, benché nessuno riuscisse a dormire. Si aspettava quasi di essere visto, percepito nell'oscurità, da quel luogo, come se Rikers fosse un cane che annusava un'antica preda. Osservò i contorni dell'isola. Se quell'unico edificio non fosse stato illuminato, Apollo ci sarebbe passato vicino senza vederla. Le luci spandevano un debole alone luminoso sull'isola. Che strana sensazione guardare dalla barca sapendo che solo due settimane prima era ancora rinchiuso là dentro. Si avvicinarono e Apollo udì le grida e i richiami dei detenuti, troppo distanti perché si capisse cosa dicevano. Soltanto un ululato fantasma attraversava il fiume.

Ora la superficie dell'acqua levigata dal vento freddo aveva la duttilità del ghiaccio scolpito. La barca non offriva alcun riparo. Apollo aveva perso il senso del tempo; sapeva solo che navigavano ormai da un po'. Si calcò bene il cappello in testa e si rannicchiò a poppa, da dove poteva osservare William al timone.

Patrice Green era Green Hair Harry. Aveva ammesso di seguire quella maledetta pagina, non di averla aperta lui stesso. Non c'era dubbio che avrebbe fornito una spiegazione arzigogolata del perché avesse mantenuto il segreto, ma ad Apollo non importava. Tutti avevano un motivo; tutti avevano una maschera.

«Ecco un'isola», gridò William per non farsi coprire dal rumore del motore. Rallentò. «Ho fatto un po' di ricerche, ma non mi sembra di aver trovato nulla su questa».

Strano definirla un'isola. Si estendeva per non più di una trentina di metri per sessanta, un mucchio di pietre con qualche cespuglio e un'antenna radio di modeste dimensioni.

William si chinò sull'iPad. «Deve essere U Thant Island. È un'isola artificiale. Senti un po': il nome viene da un segretario delle Nazioni Unite di origini birmane. Cos'altro dice internet? Vediamo».

Apollo non aveva voglia di stare ad ascoltare William che leggeva un articolo di Wikipedia ad alta voce; l'unica cosa che gli importava era che su quelle rocce non avrebbe trovato Emma. Era evidente, nonostante fosse notte fonda: impossibile trovare un nascondiglio se non dietro quei radi cespugli.

«Forza, andiamo avanti», disse Apollo.

«Cosa? Ah, sì; giusto, giusto».

Accelerò leggermente e oltrepassarono l'isolotto.

«Non ci sono poi così tante isole, oltre a Rikers e U Thant, che abbiamo appena visto. Roosevelt Island è residenziale, Randall e Wards sono parchi nazionali frequentatissimi. Non credo che Emma si sia nascosta là. Rischierebbe troppo».

«Laggiù», disse Apollo con voce talmente sommessa che William non lo sentì.

«Potremmo provare Mill Rock», proseguì quest'ultimo. «È disabitata, ma il Dipartimento per i parchi la utilizza ogni tanto per ospitare degli eventi. Non so. Credo che ormai stiamo girando per il fiume da un'eternità. Mi sembra di essermi perso, sai?».

«Laggiù!», ripeté Apollo quasi gridando. Si era alzato in piedi nonostante il vento freddo.

Davanti a loro c'era un'isola avvolta in un sudario. Non si trattava di nebbia, ma di un'ombra più nera e densa della notte. In quell'assenza totale di luci era arduo distinguere i contorni di un albero, persino trovandoselo di fronte agli occhi.

«Accidenti», replicò William rallentando immediatamente, «stavo per mancarla, come se si stesse nascondendo o qualcuno l'avesse nascosta. Ma tu come hai fatto a vederla?».

«Mica fissavo lo schermo di un iPad».

«Tiro la barca a riva», disse William. Era offeso ma cercava di nasconderlo.

Portò la barca a circa tre metri dalla riva e spense il motore. La prua scivolò fino a piantarsi nella sabbia. I due si accovacciarono per non cadere fuori bordo. Adesso, nel silenzio della notte, si udiva il frangersi delle onde sullo scafo.

«Sarebbe stato meglio se mi fossi fermato più al largo e avessi tratto la barca a riva per gli ultimi metri», disse William scendendo da prua. L'acqua gli arrivava alle cosce. Uscì dall'acqua camminando all'indietro.

Alle sue spalle, l'isola – Apollo la vedeva chiaramente – era rigogliosa di verde, un tumulto di cespugli e alberi. Scese anche lui e camminò nell'acqua fredda.

«Sei pronto?», sussurrò William.

«Non devi venire con me. Hai già fatto abbastanza, molto più di chiunque altro».

«Sinceramente», replicò William ridendo sommessamente, «avrei più paura ad aspettarti qui sulla barca, da solo».

«Ok, va bene». Apollo si guardò la mano sinistra. La luce della luna fece splendere il cordino rosso. Gli sembrò di percepire delle pulsazioni, come se il cordino fosse vivo. Forse, invece, era il suo stesso cuore che batteva all'impazzata. «Diamoci da fare».

53

«Sono cresciuto con un tizio che alla fine è diventato un investigatore», disse William. Notte: Apollo e William si erano inoltrati tra i cespugli per una dozzina di passi. La barca non era più visibile oltre la vegetazione, ma Apollo udiva ancora lo sciabordio delle onde sullo scafo.

William si muoveva con la stessa lentezza e incertezza di Apollo. Nessuno dei due sapeva dove posare i piedi, dove appoggiarsi con le mani. Il sottobosco era così alto che sembrava di guadare un fiume, e i rami degli alberi erano così intrecciati e fitti che William doveva torcersi e inarcarsi per schivarli.

La vegetazione si diradò improvvisamente, come se avessero superato una sorta di recinzione arborea. William indicò una forma, una sagoma alta circa un metro, che alla luce delle stelle sembrava un fungo gigante ricoperto di kuzu. Trovarci un bruco seduto sopra che fumava un narghilè non sarebbe stata una sorpresa. William prese il cellulare, si sistemò gli occhiali e attivò la torcia del telefono. Si accovacciò e batté con il cellulare contro il fungo, producendo un lieve suono metallico. Apollo si inginocchiò accanto a lui. «È un idrante», disse.

«So dove siamo: North Brother Island».

Stavolta non consultò l'iPad, conosceva la storia a memoria.

«North Brother Island è stata disabitata fino al 1885, quando fu costruito il Riverside Hospital per i malati di vaiolo. In seguito la struttura accolse persone con malattie infettive che dovevano sottoporsi a quarantena, e dopo la seconda guerra mondiale fornì cure ai reduci. Negli anni Cinquanta diventò un centro di recupero per tossicodipendenti, ma fu chiuso per problemi di corruzione del personale medico».

William orientò il fascio di luce sull'idrante.

«In quegli anni furono costruiti vari edifici attorno a quello principale: la biblioteca, dormitori per il personale, una cappella, una fonderia, dei magazzini, tra cui la carbonaia, la residenza del primario, un centro ricreativo e un obitorio. C'erano persino strade e marciapiedi».

Non se ne erano ancora accorti, ma stavano già camminando sul cemento, nascosto dalla vegetazione bassa. L'isola, in poche parole, ospitava una piccola cittadina che negli anni era stata invasa dalla vegetazione spontanea. Se fosse stato giorno avrebbero già individuato i contorni di alcuni edifici in rovina, ma siccome era buio tutto ciò che li circondava era praticamente indistinguibile nell'oscurità. Perciò rimasero ai piedi dell'idrante, stupiti da quel ritrovamento, come se avessero scoperto un'astronave.

Il cellulare fece due deboli bip e la torcia si spense per risparmiare la batteria.

«Caspita se ti sei informato», sussurrò Apollo.

«Te l'ho detto; sono stato sulla barca per ore», replicò William alzandosi a fatica. «Ho avuto tutto il tempo per informarmi».

Ripresero l'esplorazione, tenendo l'idrante come punto di riferimento per non perdersi.

Adesso l'andatura di Apollo esprimeva maggiore sicurezza. Si avvicinò a William, camminandogli a fianco ma guardando dritto davanti a sé.

«Perché sei qui? Dimmi la verità. Per favore non rifilarmi la solita storiella del "voglio aiutarti", perché è una stronzata», disse Apollo.

Camminavano con qualche difficoltà nel sottobosco. Apollo si sentiva ancora destabilizzato dalle ultime rivelazioni. Lillian, Kim, e ora Patrice. Se William non gli si scollava di dosso solo perché voleva registrare un video delle sue avventure per caricarlo su YouTube e prendersi milioni di visualizzazioni guadagnandoci fior di quattrini, allora Apollo preferiva saperlo subito piuttosto che scoprirlo in seguito da un'email inviata da uno sconosciuto. A quel punto era talmente stanco della gente che non avrebbe neppure avuto la forza di arrabbiarsi. Se non altro William lo aveva aiutato ad arrivare a quel punto.

«Gretta mi ha detto di no».

Apollo si fermò di colpo. «Tua moglie?».

William fece un lungo sospiro. «Forse cinque anni fa sarebbe rimasta incantata dal mio regalo. Diciamo dieci anni fa. Adesso mi ha detto che posso tenermelo, il libro. Non lo vuole». Rimase in silenzio per qualche istante. «Se non fossi qui con te, a quest'ora starei impazzendo nel mio seminterrato. Perlomeno faccio qualcosa, e non sono solo».

Apollo non rispose. Rimase in silenzio per qualche minuto.

«Allora, posso venire con te?», chiese William.

«Tu fai quello che vuoi. Io sono qui per fare casino».

Ripresero a muoversi.

Le strutture moderne introdotte sull'isola rappresentavano il pericolo più immediato. Apollo e William rischiavano di fare un volo di sei metri cadendo in un pozzo di servizio non protetto, oppure potevano rimanere schiacciati sotto un muro di mattoni pericolante nascosto dai rampicanti.

«Vedi le luci laggiù?», chiese Apollo.

Erano bagliori di fiamme, non luci elettriche. Splendevano sospese a mezz'aria, verso sud. «Fuochi fatui», mormorò William.

Quando gli occhi di Apollo si furono abituati al contrasto di luce e buio, si rese conto che stava vedendo un falò acceso al primo piano di un basso edificio la cui facciata era crollata da chissà quanto tempo. Sembrava di guardare dentro un diorama. Intorno al fuoco non c'era nessuno, ma chi se non Emma poteva averlo acceso? Era sopravvissuta da sola per tre mesi sull'isola. Non aveva mai veramente creduto di ritrovarla. Sentì una specie di scossa elettrica alla nuca: la stessa sensazione che, a voler essere sincero, aveva provato il giorno del loro primo appuntamento. Improvvisamente William e Apollo non camminavano più fianco a fianco: Apollo Kagwa si era messo a correre.

54

Già nel 1981 l'isola non ospitava più né malati di vaiolo né reduci né tossicodipendenti. I nuovi abitanti erano le nitticore, piccoli aironi insignificanti che trascorrono ore a parlarsi producendo degli schiocchi, e quando gli prende l'ispirazione si mettono a fare un verso molto simile a quello del corvo. Le nitticore avevano occupato North Brother Island per oltre vent'anni, poi, all'inizio del ventunesimo secolo, se n'erano andate. Il motivo della loro scomparsa non si era mai capito; in fondo si trattava di una curiosità da ornitologi, nulla di interessante per dei giornalisti.

Quella notte Apollo Kagwa scoprì il motivo della fuga di massa: qualcuno le aveva cacciate via.

Sull'isola erano tornati gli esseri umani. Donne e bambini.

Non abitavano nel padiglione dei tisici, l'edificio più grande e strutturalmente stabile del complesso, bensì nella residenza degli infermieri, una costruzione di tre piani in stile neogotico con una pianta a U, che nel 1904, anno della sua inaugurazione, poteva ospitare fino a 125 infermieri. Le intemperie avevano distrutto i serramenti molti anni prima, ma le donne e i bambini si erano occupati delle riparazioni. Le fiamme del falò lambivano il telo di plastica che era stato applicato alle intelaiature delle finestre. Al primo piano dell'edificio che aveva visto all'inizio brillava ancora la luce, che adesso sembrava un segnale piuttosto che un falò acceso per scaldarsi o cucinare. Forse era proprio un punto di riferimento per chi doveva tornare al campo base.

Apollo si fermò sul limitare di un'ampia distesa libera da oggetti e vegetazione. Dall'altra parte dello spiazzo c'era la residenza degli infermieri, e accanto a questa la casa del primario, l'edificio con la facciata crollata. Nell'oscurità si distinguevano forme in movimento; donne che da sole o a due a due entravano e uscivano dagli edifici affiancati. Qualche bambino si affacciava dai teli di plastica tesi alle finestre per scrutare nel buio. Ad Apollo sembrò di essere finito in un villaggio di pionieri nel 1607, nell'America più remota e selvaggia.

Com'era possibile che esistesse una realtà simile a così poca distanza da New York? Apollo abitava a neanche sette chilometri da quell'isola, ed era bastato un breve giro in barca per farlo approdare in un luogo fiabesco. Osservava quelle donne e quei bambini con un senso di timore che sfiorava il terrore.

Non si curò di chiedere a William un parere sul da farsi; non ci pensò nemmeno: uscì dal bosco per inoltrarsi nello spiazzo. Uscì allo scoperto. Non che fosse coraggioso; respirava a singhiozzo perché aveva la gola stretta dalla paura. Per calmarsi provò a parlare con se stesso, a pronunciare il mantra. Se l'avesse ripetuto a sufficienza avrebbe finito per crederci.

«Io sono il dio Apollo», sussurrò.

L'aveva detto con un filo di voce; si era sentito a malapena.

«Io sono il dio Apollo», ripeté con voce sonora.

Non riusciva a controllare il volume sempre più alto della sua voce. Percepiva un'energia selvaggia, folle, che non sopportava costrizioni: in altre parole era nel panico.

Giunse davanti alla residenza degli infermieri. L'edificio era privo di porta.

Salì le scale d'ingresso di corsa nonostante gli tremassero le gambe.

«Io sono il dio Apollo!», gridò. «E voglio vendetta!».

Lo avevano individuato non appena si era allontanato dall'idrante coperto di kuzu. Nello spiazzo apparvero quattro donne, armate di mazze ricavate dalle gambe di un tavolo. Le impugnavano grazie a una cinghia di cuoio assicurata all'estremità e avvolta al loro polso. Indossavano una sorta di mantello verde che copriva loro la testa e il busto, come uno chador. Così abbigliate riuscivano a mimetizzarsi perfettamente nell'ambiente boschivo dell'isola. Man mano che si avvicinavano ad Apollo era come se il bosco tornasse a infittirsi attorno a lui, che non si accorse di nulla, nemmeno del momento in cui alzarono le mazze per colpirlo.

Le quattro donne presero Apollo Kagwa e lo pestarono a sangue.

55

Pestare qualcuno fino a fargli perdere conoscenza non è affatto semplice. Apollo desiderò che lo fosse, perché sotto i colpi dei bastoni quei due minuti gli sembrarono vent'anni. Le donne che lo stavano pestando a sangue erano molto esperte: evitavano di colpirlo alla testa proprio perché non volevano che svenisse, concentrandosi invece su braccia e gambe in modo da immobilizzarlo nel modo più efficace. Lo scopo era impedirgli di scalciare, dimenarsi e strappare loro di mano i bastoni. Se Apollo avesse avuto con sé un coltello o una pistola, con le braccia tramortite dal dolore non avrebbe certo potuto usarli. E lo colpivano con violenza tale che gli arti gli si congelarono per lo shock e Apollo cadde a terra come se gli avessero scaricato addosso un taser. Prima che si rendesse conto che lo stavano attaccando era già stato sconfitto.

Adesso era steso a terra e non vedeva niente. Gli occhi non gli funzionavano più. Credette che lo avessero accecato di botte e questo lo disorientò ancora di più del dolore. Gli avevano tolto ogni capacità di sentire; era fuori combattimento, e le picchiatrici lo sapevano. Rotolò giù per le scale e rimase sullo spiazzo come un tappeto arrotolato, inerte.

Le donne posarono le mazze a terra, avvicinandole in modo da creare un rettangolo. L'estremità di ciascuna fu infilata nell'asola dalla cinghia della mazza adiacente, fino a formare una sorta di barella, sulla quale caricarono Apollo, in posizione prona. Poi ognuna afferrò un'estremità e, con un grugnito, sollevarono il carico tutte insieme. Era come se le mazze fossero un potenziamento delle loro braccia.

La barella riusciva a contenere soltanto il torso di Apollo; le braccia e la testa da un lato e le gambe dall'altro ciondolavano strusciando a terra. Fu rimosso dallo spiazzo in poco meno di due minuti. Le quattro formavano una squadra affiatata. Le finestre della residenza degli infermieri si popolarono di facce di bambini, e anche le donne presenti nella casa del primario si misero a guardare. Affacciato sullo spiazzo c'era un terzo edificio, conosciuto come la Scuola. Aveva solo un piano e soltanto una stanza illuminata dalla luce elettrica. Una donna stava alla finestra di questo edificio e rimase a osservare la scena molto più a lungo di chiunque altro.

L'odore di terra bagnata; il crepitio degli insetti tra gli alberi; lo scalpiccio delle quattro che lo trasportavano attraverso il sottobosco; il sapore del sangue in bocca. Ancora prima di riacquistare la vista, gli altri sensi gli fornirono indicazioni sulla situazione.

«Sono qui», biascicò.

«Toh, grazie dell'informazione», replicò una delle donne, Apollo non sapeva quale.

«Sentitelo, è qui. Dai, facciamogli i complimenti», disse un'altra.

Quanto si erano allontanati dallo spiazzo, dalla piccola colonia circondata dal bosco? Adesso si trovavano nel folto della vegetazione, ma il sentiero su cui camminavano era ben segnato. Il kuzu e la vite canadese erano calpestati, non tagliati.

«Sono qui per mia moglie».

«Per chiederle scusa e implorare perdono?», domandò una terza donna, con il fiato corto ma in tono decisamente sarcastico.

«Oppure volevi ucciderla?», fece la quarta. Sentendo quelle parole Apollo si irrigidì, e le donne si misero a ridere tutte insieme. Sembravano soldati temprati da un lungo conflitto.

«Voglio vendetta!», gridò la prima.

«Si è presa mio figlio!», aggiunse la seconda.

«Mi ha fatto soffrire», sibilò la terza.

«Mi spetta il suo sangue», completò la quarta.

Stavolta non scoppiarono a ridere, ma fecero schioccare la lingua per esprimere la loro assoluta mancanza di stupore. Apollo si chiese quante volte quelle quattro avessero fatto un simile tragitto trasportando un uomo che era arrivato sull'isola. Forse il sentiero era così ben battuto proprio perché ci passavano spesso con uomini pestati a sangue. Ma dove portava?

Cercò di buttarsi giù dalla barella. Le mazze di legno gli premevano contro la cassa toracica e il ventre. Si aggiunse un rumore nuovo: uno sciaguattare di piedi nell'acqua. Acqua fredda gli schizzò sul viso e sul collo.

«Dove mi state portando?», gridò.

«Ci siamo già», disse una in tono pratico.

«Come si chiamava l'ultimo? L'ho dimenticato», fece un'altra.

«Kauffman, credo».

«Già. Ora riposa in fondo all'East River insieme al tesoro della General Slocum».

Scoppiarono a ridere come se stessero parlando delle vicissitudini di un vecchio amico.

Poi, prima che Apollo riuscisse a dare un senso al cambiamento di scena dal bosco alla riva del fiume, sentì che lo spingevano sott'acqua. Due mani premevano sulla sua nuca e lo immergevano. L'acqua fredda, più buia della notte, fu un'ulteriore offesa. Scivolò dalla barella e l'acqua lo inghiottì completamente. Lo stavano affogando. Aprì la bocca e bevve: quel riflesso involontario incredibilmente gli salvò la vita.

La reazione all'ingestione di acqua fu violenta, una scossa che lo rianimò. Non aveva idea di cosa stesse facendo, ma possedeva l'energia di dieci uomini. Affogare una persona è ancora più difficile che farle perdere i sensi. Si dibatté e si agitò fino a sfuggire alle mani che gli spingevano la testa sott'acqua. Rantolò e tossì; gridò qualcosa che non aveva un senso compiuto, e riuscì a prendere aria due volte, poi le donne gli furono ancora addosso e lo spinsero giù. Ma stavolta ne afferrò due e le trascinò in acqua con sé. Le due riemersero, e Apollo si salvò semplicemente rimanendo aggrappato a loro. Non le contrastò, si limitò a stringere ferocemente facendo tutt'uno con quei corpi. Toccò il fondo con i piedi, sentì l'aria fresca sul viso e si lanciò verso la terraferma. Lo placcarono prima che riuscisse a fare un metro, ma ormai era riuscito ad afferrare saldamente delle radici sporgenti. Il mantello che fino a quel momento era stato così efficace nel mimetizzarle, adesso, inzuppato d'acqua, ostacolava e appesantiva i loro movimenti. Alle donne non rimase altro da fare che buttarglisi sopra in quattro, a corpo morto. Cinque corpi ansimanti sulla sabbia.

«Come avete potuto darle aiuto?», chiese Apollo non appena ebbe la forza per parlare. «Emma ha ucciso mio figlio! E voi la proteggete!».

Una dopo l'altra, le donne si alzarono, alleggerendo gradualmente la pressione sulla schiena e le gambe di Apollo. Lo fecero voltare a pancia in su. Stringeva ancora la radice per resistere nel caso in cui volessero spingerlo di nuovo in acqua. Le guardò. Lo fissarono in silenzio, in piedi con la luna alle spalle, quattro figure senza volto che incombevano su di lui.

«Sei quello di Emma».

«Certo. Emma era una tale rompicoglioni. Come vuoi che sia lui?», disse l'altra alzando gli occhi al cielo con un gemito.

«Basta così», la rimbeccò la prima.

Una delle altre si chinò su Apollo e gli frugò nelle tasche. Trovò un mazzo di chiavi. Andò a controllare se in acqua era rimasto qualcosa. «Gli è caduto il portafogli. Vedo carte, tessere e altra roba che galleggia».

«Seppellisci tutto», ordinò la prima. «E il cellulare?».

«In acqua non l'ho visto».

«Controlla di nuovo».

Lo sollevarono in due, mentre una terza lo perquisiva in modo più accurato, passandogli le mani sulle gambe e intorno alla vita. Niente cellulare. Impugnarono le mazze che pendevano dalle cinghie legate ai polsi e fecero quattro passi indietro, lasciando Apollo senza sostegno. Rischiava di cadere, ma nessuna lo aiutò.

«Cal vorrà vederti». La donna indicò il sentiero. «Conosci la strada».

Apollo barcollava, ma nessuna di loro si offrì di aiutarlo. Solo ora, mentre tornava allo spiazzo, si sentiva abbastanza calmo per pensare e guardarsi attorno. Si rese conto di essere solo con le quattro donne: ciò significava che William non era stato catturato. Gli era rimasta una carta da giocare. Come avrebbe agito William Wheeler?

56

Il ritorno allo spiazzo richiese più tempo. Dopo un pestaggio come quello che aveva subito, il recupero non è immediato. Aveva sul corpo i segni evidenti dei colpi ricevuti. Sullo spiazzo trovarono oscurità e un profondo silenzio: il falò era spento e rimaneva soltanto la luce elettrica accesa nella scuola. L'impressione era che la residenza degli infermieri e anche la casa del primario si fossero svuotate, come se tutti gli occupanti fossero stati evacuati mentre le quattro cercavano di ammazzarlo giù al fiume. Forse seguivano un protocollo d'emergenza, di quelli che si applicano in caso di bombardamenti o tornado, quando tutti scendono negli scantinati, donne e bambini pigiati in un bunker senz'aria... Chissà se erano scappati a causa sua. Questo non lo faceva sentire potente; piuttosto gli forniva una prospettiva diversa sugli avvenimenti. Uno strano individuo era apparso nel cuore della notte gridando «sono il dio Apollo» e giurando di vendicarsi su sua moglie. Come potevano quelle donne e quei bambini non essere terrorizzati?

Lo presero per le braccia e lo portarono verso la scuola. Ora che se n'erano andati tutti, la lampada accesa al primo piano sembrava rischiarare la notte con maggiore intensità. Entrarono nell'edificio: due donne lo precedevano, le altre due lo seguivano. Imboccarono un lungo corridoio dalle pareti visibilmente inclinate a sinistra. Dai muri e dal soffitto scrostati affiorava il cartongesso grigiastro. Le loro impronte risaltavano sul pavimento coperto di polvere. Sul corridoio si aprivano sei stanzette che un tempo erano state uffici. Il rumore dei loro passi strascicati sulla polvere si riverberava sul soffitto. Salirono le scale.

Cal mi ha detto cosa fare. Ma non so se ce la faccio.

In quel momento gli sembrò di sentire, con la stessa chiarezza di allora, le parole pronunciate dalla partecipante all'ultimo incontro dei Sopravvissuti; e forse reagì al pensiero con un movimento brusco e involontario, perché la donna dietro di lui lo colpì sulla spalla destra con il bastone. Dovette fermarsi per riprendere fiato. Il dolore lo riportò al presente e gli ricordò che era sorvegliato da quattro guardie.

Arrivati in cima alle scale imboccarono un altro corridoio, anch'esso con la sua serie di stanzette abbandonate da chissà quanto. La luce proveniva da una stanza a metà corridoio, provvista di porta su cui campeggiava una scritta fatta con lo stencil:

«UFFICIO DEL PRESIDE».

Nella stanza c'era una donna, di spalle, china su un lungo tavolo ingombro di oggetti dalle forme disparate che Apollo non riconobbe. Su un altro tavolo, una scrivania di recupero, campeggiava un vecchissimo computer grigio che occupava un terzo della superficie, oltre a una montagna di carte e documenti. L'alimentazione del computer era fornita da un generatore Honda Super Quiet rosso da 3000 watt, appoggiato alla parete in corrispondenza di un grosso buco attraverso cui i gas di scarico si disperdevano all'esterno. In corridoio non aveva sentito il generatore, e ora che si trovava nella stanza il rumore gli arrivava comunque attenuato, non più forte del rombo di un piccolo tosaerba dall'altra parte dello spiazzo.

Ai lati del tavolo c'erano due lampade a stelo la cui luce non raggiungeva le pareti laterali, avvolte nel buio. Tuttavia, se paragonato al resto dell'isola, quel luogo era illuminato come la torre Eiffel.

Apollo varcò la soglia.

Una delle quattro che lo avevano scortato fin lì entrò con passo rapido e timoroso, e posò sulla scrivania le chiavi requisite ad Apollo. Il suo cellulare era già lì; qualche altra residente l'aveva trovato e consegnato.

«Come?».

«È caduto quando lo avete catturato qui sotto. Un bambino l'ha trovato e me l'ha consegnato. Credevo di avervi addestrato bene. Dovete fare attenzione a tutto», disse senza voltarsi.

«È vero. Scusami».

«Sei stata negligente».

La guardia annuì e raggiunse le compagne, ferme oltre la soglia. Il mantello zuppo d'acqua sgocciolò sul pavimento. Se ne andarono.

Apollo rimase solo con la sconosciuta, che fece due passi a destra per prendere qualcosa dal tavolo. Aveva i capelli grigi, quasi completamente bianchi, tagliati corti nello stile pratico che prediligono le donne di una certa età. Indossava leggings neri non proprio aderenti e un maglione grigio molto ampio che le scendeva fino a metà coscia conferendole una certa eleganza. Sembrava una modella di Eileen Fisher. Si voltò, e l'effetto straniante si accentuò: aveva le mani infilate in marionette di stoffa.

«Quale delle due ti fa più paura?».

Sorrise con espressione birichina, ben conoscendo l'effetto destabilizzante di un atteggiamento giocoso in chi detiene il potere. Era sola con un uomo, al chiuso, e questo non sembrava preoccuparla minimamente. In fondo, Apollo avrebbe forse potuto farle del male? Non era in grado di alzare le braccia, e nelle gambe sentiva solo una pulsazione dolorosa e continua.

«Ciao, eh», disse la donna alzando le mani con le marionette. «Non ti hanno mica tagliato la lingua?». Gli lanciò un'occhiata obliqua. «No, perché me l'avrebbero portata».

La marionetta sulla mano destra era un calzino verde scuro con attaccati due occhi ballerini, e un corno arcobaleno come naso. Se non fosse stato per quel corno, il pupazzo avrebbe avuto l'aspetto di Kermit. L'altro calzino era arancione, con tre occhi strabici distanziati e un girasole adesivo al posto del naso.

«Nessuna delle due», rispose infine Apollo.

La donna fece ruotare le due marionette per metterle faccia a faccia. «Era quello che temevo».

«Sei Cal».

Lei annuì e sospirò senza staccare lo sguardo dai pupazzi. «Sì, sono io. È un diminutivo di Callisto. Avvicinati».

Apollo fece qualche passo verso il centro della stanza. Zoppicava. In quel momento qualcosa si mosse alla periferia del suo campo visivo, qualcosa sembrò vibrare, tremare nel buio oltre il cono di luce. Da un angolo della stanza e poi dall'altro emersero le guardie del corpo di Cal, avvolte nei tipici mantelli verde scuro. Forse si era mosso troppo velocemente, mettendole in allarme. Fino ad allora erano rimaste nascoste nell'ombra, ma ora volevano essere viste. Erano armate di randelli come le altre che pattugliavano lo spiazzo, con la differenza che sulla punta dei loro bastoni erano conficcati dei chiodi. Brandivano mazze chiodate improvvisate. Sorpreso e terrorizzato, Apollo fece un passo indietro e perse l'equilibrio. Cal lo prese appena in tempo, impedendogli di crollare a terra.

«Va tutto bene», disse Cal. A chi si rivolgeva? A lui o alle guardie? Si era sfilata le marionette dalle mani, e le unghie graffiarono la giacca di Apollo. «Le mie ragazze sono molto protettive. Ma tu non hai cattive intenzioni, vero?».

«No».

Si rese conto che lei gli teneva le braccia bloccate ai fianchi con una presa d'acciaio. Se avesse tentato di divincolarsi, istantaneamente le guardie imperiali gli avrebbero piantato un chiodo nel cranio, tanto erano vicine.

«Sto organizzando uno spettacolino per i bimbi, è per domani sera. Ti va di aiutarmi a fare un bel burattino?».

Tornò al tavolo. Ora Apollo capiva cosa fossero gli oggetti e i materiali sparsi sul piano. Borse colme di calzini di mille colori; colla stick e una pistola per la colla a caldo; mucchi di pezze di feltro, matasse di corda nera, blu, rossa, gialla e verde; fasci di scovolini da pipa multicolori; due forbici da adulti e una dozzina di forbicine da bambini, con le punte arrotondate; minuscoli nastri per capelli e fiocchi con il gancetto, minuscoli farfallini. C'erano anche due arredi di scena in miniatura: una scatola da scarpe trasformata in cottage, e un'altra scatola messa in verticale con una sola finestra, ritagliata in alto.

«Riesci a indovinare quale storia voglio raccontare ai bambini?», chiese Cal indicando le due scatole.

Apollo lanciò un'occhiata alle guardie, che erano rimaste sull'attenti con la mazza stretta nella mano sinistra. Sembravano levrieri egizi, eleganti e guardinghi, con il viso lungo e stretto. Erano molto alte – la stessa statura di Patrice – e snelle; era evidente, nonostante fossero avvolte nei mantelli. Tenevano posture identiche. Erano gemelle. Cal fece segno che si allontanassero, e indietreggiarono di tre passi. Cal ripeté il gesto e scomparvero nell'ombra, ma ormai Apollo non poteva non vederle.

Cal indicò nuovamente le scatole. «E ora? Riesci a indovinare?», chiese, spostandosi dietro la scatola in verticale, infilando una marionetta sulla mano e facendola affacciare dalla finestra della torre. Le rozze trecce color arancio del pupazzo scendevano fino a toccare il tavolo.

«Raperonzolo».

«Esatto. Forse credi di conoscere questa fiaba, ma scommetto che non ricordi tutti i particolari. Posso ripassarla con te prima di recitarla davanti ai bambini?».

57

«Un uomo e una donna non più giovani desideravano un figlio da molto tempo, ma non riuscivano ad averlo. Tutte le sere pregavano intensamente affinché arrivasse. Un giorno la donna si mise alla finestra, guardò nell'orto accanto alla loro casa e vide una distesa di raperonzoli. Fu colta da un grandissimo desiderio di mangiarli. Lo disse al marito e lui, per accontentarla, decise che sarebbe entrato di nascosto nell'orto per rubarli, benché sapesse che la padrona era una strega conosciuta e temuta da tutti.

Si arrampicò sul muro, lo scavalcò e rubò i raperonzoli. Poi preparò un pranzo per sua moglie, che lo gradì moltissimo. Poiché ora la donna aspettava un bambino, le sue voglie erano insistenti. Il marito dovette tornare nell'orto per rubare altri raperonzoli. Ma questa volta la strega lo sorprese nell'atto di coglierne uno.

"Come osi!", gridò. "Ladro che non sei altro! Te la farò pagare!".

L'uomo implorò pietà, spiegando alla strega che rubava soltanto per dare da mangiare alla sua amata consorte. Quella risposta commosse la strega, che non solo decise di non lanciargli un maleficio, ma lo invitò a raccogliere tutti i raperonzoli che voleva, a patto che le consegnasse il bimbo appena fosse nato. L'uomo era talmente terrorizzato che cedette alla richiesta pur di salvarsi. E quando finalmente nacque la figlia tanto desiderata, apparve la strega, che la prese con sé e la chiamò Raperonzolo.

La bambina crebbe sana e forte, ma quando compì dodici anni la strega la rinchiuse in una torre che aveva soltanto una finestra e nessuna porta. Andava a trovarla tutte le mattine e la chiamava così: "Raperonzolo, Raperonzolo, manda giù le trecce". La ragazza srotolava le lunghe trecce e la strega le usava per salire in cima alla torre.

Un giorno, mentre Raperonzolo cantava, passò di lì un principe a cavallo e pensò che quella fosse la voce più bella che avesse mai sentito. Vide la torre ma non riuscì a capire come entrare. Tornò molte volte, finché un giorno vide la strega che chiamava Raperonzolo, le trecce che si srotolavano e la strega che saliva in cima alla torre.

Allora aspettò fino a sera, quando la strega se ne andò. Uscì dal nascondiglio e chiamò: "Raperonzolo, Raperonzolo, manda giù le trecce". Si arrampicò, e quando la ragazza lo vide ebbe molta paura. Ma lui le raccontò che aveva sentito la sua voce e si era innamorato di lei. Pian piano placò le paure di Raperonzolo, e tornò a farle visita ogni sera dopo che la strega se n'era andata. Un giorno le chiese di sposarlo. Raperonzolo escogitò un piano: chiese al principe di tornare tutte le sere portandole un fazzoletto, e con tutti i fazzoletti accumulati avrebbe fabbricato una lunga corda con la quale sarebbero scesi insieme dalla torre, per scappare dalla strega.

Ma un giorno, mentre la strega era con lei, la giovane e ingenua Raperonzolo le chiese perché facesse così fatica ad arrampicarsi sulle sue trecce se per il giovane principe era così semplice. "Ah ha!", gridò la strega. "Piccola subdola che non sei altro!", esclamò afferrando le trecce nel pugno e torcendole. Detto ciò gliele tagliò di netto con le forbici! Cacciò Raperonzolo dalla torre e la mandò in esilio nel deserto, in un luogo dove nessuno l'avrebbe mai più trovata.

Quella sera, quando il principe arrivò all'appuntamento, le trecce furono srotolate fino a terra come sempre, ma una volta entrato dalla finestra il principe trovò soltanto la strega. "Il tesoro che cercavi non c'è più! Vieni qui che ti anniento!". Il principe, terrorizzato, saltò dalla finestra e cadde su un cespuglio di rovi che con le loro spine gli cavarono gli occhi. Ormai cieco, non gli rimase altro che fuggire. Così, per anni e anni vagò solitario e disperato per quelle lande.

Un giorno udì una voce che cantava una canzone, la stessa che non sentiva più da una vita. Seguì quel canto e finì per ritrovare Raperonzolo, che ora viveva nel deserto con i loro due figli. Raperonzolo rimase così sconvolta dall'averlo ritrovato, che lo abbracciò stretto stretto e pianse moltissimo, tanto che le sue lacrime bagnarono gli occhi del principe e gli restituirono la vista. Sì, ora il principe ci vedeva! Prese Raperonzolo e i due bambini – un maschio e una femmina – e insieme tornarono nel suo regno, dove vissero tutti felici e contenti».

58

«Pensi davvero di raccontare una storia simile ai bambini?», chiese Apollo.

Cal era dietro il tavolo, con la marionetta di Raperonzolo in mano. Il racconto l'aveva assorbita totalmente e aveva dimenticato di muoverla. In realtà tutti i presenti erano rimasti affascinati dalla storia, persino le guardie che, uscite dall'ombra, avevano ascoltato a testa china, le braccia inerti lungo i fianchi.

«Bravo! Le fiabe non sono pensate per i bambini!», esclamò Cal puntando la marionetta verso Apollo. «In origine si trattava di storie che i contadini raccontavano attorno al fuoco la sera, dopo una giornata di duro lavoro. Erano adulti che si rivolgevano ad altri adulti. Le fiabe sono diventate storie per bambini soltanto nel Settecento, quando un nuovo ceto sociale molto particolare ha cominciato a diffondersi in Europa. Parlo della classe mercantile, composta da individui che, essendosi arricchiti, esigevano uno stile di vita migliore rispetto a quello delle classi inferiori. Le regole di comportamento dovevano cambiare, sia per gli adulti sia per i bambini, perciò anche le fiabe cambiarono. Dovevano avere una morale, qualcosa che spiegasse le nuove regole ai più piccoli. Fu quello il momento in cui le fiabe divennero una grande stronzata. Una fiaba stupida ha una morale semplicistica, una bella fiaba dice semplicemente la verità».

Prese un sacchetto di calzini e lo porse ad Apollo, poi indicò le due marionette che indossava sulle mani quando Apollo era entrato. «Una delle due doveva essere la strega, ma non riesco a renderla abbastanza terrificante. Provaci tu».

Apollo estrasse un calzino grigio dal mucchio. «Vuoi darmi qualche notizia di mia moglie? È qui?».

Non ricevette risposta. Fu come se non avesse nemmeno aperto bocca.

«Le tue guardie hanno cercato di ammazzarmi», proseguì posando il calzino sul tavolo.

Cal lo imitò e prese un altro calzino grigio. «Qualche anno fa, molto prima che ci trasferissimo sull'isola, un marito ci ha trovate. Era armato. Due pistole e una rabbia omicida. Provai a parlarci, ad aprirgli gli occhi, ma fu un errore. Fece danni incalcolabili alla nostra comunità: uccise tre donne e sette bambini. Sparò anche a me, due volte, ma me la cavai. Da allora ho deciso che dovevamo proteggerci. Abbiamo abbandonato la vita di tutti i giorni e siamo venute sull'isola, armandoci come potevamo. Da allora ogni volta che sono apparsi degli uomini siamo state più… intraprendenti».

Apollo infilò il calzino sulla mano e toccò le quattro dita con il pollice a formare una sorta di faccia, una testolina che aveva come sommità del cranio la punta delle nocche.

«E quanti uomini avreste fatto fuori, di preciso?».

«Siamo come la polizia. Non teniamo un registro delle nostre vittime». Fece il giro del tavolo per collegare la pistola per la colla a caldo alla prolunga che usciva dal generatore. Apollo si era già abituato a quello scoppiettio di sottofondo. Quando Cal inserì la spina, il rumore aumentò, ma di poco. Allungò la pistola ad Apollo.

«Puoi passarmi qualche batuffolo di cotone?», chiese

lui, rivolto alla donna, ma senza perdere d'occhio gli angoli bui dove stavano nascoste le guardie.

Cal prese un cilindretto di colla e lo usò per dare un colpetto delicato sul naso di Apollo. «Ecco, questo è lo spirito giusto».

Dal punto in cui si trovava, Apollo poteva osservare la scrivania con il computer e la pila di fogli. Erano disegni di bambini. Quello in cima raffigurava una montagna scoscesa alla cui base si apriva una caverna, profonda e nera. Sospesi nelle tenebre c'erano due occhi gialli, e forse – da quella distanza non si capiva – una bocca aperta. Apollo rimase come ipnotizzato dal disegno.

«Ecco i batuffoli», disse Cal risvegliandolo dalla trance. «La tua strega avrà i capelli grigi?».

Cal premette il grilletto della pistola e sulla punta apparve una goccia di colla. Apollo abbassò lo sguardo sui batuffoli e per un istante ebbe l'impressione di tenere una nuvola sul palmo della mano.

«Come facciamo a proteggere i nostri figli?», chiese Cal con voce sommessa.

Apollo osservò la massa soffice sul palmo. «Ovviamente non lo so».

«No, non lo sai. La fiaba di Raperonzolo parla proprio di questo. Pone esattamente questa domanda».

Spinse la punta della pistola contro il calzino e depositò due gocce di colla, a cui attaccò gli occhi ballerini, poi allargò le dita e disegnò dei cerchi di colla ai quali attaccò un ovale di feltro rosso. Chiuse la mano e l'ovale diventò l'interno della bocca.

«I due vecchi genitori non fanno nulla per proteggere la loro figlia. Non si sentono coinvolti, perciò la strega rapisce la bambina».

Con gesti rapidi e sapienti, incollò delle cordicelle verdi sulla sommità del calzino a ricreare dei riccioli simili a muschio. Prese due striscioline di feltro nero che diventarono le sopracciglia e due semicerchi di feltro marrone che fecero da orecchie.

«La strega imprigiona la bambina in una torre. Non le permette di fare nulla se non in sua presenza. È un genitore elicottero».

Due strisce di feltro marrone diventarono braccia.

«Ciononostante il principe riesce a entrare, giusto? Qualunque cosa facciamo il mondo ci trova e ci stana. Perciò ti chiedo: come possiamo proteggere i nostri figli? Molti secoli fa dei contadini tedeschi si ponevano la domanda e, invece di esplicitarla, decisero di trasformarla in una fiaba. Come proteggiamo i nostri figli? Siamo nel 2015 e stiamo ancora cercando una risposta. Le nuove paure sono antiche, e le antiche paure sono ataviche».

Gli mostrò la marionetta finita.

«Sì, lo so che non fa paura», disse con un sorriso. «Ma domani sera, durante lo spettacolo, i bambini parleranno con lei come se fosse una persona reale. Anzi, ti dirò: gli sembrerà ancora più reale di me».

Avvicinò il pupazzo agli occhi di Apollo, finché Apollo non riuscì più a mettere a fuoco il suo viso. Parlò con un tono di voce normale e non mosse la mano per far recitare il personaggio; si limitò a mantenerlo sospeso davanti ad Apollo, e accadde qualcosa di strano: più lo guardava più gli sembrava vivo.

«Gli scozzesi lo chiamano *glamer*», proseguì. «È una magia molto antica, un'illusione che fa apparire le cose diverse da come sono realmente. Un mostro assume la forma di una bella fanciulla; un castello in rovina appare come un palazzo dorato; un bambino...», lasciò la frase in sospeso.

«Non è un bambino», sussurrò, a completare la frase. Stava parlando con una marionetta, proprio come i bambini del pubblico, come Cal aveva previsto.

«Sei un ragazzo sveglio», disse la marionetta.

«Ma questa non è una fiaba», replicò Apollo.

«Ne sei sicuro?».

«L'unico modo per pulire l'aria è portare tutto allo scoperto!». All'improvviso si udì una voce maschile nello spiazzo. Gridava.

Cal strinse la mano e il pupazzo tornò a essere un oggetto inerte. La bocca chiusa, gli occhi rovesciati... era come se l'anima l'avesse abbandonato. La mano fu abbassata. Le gemelle si precipitarono alle finestre per vedere. «Un altro uomo», disse una.

La furia negli occhi di Cal era tale che Apollo temette che ordinasse alle guardie di fracassargli il cranio seduta stante.

«Non sei venuto da solo», sibilò. «Perché non me l'hai detto?».

Apollo avrebbe voluto spiegare, ma nel momento in cui aveva messo piede in quella stanza aveva dimenticato William.

«Non è possibile capire una persona se non si considera il suo punto di vista!», continuava a gridare William Wheeler con voce da ubriaco. O da pazzo. «Non puoi capirlo se non ti metti nella sua pelle e ci fai una passeggiata!».

«Cella d'isolamento. Per entrambi», ordinò Cal.

59

Le celle d'isolamento si trovavano nel padiglione dei tisici, un edificio di tre piani in mattoni, il più grande e attrezzato del complesso. Negli anni del suo massimo splendore aveva ospitato fino a trecento pazienti. Era l'unica struttura che Cal aveva dichiarato non occupabile, e le donne della comunità avevano costruito barriere per impedire ai bambini di entrare, impilando mobili e macerie impossibili da scalare. L'unica parte in uso erano le celle d'isolamento, una sorta di carcere improvvisato. Apollo e William furono scortati fino all'entrata. Mentre una gemella staccava le assi inchiodate alla porta, l'altra stava alle spalle dei prigionieri, pronta a colpirli con la mazza. Mostrò a Cal il cellulare di William.

«Cosa stava facendo quando l'avete trovato?», chiese Cal.

Il rumore delle assi che venivano staccate sembrava quello di uno sparo.

«Stava sulla riva, e faceva dei segnali con la torcia del cellulare».

«Aveva campo? Avrebbe potuto chiamare qualcuno?».

«No. Agitava soltanto la torcia».

Apollo cercò di catturare lo sguardo di William, che però stava con il naso all'insù a osservare il cielo notturno con un vago sorriso sulle labbra. Sembrava in tutto e per tutto un tranquillo signore di mezza età che guardava le stelle dal giardino di casa.

«Perché cazzo non avete distrutto questo cellulare?», ringhiò Cal.

«Secondo me devi vedere cosa c'è dentro».

Le ultime assi furono staccate e la porta si aprì. Oltre la soglia c'era soltanto buio. Apollo non capiva quali fossero le proporzioni del corridoio: era lungo e stretto? Quanto era alto il soffitto? C'era un pavimento, oppure oltre la soglia si apriva un pozzo senza fondo?

«Diosanto», disse Cal a bassa voce mentre scorreva le foto sul cellulare. «Questo qui è il marito di Gretta».

La guardia alle spalle di Apollo lo spinse verso l'entrata. Cal colpì William alla nuca con il cellulare prima che questi accennasse a seguire Apollo. William barcollò ma non cadde, perciò Cal lo colpì di nuovo. L'uomo lanciò una sorta di grido animalesco, ma rimase in piedi. Allora la guardia gli diede un calcio dietro le ginocchia che lo fece andare giù a quattro zampe con un gemito. Gli occhiali gli schizzarono via dal naso e si buttò in avanti per riprenderli con un gesto automatico. Ma mentre era disteso a terra, ansimante, gli toccarono altri cinque colpi di cellulare sulla nuca. Alla fine Cal gettò il telefono a terra e la guardia lo prese a mazzate. Crepitò, scricchiolò, e poi si spense.

«Dovremmo dirle che lui è qui. Vorrà assistere all'esecuzione», disse Cal.

«Hai il suo numero? Potresti darmelo?», chiese William.

Le guardie lo presero a calci finché non si afflosciò completamente.

Apollo fu spintonato per la seconda volta. Varcò la soglia con circospezione. Intanto William gemeva: forse stava cercando di alzarsi. Sputò e tossì. Alla fine le gemelle dovettero trascinarlo dentro.

Le celle d'isolamento non erano altro che gabbie di rete metallica con un catenaccio che impediva ai pazienti di scappare. Le gabbie erano in uso all'epoca in cui nell'ospedale si curavano le malattie infettive e anche in seguito, quando il padiglione serviva da ricovero per minorenni tossicodipendenti. Ora in quelle gabbie c'erano Apollo e William.

Due gabbie affiancate. Potevano vedersi, parlarsi, ma non avere contatti fisici perché il reticolato era troppo fitto.

«Be', almeno mi sono ripreso gli occhiali», commentò William, seduto a terra di schiena alla porta della gabbia.

Ogni cella aveva una finestra, ovvero ciò che ne restava: un'apertura rivestita di rete metallica che lasciava entrare il chiarore lunare azzurrognolo ma rendeva impossibile la fuga.

«Sanno chi sei», disse Apollo. «Cal conosce il nome di tua moglie. Mi hai tenuto nascoste diverse informazioni, a quanto pare». Stava alla finestra e guardava fuori.

«Be', certo». William muoveva gli occhiali cercando di specchiarsi nelle lenti, e sorrideva come se volesse controllare di non avere qualcosa tra i denti. Li inforcò e guardò Apollo.

«Mi hanno pestato a sangue!», gridò Apollo. Le gambe gli facevano ancora male, e anche la zona lombare.

«Mi spiace, davvero. Sinceramente non credevo che saremmo riusciti ad arrivare fin qui. Sono mesi che vado su e giù per l'East River. Ho cercato Cal su tutte le isole, ma questa mi era sempre sfuggita. Poi sei arrivato tu e l'hai vista al primo colpo».

Ora non vedi, ma presto vedrai.

Sentì la voce di Emma, le sue ultime parole, e rabbrividì. Tirò il cordino che aveva legato al dito medio: sì, il nodo era ben stretto. Alzò lo sguardo, vagamente confuso e sopraffatto dal dover dare un senso a così tanti avvenimenti.

«Quindi, se sono mesi che vai su e giù per il fiume non è vero che hai imparato a navigare solo oggi».

«Mio padre mi ha sempre portato con sé in barca, sin da quando ero piccolo. Siamo norvegesi, abbiamo la navigazione nel sangue».

«Ma quale sarebbe lo scopo di tutto ciò? Perché tenermelo nascosto?».

«La fiducia ha bisogno di tempo, anche se non ti ho scelto a caso. Ti confesso che sapevo già chi eri».

«Certo, l'hai saputo dai giornali», replicò Apollo, sentendosi ingenuo per aver creduto chissà cosa.

«Non ti ho conosciuto dalla storia di Emma. Sapevo chi eri già da prima, dalla notizia della nascita nel vagone della metro».

«Del parto non abbiamo mai parlato con i giornalisti».

«Certo che no, ma la stampa ne ha parlato comunque. Emma fu ricoverata all'Harlem Hospital, dove hanno emesso un certificato di nascita. Ricordi cosa ti ho detto prima di consegnarti il video della scomparsa di Emma? Chiunque sia dotato di curiosità e di una connessione internet può scoprire praticamente di tutto».

Apollo diede un calcio alla rete che separava la sua gabbia da quella di William. «Allora perché? Perché ti sei preso il disturbo di fare tutto questo? Cioè, io vivevo la mia vita e tu, da casa tua, ficcavi il naso nei fatti personali di uno sconosciuto?».

William si avvicinò alla rete e ci posò sopra la mano con un gesto pacato. «Gretta mi aveva appena lasciato. Mi avevano lasciato solo, la casa era vuota. Stavo precipitando e non riuscivo a pensare con lucidità. Lessi la notizia del parto in metro e mi incuriosì. Oltretutto mi ritrovavo con molto tempo libero e, benché fossi bravo a scovare informazioni, non riuscivo a trovare un accidente su Gretta, come se fosse svanita nel nulla. E infatti era scomparsa per rifugiarsi qui, da Cal, anche se allora non lo sapevo. Insomma, avevo un sacco di tempo libero, perciò ho letto la storia del vagone, spinto un po' dalla noia, un po' dalla curiosità e dalla sensazione che stessi impazzendo.

Trovai il nome di Emma e poi il tuo. Scoprii che lavoro facevi e infine ti individuai su Facebook. Il tuo profilo era pieno di foto di tuo figlio. Dieci per post! Persino dodici. Metà delle foto erano troppo sfocate e non si vedeva bene, ma non era importante. Eri così felice, così orgoglioso, e capivo perché lo fossi. Ecco, pensavo, ecco un uomo che sa quanto possa essere bello avere un figlio e amarlo così tanto. Io e quest'uomo siamo uguali, pensavo. Lui capisce perché la famiglia è importante. Tutti questi pensieri, però, li ho avuti perché Gretta è scappata con mia figlia e ha distrutto la nostra famiglia. Se non fosse accaduto non ci saremmo mai incontrati».

«Non mi avevi detto che di figlie ne avevi due? Anche quella era una bugia?».

«No», rispose William. Per la prima volta la sua voce si venò di tenerezza. «Ne avevo due». Il chiaro di luna rendeva visibile la sua faccia, e Apollo vide che piangeva. Rimase immobile, con il cervello in corto circuito: l'istinto di consolarlo si scontrava con l'offesa delle tante bugie che aveva dovuto sorbirsi. Eppure c'era qualcosa di vero nelle parole di quell'uomo: aveva perso la famiglia ed era andato fuori di testa. Sì, Apollo riusciva a identificarsi con quella situazione.

William batté con la mano contro la grata di ferro e Apollo sobbalzò.

«Ho chiamato rinforzi. Mi spiace non averti potuto aiutare mentre ti pestavano, ma ero occupato a fare quello».

«Che significa? Cosa facevi? Hai chiamato la polizia? L'FBI?».

William ignorò la domanda, ma fornì un'informazione più importante. «Adesso squarcerò l'ultimo velo, scoprirò tutte le carte: Emma è viva. Lo sappiamo. Tu vuoi trovarla, ma Cal e queste donne non ti aiuteranno. Qualsiasi cosa dicano, c'è una sola certezza: proteggono soltanto chi fa parte della loro comunità. Io invece posso darti una mano a trovare Emma e sono disposto ad arrivare in capo al mondo insieme a te».

«Ma...».

«Ma prima devi aiutarmi a trovare Gretta e Grace. Se mi aiuti, poi aiuterò te, e come sai le risorse non mi mancano».

Apollo si avvicinò alla finestra per guardare il cielo notturno con la luna quasi piena. Si sentiva sul punto di esprimere un desiderio. «Cosa vuoi che faccia?».

«Parla con Gretta al posto mio. Loro non mi permetteranno di vederla finché sarò in grado di parlare. Lei non ti conosce, ma potresti spiegarle fin dove sono arrivato, e dirle che so che non è stata colpa sua, perché abbiamo entrambi perso la testa dopo la morte di Agnes. Era nostra figlia. Non pronuncio il suo nome da quasi un anno. Agnes. Piccola mia.

Ora capisco però che non era colpa di Gretta, e le chiedo perdono per tutte le volte che sono stato irascibile e l'ho accusata frettolosamente. Le concedo il mio perdono, se lo vuole. Voglio che lei e Grace tornino a casa, rivoglio indietro la mia famiglia o ciò che ne resta; la voglio di nuovo tutta intera. Ecco, ti chiedo di dirle queste cose».

«Come fai a sapere che la incontrerò o che mi ci faranno persino parlare? Potrebbero entrare da un momento all'altro per spararci in testa».

«Hai sentito cosa ha detto Cal: chiamerà Gretta. Quando mia moglie saprà che sono qui, verrà di sicuro. Forse vuole veramente vedermi morto, ma non credo che sia così semplice; non lo è mai nei rapporti umani. Se ti trasferiscono e la vedi, riferiscile quello che ti ho detto. Se Gretta mi perdonasse, forse potrebbero liberarmi. Non lo so, ma è l'unica speranza che mi rimane e non voglio morire senza prima aver tentato».

Apollo distolse lo sguardo dalla luna per posarlo su William. «E se ti dicessi di no?».

William fu colto da un attacco di tosse violentissima. Quando si fu ripreso, dichiarò: «Senti, da uomo a uomo ti dico che se non mi aiuti moriremo tutti su quest'isola. Anche io».

«Chi è che sta arrivando?».

«Non lo fermerò. Non ci proverò nemmeno».

Detto ciò William si ritirò nell'angolo più buio della gabbia, dove non arrivava il chiaro di luna. Si stese a terra, arrotolò il soprabito a mo' di cuscino e così attrezzato si mise a dormire.

Quella notte Apollo non chiuse occhio.

60

Cal arrivò poco dopo l'alba con le due guardie. Le gemelle avevano facce stanche e occhi arrossati – segni esteriori della stanchezza che Apollo sentiva dentro di sé –, ma stavano dritte e rigide come canne di fucile. Cal aprì la porta della cella di Apollo. William si tirò su per vedere cosa succedeva e inforcò gli occhiali, come se senza si sentisse nudo. Cal entrò nella cella. Indossava gli stessi vestiti della sera prima; il maglione grigio era stropicciato come se ci avesse dormito, e sull'orlo erano rimaste attaccate foglie e tracce di terra.

«Buongiorno, *Pearl*», disse William.

Per la prima volta da quando l'aveva conosciuta, Cal ebbe un'espressione sorpresa.

«Pearl Walker», proseguì William, «cresciuta nel Maine, non distante dall'Atlantico. Problemi con la legge perché taccheggiatrice recidiva. Forte bevitrice. Un figlio. Ti ricordi il nome del tuo liceo? Posso dirtelo io, se l'hai dimenticato».

Cal si strinse nella maglia e fissò il pavimento, respirando rumorosamente. Quando infine rialzò la testa aveva ritrovato la calma.

«Ieri sera avrei voluto cospargerti di benzina e darti fuoco», disse, avvicinandosi al prigioniero. «Ma poi ho pensato che a Gretta avrebbe fatto piacere farlo al posto mio. Così ho mandato una della comunità a prenderla con la barca, subito dopo che ti abbiamo chiuso qui».

William tamburellò delicatamente sulla rete, come se l'animale in gabbia fosse Cal e non lui. «E di mia figlia cosa mi dici?».

«Quale? Quella che hai ammazzato? Non la rivedrai nemmeno nell'aldilà, te lo assicuro».

Ora il volto di William esprimeva odio puro. «Strega. Fattucchiera. Dici solo bugie».

Cal fece segno ad Apollo di uscire dalla cella, ma questi rimase a fissare William, incapace di distogliere lo sguardo.

«Stai dicendo che ha ucciso sua figlia?».

«Ti sta mentendo, imbecille. Sta lanciando un maleficio su di te. È una strega».

«Ho deciso di concederti un'altra possibilità», disse Cal rivolta ad Apollo, senza fare caso alle parole di William.

Teneva il braccio ben aderente contro il fianco, forse per nascondere un oggetto tra le pieghe della maglia. Una pistola, chissà. William aveva ragione, si trattava soltanto di un'elaborata strategia per farlo uscire e piantargli qualche proiettile in testa? Come tirarsi fuori da quella situazione?

«Perché? Perché vuoi concedermi un'altra possibilità?».

«Emma mi ha raccontato di te. Mentre stava con noi abbiamo avuto modo di parlare parecchio. Mi ha detto che ci avresti trovato, ma non le credevo. Pensavo fossimo riuscite a nasconderci bene, e invece eccoti qui, proprio come diceva. Certo, non ha mai detto che saresti venuto con questo qui, perciò stanotte ho valutato come comportarmi con voi. E ho deciso di darti un'altra possibilità. Se ci tradisci di nuovo, però, non te ne sarà concessa una terza. Adesso esci, dai».

Gli fece cenno di uscire e mosse il braccio per mantenere la presa sull'oggetto nascosto. Qualunque cosa tenesse stretta lì sotto, mentre gesticolava era quasi scivolata via.

Apollo mosse qualche passo in direzione della porta evitando di guardare William.

Mentre Cal e le guardie lo portavano via, William gridò qualcosa di incomprensibile. Forse non erano nemmeno parole di senso compiuto, solo l'urlo di una bestia che sa di essere vicina alla fine e si oppone tanto alla consapevolezza quanto alla morte stessa.

Quella fu l'ultima volta che vide William Wheeler.

61

Cal rimase in silenzio finché non si furono allontanati dal padiglione dei tisici. Neppure le guardie aprirono bocca, ma loro non parlavano mai. E pure lui non aveva granché da dire, con la mente occupata dall'imminente esecuzione: si aspettava che da un momento all'altro gli dessero una mazzata in testa, o che Cal tirasse fuori una pistola e gli sparasse. Invece si mise a frugare nella tasca del maglione e ne estrasse un oggetto. «È per te», disse, costringendo Apollo a girarsi verso di lei.

«Non se ne parla nemmeno», replicò Apollo.

Gli porse un libro. Un racconto per bambini. *Outside Over There.*

«Come hai fatto a procurartelo? Era tra i miei libri, a casa mia».

Lei fece una risata. «Lo sai vero che nel mondo esistono più copie di questo libro?».

Apollo lo prese con cautela, quasi con il timore che gli esplodesse tra le mani.

«Ti ho detto che con Emma abbiamo parlato a lungo, per nottate intere. Mi ha raccontato di tuo padre, del libro e di quanto è stato importante per te».

«Che c'entra il libro con mio padre?».

Aprì il libro, come se la risposta fosse scritta nei risguardi.

62

Apollo mangiò il porridge. Rimasero in silenzio per qualche minuto, mentre le voci delle donne riempivano la stanza. Alcune scherzavano, altre discutevano di turni e riparazioni, e c'erano anche coppie che si sussurravano confidenze.

«Tutte queste donne...». Apollo non riuscì a continuare.

«Se hanno fatto come Emma?». Cal posò il cucchiaio nella ciotola. «Sì, abbiamo tutte agito come lei».

Apollo posò la ciotola sul pavimento. «E che mi dici dei bambini che ho visto là fuori?».

«Alcune avevano più di un figlio, e quando sono scappate per venire qui hanno portato anche gli altri».

«E cosa sanno i bambini di quello che è accaduto?».

«In biblioteca imparano a leggere, a scrivere e l'aritmetica».

«Ma non la storia».

«No, non quella storia».

«Perché rimangono sull'isola? La vita quotidiana qui mi sembra abbastanza complicata e scomoda».

Cal chinò la testa senza smettere di guardare Apollo negli occhi.

«Alcune se ne vanno, e io non obbligo nessuna a rimanere. Quando arrivano, queste donne sono abbandonate e confuse: io offro loro un riparo e un ascolto sincero.

Non metto in dubbio i loro racconti, do credito alle loro affermazioni. Qui la realtà che vivono non viene banalizzata. Sai a quante donne viene concesso questo semplicissimo dono? È una cosa da niente, ma fa miracoli. Poi, non tutte vogliono rimanere, ma ognuna di loro riparte più forte di quando è arrivata».

Apollo si alzò tenendo la ciotola stretta sotto il braccio, e per un istante sovrastò Cal. Non fece nemmeno in tempo a raddrizzarsi completamente che già una guardia era apparsa brandendo la mazza.

«Ehi! Mi sto solo alzando!», gridò, innervosito dall'assembramento. Aveva dolori ovunque per le botte della sera prima, e non riusciva a capire come potessero considerarlo una minaccia. Soltanto alzarsi in piedi gli era costato una fatica immane.

Cal si mise in ginocchio, poi, con lentezza e grande sforzo, si alzò. Alla luce del giorno dimostrava la sua età. «Tutto a posto», disse dando una pacca sulla spalla alla guardia.

Apollo passò tra i gruppetti di donne che mangiavano sedute a terra e raggiunse il tavolo sul quale c'erano due catini colmi d'acqua per lavare i piatti. Liberò la ciotola gettando gli avanzi nel secchio – quasi pieno – del compost, e poi la lavò nel catino. Mentre era impegnato nel lavaggio, Cal parlava con le donne, dedicando qualche parola a ciascuna. Poi lo raggiunse al tavolo per dirgli dove mettere la ciotola a scolare. Intanto Apollo valutava l'opportunità di informarla della minaccia e del patto con William. Decise che non ne avrebbe parlato.

«Potrei conoscere i bambini, parlare con loro?».

Cal lo squadrò. «Lo vuoi davvero?».

«Mi fa piacere quando li sento ridere».

Cal ripulì la ciotola, la lavò e la mise ad asciugare. «Non si finisce mai di stupirsi», commentò quasi parlando tra sé.

Tornarono nello spiazzo, dove era in corso la ricreazione. I bambini più grandi giocavano ad acchiapparello, alcuni si lanciavano il pallone, altri lo calciavano. Una bimba di forse tre anni era impegnata in un gioco completamente diverso: andare in monopattino sulla pavimentazione sconnessa del cortile. Stringeva il manubrio basso e teneva un piede sulla tavola, l'altro posato a terra, ma ancora non riusciva a stare in equilibrio. Continuava a cadere e rialzarsi. Una donna cercò di aiutarla a stare in piedi, ma lei, stizzita, la cacciò via. Ci sarebbe riuscita da sola.

Apollo ascoltò i bambini. La frustrazione gridata della bambina alle prese con il monopattino; le esclamazioni scimmiesche dei due ragazzetti che si contendevano un pallone giallo; le risate di scherno e i pianti, le parole tenere e le risate. Bambini. Magnifici e semiselvaggi. Davanti a tanta bellezza si sentì mancare.

Cal lo cinse alla vita per impedirgli di cadere. «Quando sono diventata madre, la vicinanza dei bambini dava l'orticaria a mio marito».

«Avviciniamoci», disse Apollo.

Un gruppetto di donne uscì dalla casa del primario, ciascuna con utensili da giardinaggio e un grosso sacco di iuta in spalla.

«L'aspetto più bello dell'esserci stabilite su quest'isola è che possiamo coltivarci il cibo da sole. Il nostro è un kibbutz nel bel mezzo dell'East River».

Apollo indicò la bambina che era caduta dal monopattino. Stava china sull'attrezzo e lo rimproverava come se fosse un cagnolino disobbediente, piangendo per la frustrazione perché era troppo pesante per tirarlo su.

Attraversarono il cortile schivando i bambini che giocavano. Quando raggiunsero la bambina, lei li guardò di traverso e fece il gesto di allontanarli frapponendosi tra gli adulti e il monopattino.

«No!», esclamò.

Afferrò il manubrio e lo tirò su, senza però riuscire a rimettere in piedi il monopattino.

Cal si accovacciò davanti a lei. «Hai bisogno d'aiuto», disse.

La bimba fece un passo indietro e si scontrò con Apollo. Si voltò, lo guardò e fece una smorfia. «No!», gli gridò.

Cal fece segno ad Apollo di accovacciarsi per mettersi allo stesso livello della piccola che aveva una miriade di treccine, con una fila di perline trasparenti infilate all'estremità di ciascuna.

«Mi chiamo Apollo».

Lo osservò curiosa, poi si voltò verso Cal, che annuì lievemente. La bambina guardò Apollo, ancora non del tutto convinta.

«Posso aiutarti con il monopattino?», chiese lui.

Quanto era difficile da maneggiare quell'attrezzo, sembrava pensare la bambina. Apollo ne afferrò il manubrio e lo alzò. Immediatamente la piccola distolse lo sguardo dagli adulti e si impadronì del monopattino, schizzando via con un colpo di piede. Rimase in equilibrio vacillante per almeno un metro e mezzo, poi cadde e rimase coricata sul fianco. Non fu una brutta caduta, anzi, sembrava che la piccola fosse stesa a guardare il cielo, come se non avesse più voglia di andare sul monopattino e si fosse concessa una pausa.

«Andiamo ad aiutarla», disse Cal.

La bambina afferrò due dita della mano di Apollo e tirò per farsi aiutare.

«Lei è Gayl», disse Cal.

Gayl si era stancata del gioco: ora voleva andare in biblioteca. La forza con cui tirava la mano di Apollo gli comunicava che c'era bisogno della sua presenza.

«Credo proprio che tu abbia una nuova amica».

«Potrei parlare con Gretta?», chiese Apollo.

Cal incrociò le braccia. «Per quale motivo?», chiese con espressione guardinga.

«Dicevi che William ha ucciso la figlia».

«Sì, esatto».

Gayl fece due passi, continuando a tirare.

«Tutte le abitanti dell'isola hanno vissuto esperienze simili. Perché William deve subire un trattamento diverso?».

«Non hanno vissuto esperienze simili. Nel caso di William Wheeler, il suo è stato un atto malvagio».

«Voglio che me lo racconti lei di persona».

«Lo vuoi, eh? Basta dare la colazione a un uomo e si mette subito a spadroneggiare».

«Non è un ordine, è una richiesta». Gayl continuava a tirare. Apollo cedette e fece tre passi. «Per favore, Cal».

«Durante il giorno non ci spostiamo sul fiume, perciò Gretta arriva stasera, dopo cena, per lo spettacolo di marionette, e se vuole parlarti lo farà allora. Intanto occupati di Gayl».

L'adulto e la bambina si allontanarono sotto lo sguardo vigile e tranquillo di Cal, che rimase a osservarli finché non dovette dedicarsi a una donna che voleva parlarle di una questione urgente.

63

Apollo partecipò alla routine quotidiana dell'isola. Si prese cura dei bambini e mise in ordine la biblioteca quando se ne furono andati, tutto senza mai allontanarsi un istante da Gayl. Era lui che aiutava lei o viceversa? Molte donne gli posero scherzosamente la domanda, e Apollo non si scandalizzò affatto. Conobbe la mamma di Gayl. Aveva un altro bambino di cinque anni e l'aiuto offertole da Apollo le dava sollievo. Apollo fece pranzare la bimba, le lesse pagine di *Outside Over There* e la riportò dalla mamma quando ebbe bisogno di usare il vasino. Sentì tornare l'antica fiducia in se stesso, la spinta a fare qualcosa che gli sembrava naturale e necessario contrastata dalla paura di farlo male, mettendo a rischio una piccola vita vulnerabile. E l'ansia era ancora maggiore su un'isola popolata da donne che avrebbero potuto ammazzarlo in qualsiasi momento. Piegò il bucato insieme a Gayl, con lei che scombinava tutto non appena aveva finito, poi lo guardava maliziosamente per farsi rimproverare. Allora Apollo fingeva di arrabbiarsi, e la bambina rideva così forte che le uscivano le lacrime. A tratti udiva anche la risata di un'altra persona: lui stesso.

64

La mensa dei bambini si trovava nella casa del primario. Alle sei era ora di cena e il lavoro consisteva nel riempire tazze con il beccuccio e pulire dove cadeva del cibo o si versava del liquido. Due donne suonavano chitarra e tamburello, mentre i bambini cantavano canzoni come *Diamonds and Rust* e *Umi says*. Quando fu il momento di mettere a letto i più piccoli – prima dello spettacolo – Gayl si impuntò: voleva stare con Apollo, e Apollo cercò di convincere la madre a lasciargliela ancora un po'. La madre fece una risata, ma nei suoi occhi passò un'ombra di sospetto nei confronti di quell'uomo strano e sconosciuto che voleva tenere compagnia a sua figlia. Apollo non se la sentiva certo di criticarla: una simile prudenza significava che quella donna era una brava madre.

Cal tuttavia le fece capire che quell'uomo era degno di fiducia, e la sua era una garanzia autorevole. Intanto l'altro figlio, il maschietto di cinque anni, faceva i capricci in mezzo al piazzale, perciò poter lasciare Gayl con Apollo per correre a risolvere quella crisi di nervi le fu di grande aiuto.

Occupatene tu, fallo per me, così aveva detto prima di entrare nella residenza degli infermieri con il bimbo recalcitrante. Cal annunciò che lo spettacolo era pronto e tutti si riversarono in biblioteca. Apollo infilò il libro tra la cintura e la vita, nella parte posteriore dei pantaloni, e prese Gayl a cavalcioni sulle spalle. La bimba, tutta contenta, gridava agli altri bambini: «Sono alta!».

Cal e Apollo rimasero in disparte a osservare il tumulto dei bambini appena entrati in biblioteca: un gran saltellare qua e là, spintonarsi e mettere a soqquadro i libri tirandoli via dagli scaffali. Pian piano si calmarono e uno dopo l'altro si sedettero sul pavimento. Apollo cercò di convincere Gayl a sedersi con loro, ma lei, piagnucolando, chiese di rimanere in braccio, e Apollo glielo concesse.

«Non ha mangiato granché a cena. Immagino che abbia fame», osservò Cal.

In quel momento entrò Gretta Wheeler, scortata da una guardia.

Tutte le donne presenti si irrigidirono e si voltarono verso la nuova arrivata come attirate da una forza magnetica. Apollo si voltò solo quando si rese conto che era calato il silenzio tra gli adulti. I bambini continuarono a giocare e a cinguettare come se niente fosse. Gretta si avvicinò a Cal, senza fare caso alla presenza di Apollo. Fece una risatina stridula, forse a causa dello sguardo particolare che le lanciò Cal?

Aveva i capelli tirati indietro in un'acconciatura che le dava un'aria severa, ed era molto magra, quasi malnutrita, tanto che ad Apollo tornò in mente la donna nella sala incontri della chiesa di Holyrood, e persino Emma. Corpi prosciugati dell'essenza vitale, vittime di un vampiro.

«Scusami, ma ho dovuto farti venire qui», disse Cal. Lei che di solito stabiliva un contatto fisico con tutte, stavolta rimase distante, le braccia lungo i fianchi. Anche lei temeva Gretta? O temeva che le accadesse qualcosa di male? «Dov'è Grace?».

«È con i nonni. William è qui? È apparso così, dal nulla?».

La ragazza che Apollo aveva intravisto dalle finestre poco prima – forse era l'insegnante – batté le mani per attirare l'attenzione dei bambini e fece segno che si mettessero in circolo.

«Era con me», intervenne Apollo.

Non appena Gretta si voltò per guardarlo, si pentì di aver parlato. La donna sollevò le mani, le dita contratte come artigli, quasi volesse cavargli gli occhi.

«Tu sei con lui?».

Per fortuna aveva la bimba in braccio, altrimenti Gretta se lo sarebbe divorato.

«Certo che no. Fossero stati insieme non avremmo accettato Apollo tra noi».

«Sono di Emma. Sono suo marito», rispose Apollo, stupito dalle proprie parole. Era la prima volta in quattro mesi che stabiliva una connessione positiva con Emma, e si sentiva profondamente scosso.

Sono di Emma.

Gretta lo fissò con espressione vacua, come le avesse parlato in una lingua preistorica. Non aveva la minima idea di chi fosse Emma, né di chi fosse lui: era troppo immersa nell'orrore della sua tragedia personale per prestare attenzione alle storie altrui.

Lasciò cadere le braccia, poi fece un debole cenno di saluto ad Apollo, a mo' di scusa. Cal le passò un braccio sulle spalle senza stringerla forte a sé, e Gretta accettò il contatto, senza abbandonarvisi troppo.

«Ogni volta che penso di essermelo tolto dai piedi, lui trova un modo per tornare nella mia vita».

«Lo so», disse Cal.

«Non molla. Siamo sue; crede che io e Grace gli apparteniamo. E pure Agnes...». L'ultima parola fu pronunciata in un sussurro.

«Davvero lui...?». La domanda gli sfuggì, ma riuscì a fermarsi prima di completare la frase. In ogni caso Gretta aveva capito cosa voleva dire.

Infatti lo guardò negli occhi. «Ha ucciso mia figlia?».

I bambini si zittirono e guardarono Gretta. I bambini ascoltano sempre i discorsi degli adulti, qualsiasi cosa dicano, anche se gli adulti tendono a dimenticarsene. Apollo si chiese se Cal dicesse il vero quando sosteneva che i figli non sapevano perché le madri li avevano portati sull'isola. Invece sanno subodorare un segreto molto meglio della NSA. L'insegnante batté le mani e fece *shhh-shhh* per richiamare la loro attenzione.

«Ma lui dice che...», fece Apollo.

Gretta si sporse improvvisamente verso di lui. «Oh, sì, ti prego, dimmi tutto quello che ti ha raccontato! Sai, sono venuta fin qui per farmi spiegare la mia vita da te!».

Gayl lo tirò per il braccio e Apollo dovette fare un passo indietro. La bambina guardò Gretta con sospetto. Poche cose fanno più paura a un bambino di un adulto che sta per perdere il controllo.

«Gayl ha tutta l'aria di avere fame», intervenne Cal, frapponendosi tra Apollo e Gretta. «Dai, portala a mangiare un boccone».

In quel momento entrarono in biblioteca due donne che portavano i fondali dello spettacolo di burattini: la casa della coppia che desiderava avere un figlio; il giardino della strega; la torre di Raperonzolo e persino il cespuglio di spine che avrebbe accecato il principe. Subito dopo entrò una terza donna con un tavolino sgangherato che avrebbe fatto da palcoscenico. Avendo notato i fondali e la borsa contenente i burattini appesa al polso di una guardia, i bambini fecero silenzio predisponendosi a subire l'incanto dello spettacolo.

Gretta perse la concentrazione e si voltò a guardare Cal. «Ha scoperto il mio nuovo indirizzo. Mi ha spedito un libro».

«Un libro?», sussurrò Apollo. Le altre due non lo sentirono.

«Credevo che facessi molta attenzione», replicò Cal.

«Senti, Pearl, non è possibile sfuggire completamente alla rete. Sull'isola si può, ma là fuori c'è il mondo reale, e se vuoi affittare un appartamento devi fornire dati, prove della tua esistenza, come una carta d'identità. E i documenti ti servono anche per aprire un conto in banca».

«A che ti serve il conto in banca?!», sibilò Cal.

«Vivo con un'adolescente!», urlò Gretta facendo voltare i bambini. «Non posso tenere i soldi nel materasso! Grace li troverebbe subito. È una brava ragazza, ma pur sempre una sedicenne».

Cal annuì stancamente. Il mondo reale con il suo codazzo di problemi quotidiani finiva sempre per stanarti.

«Un libro?», ripeté Apollo a voce più alta.

Gretta guardò a terra. «L'ha rovinato con una scritta su ogni pagina».

Gayl, in braccio ad Apollo, gemette sommessamente indicandosi la bocca e si divincolò per scendere.

«Non ti avevo detto di darle da mangiare?», sbottò Cal. «Portala alla casa del primario, accidenti! Lo sa lei dov'è. Vero Gayl che lo sai?».

La bambina annuì con forza e serietà tali che scosse anche le spalle per accompagnare la testa. «Il cibo è nei frigoriferi».

«Mi ha svuotato il conto. Si è preso fino all'ultimo centesimo», disse Gretta coprendo le ultime parole di Cal. «Non servono più armi da fuoco per rapinare le banche, basta una connessione internet. Quello stronzo mi ha rubato settantamila dollari».

Apollo sentì salire una lieve nausea.

«Cosa ha scritto sul libro?».

«Il nome di mia figlia. Agnes. Su ogni pagina», rispose Gretta con voce appena udibile.

65

Apollo raggiunse la casa del primario con passo malfermo, quasi senza rendersi conto di cosa stesse facendo. Settantamila dollari. Mentre si trovava in quella barca per brindare alla vendita più lucrosa della sua vita si era reso complice di un crimine contro Gretta Wheeler. Quell'uomo aveva deturpato ogni pagina scrivendoci il nome della figlia. Veramente l'aveva uccisa? Si sentiva talmente disorientato che era come un'agonia.

Mise a terra Gayl e lei, a passettini veloci sul pavimento coperto di polvere e detriti, lo precedette davanti ai frigoriferi allineati contro la parete. Apollo li aprì uno dopo l'altro e infine trovò un contenitore con della pasta al formaggio. Chiuse il frigo e rimestò in uno scatolone dove erano ammucchiati alla rinfusa piatti e bicchieri di carta e posate di plastica. Posò il contenitore, il coltello e il cucchiaio su un tavolo, poi prese in braccio Gayl e si sedette con lei sulle ginocchia. Aprì il contenitore. Nonostante si sentisse stordito riusciva a compiere i semplici gesti necessari a nutrire un bambino. Gayl fissò il cibo, poi fissò lui e scosse la testa. Apollo riempì il cucchiaio e glielo avvicinò alla bocca.

«No!», gridò lei. Gli colpì la mano facendo cadere pasta e formaggio sul pavimento. Afferrò il cucchiaio e tirò finché Apollo non cedette. Manovrò l'oggetto con entrambe le mani, finché non riuscì a stringere l'impugnatura con la sinistra. Esaminò il contenitore come se volesse prendere la mira, quindi sollevò il cucchiaio e lo puntò verso il cibo, andando però a sbattere contro il bordo. Ritentò. Al secondo tentativo il cucchiaio centrò la pasta in pieno, e Gayl lo spinse fino in fondo come una vanga nel terreno; ma quando lo sollevò, il cibo finì ancora una volta sul pavimento.

«No!», gridò, chiaramente in preda alla frustrazione.

«Mi ricordi mia moglie», disse Apollo. La bambina lo guardò, ma non sembrava interessata all'argomento. «Mia moglie», ripeté, per provare come suonava la parola. Quella donna aveva davvero ucciso loro figlio? Oppure era ancora vivo? A detta di Cal aveva attraversato il fiume ed era sbarcato su una terra di streghe e mostri. C'era qualche speranza anche là? La speranza era ancora più improbabile della magia. Nonostante Cal gli avesse confuso le idee, ogni tanto nel corso della giornata nella sua testa risuonava una voce, la sua, che gli ricordava quale fosse la missione che si era dato: trovare Emma.

Quando era arrivato sull'isola il piano era chiaro: ucciderla. Ma ora? Si trovava lì per farle del male o per aiutarla? Non lo sapeva. E lei dov'era? Perché non si era fatta vedere? Sull'orlo di una crisi di panico, si guardò la mano sinistra. Rimase a fissare intontito l'anulare. Aveva veramente buttato in acqua la fede? Gli rimaneva soltanto il cordino rosso legato al dito medio.

Gayl posò il cucchiaio e si mise a tirare il cordino. Siccome il nodo non si scioglieva, lo fece scorrere cercando di sfilarglielo. Apollo ne approfittò per prendere il cucchiaio, riempirlo di pasta e avvicinarglielo alla bocca. La bambina aprì la bocca distrattamente e Apollo si congratulò con se stesso per essere riuscito a farle mangiare qualcosa. Alzò la mano con un gesto teatrale: era riuscita a sfilargli il cordino senza che lui se ne accorgesse.

«È qui la mia bambina?», giunse una voce dall'entrata.

Prima che Apollo riuscisse a voltarsi, Gayl era già saltata giù e correva verso la porta. «Mamma!». Volò tra le braccia della madre.

«Ha mangiato», disse Apollo alzandosi. «Be', almeno un boccone l'ha mandato giù».

«È già qualcosa», commentò la donna in tono scherzoso. «Spero che non ti abbia fatto impazzire».

«Gayl è meravigliosa».

«Oh sì», disse guardando la figlia negli occhi. «Ma è ancora in piedi ed è tardissimo per lei».

«No!», gridò la bambina, ma poi fece uno sbadiglio così grande che mostrò tutti i denti.

«Sai, mentre Emma era sull'isola non sono riuscita a conoscerla bene. I miei figli mi danno molto da fare, come puoi immaginare, ma ricordo che si è affezionata a Freddie. È un bambino timido, parla poco ma adora leggere. Emma, nonostante i suoi problemi, tutte le sere gli leggeva un libro prima di metterlo a letto. Questo mi è bastato per capire che era una brava persona».

Mamma e figlia uscirono, ma rientrarono subito dopo. La donna tese la mano: sul palmo c'era il cordino rosso.

Apollo lo prese e la ringraziò con un cenno della testa. Lo fissò a lungo, poi se lo infilò di nuovo al dito.

66

Uscì dalla casa del primario con il libro sottobraccio, come se uscisse da casa per una passeggiata con il giornale. La biblioteca era a neanche dieci metri, perciò poté vedere dalle finestre come procedeva lo spettacolo. Non avevano poi fatto i burattini terrificanti che voleva Cal, ma non era importante. Dall'esterno si vedevano le teste dei bambini più grandi, tutti attratti dalle marionette. Non da Cal, ma dallo spettacolo.

«*Glamour*», sussurrò Apollo.

Forse era l'unica persona rimasta in giro. Cal, le guardie e i bambini erano in biblioteca; nella residenza degli infermieri le donne e i bambini più piccoli si stavano preparando per la notte. Apollo stava sul piazzale, malfermo sulle gambe, circondato da un silenzio che a New York non regnava da almeno tre secoli. Il fiume era distante, ma lo sciabordio dell'acqua sulle rive di North Brother Island giungeva fino alle sue orecchie.

Improvvisa come una folata di vento, passò nel cortile una sorta di corrente, che Apollo scambiò per un suono, un chiacchiericcio diffuso. Un attimo dopo capì che si trattava di una carica elettrica che lo attraversava, come un'onda di elettricità. La sentiva soprattutto nella mascella serrata e nel collo che bruciava. Era come essere sintonizzati su frequenze più alte. Percepiva persino la direzione da cui trasmettevano. Non venivano né dalla biblioteca né dalla residenza degli infermieri, ma dal padiglione dei tisici.

Da William.

Mosse due passi in quella direzione, ma ci ripensò, e scelse la biblioteca. Arrivato sulla soglia si sporse all'interno. Cal stava raccontando la fiaba di Raperonzolo senza staccare gli occhi dal pubblico.

Fu notato dalle guardie, ma solo Gretta reagì alla sua presenza – come se lo stesse aspettando, rigida e pronta a scattare – e gli si avvicinò. Lo spinse fuori stringendogli il braccio. «Forse Cal ha deciso che si fida di te», sussurrò, «ma per me è diverso».

«Ti prego, ascoltami. Devo dire una cosa a Cal».

«Dilla a me. Concedi a quei bambini almeno dieci minuti di felicità».

«Si tratta di William. Ha minacciato di fare qualcosa».

«Le minacce sono la sua specialità».

«Dice che ha chiamato rinforzi. Non so chi siano, ma stanno arrivando».

Gretta mollò la presa sul braccio. Lo shock le appiattì la faccia come avesse ricevuto uno schiaffo.

«Stanno arrivando», ripeté. Alzò la mano e la agitò debolmente nel buio.

Si ricompose e tornò di corsa in biblioteca.

Si avvicinò a Cal passando rasente il pubblico di bambini in ascolto e le sussurrò qualcosa all'orecchio. Cal abbassò appena le marionette e smise di sorridere per un istante, poi si riprese e continuò come prima, facendo scorrere lo sguardo per la stanza finché non incontrò gli occhi di una guardia. A quel punto Apollo uscì.

Le celle d'isolamento davano su un boschetto in fondo a una conca. La luna illuminava il sentiero in pendenza lasciando gli alberi nell'ombra. Era da solo sul sentiero. Costeggiò il padiglione alla ricerca della finestra corrispondente alla cella di William. Quando la raggiunse, si accovacciò per cercare una pietra e ne trovò una che faceva al caso suo, grande come una palla da baseball. Fece cinque passi indietro e la lanciò, rompendo il vetro. Ora rimaneva solo la rete a separarlo dalla cella dove stava William.

Dall'interno non giunse nessun suono, nessuna reazione. Tese l'orecchio. Forse le guardie erano venute a prenderlo mentre lui dava da mangiare a Gayl. Forse il cadavere di William giaceva carbonizzato da qualche parte.

Si avvicinò furtivo alla finestra, cercando di guardare all'interno nonostante il buio. «William», sibilò. «William! Se sei lì rispondi».

Si alzò in punta di piedi, fin quasi a toccare la gabbia con la punta del naso. «William Wheeler!».

Finalmente dal buio giunse un grugnito, uno strofinio, uno scalpiccio sul pavimento lurido. «Quello non è il mio nome. Smettila di chiamarmi così, cazzo».

Una forma si trascinò fino alla finestra; una presenza non umana, una sorta di ombra che emetteva un borbottio minaccioso.

«Tua moglie è qui. Dice che le hai regalato *Il buio oltre la siepe* con tutte le pagine sfregiate».

«E a te che te ne frega? Hai avuto i soldi, no?».

«Quel denaro l'hai rubato a lei, William!».

L'ombra ringhiò.

«Ti ho detto di non chiamarmi più così. Non è il mio vero nome. Neanche prima conoscevo il mio vero nome, non sapevo chi fossi. Poi ho trovato la mia patria, le persone che mi capivano, con cui riuscivo a parlare come con nessuno prima di allora. In quel luogo potevo togliermi la faccia di William Wheeler e rivelare il vero volto che stava sotto. Quando i miei amici hanno visto la mia vera faccia mi hanno chiamato con il mio vero nome. E tu lo conosci, Apollo. Sai già come mi chiamo».

«Come posso saperlo?».

L'uomo in gabbia parlò a voce alta, come se leggesse un annuncio: «Cosa abbiamo per cena stasera? Un piatto ispirato a Baby Brian!».

Apollo fece un passo indietro. L'uomo schiacciò il viso contro la rete.

«*Verdure bollite!*», gridò.

«Sei Kinder Garten».

«Siamo!», sibilò. «Siamo Kinder Garten. Diecimila uomini, un solo nome».

Infilò le dita tra le maglie della rete: al chiaro di luna le unghie sembravano artigli. Apollo si sentì travolgere dalla confusione, come una nave rovesciata da un'onda.

«Gretta dice che hai ucciso tua figlia».

«Ho fatto una scelta! La scelta più difficile che un padre possa fare per la propria famiglia».

Improvvisamente l'aria fu satura di elettricità, come era accaduto poco prima, e Apollo strinse i denti. Stavolta la corrente non veniva da William, ma da un punto alle spalle di Apollo, che sentiva la nuca scaldarsi sempre più. Si voltò.

Ai piedi della collina non c'era altro che il boschetto ammantato d'ombra. Il chiaro di luna illuminava soltanto le cime degli alberi – alti una quindicina di metri – sferzate dal vento che soffiava dall'East River. Tuttavia, guardandoli si rese conto che non si muovevano nel vento ma contro di esso, come a resistergli. Un senso di nausea lo invase e cominciò a tremare. Di colpo ebbe la consapevolezza che qualcuno, o qualcosa, fosse nascosto là dentro e lo stesse osservando.

«Hai fatto quello che ti ho chiesto? Posso riavere Gretta? E Grace? Dov'è la mia famiglia? Dovevi riportarmi mia moglie e mia figlia».

Apollo si allontanò dall'uomo in gabbia, costeggiando il padiglione per tornare alla biblioteca. Si mise a correre, voltandosi indietro più volte per controllare cosa succedeva nel boschetto.

«La mia proposta era buona!», gridò Kinder Garten. «Ora la responsabilità è tutta tua!».

Un secondo dopo cominciarono le esplosioni.

67

La casa del primario saltò in aria. La residenza degli infermieri fu sventrata da due esplosioni. Il boato si sentì fino a Rikers Island. Il mattino successivo i detenuti all'estremità nord del complesso penitenziario raccontarono che erano esplose due bombe sull'East River, ma nessuno credette alle loro parole.

Anche Apollo faticò a crederci, nonostante si trovasse proprio lì, sul sentiero che lo riportava allo spiazzo. Come aveva fatto William Wheeler…? No, non era quello il suo nome: come aveva fatto Kinder Garten a chiamare l'artiglieria? Non era possibile. Eppure bastava guardare gli edifici carbonizzati, bastava aver sentito tremare la terra sotto i piedi.

Ancora un boato, gutturale come una cannonata, più simile a un ruggito che a un'esplosione. Si voltò a guardare il boschetto, una sola occhiata mentre correva, e gli sembrò che qualcosa si alzasse in volo nella notte. Un missile? Una bomba? Un drone militare? Ci fu un'altra esplosione. Nella biblioteca.

Il tetto andò giù.

Non un grido. Non un urlo. Non uno strillo. Silenzio.

Apollo raggiunse la casa del primario. Il tavolo al quale venti minuti prima aveva cenato insieme a Gayl non esisteva più. Solo quando udì le grida delle donne e dei bambini si rese conto che fino ad allora aveva teso l'orecchio per captarle. Se non altro erano il segno che qualcuno era ancora vivo.

Era davanti alla biblioteca. L'esplosione aveva fatto crollare il tetto e creato una fenditura nella facciata. Su un lato dell'edificio si era aperto un buco dal quale era possibile entrare. Ma Apollo non se la sentiva, desiderava soltanto che con lui ci fosse un adulto. Si fece forza, si chinò ed entrò. Sul pavimento scintillavano frammenti di vetro, nell'aria era sospesa una nebbiolina rossa di polvere di mattoni.

La biblioteca era stata colpita da un missile, ma più di metà dei libri erano rimasti sugli scaffali, il dorso graffiato dai vetri e impolverato, ma complessivamente senza danni. Alcuni volumi erano sparsi sul pavimento. Tra di essi Apollo scoprì la prima vittima.

Le gambe spuntavano dalla parte di soffitto che era crollata. Gambe snelle ma lunghe, da adulto non da bambino.

«Chi ha ucciso mia sorella?», sussurrò qualcuno alle sue spalle.

Apollo si accovacciò come se il mondo stesse per crollargli addosso ancora una volta. Alzò la testa e guardò indietro. Era Cal, in stato di shock, tutta scompigliata. Aveva una spalla scoperta, il maglione storto, i capelli arruffati.

«Ho ucciso io mia sorella», disse a se stessa. Barcollava. Forse stava peggio di quanto non sembrasse.

«Se non le avessi chiesto di tornare ora non sarebbe morta».

«Parli di Gretta?».

Dall'altra parte del piazzale giungeva un rumore mai sentito prima. Kinder Garten. Lanciava un richiamo, un gemito acuto. Forse erano parole di senso compiuto, ma da quella distanza Apollo non riusciva a capire. E la distanza era il problema principale, perché quel grido sembrava venire da un punto molto più vicino rispetto al padiglione dei tisici, come se Kinder Garten fosse uscito dalla gabbia, come se qualcuno lo avesse liberato.

Cal si toccò le labbra per imporre ad Apollo di calmarsi e rimanere in silenzio. Forse si era accorta che stava per soccombere a un attacco di panico.

Apollo si rese infine conto che oltre a Gretta non c'erano altre vittime – donne o bambini – in biblioteca. Cal gli colpì il gomito bruscamente e indicò il buco nella parete. Uscirono in cortile. Donne e bambini si stavano riversando nello spiazzo dalla residenza degli infermieri. Uscivano in fila ordinata, le madri con lo zaino in spalla e le borse in mano; tutti portavano qualcosa tranne i bambini molto piccoli, che stavano in braccio agli adulti. La cosa più incredibile era il silenzio. Quindi non c'erano altre vittime? Non era possibile. Sembrava ci fossero meno persone di prima, ma Apollo non avrebbe saputo dire quante di meno. Gesti e movimenti esprimevano stanchezza e paura, ma regnava l'ordine: scappavano in formazione, con un livello di disciplina che avrebbe suscitato l'ammirazione dei soldati delle forze speciali.

«Non sono un uomo cattivo!», gridò Kinder Garten.

Quella di voltarsi indietro fu una reazione naturale per Apollo, dettata dal desiderio di rispondergli per le rime e combattere, ma Cal gli diede uno schiaffo molto forte. La guardò: il suo volto era una maschera inespressiva di fredda disciplina. Teneva una mano nella tasca del maglione. Stringeva forse un coltello? Una pistola? Se in quel momento Apollo avesse parlato – svelando la loro posizione – Cal l'avrebbe ucciso, sacrificandolo per evitare il male peggiore. Smise di ascoltare le grida di Kinder Garten e riprese a seguire la fila.

«Lasciatemi spiegare!», gridava.

Le Donne Sagge attraversarono il bosco. Superarono la carbonaia, passarono tra la fonderia e la cappella. Laddove Apollo aveva visto soltanto un sottobosco fitto e alberi alti decine di metri, le Donne Sagge gli mostravano un sentiero tra le ombre. Lo guidavano e lui le seguiva. Oltrepassarono l'obitorio e raggiunsero il punto d'attracco, con la vecchia gru a portale e l'imbarcadero. Quando l'isola era abitata, i traghetti con i pazienti e il personale sanitario approdavano e partivano da lì.

«Non ce la faremo certo nuotando», sussurrò Apollo. Nessuno gli fece caso.

Le donne e i bambini si raggrupparono. Era la prima volta che vedeva tutta la comunità riunita all'aperto, e gli sembrarono molto vulnerabili, esposti. Ora poteva contarli: diciannove donne e undici bambini.

Cercò Gayl con lo sguardo e la trovò immediatamente. Stava in braccio alla madre, semiaddormentata, con il viso schiacciato contro il suo collo. Il fratello maggiore dormiva appoggiato al fianco della madre. Dallo spiazzo giunse il rumore di altre esplosioni che stavano radendo al suolo i vecchi edifici. Se Kinder Garten continuava a concentrarsi sui padiglioni, significava che non si era accorto che la comunità aveva raggiunto l'imbarcadero.

Nonostante l'addestramento il gruppo non riusciva a mantenere il silenzio completo. Dalle donne occupate a controllare le borse e consolare i bambini che, comprensibilmente, non riuscivano a stare calmi, si levava un brusio che rischiava di svelare la loro posizione. Ai bambini, si sa, non importa se il mondo sta per esplodere: se hanno fame piagnucolano e non c'è verso di farli stare zitti. Del resto quelle donne e i loro figli non avevano altro luogo dove andare. Dovevano stare lì ad aspettare.

«Solo io posso rimettere le cose a posto!».

La voce di Wheeler azzittì tutti quanti, persino i bambini. Qualcuno continuò ad agitarsi, ma erano una minoranza. Tutti volsero lo sguardo all'orizzonte oltre gli alberi e capirono immediatamente che non c'erano più edifici da distruggere. Davvero era servito così poco tempo per fare tabula rasa?

E adesso?

In quel momento si udì un debole fischio che veniva dal fiume.

Dall'oscurità emerse un peschereccio, con al timone una Donna Saggia, una guardia avvolta nel mantello d'ordinanza. La barca attraccò.

68

I bambini più grandi, quelli che avevano sette, otto anni, salirono per primi, issati a bordo dalle guardie. Poi si imbarcarono i piccoli, consegnati dalle madri ai fratelli e alle sorelle maggiori già a bordo, che li portarono subito nella cabina del capitano a prua, la parte più sicura della barca. Quando i bambini furono tutti sottocoperta, le donne caricarono borse e provviste passandole di mano in mano, poi salirono aiutate dalle guardie. In non più di otto minuti furono pronte a partire.

Quasi tutte.

Apollo, Cal e le due guardie gemelle erano rimasti sul molo.

Si alzò il vento dal fiume e i rami si agitarono. Apollo aguzzò la vista e per un istante gli parve di vedere, oltre la linea degli alberi, la sagoma di un uomo... un uomo gigantesco. Con ogni probabilità era soltanto il contorno di una collina dalla forma particolare, cui il chiaro di luna e le paure di Apollo davano un senso di movimento.

«La gente ci chiama streghe, ma forse in realtà vogliono dire che esistono donne capaci di compiere atti da sempre ritenuti impossibili», disse Cal afferrando la mano di Apollo. «Ricordi le storie sulle madri che riescono a sollevare le automobili per liberare il figlio che è rimasto sotto? Io la vedo così. Se devi salvare la persona che ami, diventi una persona diversa, una cosa diversa, ti trasformi. L'unica magia è in quello che siamo capaci di fare per le persone che amiamo. Una notte osservai Emma che pagaiava sulla canoa. Voleva attraversare il fiume per tornare in città e cercare il figlio. Quella donna, credimi, sembrava emettere luce».

Tirò Apollo verso il peschereccio, seguita dalle guardie gemelle che stringevano le mazze con forza tale che avevano il pugno arrossato. Apollo alzò le braccia per farsi tirare su, ma le guardie a bordo non lo presero.

«Mi spiace, Apollo. Tu non parti con loro. La mia gente va a est e tu non fai parte del gruppo». Indicò un punto a una cinquantina di metri da lì dove, sulla riva tra i sassi, era ormeggiata una canoa.

«Tu vai con quella. Ti aiuto a salirci». Gli fece segno di lasciarsi scivolare dal rialzo dove si trovavano, fino alla spiaggia di ciottoli più in basso. Poi si girò verso le gemelle. «Salite a bordo», ordinò.

Le due non mossero un muscolo. Rimasero immobili a fissarla con una calma assolutamente professionale. Solo gli occhi tradivano il terrore che provavano. «Siamo con te, Cal, fino alla fine».

Cal le accarezzò entrambe, poi la mano scivolò fino al mento e lo strinse con violenza, facendole sussultare per il dolore.

«Non siamo a Sparta e a me non importa un beato cazzo della gloria. Un giorno in più di vita per noi è una chance in più per distruggere i nostri nemici». Lasciò la presa sui loro menti. «Non conosco donne più forti e intelligenti di voi due: secondo voi a chi servirà la vostra forza, a me o a loro?». Indicò la barca e le altre due guardie che si preparavano a salpare.

Le gemelle chinarono la testa.

Cal si alzò in punta di piedi e baciò entrambe sulla guancia.

Salirono a bordo. Cal arrivò all'estremità del molo. Le donne e qualche bambino si affacciarono agli oblò.

La luce della luna fece scintillare le lacrime sulle guance delle donne e di Cal, che portò una mano alle labbra per nascondere la smorfia di dolore e tenere a bada l'emozione.

Il motore era così silenzioso che bastava il fischio del vento a coprirlo. La barca si mosse verso il molo e i parabordi attutirono l'impatto, poi partì verso il largo. Apollo riuscì a leggere il nome: *Merricat*.

L'idea che la comunità fosse riuscita a salvarsi gli diede un sollievo profondo, e rabbrividì di gratitudine. Questo significava che le minacce di Kinder Garten non erano poi tanto efficaci.

Cal lo scosse dallo stato di trance battendo le mani. «Che ci fai ancora lì? Ti ho detto di andare a prendere la canoa».

«Perché non sei andata con loro? Spero che tu non sia rimasta solo per me».

«Ma per favore. Scendi dal piedistallo, va'». Sembrava aver ritrovato le energie.

«Allora perché?».

«Qualcuno doveva rimanere sull'isola per tenerli occupati finché la barca non è abbastanza distante». Gli posò una mano sulla spalla per spingerlo a muoversi.

Apollo non capiva. «Ma se anche tu fossi sul fiume non importerebbe più, giusto?».

Cal guardò gli alberi. «Quello grande sa anche nuotare».

69

Camminarono rapidi e cauti sul bordo della scarpata, e quando giunsero in vista della spiaggia di ciottoli si lasciarono scivolare giù. Intanto il *Merricat* si allontanava, e man mano che scompariva alla vista, Cal ritrovava l'allegria. Ormai erano a pochi metri dalla canoa, ma si trovavano ancora abbastanza in alto per riuscire a vedere la sommità degli alberi. In quel momento, come se niente fosse, Kinder Garten sbucò dal bosco. Era coperto di polvere di mattoni, sui capelli e sui vestiti, una polvere rossa che gli chiazzava la pelle e gli conferiva un aspetto demoniaco. Arrivò all'estremità dell'imbarcadero e scrutò il fiume.

Cal si accovacciò, subito imitata da Apollo, che tuttavia non era abituato a quel tipo di terreno, per cui cadde all'indietro, rotolando sulle pietre fino alla battigia. Cal si precipitò ad aiutarlo.

«Apollo?», gridò Kinder Garten. «Sei tu? Non dirmi che quelle stronze ti hanno lasciato a terra!».

Adesso non era proprio il caso di parlare. Cal spinse Apollo verso la canoa. Lo scafo era verde oliva, praticamente invisibile sull'acqua di notte. Gli indicò la canoa e alzò una pagaia di alluminio nero. Apollo tese la mano per afferrarla, ma lei la allontanò bruscamente e si chinò per appoggiarne un'estremità sulla roccia, e l'altra sulla canoa a mo' di ponte. Poi gli diede una pacca sul sedere per fargli capire che doveva mettersi sul tubo di alluminio. Con un cenno gli ordinò di scivolare sulla pagaia e salire in barca.

«Povero Apollo!», ululò Kinder Garten. «Tutti ti abbandonano».

Adesso la sua voce sembrava più lontana: in effetti Kinder Garten, ingannato dal buio, si stava muovendo nella direzione opposta rispetto a dove era ormeggiata la canoa.

Apollo si lasciò cadere nell'imbarcazione, che con lui dentro emergeva di una decina di centimetri dal pelo dell'acqua, abbastanza da fargli temere di capovolgersi.

Cal premette sul bordo dello scafo per raddrizzarlo e si avvicinò all'orecchio di Apollo. «Devo confessarti una cosa prima che tu te ne vada», sussurrò.

«Vieni con me», replicò lui, aggrappandosi ai bordi per tentare di calmarsi. «Si sta stretti, ma vale la pena provare».

Kinder Garten apparve sul ciglio della scarpata. Guardò in basso, verso la riva, e puntò il dito. «Laggiù!», gridò. «Laggiù!».

Sembrava un cacciatore che incita il cane ad attaccare la preda. Cal e Apollo alzarono lo sguardo e lo videro sulle rocce, mentre alle sue spalle cresceva un boato assordante.

«No», sussurrò Cal.

Qualcosa invase il cielo, imponente come un aeroplano che vola a bassa quota, troppo grosso per essere un missile. Era un albero volante e puntava verso il fiume.

Era un maledettissimo albero.

«No», implorò Cal.

L'oscurità nascose il punto d'impatto, ma si udì un tonfo tremendo. Aveva colpito la barca? Si sentiva ancora lo scoppiettio del motore. Kinder Garten batté piano le mani e indicò nuovamente. «Ancora! Laggiù!».

Cal infilò la mano nella tasca del maglione ed estrasse una rivoltella, una Ruger LCR-22. Puntò e sparò. Nonostante fossero all'aperto e l'arma fosse di piccolo calibro, nel momento dello sparo Apollo rimase temporaneamente accecato. Poi Cal sembrò muoversi al rallentatore. La canoa oscillò e Apollo sentì una stretta allo stomaco, come se stesse per vomitare. Cal sparò quattro colpi, e al terzo riuscì a ferirlo di striscio: Kinder Garten non gridò, emise una sorta di gorgoglio, cadde all'indietro e scomparve. Ad Apollo fischiavano e pulsavano ancora le orecchie. Attendeva che passasse un altro albero in volo, ma non accadde nulla del genere. Gli spari avevano modificato i piani di Kinder Garten. Era riuscita ancora una volta a proteggere la sua comunità.

«Conosci il mito di Callisto? Era una ninfa. Ebbe un figlio da Zeus, per cui fu punita da Era che la trasformò in orsa. Naturalmente Zeus non subì le conseguenze del tradimento. Arcade, il figlio, divenne un cacciatore. Un giorno Callisto riconobbe il figlio nel bosco e fece per abbracciarlo e parlargli, ma Arcade non vide altro che le sue sembianze da orso e si preparò a colpirla con una freccia. Zeus salvò entrambi trasformandoli in costellazioni: l'Orsa Maggiore e l'Orsa Minore. Per me questa è una delle rare storie a lieto fine della mitologia greca. Callisto finisce per stare insieme al figlio, fianco a fianco nel cielo per l'eternità. Può vederlo e sapere che lui è al sicuro».

Lo sguardo di Cal, perso sull'acqua, incontrò quello di Apollo.

«Sono stanco e voglio rivedere mio figlio».

Gli passò la pagaia, si sedette sulle pietre e con entrambi i piedi gli diede la spinta che lo fece allontanare dalla riva.

«Devi visitare la tomba di tuo figlio. Devi vedere con i tuoi occhi per non avere più dubbi, altrimenti non sarai di alcun aiuto a Emma. Il passo successivo sarà cercare tua moglie». Parlò sempre più piano finché la sua voce divenne inaudibile. Infilò la mano nell'altra tasca e prese dei proiettili che scintillarono per un istante al chiaro di luna.

«Come faccio a trovare Emma?».

«Lei era certa che Brian fosse vivo. Lo sapeva, lo sentiva. L'ultima volta che l'ho vista mi ha detto che era quasi riuscita a trovarlo».

«Dove?», sussurrò Apollo.

Cal ricaricò la rivoltella. «Ha detto che Brian è nella foresta. Ci ho riflettuto e posso dirti che a New York c'è soltanto una foresta».

Apollo si diede un'ulteriore spinta con la pagaia, poi girò la prua verso il largo e si allontanò di qualche metro. Si voltò e vide che Cal stava risalendo la scarpata.

«E ora cosa pensi di fare?».

«Sfodero gli artigli», rispose in tono calmo. Poco dopo scomparve oltre il ciglio.

«La pistola!», urlò Kinder Garten. «Prendetele la pistola!».

Apollo era già distante dall'isola. Lo sciabordio dell'East River contro lo scafo si fece più sonoro.

Cominciava a capire quanto avrebbe dovuto remare nella notte e nel freddo prima di raggiungere le sponde del Bronx. Non volle guardare indietro. Pagaiava cercando di non agitarsi. Perché? Ripensò alle parole di Cal.

Quello grande sa nuotare.

«Io sono il dio Apollo», bisbigliò cercando di concentrarsi in mezzo a quel tornado di follia.

Tenne duro e, quando North Brother Island non fu più visibile cominciò a cercare un punto di riferimento sulla riva d'approdo. Scelse un gruppo di palazzi, case popolari che lo avrebbero guidato nella navigazione come un faro nella notte.

«Io sono il dio Apollo».

Dopo un quarto d'ora si sentì stanco, la testa svuotata di ogni pensiero che non fosse la ripetizione meccanica del gesto di pagaiare. Non sapeva se ce l'avrebbe fatta senza un aiuto, ma del resto che speranze aveva di ricevere aiuto in mezzo al fiume?

Venti minuti e perse ogni speranza. Il Bronx sembrava lontano come prima. Tuttavia insistette. «Io sono...».

Ma non riuscì a finire la frase.

Vedeva la riva, era l'estremità del parco Barretto Point. *Devi visitare la tomba di tuo figlio. Devi vedere con i tuoi occhi per non avere più dubbi.* Adesso, finalmente, si sentiva pronto per sapere cosa fosse sepolto in quel cimitero di Port Washington, New York.

6
Grandi scavi

70

A che velocità dovrebbe andare una Honda Odissey per sfondare il cancello di ferro battuto di un cimitero? Apollo provò a fare il calcolo a mente. Aveva lasciato la canoa sulla riva del parco di Barretto Point e si dirigeva con passo tranquillo verso la stazione East 149th Street della linea 6.

Aveva i jeans e le scarpe ancora umidi ed era stanchissimo sia fisicamente che mentalmente per tutte le scoperte metafisiche appena fatte. Persino il senzatetto che viveva nell'atrio della stazione lo guardò sospettoso e preoccupato. Giunto al tornello fece per prendere il portafogli e strisciare la MetroCard – un'abitudine così radicata che il gesto gli venne automatico – ma si ricordò che l'aveva perso in acqua quando era stato sul punto di annegare. In effetti, visto che era sopravvissuto, quel contatto con l'acqua gli sembrava una specie di battesimo. Ma se si era trattato di una rinascita, adesso cos'era? Scavalcò il tornello e aspettò il treno per downtown tenendosi occupato con i calcoli della forza necessaria per buttare giù il cancello di Nassau Knolls. Immaginava che sarebbe stato opportuno muoversi di notte, perché non credeva che i guardiani gli avrebbero permesso di aprire una tomba alla luce del sole.

Arrivò a casa che era mattina. Mercoledì. Migliaia di

persone che andavano al lavoro. I newyorchesi, com'è loro abitudine, evitavano deliberatamente di guardarlo pur senza perderlo d'occhio un istante. Se si fosse comportato in modo folle e pericoloso avrebbero cambiato vagone, ma se si limitava ad avere un aspetto folle e pericoloso potevano tollerarlo. Rimase in piedi per tutto il tragitto perché sentiva che se si fosse seduto sarebbe svenuto. Quando entrò in casa e si spogliò fu come liberarsi di un esoscheletro o di un'ingessatura: senza vestiti il suo corpo si sciolse, e fece appena in tempo ad arrivare in camera che crollò immediatamente in un sonno profondissimo che durò fino a sera.

Al risveglio non si sentì per nulla riposato, ma riusciva a stare seduto e in piedi. Quasi come se fosse una questione secondaria decise che doveva mangiare. Poi si vestì e prenotò una Zipcar al computer. Scoprì che era disponibile una Honda Odissey – si chiamava *Suave* – la stessa che aveva preso per andare a Riverdale con Brian: lo considerò un segno del destino.

Partì da Manhattan e, passando per il Queens raggiunse Plainview, Long Island. Doveva concentrarsi su Nassau Knolls. Non era mai stato una cima in matematica, ma pensò che a una velocità di ottanta chilometri orari un veicolo di circa due tonnellate sarebbe riuscito ad abbattere un cancello.

71

Nassau Knolls si affaccia su Port Washington Boulevard. Pur avendo un'estensione enorme, è circondato da quartieri residenziali, e per giunta la stazione di polizia e i pompieri si trovano dall'altra parte della strada. Apollo però non si accorse di nulla, lanciato com'era alla massima velocità sul Boulevard.

Quando si rese conto che la strada non gli permetteva di schiantarsi direttamente contro il cancello, rallentò e svoltò a destra su Revere Road, fece inversione nel parcheggio di una farmacia e si immise nuovamente su Revere Road. Da lì, diretto a ovest, avrebbe attraversato Port Washington Boulevard puntando verso l'entrata del cimitero. Erano le undici di sera di giovedì, e le strade erano deserte in modo sconcertante, come accade solo in periferia. Sfrecciò su Revere Road in un silenzio quasi meditativo, poi attraversò il Boulevard a cinquanta chilometri all'ora.

In quel momento Patrice Green piantò il suo piede gigante sul freno e la Odissey fece mezzo testacoda, con uno stridore di gomme talmente forte da svegliare anche i morti. Apollo levitò sul sedile e la cintura di sicurezza lo rimandò giù. Per inerzia la testa continuò a girare per un istante. Si morse la lingua e lasciò andare il volante.

«Il tuo piano era questo? Sfondare il cancello proprio sotto il naso della polizia?».

Apollo aveva tolto il piede dall'acceleratore e stava fissando il pedale come se lo avesse tradito. Intanto Patrice manteneva la pressione sul freno. Apollo guardò l'amico con aria catatonica. Aveva scelto Patrice perché con la sua corporatura massiccia l'avrebbe aiutato nel compito faticoso di scavare la buca, ma non gli aveva detto nulla della pagina Facebook dedicata a Brian. Patrice credeva ancora che Apollo non sapesse chi l'aveva creata. Certo, era davvero difficile fingere di non morire dalla voglia di spaccare i denti all'ex amico.

«Propongo di tornare nel parcheggio e spegnere il motore», disse Patrice.

Apollo lo fissò intontito.

«Ehi, ci senti?». Patrice gli diede un pugno per nulla delicato. «Ti ho promesso che ti avrei dato una mano», proseguì cercando di mantenersi calmo. «Sei venuto a casa mia e di Dana e ci hai raccontato un sacco di storie senza senso, ma non è questo il punto. Io e Dana siamo tuoi amici, nella buona e nella cattiva sorte».

«Amici», ripeté Apollo.

«Inoltre Dana si è parecchio risentita perché con quei soldi il tizio ci ha davvero comprati. Pensavamo di usarli come acconto per un appartamento! Ma non spenderemo un centesimo del denaro che quello stronzo ha rubato alla moglie morta». Si passò una mano sulla sommità della testa. «Anche se devo ammettere che tecnicamente è un maestro. Ha fatto qualcosa di notevole. Come nemico merita rispetto».

Mise in folle e tolse il piede dal freno, poi aprì l'iPad che teneva sulle ginocchia. «In questo momento siamo due neri in un minivan in mezzo alla strada in un quartiere di bianchi a Long Island: significa che presto qualcuno ci noterà. Ti ho promesso che ti avrei aiutato, perciò lascia fare a me. Va bene?».

«Sì. Dopotutto sei un amico».

Patrice lo fissò per qualche istante con espressione pensierosa. «Esatto. Bene: la prima cosa da fare è innestare la retromarcia e toglierci di qui».

Apollo annuì. Sembrava un robot che esegue ordini vocali. L'auto partì in retromarcia, lentamente.

«Ora dovrai sterzare», disse Patrice guardando dietro. «Altrimenti finisci sul marciapiede».

Apollo controllò lo specchietto retrovisore interno e quello a destra, poi girò lo sterzo. Parcheggiò in uno spazio dietro alla farmacia, sull'angolo. Patrice gli chiese le chiavi e lui gliele consegnò.

«Se io e Dana avessimo un figlio come consigliavi tu, a quest'ora non sarei qui a darti una mano». Sorrise. «Su, ringrazia il tuo amico senza figli».

«Grazie», replicò Apollo freddamente.

«Prego».

72

Rimasero nel veicolo in attesa delle sirene della polizia. Su Port Washington Boulevard passò un'auto. Non li mise in allarme, era di certo qualcuno che rientrava a casa. Tuttavia, dopo un minuto la stessa auto – dal rumore sembrava la stessa – ripassò nell'altra direzione. A giudicare dal rombo cupo e profondo il motore sembrava potente, una grossa cilindrata, di quelle sempre pronte a scattare. Non potevano vedere la strada perché la farmacia bloccava la visuale. Si chiesero se fosse un'auto normale o una volante della polizia. Non sarebbero certo scesi per controllare. Parevano pesciolini nascosti in un anfratto per sfuggire allo squalo.

Lo schermo dell'iPad si era spento, e Patrice lo riaccese. Come sfondo aveva una foto del giorno delle nozze, Patrice in smoking e Dana in abito bianco, in posa sotto un canestro da basket.

«Vi siete sposati in un palazzetto dello sport?».

«Ci siamo accontentati», rispose Patrice osservando l'immagine, il viso illuminato dallo schermo e dal ricordo. Fece scorrere le dita e apparve la schermata home con le app ordinate in fila che conosceva bene. Passò alla schermata successiva.

L'auto di prima passò per la terza volta. Apollo tirò giù il finestrino e si sporse per guardare: stavolta vide il fascio di luce dei fari che illuminavano la vetrina di un negozio al lato opposto della strada. La macchina rimase ferma dall'altra parte della farmacia, con il motore e i fari accesi. Quel rombo sommesso gli ricordava il lungo boato che aveva scosso l'isola, qualunque fosse l'origine del rumore, chiunque fosse nascosto nel boschetto.

Scrutò il cielo, come se qualcosa di immenso lanciato da un'entità incredibilmente possente stesse per piombare su di loro, ma vide soltanto la luna e una manciata di stelle. L'auto – chi c'era al volante? – ripartì e si dileguò nella notte. Aspettò a tirare su il finestrino finché non tornò il silenzio. Forse l'auto si era semplicemente fermata al semaforo.

Intanto Patrice aveva aperto Google Maps.

«Il cimitero di Nassau Knolls si estende su circa 160 ettari e conta tre milioni di tombe. Grande com'è deve esserci un punto della recinzione da cui è facile passare». Era talmente concentrato sullo schermo che non si era accorto che Apollo gli aveva sottratto le chiavi, le aveva inserite nel blocco d'avviamento e adesso il motore era acceso. Apollo diede gas.

«Possiamo verificarlo girando attorno al muro perimetrale. Non ti serve a niente controllare tutto sul computer».

Patrice spense il motore. «Non possiamo permetterci di girare per il quartiere a passo d'uomo a mezzanotte», spiegò paziente ma esasperato. «Per una stronzata come questa qualcuno potrebbe chiamare la polizia, lo capisci? Non sono sopravvissuto all'Iraq per farmi ammazzare da uno sbirro di Suffolk County che in seguito potrebbe giustificarsi dicendo che si sentiva minacciato. Mi segui, sì?».

«Allora scendiamo e facciamo il giro a piedi».

Patrice annuì. «Ottimo. Due neri che passeggiano di notte in un quartiere bianco di periferia: mai sentito che la cosa possa finire male, eh?».

Apollo fece una risatina irritata.

«Certo, possiamo pure fare gli eroi. Ma quelli come noi non possono commettere il minimo errore».

Patrice digitò "Nassau Knolls Cemetery". «Street view», disse, e si leccò le labbra pregustando la ricerca. «Ecco di cosa parlavo».

Mostrò lo schermo ad Apollo. Nell'immagine era un pomeriggio di sole. Una parte della recinzione sembrava squarciata, e l'apertura era abbastanza larga da lasciar passare un camion.

«Sarà stato qualcosa di grosso», sussurrò Apollo.

«Un camion o un'auto? Un incidente grave sul Boulevard?». Patrice chiuse l'iPad.

«Chissà».

Si sporse dal finestrino per sentire se per caso la macchina di prima si stava ancora aggirando furtivamente da quelle parti. Per quanto tempo rimase ad ascoltare? Non lo sapeva, forse troppo a lungo. Capì che probabilmente la ragione per cui non stava correndo a tutta velocità contro il cancello era un'altra.

Esistono cose che non devono essere viste. L'esperienza vissuta sull'isola gli suggeriva che qualunque fosse la natura della cosa che giaceva in quella tomba, essa rappresentava l'ultima Thule del dolore, il punto più estremo della mappa dei territori spettrali con cui aveva appena familiarizzato. Se avesse aperto quella bara sarebbe impazzito? Avrebbe preso fuoco? Si sarebbe pietrificato? Nonostante questi pensieri, decise di girare la chiave. Uscì dal parcheggio e si immise in Revere Road, a velocità moderata per non destare preoccupazione tra i residenti della zona.

Nelle storie, nei miti e nelle fiabe di cui aveva parlato Cal, gli eroi agivano ma non si conoscevano mai le ragioni che li determinavano. Non possedevano una vita interiore, erano pura azione. Gli dèi e le gorgoni si alleavano per attaccarli, e loro non deponevano mai la lancia e lo scudo; non scappavano, anzi si inoltravano nella foresta fitta e oscura. Si erano mai sentiti come si sentiva Apollo in quel momento? Si erano mai sentiti persone vere e non i personaggi che erano poi diventati? In fondo erano esseri umani. L'ombra degli orrori del mondo doveva pur averli fatti rabbrividire; si erano pur chiesti se sarebbero riusciti a riveder le stelle. E in un modo o nell'altro avevano perseverato. Forse era proprio quello il senso del tramandarsi le storie da una generazione alla successiva.

Se loro sono stati coraggiosi, anche noi possiamo esserlo.

73

Le tombe moderne sono profonde soltanto un metro e venti. In passato si seppellivano i morti ad almeno un metro e ottanta sotto terra, in modo da compensare l'avvallamento che si sarebbe creato quando la decomposizione avrebbe lentamente sbriciolato anche la bara. La bara moderna è molto più robusta e spessa e in molti casi possiede anche un rivestimento in acciaio in modo da non collassare creando una cavità sotterranea. Come ulteriore precauzione, oggigiorno le bare vengono collocate in una sorta di guscio di cemento che consente di effettuare la sepoltura a soltanto un metro e venti dalla superficie. Mentre esploravano il cimitero al buio, Patrice raccontava tutti questi dettagli frutto di una breve ricerca su internet.

Cercò la collocazione della tomba di Brian Kagwa. Nassau Knolls era così esteso che avrebbero potuto vagare per mezza giornata senza trovarla. Per fortuna il sito del cimitero metteva a disposizione dei visitatori una comoda mappa in PDF.

Presero come riferimento, quasi fosse una stella polare, il mausoleo, un edificio bianco che sembrava una sala per banchetti. La tomba di Brian si trovava alle spalle della costruzione, e c'era un sentiero che li avrebbe portati fin lì.

Non avevano fatto nemmeno trenta metri che sentirono di nuovo il rombo di quell'auto. Si fermarono e si girarono verso la recinzione. Non c'erano alberi che potessero nasconderli, ma il chiaro di luna era debole. L'auto procedeva a velocità costante, e ben presto i fari illuminarono uno dopo l'altro i pali della recinzione come pagine di un libro che si sfoglia. La luce spazzò il terreno. Apollo e Patrice non tentarono nemmeno di accovacciarsi. L'auto si fermò in corrispondenza dello squarcio nella recinzione. Dalla forma del mezzo non si capiva se fosse un'auto della polizia, anche perché non si vedevano luci sul tettuccio. Sostò qualche momento, poi si udì il sibilo meccanico di un finestrino che scendeva. E se fosse stato Kinder Garten alla guida? Come aveva saputo che stavano lì?

Attesa.

Attesa.

Poi, con dolorosa lentezza, l'auto ripartì.

Quando la luce rossa dei fanali posteriori scomparve, Patrice aprì l'iPad e diede una rapida occhiata alla mappa. «Il capanno degli attrezzi si trova all'altra estremità», disse indicando il mausoleo.

Il capanno era un prefabbricato beige a un piano, largo una quindicina di metri, grande quanto il mausoleo ma nascosto dietro una fila di alberi, per cui al buio risultava praticamente invisibile. L'unico segno della sua presenza era un escavatore Caterpillar giallo parcheggiato al margine della fila di alberi.

«Io saprei come manovrarlo», disse Patrice.

Apollo diede un calcio a uno degli enormi pneumatici dell'attrezzo. «Scommetto che a mezzanotte e mezzo non farebbe poi tanto rumore».

Patrice batté le palpebre.

«Ci servono gli attrezzi classici», osservò Apollo.

Girarono attorno al capanno. Su uno dei lati lunghi si aprivano tre porte da autorimessa, che Apollo provò a sollevare. Erano chiuse a chiave. Cercando di aprire la terza, Apollo perse la pazienza e si mise a strattonare la maniglia.

«Attento, potrebbe essere collegata a un allarme».

Apollo lasciò la presa e fissò l'amico a bocca aperta. Le parole di Patrice non erano un rimprovero ma un pensiero ad alta voce. Ciò che interessava Patrice non erano le porte, bensì la grondaia che correva su quel lato. Indicò in alto, un punto della parete proprio sull'angolo dove era attaccata una cassetta grigia delle dimensioni di un router.

«Supponiamo che negli ultimi anni abbiano modernizzato gli impianti, e che qualcuno gli abbia suggerito di passare a un sistema d'allarme wireless».

Aprì l'iPad e fece scorrere varie schermate di applicazioni. Toccò un'icona, toccò altre due volte, poi in un riquadro in fondo alla pagina apparvero dei numeri.

«Stanno usando una tecnologia della fine degli anni Novanta. Mi spiace davvero per loro. Devono aver pagato un sacco di soldi un tizio che gli ha rifilato materiale non più valido da almeno quindici anni. Quando hanno sentito le parole "sistema d'allarme wireless" non hanno capito più niente e hanno firmato l'assegno. Sulle banconote c'è scritto "In God we trust", ma la tecnologia sta recuperando terreno».

Fece una risata sommessa, da membro orgoglioso di una religione appena nata.

«Adesso faremo una cosa abbastanza semplice. Grazie a questa app invierò delle interferenze al server centrale, come se alzassi il volume della mia radio fino a coprire le loro frequenze. Quando apriremo la porta il loro segnale si spegnerà, ma il mio trasmetterà talmente forte che il sistema non si accorgerà che l'altro si è spento».

Toccò lo schermo e un cerchio blu cominciò a lampeggiare sull'angolo in alto a destra dello schermo. Posò l'iPad per terra con lo schermo verso l'alto e, mettendosi di fianco si scagliò contro la porta, che cedette con un patetico cigolio. Nessun allarme ruppe il silenzio della notte.

C'era davvero un sistema di allarme in funzione? Chissà. Per non ostacolarne la magia, Apollo si tenne a debita distanza dal tablet. Patrice entrò e lui lo seguì, mentre l'iPad rimaneva davanti alla porta a fare da palo.

74

Patrice aveva preso una vanga piatta, un piede di porco e un'accetta; Apollo si era limitato a un solo utensile: un piccone che pesava quanto la vanga e l'accetta messe insieme, con un manico di legno da un metro e venti, il piccone a un'estremità e un'ascia vera e propria dall'altra. La lama, infatti, era orientata perpendicolarmente al manico, e quella particolarità dava al piccone un aspetto medievale, come di arma creata per squarciare armature. In realtà il suo scopo era frantumare terreni compatti come quello che si trovavano ad affrontare i becchini in inverno. Sotto al braccio libero Apollo portava l'iPad.

Mentre camminavano, osservava le file di lapidi. Brian Kagwa non aveva una lapide, soltanto una targa, che trovarono nella fila dodici, al posto nove. Eccola. Alla vista del nome, Apollo avvertì un senso di oppressione, una mancanza di respiro. Brian.

Brian.

«Davvero vogliamo farlo?».

Non si rese conto di essere stato lui stesso a porre la domanda finché Patrice non gli rispose. «Mica dobbiamo farlo per forza, amico. Possiamo tornare alla macchina anche subito».

Apollo annuì con aria assente. Ecco cosa dovevano fare. Certo. Giusto. Fissò la tomba e sentì i nervi vibrare come corde di violino. «Mi devi aiutare un pochino», sussurrò. Non sapeva bene cosa stava chiedendo.

Patrice posò gli attrezzi e prese il tablet. «Ho trovato come fare. Allora: rimuovi il terreno con il badile. Non so davvero come maneggiarlo… forse riesco a trovare un video».

«Ma sei un militare».

«Posso disinnescare una bomba lungo la strada, se vuoi».

Apollo lasciò il piccone e prese il badile dalle mani dell'amico. Puntò l'attrezzo contro il terreno e premette con il piede destro finché la lama non affondò per due terzi, poi spinse il manico verso il basso e la terra produsse un rumore come di sacchetto che si accartocciava. Estrasse il badile, fece un passo di lato e ripeté la sequenza. In venti minuti rimosse il manto erboso che copriva la tomba. Raccogliere le zolle e gettarle fu semplice; nell'oscurità sembravano bustine di tè usate. Quando ebbe finito sentì le braccia che bruciavano. Faceva troppo freddo per sudare, ma gli venne il respiro affannoso – ansimava come un cane – e si sentiva la faccia fradicia. Patrice lo fissava sbalordito.

«Ehi, dove hai imparato a vangare? Sei nato e cresciuto in città!».

«Con Emma guardavamo quei programmi di ristrutturazioni», spiegò Apollo cercando di riprendere fiato.

«Li guardiamo anche noi».

Apollo gettò via la vanga. «Passami quell'attrezzo».

Patrice gli diede il piccone. Nessuno dei due conosceva il nome di quell'attrezzo, né l'aveva visto in TV, ma Apollo intuiva come usarlo. Lo impugnò con l'estremità ad ascia verso il rettangolo di terreno smosso, così scuro che sembrava una pozza di acqua nera. Fece un passo ed entrò nel rettangolo. Per un istante Patrice temette che sprofondasse.

Alzò il piccone e lo calò con forza.

«Possiamo fare a turno», propose Patrice.

«Quando non potrò più alzare le braccia ci daremo il cambio».

«Serve luce? Ho un'app dedicata; è mia, cioè l'ho sviluppata io. Si chiama Daylight».

«Conservala per quando sarò più in profondità». Non aveva colto la nota di orgoglio nella voce dell'amico perché era impegnato in un compito difficile. Patrice annuì, imbarazzato per quel suo desiderio fin troppo forte di ricevere complimenti.

Calò nuovamente il piccone. L'ascia che penetrava in profondità nel terreno gli diede grande soddisfazione, ma l'impatto scaricò una sorta di scossa elettrica che si propagò per le braccia e raggiunse le spalle. Terra dura come pietra. Si sarebbe stancato prima del previsto. Lanciò un'occhiata a Patrice e si sentì pieno di gratitudine nei confronti dell'amico. A quel sentimento seguì immediatamente il desiderio – il bisogno – di chiedergli perché avesse creato quella pagina Facebook. E perché non gli avesse detto niente.

Per un momento gli balenò in testa il pensiero peggiore: e se Patrice fosse stato in combutta con Kinder Garten? E se fosse stato uno di quei diecimila uomini? Sembrava impossibile. Dopotutto conosceva Patrice… o no? Ormai sapeva di non poter più fare affidamento sul proprio giudizio. Forse il guidatore dell'auto misteriosa aveva preso accordi con Patrice e in quel momento Apollo si stava scavando la fossa. Patrice o chi altri avrebbe potuto spararagli in testa e lasciarlo nella buca che si era scavato da solo. Ma non c'erano alternative. Se Patrice intendeva tradirlo, avrebbe affrontato il problema nel momento in cui si presentava; fino ad allora l'unica cosa da fare era darci dentro di piccone. La terra gli schizzò in faccia, gli colpì il collo scatenandogli il prurito.

«È l'una. Sarebbe meglio finire prima delle cinque», disse Patrice.

Apollo si passò la mano sulla faccia, si grattò il collo, afferrò il manico del piccone e si rimise al lavoro.

75

Una fossa di un metro e venti non è certo profonda, ma Apollo ci mise un'ora e mezzo per scavare sessanta centimetri. Si erano dati il cambio due volte, alternandosi nello scavo con il piccone e nello sgombero delle zolle con la vanga in superficie. Sembravano due maratoneti che avevano corso dentro una miniera di carbone, tanto erano pieni di terra sui vestiti, sulle mani, nei capelli e nelle orecchie. Per un po' scavavano con la giacca addosso finché non avevano la camicia zuppa di sudore, poi se la toglievano per farla asciugare e dopo pochi minuti tremavano per il freddo.

Alle tre raggiunsero il metro di profondità. Patrice si sedette sul ciglio della fossa, Apollo rimase dentro. Non ce la faceva più a sollevare il piccone, perciò lo lasciò cadere. Aveva i crampi per la fame e una fornace nei polmoni.

«So di te e della pagina dedicata a Baby Brian».

Patrice si mosse appena; grumi di terra caddero nella fossa. «Ti dissi che mi ero iscritto quando siamo andati in treno a Long Island. Non te lo avevo tenuto nascosto di proposito».

«Ma non mi hai detto il resto». Apollo si appoggiò alla parete per non crollare di stanchezza. «Non mi hai detto che la pagina l'avevi creata tu. Perché un mio amico dovrebbe comportarsi così? Perché?».

«Creare la pagina? Vuoi dire che sarei l'amministratore di quella roba? Non ti farei mai uno sgarro simile. Mai».

«Il giorno che sono partito per l'isola hai lasciato un messaggio in bacheca. Sei Green Hair Harry, no?».

Patrice scosse la testa e aprì l'iPad. Apollo non gli staccava gli occhi di dosso.

«Perché continui a fingere? Dillo, cazzo, e chiariamoci una volta per tutte».

Patrice lesse i post. A un certo punto sgranò gli occhi, come se avesse preso coscienza di qualcosa di grosso.

«Quel commento non è mio. Assolutamente no. Quando sei andato via, la sera della cena, siamo rimasti impietriti dallo shock per una buona mezz'ora. Non riuscivo a credere che Kim ti avesse fregato in quel modo. Amico mio, credimi: ci siamo subito rintanati a letto. Non riuscivo a addormentarmi, e di certo non mi sono messo a postare messaggi indirizzati a te». Patrice era furioso e impaurito al tempo stesso. Guardò di nuovo lo schermo.

«Controlla l'ora in cui è apparso il post: dieci minuti dopo che te ne sei andato. Te lo giuro su mia madre: non ho più toccato il computer fino al mattino seguente».

Apollo si chinò e afferrò il piccone. Non aveva più la forza per stare in piedi, ma ne racimolò abbastanza da sollevare l'attrezzo. «Chi altri sapeva che stavo andando via?».

«Quel tizio lo sapeva», rispose Patrice tenendo d'occhio il piccone. «William».

«A cena eravamo noi tre. Non sapeva che sarei venuto da voi, di sicuro finché non mi ha incontrato nel Bronx».

Rimasero a confrontarsi in silenzio per trenta secondi che sembrarono tre anni, quindi Patrice si raddrizzò con uno scatto come se avesse ricevuto una pugnalata, spense l'iPad e lo chiuse. «E se fosse stato lì anche lui?».

«Come?».

«Titan», sussurrò Patrice. «Se avesse hackerato Titan, potrebbe accendere la telecamera e il microfono e controllare tutto da remoto. Forse ci sorvegliava». Posò il tablet a terra e lo guardò con diffidenza.

«Ma come avrebbe potuto? Come fa a trovare il tuo computer tra milioni di altri computer?».

Patrice indicò la tasca di Apollo. «Ti ha spedito il video di Emma, tu l'hai inoltrato a me e l'abbiamo visto sul mio computer. Per lui passare dal tuo cellulare al mio computer è un gioco da ragazzi. Devo avvertire Dana», concluse prendendo il cellulare. Ma un attimo prima di comporre il numero si bloccò. Spense il telefono, lo aprì, estrasse la SIM e la schiacciò con il manico dell'accetta.

«Il cellulare e il computer sono sincronizzati. Lui sa esattamente dove siamo in questo momento».

«Non è certo la NSA, però».

«Stava proprio per fregarmi», disse Patrice. Fece segno ad Apollo di cedergli il piccone e scese nella fossa. «Devo informare mia moglie. Sbrighiamoci».

Con le ultime forze rimaste, Apollo si issò in superficie portandosi dietro il piccone. Patrice afferrò la vanga. Il fondo della fossa riceveva talmente poca luce che non si riusciva a distinguerlo dalle tenebre circostanti. Era come scavare verso l'Ade.

76

Apollo gli diede il cambio alle quattro e mezzo. Patrice si stese accanto alla fossa, talmente stanco che sembrava addormentato. Ormai erano rimasti pochi centimetri di terra da scavare. Propose il cambio, ma Apollo non gli rispose nemmeno: aveva male dappertutto e sentiva freddo. Il dolore nelle braccia e nelle spalle, alla schiena e alle ginocchia sarebbe peggiorato nei giorni successivi, ma per ora la stanchezza era tale che lo rendeva invulnerabile. Adesso scavava grazie alla forza di volontà.

Era il sole che sorgeva la luce alle sue spalle? Apollo non capiva: l'alba era arrivata troppo velocemente e dalla direzione sbagliata... Una luce accecante da ovest, così intensa che lasciò andare la vanga per coprirsi gli occhi.

«Non ti serviva luce?», disse Patrice.

Il fascio luminoso proveniva dall'iPad. Lo schermo splendeva come oro fuso e l'alone di luce obliterava tutto quello che c'era attorno, inclusa la faccia di Patrice, per cui la sua voce sembrava disincarnata, la voce di una divinità.

«Io ti porto la luce. Daylight».

Apollo guardò il fondo della fossa illuminato a giorno. La vanga era caduta di traverso, le sue scarpe e i pantaloni erano zuppi di terra bagnata e sotto i piedi distingueva chiaramente i contorni di qualcosa. Era la bara? Davvero ci era arrivato? In effetti aveva cominciato a disperare di raggiungere il fondo. Si chinò poggiando un ginocchio a terra e tastò tutto intorno.

In quel momento l'iPad fece bip tre volte e la luce si spense.

«Consuma un sacco di batteria. Anche se il tablet o il cellulare è carico la app ti garantisce non più di quattro minuti di luce».

«È stata utile», commentò Apollo.

Colpì il terreno con la punta della vanga. C'erano quasi.

L'attrezzo affondò producendo un rumore sordo che echeggiò tutto intorno. Apollo colpì il terreno ancora una volta producendo lo stesso rumore sordo.

Spazzò via la terra con la mano e apparve una superficie grigia e liscia.

Patrice si mise sul chi vive. Ora Apollo spazzava via la terra con movimenti energici. Improvvisamente dalla fossa si levò un suono orrendo, una sorta di rantolo, un tramestio singhiozzante. Apollo batté la mano sulla superficie liscia: era esasperato, a un passo dal crollo nervoso. «Non è la bara».

«Dimmi cosa vedi».

«È cemento!». Si mise in ginocchio e sgombrò ulteriormente la superficie scoprendo una lastra di cemento simile quelle che rivestono i marciapiedi.

«Si tratta del rivestimento della bara. Ce ne sono di due tipi: cemento pieno e pannelli componibili. Questi ultimi costano di meno e sono più facili da rompere. Tua madre quali avrà scelto secondo te?».

Ma la vera domanda era: quando sarebbero arrivati i custodi del cimitero? Quanto mancava all'alba e al momento in cui un abitante del quartiere avrebbe aperto le tende della camera da letto al primo piano per salutare il nuovo giorno e scoprire due neri che violavano una tomba?

Apollo si mise in piedi reggendosi alla vanga. Quanto ci avrebbe messo per sfondare quel pannello? E quanto rumore avrebbe prodotto?

«Dammi quell'attrezzo, quello che usavo prima».

Una sagoma massiccia si mosse nel buio. Un attimo dopo il piccone cadde nella fossa e si conficcò nel cemento dall'estremità appuntita con una specie di scoppio, come una freccetta che colpisce un tirassegno di sughero. Apollo tirò, ma il piccone era incastrato. Si accovacciò e tirò ancora: la punta uscì con un rumore come di cubetti di ghiaccio che saltano fuori dallo stampo.

Allora batté con un piede e la superficie cedette. Un altro colpo di piccone produsse un fracasso assordante di cemento che si sbriciola. Quattro colpi e il rivestimento si polverizzò rivelando la bara. Bianca, piccola, con maniglie, staffe, decorazioni e angoli in nichel anticato.

Apollo fece scorrere le mani sui lati in cerca della giunzione tra la base e il coperchio. Non sopportava l'idea di aprire la bara spaccando il coperchio. Non ce la faceva proprio. Inserì la punta del piccone nella giunzione e fece leva: il meccanismo di chiusura gemette e si scardinò con uno scatto molle, come di dente divelto dalla mascella.

Continuò a fare leva e sollevò il coperchio, che però si bloccò a metà corsa. Lasciò il piccone e finì di aprirlo con le mani, chino nella posa di un penitente. Le prime luci dell'alba sfiorarono il bordo della fossa; sul fondo era ancora buio. Finalmente dopo quattro mesi Apollo rivedeva suo figlio.

Il tanatoesteta aveva fatto del suo meglio, ma la faccia di Brian Kagwa recava ancora i segni dell'ustione. Il cranio, grigio come il dolore, era esposto in un punto; il corpicino era avvolto in una coperta azzurra. Nel trambusto dell'apertura terra e pietre erano cadute sul cuscino e si erano sparse sul resto del corpo e sulla coperta. Suo figlio, sigillato nella purezza, adesso era macchiato.

«Guarda cosa ho fatto al mio bambino», sussurrò.

Si era sbagliato: Cal ed Emma erano pazze. Lo avevano convinto a non ascoltare il buonsenso, o forse era lui che non aveva voluto essere ragionevole, preferendo credere nei mostri piuttosto che nel fatto che suo figlio fosse morto. Chiuse il coperchio, ma lo riaprì immediatamente perché non sopportava il pensiero che il bimbo riposasse laggiù con il viso sporco di terra e delle pietre tra i capelli. Il minimo che poteva fare era pulire il viso di suo figlio.

Gli toccò la fronte, e con quel gesto ruppe l'incantesimo.

77

Spine.

Aveva toccato un groviglio di spine.

Fu quella la sensazione sulla pelle: qualcosa che la lacerava. Istintivamente ritrasse la mano e solo dopo qualche secondo si rese conto che l'anulare sanguinava. Si era tagliato il polpastrello accarezzando suo figlio.

Si calmò. Riprovò a toccare il corpicino, stavolta afferrando la parte avvolta nella coperta. Dentro la fossa era ancora notte, ma in alto sorgeva il sole. Alzò il fagotto: era più leggero e piccolo di come ricordava Brian. Attraverso il tessuto percepiva una massa grumosa, come un nido di vespe. Dopo una nottata trascorsa a scavare, il suo olfatto si era abituato all'odore di terra e non sentiva altro.

In superficie, invece, Patrice tossiva per la puzza. «Che schifo!», esclamò.

Provò un'ansia fortissima. Patrice era ancora più angosciato di lui. Cosa avrebbe visto un osservatore in quel momento? Un uomo sporco di terra – sulla faccia e sul collo, sulla schiena e sulla pancia – completamente infangato, con tra le braccia un… cosa aveva tra le braccia? Si alzò in piedi, e nella luce dell'alba vide infine cosa stava stringendo.

Una matassa di capelli, di quelle che trovi annidate nello scarico della vasca, in una casa abbandonata da anni, alla mercé degli elementi. Era un grumo bitorzoluto, e ciò che lo rendeva mostruoso erano le dimensioni: la massa di un bebè di sei mesi. Chili e chili di capelli – o pelo – ritorti e aggrovigliati così strettamente da sembrare filo spinato.

Come aveva fatto a scambiare quella cosa per un bambino?

Come aveva potuto pensare che fosse suo figlio?

Sentì salire l'impulso di buttarlo nella fossa e di lavarsi le mani con l'acquasanta. Ebbe dei conati di vomito che lo piegarono in due. Rischiò di perdere la presa e lasciarlo cadere. Guardò il fagotto ed ebbe altri conati. Nonostante ci fosse la coperta a proteggerlo dal contatto diretto, la pelle delle mani gli formicolava.

«Eccheccazzo».

Patrice fece qualche passo indietro barcollando. La vista era insostenibile. Calpestò senza volerlo un'altra tomba, quella di una tale Catherine Linton.

In Scozia si chiamava "glamer".

Glamour.

Un'illusione che fa apparire una cosa come non è in realtà.

Era questa la cosa che Apollo aveva nutrito, lavato e tenuto in braccio? A chi aveva cantato la ninnananna quando Emma era troppo stanca per continuare a farlo? Cosa aveva portato al parco il mattino prestissimo, insieme agli altri papà? Gli tornò in mente Ida, che teneva tra le braccia la falsa sorellina e l'amava come se fosse viva, mentre invece era di ghiaccio.

Si rese conto di non riuscire a gettare via la cosa, nonostante lo volesse con tutte le sue forze, nonostante fosse un imperativo disfarsene. Distese le braccia, e il movimento fece scivolare la coperta, che rimase sospesa sulle sue mani. Ora la cosa era completamente esposta e sembrava davvero un nido di vespe, grigia, fatta di capelli attorcigliati così stretti da comporre una specie di tessuto. Ma tra quelle fibre erano intrappolati dei frammenti di denti, delle schegge di ossa e dei pezzettini di unghie: le spine che prima lo avevano punto fino a farlo sanguinare.

«Emma», mormorò, «avrei dovuto crederti».

Improvvisamente percepì un movimento nel viluppo di pelo. Un tremore.

Alla luce del giorno nascente scorse qualcosa che si muoveva nelle profondità di quel grumo di peli. Osservò il viso, o piuttosto il punto dove ci sarebbe dovuta essere la faccia, e vide due cavità, come orbite modellate nella creta; e sotto una linea sottile: una bocca.

Una bocca.

E più giù, dove ci sarebbe dovuto essere il torace, sotto la superficie intravide una massa, un piccolo grumo. Era un cuore? Pulsava debolmente.

Era in preda a un terrore immobile. Desiderò dimenticare di aver visto quella cosa. Fu scosso da un brivido e sentì le gambe molli. Adesso, a peggiorare l'orrore, quel cuore cominciò a *muoversi*. Si stava spostando nel torace, risaliva verso la gola contorcendosi come un verme. Raggiunse la bocca, e la linea sottile si aprì. Non c'era altro modo per descriverlo: il grumo diede un balzo, una sgroppata, come se la dissepoltura gli avesse infine permesso di respirare.

Ma non era un cuore. Dalla bocca non umana uscì uno sciame di cimici d'acqua, almeno una dozzina, grandi come un dollaro d'argento. Zampettarono veloci sulla coperta, raggiunsero le braccia di Apollo e cominciarono a salirgli verso il collo e la faccia.

Lanciò un urlo, un ululato animale, e lasciò cadere la cosa. La coperta si adagiò sulla bara, all'estremità della fossa, mentre Apollo si schiaffeggiava le braccia per togliersi di dosso gli insetti. Uno riuscì ad arrivargli fino al collo; ora le zampette setolose si muovevano sulla sua guancia. Lo schiaffo che si diede per staccarselo dal viso gli portò quasi via la pelle.

Intanto la massa di capelli, il bambino, sembrava seduto, leggermente sbilenco, e lo fissava. Apollo sentiva ancora l'insetto sulla pelle. Un disgusto assoluto lo travolse insieme all'urgenza di distruggere tutto. Prese il piccone e lo calò sulla bara, come uno spaccalegna.

In pochi minuti fece a pezzi la bara e ridusse in briciole il pannello di cemento. Alle cinque e un quarto il sole spuntò illuminando un cielo particolarmente limpido. Gli uccelli cinguettarono. La notte si era dileguata e in fondo alla fossa Apollo alzò il piccone per l'ultima volta: voleva dare il colpo di grazia alla cosa.

Ma qualcosa nella sua postura lo disturbava profondamente perché gli era fin troppo familiare. Era la posizione di un bambino sul seggiolone, seduto al tavolo in cucina.

Ed era stato proprio quel bambino che lui aveva nutrito, cucchiaiata dopo cucchiaiata di purea di mele, di patate dolci o di yogurt.

Posò il piccone. Nonostante la repulsione, riprese la cosa e la sollevò, facendo attenzione a non ferirsi ora che la coperta non gli proteggeva più le mani.

Si concentrò sul viso, sulle orbite abbozzate, sulla linea sottile che non si era ancora richiusa: sembrava un bambino addormentato e Apollo sentì l'istinto primordiale di cullarlo. Lo tenne in braccio e, mentre con la mano destra sorreggeva la testa, con la sinistra sfiorò il punto dove un bambino reale avrebbe avuto le sopracciglia.

Fece scorrere la punta del dito sul naso e diede un colpetto sulla punta. Un tempo su quella cosa non umana ci aveva visto la faccia di suo figlio, il nasino che adorava e che aveva baciato migliaia di volte. Sfiorò la bocca. Un tempo aveva picchiettato le labbra per sentire se i denti stavano spuntando. Trattenne le dita su quella linea socchiusa.

E la cosa si mosse nuovamente. La bocca, le fauci, iniziarono ad aprirsi e chiudersi con scatti da marionetta, emettendo un suono sforzato, come un bicchiere di polistirolo schiacciato e poi lasciato andare. La mandibola si muoveva con un cigolio. Apollo ebbe paura che ne uscissero altre cimici, ma ciò non avvenne, perciò mantenne la presa. La bocca continuava a stirarsi e chiudersi: si capiva facilmente che cercava nutrimento.

Su quelle labbra non umane tremolavano gocce di sangue caduto dalla ferita sul polpastrello.

Nessun altro dettaglio del corpo suggeriva che fosse vivo; solo la bocca mostrava una qualche animazione. Non era propriamente viva, ma non la si poteva neppure considerare morta. Apollo teneva in braccio un automa, animato dal sangue e dalla fede.

Succhiava sangue dal dito e il cigolio era ritmato, stringi e rilascia, stringi e rilascia. Allontanò il dito e subito la mandibola smise di muoversi. Il corpo tornò a giacere immobile come prima.

«Qualcosa ti ha creato e ti ha abbandonato nel mondo», sussurrò.

«È tardissimo, dobbiamo andare», disse Patrice dalla superficie.

Si accovacciò e prese la coperta per avvolgere il corpo. Lo depose in quel che rimaneva della bara, e quando il fagotto fu tornato al suo posto, nell'oscurità della fossa, il *glamour* si riattivò mostrandolo nelle sembianze di un bambino. Suo figlio. Nell'oscurità la cosa era ridiventata Brian Kagwa.

Verificò che il cordino rosso non si fosse lacerato nel contatto con le spine: sì, il nodo aveva tenuto.

«Meritavi qualcosa di più. Mi spiace che tu abbia sofferto».

Chiuse il coperchio della bara come meglio poté. Lanciò il piccone e la vanga oltre il bordo della fossa. Patrice gli tese la mano per aiutarlo a salire. Cercò la carta magnetica della Zipcar in tasca e la consegnò a Patrice, mandandolo a prendere il minivan. Gli assicurò che l'avrebbe raggiunto di lì a poco.

Prese la vanga e si mise a gettare la terra nella fossa. Non avrebbe avuto né il tempo né le forze per riempirla, ma non voleva che la bara con il corpo rimanesse completamente scoperta. Poi prese il piccone e affrontò la targa d'ottone. L'estremità con l'ascia si piantò profondamente nel terreno già al primo colpo. Fece leva sul manico e il blocchetto si sollevò di poco. Si spostò di una quindicina di centimetri e ripeté l'operazione. Stavolta la metà superiore del blocchetto con la targa si sollevò.

Secondo l'uso comune la targa era fissata su un blocco di granito, ed era necessario svellere il blocco per prenderla. Siccome era la tomba di un bambino, le sue dimensioni erano proporzionate a quelle della bara. Apollo ci mise tre minuti a estrarlo dal terreno. I grugniti di fatica furono accompagnati da rumori di radici e zolle strappate. Infine lasciò cadere il piccone: era a un passo dallo svenimento per la stanchezza e non riusciva a sostenere altro che lo sforzo di respirare. Eppure si chinò e sollevò il blocco, che doveva pesare almeno quindici chili. Il suo corpo non sapeva se sarebbe riuscito a gestire quel peso, ma non c'era margine di negoziazione: quella non era la tomba di Brian Kagwa perciò suo padre non poteva lasciare la targa lì.

Si incamminò verso la recinzione, con il blocco di granito sotto il braccio, trascinando il piccone. La Odissey lo aspettava in strada. Quando Patrice lo vide avvicinarsi alla recinzione gli parve di vedere la Morte incarnata. Apollo aprì lo sportello del passeggero e scaricò il blocco sul sedile con un tonfo, come se fosse un sacco di fertilizzante, poi lanciò il piccone sul pianale e salì. Patrice si voltò indietro a guardare i due oggetti.

«Se ci fermano non possiamo inventarci niente, lo capisci, vero?».

«E tu non farti fermare».

L'auto partì.

A Port Washington seguì Munsey Park, poi Manhasset, Great Neck e Long Island fino a New York. Apollo percepiva un senso di calma che si potrebbe definire certezza. La magia del mondo gli si era rivelata, gli inganni erano svaniti. Credere soltanto nel razionale, nel reale e nel concreto: anche quello era una sorta di *glamour.* Ma adesso non poteva più credere nell'illusione che esistesse un ordine. I mostri non sono reali finché non ne incontri uno. Ebbene, Apollo aveva incontrato un mostro; Emma, Brian e lui avevano incontrato un mostro, e non si trattava né della cosa nella bara né dell'entità che l'aveva generata, bensì dell'uomo che aveva finto di essere suo amico. Colui che aveva conosciuto come William Wheeler. Aveva incontrato il nemico e ora conosceva il suo vero nome.

7
Kindergarten

78

Brian West era alla porta di casa.
Apollo alzò la mano e aprì i tre chiavistelli.
Non era ancora Brian West.
L'uomo si inginocchiò e si strappò la pelle blu dal viso.
Brian West chiamò Lillian Kagwa.
Gargamella e Birba volevano distruggere i puffi.
L'acqua bollente scorreva nella vasca. L'appartamento si riempì di vapore.
Gargamella e Birba si nascosero nel bosco.
I puffi non sospettavano niente.
Brian West prese in braccio il figlio.
Brian West portò Apollo in bagno.
«Tu vieni con me», disse.
Spogliò Apollo.

79

Dormì per due giorni e due notti con brevi interruzioni. Definirlo sonno forse era un'esagerazione, perché somigliava piuttosto a un piccolo coma. Si svegliava di colpo, ma riusciva soltanto a trovare la consapevolezza sufficiente per girarsi sull'altro fianco e riaddormentarsi. Si sentiva tramortito come un drogato, e in effetti gli ultimi due giorni erano stati un'overdose di improbabilità pura.

Patrice l'aveva accompagnato a casa e l'aveva aiutato a salire le scale. Apollo era crollato sul letto, ma non ricordava nulla di tutto ciò. Era tornato a casa sul sedile posteriore del minivan stringendo tra le braccia la targa con il nome di suo figlio. Poi si era svegliato nel suo letto. Fuori era giorno. Credeva di aver chiuso gli occhi per dieci minuti. Quando cercò di alzarsi sentì dolore in tutto il corpo, come se avesse un livido gigante che gli tingeva la pelle di viola. Con passo barcollante andò in cucina e rimase in piedi davanti al lavello a fissare il riflesso indistinto del suo viso nello sportello di vetro del pensile. I pensili erano IKEA e li avevano portati a casa in treno, due scatole per volta perché non riuscivano a trasportare altro. Erano pensili Akurum, bianchi, 115 dollari IVA esclusa. Questi sono i dettagli bizzarri che uno tende a ricordare. E pensare che avevano litigato sul modello come se fosse la cosa più importante del mondo.

Aveva bisogno di bere e di mangiare. Riempì un bicchiere con l'acqua del rubinetto, e ne bevve altri tre. Poi si voltò e vide la targa funeraria posata sul tavolo come una tovaglietta da colazione. Il piccone stava appoggiato alla porta, ma il libro? Si irrigidì, come impietrito, e lo cercò in cucina e in soggiorno, e arrivò perfino ad aprire la porta per controllare sul pianerottolo. Poi tornò in camera e frugò nel letto, ma il libro non si trovava. Niente libro. Prima ce l'aveva sotto il braccio, giusto? Mentre teneva in braccio Gayl lo aveva infilato tra la cintura dei pantaloni e la schiena.

Si concentrò sul libro. Aveva perso la copia che gli aveva dato Cal, ma a casa ne aveva un'altra, quella di suo padre. Andò nella camera di Brian e la prese dallo scaffale.

Outside Over There.

Tornò in cucina. Spostò di lato la targa per avere più spazio per il libro. Prima di sedersi rovistò nella dispensa e trovò una scatola di cracker; erano raffermi, ma non importava: doveva forzarsi a mangiare qualcosa.

«"Quando papà era via per mare"».

Si soffermò sulla pagina successiva per esaminare l'immagine della mamma, una giovane donna bianca dai lunghi capelli castani che indossava un vestito rosso stinto con un colletto bianco increspato. Guardava verso un punto non troppo distante.

Ma cosa guardava?

Nulla. Pareva una donna smarrita. Abbandonata. Depressa. Nella fiaba il padre stava lontano da casa, su una nave, ma la madre non era certo più presente di lui. Toccò l'illustrazione con un dito, sfiorando gli occhi vacui, la piega amara della bocca. Fece scorrere il polpastrello lungo il contorno delle spalle incurvate per la tristezza. Quante volte aveva guardato di fronte a sé trovando quella donna in Emma seduta dall'altra parte del tavolo?

Alla pagina seguente c'era la scena di Ida che suona il corno per la sorella mentre i folletti maligni entrano di soppiatto dalla finestra. Poi i folletti se ne andavano con la bimba, lasciando il sostituto nella culla. Ida prendeva la sorellina e la stringeva a sé. La pagina successiva mostrava la bambina di ghiaccio semisciolta e colata sul pavimento. Ida si era infine resa conto dell'inganno.

Il dito indugiò su una parola: "*Changeling*". Il bambino scambiato. Eccolo nella culla, tra le braccia di Ida, sciolto sul pavimento.

Il *Changeling.*

Non riusciva più a leggere perché le parole gli apparivano sfocate. Gli tremavano le mani e dovette posare il libro sul tavolo. Udì il rumore della terra frantumata con il piccone e raccolta con la pala nelle ore che aveva trascorso nella fossa.

«Nessuno badava al bambino», disse all'appartamento vuoto.

Si voltò di scatto per guardare la sedia alla sua destra, la preferita di Emma. Riusciva quasi a distinguere la sagoma spettrale di Emma. Toccò con il pollice il cordino rosso sfilacciato e lo fece girare attorno all'anulare.

«C'era una persona che guardava il bambino».

Ha detto che Brian si trova nella foresta.

C'è solo una foresta a New York.

80

Fece la valigia perché non sapeva quando sarebbe tornato. Anzi, chissà se sarebbe mai tornato. Trovò la valigia piccola che avevano tenuto sotto il letto per andare in ospedale se ci fossero stati dei problemi con il parto in casa. La valigia per l'ospedale. Ovviamente Emma l'aveva svuotata già da molto tempo. La camicia da notte, i prodotti per l'igiene personale, gli slip e i calzini, i cracker e i succhi di frutta, tutto era stato rimesso nei cassetti o usato. Erano rimasti soltanto un pacchetto di cannucce pieghevoli per bere durante il travaglio e una bottiglietta di olio da massaggi. Per risparmiare spazio, Emma li aveva infilati in una tasca laterale. Mentre riempiva la valigia, Apollo non sapeva che fossero ancora lì, perciò quei due oggetti lo avrebbero accompagnato nel viaggio.

L'unica foresta di New York si trova nel Queens, a Forest Hills.

Aprì l'armadio nella stanza di Brian, rovistò tra le borse e le scatole che aveva riempito insieme a Emma e trovò un cambio di vestiti per lei. Non fece quasi caso a cosa prendeva: pantaloni, una camicia, un maglione, slip e calze. Trovò anche una tutina pigiama per Brian, verde e rossa con decorazioni natalizie in stile mondo degli elfi, ma quando la osservò meglio si rese conto che adesso gli sarebbe andata stretta: ormai era un bambino di dieci mesi.

L'idea che fosse passato tutto quel tempo gli mise addosso una tristezza raggelante, tanto che afferrò una manciata di pigiami di taglia più grande, li ficcò in valigia e uscì immediatamente dalla stanza.

In soggiorno prese il piccone e lo mise in valigia, coprendolo con i vestiti di Emma e Brian. Provò ad alzarla: adesso, con il piccone si era aggiunto un peso, quello della violenza.

Istintivamente cercò il portafogli nella tasca della giacca, ma non lo trovò. L'aveva perso. Era senza carta di credito, senza patente; non esisteva più, nel senso moderno di questo termine. Per meglio dire, non aveva più accesso a gran parte della sua vita quotidiana. L'unico simulacro di modernità rimastogli era il cellulare.

Sulla targa funeraria erano sparse briciole di cracker. Accanto c'era il libro di suo padre. Prese entrambi e li ficcò in valigia. Passò in rassegna il contenuto: un piccone, degli abiti, un libro per bambini e una targa funeraria. Quello era il necessario per un viaggio nell'aldilà, non in un'altra contea.

Partì.

81

Nel Queens nevicava. Scese alla stazione di Forest Hills – 71st Avenue – e mentre saliva le scale sentì i fiocchi di neve sul viso. Al culmine dell'ora di punta il passaggio era talmente affollato che un paio di volte, nella calca, fu lì lì per perdere la presa sulla valigia. Giunto in cima ai gradini si fermò e la posò perché aveva le braccia stanche, ma non ebbe il tempo per rifiatare, con almeno cinquecento uomini e donne indaffarati che sciamavano dietro di lui. Cercare di rimanere fermo in quel punto sarebbe stato come resistere a un ciclone, e infatti lo spintonarono e vacillò. Corse a ripararsi davanti alla vetrina più vicina, quella della banca Chase. Era quasi sera, il cielo era nero pece e nevicava a fiocchi spessi che si attaccavano agli ombrelli e ai cappelli, ai tettucci delle auto e degli autobus.

Non accennava a smettere, e sulla Settantunesima cominciò a formarsi una coda. Una famiglia di bianchi aveva fermato un taxi verde locale e la madre stava facendo salire un branco di bambini sul sedile posteriore, mentre il padre ripiegava il passeggino con gesti precisi. L'uomo si diresse verso il bagagliaio e bussò sullo sportello per farselo aprire. I due genitori avevano l'aria molto stanca e arrabbiata, ma Apollo si sentì mancare il respiro per l'invidia.

I cracker non l'avevano saziato, i quattro bicchieri d'acqua non l'avevano dissetato. Vide l'insegna di uno Starbucks lungo la strada. Aveva perso il portafoglio con tutto il denaro, ma sarebbe comunque riuscito a mettere qualcosa sotto i denti perché aveva l'app di Starbucks sul cellulare con abbastanza credito sul conto per comprare un pasto da portare con sé nella foresta. Con dei tramezzini avrebbe potuto lasciare una scia di briciole per ritrovare la strada insieme a Emma e Brian.

Il locale era lungo e stretto, una sorta di soggiorno sotto il livello stradale in cui si entrava scendendo tre gradini. C'era posto soltanto per due tavolini con due sedie ciascuno. Alcuni ragazzi avevano unito i tavoli ed erano riusciti a starci in nove. Erano le sette di sera, la gente tornava dal lavoro, ma la fila era comunque lunga.

«Benvenuto da Starbucks. Vuole ordinare?».

Dal fondo della fila non vedeva il barista, ma aveva a portata di mano il frigo dei tramezzini e delle insalate, con i succhi, il latte e l'acqua. Pensò di prendere tutto quello che sarebbe riuscito a trasportare, al limite poteva arraffare tutto il possibile e scappare, tanto andava di fretta. Tuttavia il pensiero di progettare un reato, per quanto non grave, gli ricordò che su di lui pendeva la libertà vigilata. Guardò sul cellulare se aveva delle chiamate. Ce n'era una di Lillian e sei da un numero che iniziava per 212, forse il responsabile della libertà vigilata. Nessun messaggio. E se avesse arraffato i tramezzini e lo avessero beccato? Non sarebbe stato facile scappare con una valigia pesante. Con quello che conteneva, poi… Porca puttana, pensa se lo avessero beccato con un piccone e una targa funeraria, in libertà vigilata. Perché diamine si era portato quella roba? La parte razionale della sua mente rimproverò la parte magica e si rassegnò ad aspettare il suo turno. Per non sbagliare sarebbe stato assai cortese con il barista, grazie, prego, mi scusi.

Poi, di colpo, un vecchio dall'aspetto selvatico, più

avanti di cinque posizioni nella fila, si sporse verso il frigo e ramazzò tutto quello che conteneva. Così, di botto. E con quegli orrendi tramezzini confezionati stretti contro il petto da un lato, e le leggermente meno schifose insalate dall'altro, raggiunse la cassa e scaricò tutto alla rinfusa sul bancone.

«Le do un paio di buste», disse la barista.

«Ah sì?», replicò il vecchio. «Davvero me le dai, Louise? Pensavo di caricarmi questa roba in testa».

La ragazza ignorò il commento, guardò stancamente in basso e si chinò per prendere le buste. Fece appena in tempo a posarle sul bancone che il vecchio le ghermì. Non reagì neppure stavolta, occupata a passare gli articoli allo scanner.

L'uomo si voltò indietro e guardò di traverso gli altri clienti in coda. Sembrava un guerriero vichingo in pensione, anche se conservava tracce dell'antica furia bellicosa. Nonostante l'età emanava una vitalità fortissima. Era alto, magro e la pelle del viso era ben tesa sugli zigomi. Aveva la barba rada e le ciocche di capelli che sbucavano da sotto il berretto di lana sembravano ramificazioni elettriche.

«Quanto pago?», chiese con prepotenza. «Ehi, quanto pago?».

«È scritto lì», sbottò il cliente in coda dietro di lui indicando il display del registratore di cassa.

Il vecchio lo guardò e sbatté la mano sul bancone. «Ma lo sai che una volta ti dicevano quanto dovevi pagare? Non dovevi leggertelo da solo su uno schermo!».

«Sarà stato nell'era dei dinosauri», lo rimbeccò l'altro.

Il vichingo prese a tastarsi tutto intorno alla vita come se cercasse una pistola o un'azza, e quando non trovò niente rimase sconcertato. Il cliente dietro di lui fece uno stanco gesto di saluto.

Il vecchio prese i sacchetti pieni di cibo, sconfitto ma

non soggiogato. Farfugliò qualcosa, e mentre usciva a testa china andò pure a sbattere contro il tavolino degli adolescenti. Con grande sorpresa di Apollo i ragazzi non reagirono. Erano troppo occupati con i telefonini.

«Quando papà era via per mare», borbottava, ripetendo la frase ossessivamente.

Apollo era occupato a scrutare il bancone intorno alla cassa. Cos'era rimasto di commestibile? C'erano pacchettini di frutta secca, e di biscotti; forse poteva saziarsi con quelli. Sentì una sorta di ronzio, un prurito vicino all'orecchio come se ci fosse una mosca troppo vicina. Si grattò il mento, ma non servì a niente.

Si girò di colpo. Quel vecchio...

Il vichingo si fermò un istante sulla soglia, come a raccogliere le forze prima di avventurarsi nella tempesta. Non aveva smesso di ripetere quella frase con voce sommessa e tormentata, e Apollo lo ascoltava come un bambino.

Infine uscì nella notte. Se non avesse avuto quella valigia pesante da trasportare, Apollo gli sarebbe corso dietro e l'avrebbe placcato. Quando ebbe raggiunto l'uscita, il vecchio era ormai a due isolati di distanza.

Lo seguì.

82

È difficile inseguire qualcuno se devi trascinarti dietro una valigia cigolante. Provò a caricarsela in braccio, ma conteneva il piccone e il blocchetto di pietra, perciò non riuscì a reggerla a lungo. Il vecchio andava a sud-ovest verso la 71st Avenue, e Apollo si mantenne a un isolato di distanza sperando di non essere notato quando sarebbero entrati nella zona ricca di Forest Hills Gardens.

La 71st diventò Continental Avenue, e lungo i marciapiedi si iniziarono a vedere degli alberi. Gli edifici erano in mattoni in stile Tudor e per strada c'era pochissimo traffico. Erano bastati tre isolati per entrare in uno dei quartieri più ricchi di New York. Il vichingo camminava a passo di marcia con un distacco di due isolati, appena visibile nel cono di luce fioca dei lampioni di ghisa. Erano gli unici esseri umani in giro a quell'ora. Le facciate Tudor li osservavano con solenne circospezione.

Superarono Slocum Crescent e Olive Place; Groton Street e Harrow Street. Il sole tramontò e Apollo continuava a seguire il vecchio nella notte incipiente. Ingram Street, Juno Street, Loubet Street e Manse Street. Il vecchio non si girò mai indietro, né si voltò mai a guardare quando attraversava la strada; non sembrava accusare stanchezza benché avesse almeno trent'anni più di Apollo.

Infine attraversarono Metropolitan Avenue. Addio facciate in mattoni Tudor e villette unifamiliari in stile coloniale; adesso le facciate erano rivestite di alluminio. Il panorama non cambiò fino alla Union Turnpike. Il vecchio continuò a guidarlo nell'esplorazione del panorama sociale del Queens, dai quartieri benestanti a quelli popolari.

Sembrava di essere incappati in una regione, in un mondo diverso. Un isolato dopo l'altro di villette unifamiliari, di marciapiedi ingombri di vecchie auto e SUV arrugginiti, pompe di benzina e negozietti di quartiere arrivarono fino all'estremità nord-est di Forest Park, un bosco di più di duecento ettari nel bel mezzo del Queens. Se avessero messo piede in una città turrita d'oro e d'argento, quell'apparizione non gli sarebbe sembrata meno bizzarra. Il vecchio attraversò la strada e costeggiò il parco. Forse aveva capito che lo stavano pedinando e voleva sparire nella foresta per fare in modo che Apollo si perdesse al suo interno. Ma non importava, perché lo avrebbe comunque condotto dove voleva andare. Giunto all'angolo svoltò. Apollo si mise a correre con la valigia al traino, fregandosene del cigolio delle rotelle.

Apollo svoltò aspettandosi di trovarselo davanti in atteggiamento bellicoso, ma il vecchio era già molto oltre. Si era fermato di fronte a una scalinata d'accesso al parco. Ai lati degli scalini c'erano due lampioni, perciò Apollo lo vide distintamente salire fino in cima. Poi, invece di scomparire tra gli alberi, si inginocchiò e a testa china posò a terra le buste piene di cibo. Si rialzò e osservò gli alberi. Mormorava qualcosa: parlava da solo o si rivolgeva a qualcuno? Non era facile capirlo da quella distanza.

Dopo un po' scese le scale tenendosi al corrimano come se fosse stanco o ubriaco. Forse sarebbe tornato indietro lungo il percorso di prima, perciò Apollo raccolse la valigia e corse a nascondersi nell'ombra attraversando la strada. Appoggiò la valigia al muro posteriore di un garage e ci si sedette sopra. Il vecchio lanciò un'ultima occhiata agli alberi in cima alle scale e alle buste marroni con il logo di Starbucks, si voltò e ripartì. Apollo avrebbe voluto seguirlo, ma qualcosa glielo impedì.

Una volante della polizia apparve all'angolo.

Arrivò da Park Lane South silenziosa come un puma. Mentre si avvicinava, accese i lampeggianti rossi e blu, lasciando spenta la sirena. Apollo era talmente concentrato sui sacchetti di cibo che quando le luci si accesero, per la sorpresa cadde dalla valigia e finì disteso sul marciapiede.

Il poliziotto che non stava alla guida abbassò il finestrino e si sporse per osservare i suoi movimenti. Rimase a guardarlo per una ventina di secondi prima di rivolgergli la parola.

«Non è un bel posto per farsi una dormita, amico».

Apollo si mise sulle ginocchia sotto lo sguardo vigile del poliziotto.

«Siete arrivati in un lampo».

«Questa parte di Forest Hills si chiama ancora Little Norway. Non sei passato inosservato».

«Nemmeno di notte?».

«Soprattutto di notte», disse il guidatore.

Patrice aveva ragione. Gli eroi come lui non potevano commettere errori. Puntò i palmi a terra per alzarsi, ma il primo poliziotto lo bloccò. «Perché non rimani dove sei per un minuto?».

«Fa freddo», disse Apollo.

«È inverno», commentò il poliziotto.

Il guidatore scese e gli si avvicinò, imitato poco dopo dal collega, che fece qualche passo in più e gli tese la mano per aiutarlo ad alzarsi.

«Dove abiti?».

Il guidatore lanciò un'occhiata all'entrata del parco, poi riportò lo sguardo su Apollo senza aver notato i sacchetti di cibo in cima alle scale. Forse gli erano sembrati spazzatura abbandonata. La ricetrasmittente gracchiò, ma l'agente non ci fece caso. Le luci lampeggianti conferivano a quel momento un che di vertiginoso.

«Abito a Manhattan». Teneva le mani lungo i fianchi, abbastanza distanti dalle tasche, per non dare a nessuno dei due motivo di temere un'aggressione. Se avessero controllato la sua identità sarebbe saltato fuori che non aveva rispettato i termini della libertà vigilata, che non era andato alle riunioni e, peggio ancora, non aveva incontrato l'agente per la libertà vigilata. Perciò, onde evitare di finire nuovamente in prigione, represse qualsiasi impulso a contraddire i due agenti. Inoltre non voleva prendersi una pallottola in pancia. Quelle erano le sue priorità al momento.

«Da Manhattan sei arrivato fin quassù con una valigia solo per stenderti sul marciapiede a Little Norway?».

«È un bel viaggio», disse il guidatore, con una risatina incredula.

In quel momento qualcosa spuntò dal bosco e indugiò in cima alle scale. Una figura umana.

Emma Valentine.

In cima alle scale c'era sua moglie.

Ma non era lei, non proprio. Era una strega. Ecco cosa vide: una strega.

Mai avrebbe detto che quella figura scarna fosse la donna che aveva sposato. La riconobbe dal piumino marrone che le arrivava al ginocchio. L'aveva visto nel video della notte in cui era scappata. Era lacero e sporco come la donna che lo indossava, magra e nodosa come un ramo, ma anche splendente, ardente come una fiamma.

Uscì dal bosco e si avvicinò alle scale circondata da un alone di energia blu, luminosa come i lampeggianti della polizia, vestita di scintille blu di elettricità.

Emma Valentine uscì dal bosco e raccolse i sacchetti con il cibo, poi si girò e scomparve nell'oscurità profonda degli alberi.

Poi più niente.

«Davvero, amico», disse il poliziotto più vicino. «Se hai bisogno di un posto dove dormire possiamo indicartelo. Non puoi vagare così intorno alle case delle persone».

«La gente ha paura», disse l'altro.

«No, signore», mormorò Apollo. «Scusi, volevo dire sì, signore. Lei splendeva, era...».

Il poliziotto gli diede una pacca sulla spalla e lo riportò alla realtà. Quella figura era Emma. Viveva nel parco? Perché il tizio le aveva portato del cibo?

Aveva ritrovato la lucidità mentale. «Non mi serve un posto dove dormire. Ero un po' confuso. Ora torno a casa in autobus».

«Hai denaro con te?», chiese il poliziotto senza interrompere il contatto con la spalla di Apollo, così, se avesse voluto farlo salire sulla volante sarebbe bastato stringere più forte la mano.

«Posso...».

Prima che potesse completare la bugia, il poliziotto tornò all'automobile e chiese al collega: «Abbiamo ancora delle MetroCard?».

«Controlla nello zaino», rispose il guidatore, e mentre l'altro cercava la tessera si avvicinò ad Apollo passando davanti al cofano. Teneva la mano in prossimità della fondina.

«Trovata. Ha su venti dollari. Consideralo un regalo da parte del NYPD».

La card era sigillata. Il poliziotto aprì la confezione trasparente e la porse ad Apollo.

«Puoi prendere il Q11 o il Q21 da Woodhaven Boulevard».

«Grazie», disse Apollo. Prese la tessera metro e rimase immobile. Non appena i poliziotti se ne fossero andati avrebbe fatto quelle scale di corsa, nella speranza di trovare Emma.

«Senti, sai che facciamo? Ti ci portiamo noi alla fermata dell'autobus».

L'altro agente aprì la portiera posteriore. «Non ringraziarci; però devi accettare il passaggio».

Salì e spense i lampeggianti. «Ci piace pattugliare Park Lane South, è una strada fantastica. Stanotte ci passeremo varie volte, perciò vedi di non farti ritrovare in giro», disse il poliziotto sul lato passeggero quando furono in vista della fermata dell'autobus.

L'agente lo aiutò a scendere. Apollo issò la valigia sul marciapiede.

L'autista tirò giù il finestrino. «L'autobus ci metterà un po' ad arrivare, ma lo devi prendere perché non vogliamo rivederti da queste parti. Altrimenti ti facciamo passare una brutta nottata».

Apollo non rispose: non era necessario. La volante si allontanò, e Apollo rimase alla fermata finché non fu scomparsa. Non voleva tornare a Washington Heights, ma di sicuro i poliziotti avevano detto la verità, ovvero che avrebbero pattugliato il quartiere per tutta la notte. Gli serviva un riparo fino al mattino.

83

L'ufficio informazioni del parco si trovava a una trentina di metri dietro di lui e aveva di fianco un edificio più piccolo, in mattoni: i bagni pubblici. Aspettò alla fermata per un quarto d'ora senza vedere passare né bus né polizia, completamente solo; poi decise di entrare nel parco. Mentre passava dal marciapiede al vialetto di cemento che conduceva alle toilette, chiuse gli occhi per un istante, quasi a prepararsi all'impatto della mano del poliziotto sulla sua spalla, ma non arrivò nessuno.

I bagni degli uomini e quelli delle donne erano situati ai lati opposti della costruzione. Le porte, solide e verniciate di nero, mostravano scrostature e graffiti, con nomi e simboli, disegni di tette e cazzi, ed erano chiuse con grossi lucchetti. Tuttavia Apollo aveva con sé l'attrezzo giusto. Aprì la cerniera della valigia e prese il piccone. Se avesse inserito la lama dell'ascia tra la porta e il telaio, aprirla sarebbe stata un gioco da ragazzi. Ora la questione era piuttosto quale delle due porte conveniva forzare. Quale bagno sarebbe stato più pulito? La risposta era ovvia.

Il lucchetto del bagno delle donne cedette dopo due strattoni forti, tra scricchiolii metallici talmente rumorosi che ebbe la certezza che la polizia l'avrebbe beccato sul fatto, grazie a una di quelle chiamate anonime da parte di un "abitante preoccupato" che avevano causato l'uccisione di molti neri prima di lui. Ma i bagni si trovavano dentro il parco ed erano circondati da alberi, perciò il rumore risultò attutito.

Spinse la porta. Nel bagno non c'erano finestre, l'ambiente era buio. Varcò la soglia e aspettò che gli occhi si abituassero all'oscurità. Due cessi e un lavandino; abbastanza spazio sul pavimento per posare la valigia. Faceva talmente freddo che non sentiva neanche la puzza, o forse gli si era intorpidito il naso. Uscì. Perché non mettersi subito alla ricerca di Emma? Mosse quattro passi verso l'interno del bosco, ma si fermò subito di fronte alla vastità oscura che gli si parava davanti. Come lo avrebbe accolto Emma? Gli avrebbe dato una possibilità per ammettere i suoi errori? La donna che era emersa dalla foresta non sembrava nemmeno umana, mentre lui era l'uomo che non le aveva creduto. Cosa gli avrebbe fatto se l'avesse incontrato nel bosco nel cuore della notte?

Incontrarla durante il giorno era l'opzione più sicura. Non si vergognava ad ammetterlo: aveva paura. E il parco era molto esteso, centinaia di ettari. Andare in giro di notte, nel cuore dell'inverno, sarebbe stato il modo più veloce per morire congelato in quel dedalo di alberi. No, grazie, caro Jack. Rientrò nel bagno. Con la porta chiusa il buio sarebbe stato completo: l'idea gli piacque perché era come rannicchiarsi dentro un bozzolo per dormire.

Ancora non riusciva a credere a ciò che aveva visto. Dopo tutti quei mesi, Emma era riapparsa. Se l'ultima volta che l'aveva vista erano un marito e una moglie emotivamente distanti, un papà e una mamma esausti, cos'erano diventati adesso?

Aveva bisogno di parlarne, di raccontare a qualcuno il gesto del vecchio che aveva lasciato il cibo in cima alle scale a mo' di offerta votiva. Poi Emma era apparsa e aveva ghermito il sacchetto come se si fosse aspettata di trovarlo lì.

Compose un numero sul cellullare.

«Non dovresti usare il tuo vecchio telefono», rispose subito Patrice. «È Apollo», disse allontanando la bocca dal microfono.

«Non ho scelta. Non posso sempre stare un passo avanti a quel tizio».

Patrice sbuffò. «Sì. Prepari una mossa, e lui si è già inventato qualcos'altro. Vuoi sapere cosa mi è capitato? Ho fatto una pulizia completa del computer e ho trovato le sue impronte su tutti i file. Sai che si è ripreso i soldi del libro? Non possiamo nemmeno usare quel denaro per fare beneficenza: ha cancellato tutto dal nostro conto. Come bravura questo stronzo è al livello dei russi».

«Quindi sa tutto?».

«Nessuno sa tutto. Ma su di noi ne sa più di quanto vorremmo».

Apollo raddrizzò la schiena appoggiandosi alla fredda parete del bagno.

«Dove sei?», chiese l'amico.

Istintivamente fece per pronunciare le parole "Forest Park", ma si trattenne. La telefonata aveva lo scopo di raccontare a Patrice che aveva visto Emma, ma ora anche quella rivelazione gli pareva imprudente. Come si mantiene un segreto nel mondo moderno? Mai digitarlo su una tastiera, mai parlarne al telefono.

Patrice rinunciò a ottenere una risposta.

«Come state tu e Dana?».

«Senti questa. Al lavoro, Dana deve sempre timbrare il cartellino quando comincia il turno. È la procedura normale, ma ieri si è presentata e le hanno detto che non hanno i suoi dati in archivio, come se non avesse mai lavorato per loro. Ovviamente la conoscono, ma adesso, ufficialmente, non risulta che Dana Green sia una loro dipendente. Ti rendi conto? Quello stronzo figlio di puttana l'ha cancellata completamente. E per quale motivo? Perché è mia moglie? Perché ti do una mano? Al lavoro stanno trattando l'inconveniente come un errore del database, ma fin dove arriverà quello stronzo? Un uomo incazzato e un computer: basta questo oggigiorno per rovinare la vita a una persona», disse Patrice senza fiato e ferito. «Ottantaseiesima, civico 124», aggiunse.

«Cos'è?».

«È l'unico aiuto che posso darti. Ottantaseiesima, numero civico 124, a Forest Hills. Ce la fai ad andarci stanotte?».

Apollo si rannicchiò, fece per nascondersi, come se Patrice o chi altri potesse vederlo. Decise di fingere. «Perché dovrei andare fin là? Cosa c'è a Forest Hills?».

«Ti ricordi quando quel figlio di puttana ci ha invitati sulla barca? Disse che sulla sua stupida app c'era registrata soltanto un'imbarcazione. Ho indagato e scoperto chi era il proprietario: un tale Jorgen Knudsen. Abita al numero 124 dell'Ottantaseiesima. Wheeler ha falsificato l'accesso alla barca così come ha rubato i soldi a sua moglie, ma avrà pure lasciato una traccia. Parla con questo Knudsen, magari ti darà qualche indizio».

«Ho visto...», cominciò Apollo.

«Il civico 1 2 4, ricorda». Per un istante la voce divenne metallica e fioca. «Ottantaseiesima, Forest Hills, Jorgen Knudsen. Trovalo. Non pensare ad altro. Adesso vado; sai, potrebbe ascoltarci... Ti vogliamo bene. Buona fortuna».

84

Il mattino dopo era nuvoloso. La neve non si era attaccata, ma era come se una coperta umida gravasse sul bosco. I rami spogli si incurvavano verso il terreno, quelli che avevano ancora le foglie pendevano ancora più bassi, e l'erba giaceva in ciuffi arruffati. Il cemento sul sentiero che si snodava lungo la foresta era così scuro per l'acqua assorbita che sembrava appena posato. Apollo uscì dal bagno e partì alla ricerca di Emma.

Provò a cercarla alle giostre e intorno all'arena George Seuffert Sr, il genere di luogo dove poteva nascondersi chi deve trovare riparo dal freddo e dalla pioggia. Emma aveva bisogno di proteggersi? Forse no: la donna che aveva visto la sera prima sembrava capace di generare il proprio clima. Camminò fino a mezzogiorno, ma non l'avvistò mai. Forse solo una dozzina di alberi o poco più li separavano, ma in quella foresta, là dove gli alberi erano più fitti, era facile dimenticare di trovarsi nel ventunesimo secolo e in una delle metropoli più popolose del pianeta. Tutto ciò sarebbe potuto accadere un secolo, mille, diecimila anni prima: Apollo vagava nella foresta selvaggia senza sapere chi altri vi abitasse.

Alla fine rinunciò, e intorno a mezzogiorno uscì dal parco, riguadagnò il marciapiede e si incamminò verso la 86th Road.

Little Norway. Aveva intravisto il quartiere solo di notte e il nome glielo avevano detto i poliziotti. Cosa si aspettava di vedere ora? Nulla di particolare, le solite villette unifamiliari con il rivestimento in alluminio; automobili di media gamma e minivan parcheggiati lungo la strada e sui vialetti; praticelli antistanti la casa con la loro bella recinzione; tendaggi di raso a tutte le finestre. Little Norway non si distingueva da qualsiasi altro quartiere, che fosse Little Ecuador, Korea o Ghana: cambiavano solo le bandiere, ma la scena rimaneva la stessa.

All'indirizzo fornitogli da Patrice trovò una casa a tre piani, la più grande e antica dell'isolato. Il vialetto era deserto. Alle finestre c'erano tende avvolgibili ingiallite. Salì una breve rampa di scale – sempre trascinandosi dietro la valigia – e si trovò davanti a una porta priva di campanello. Bussò, ma nessuno rispose. Continuò a bussare, e alla fine lasciò perdere. Si voltò a guardare la strada. Alla finestra della casa di fronte c'era qualcuno – uomo o donna, giovane o vecchio non si capiva – nascosto dietro ai tendaggi. Presto avrebbero chiamato la polizia. Scese le scale e si rimise in cammino. Aveva trascorso mezza giornata nel parco a cercare Emma; ora gli toccava dare la caccia all'abitante di quella casa. Se non poteva starsene seduto sugli scalini ad aspettarlo, avrebbe fatto il giro – vari giri – dell'isolato. Quando sarebbe tornato il signor Jorgen Knudsen?

L'uomo ricomparve dopo diverse ore, al calar del sole. Era il vichingo. Apollo aveva male alle ginocchia e non mangiava né beveva dal giorno prima. Aveva una fame tale che quando il vecchio pazzo si manifestò gli parve un'allucinazione. Portava due grosse buste della spesa di plastica bianca belle cariche e si muoveva lentamente. Passò sotto un lampione e Apollo vide che muoveva le labbra borbottando qualcosa.

Apollo si fermò di botto in mezzo alla strada, proprio all'imboccatura dell'86th Road. Una donna alla guida dovette dare ben tre colpi di clacson per farlo spostare. Il suono del clacson attirò l'attenzione del vecchio, che tuttavia non sembrò notare Apollo: continuò con la sua andatura zoppicante finché non raggiunse le scalette, aprì la porta di casa ed entrò.

Apollo contò fino a cento e ripartì. Giunto davanti alla casa rimase a bocca aperta: la porta era spalancata e la luce sopra l'entrata era rimasta accesa.

Fece per salire i gradini. Posò il piede sul primo, ma si bloccò, voltandosi a guardare da entrambi i lati. Molte abitazioni tutto intorno avevano la luce accesa al pianoterra, qualcuna anche al primo piano. I vicini erano rientrati, ma sembrava che nessuno stesse sorvegliando i suoi movimenti. Si trattenne dal varcare la soglia, anche se sembrava che davvero nessuno lo stesse spiando da dietro le tende.

Imboccò il vialetto che conduceva sul retro dell'edificio. Le case come quella avevano sempre più di un'entrata, e infatti trovò una porta laterale. Immaginò che fosse l'accesso al seminterrato, ma non aveva né maniglia né serratura. Un faretto si accese sulla sua testa facendogli fare un balzo all'indietro per la sorpresa. La valigia si rovesciò. Guardò di nuovo tutto intorno senza muoversi, e dopo un istante la luce si spense. Mosse un passo verso la porta e il sensore della lampada l'accese. Premette contro la porta, ma era sbarrata dall'interno. Arretrò e il vialetto ripiombò nell'oscurità.

Tirò su la valigia e proseguì verso il retro, dove trovò la terza porta. Questa si aprì al primo tentativo. Lasciò la valigia fuori per non avere ostacoli nel caso in cui fosse stato necessario scappare. Si trovò davanti una scaletta che portava in cucina.

Le due buste della spesa stavano sul piano di lavoro; sul fornello acceso al massimo c'era una grossa pentola piena d'acqua ancora fredda. Era una cucina ampia e antiquata. Sulla parete opposta si aprivano due porte. Una dava sulla sala da pranzo, l'altra sul corridoio. Si affacciò sul corridoio, in fondo al quale era ben visibile l'entrata ancora aperta. Indugiò un momento in ascolto. Silenzio.

Entrò in sala da pranzo. Un grande tavolo disseminato di lettere, giornali e volantini; i giornali ancora confezionati con l'elastico, una montagna di carta sparsa anche sul pavimento.

Fece il giro del tavolo cercando di non fare rumore, e scoprì dove stava il vecchio. Gli dava le spalle, nascosto dietro la porta d'ingresso. Nella sinistra stringeva un coltello da disosso dalla lama molto lunga.

Scrutò il tavolo alla ricerca di un oggetto con cui difendersi, qualcosa che fungesse da arma. Prese il giornale arrotolato più vicino, e proprio in quell'istante il vecchio si voltò.

Apollo alzò il giornale come fosse una mazza.

L'uomo gli puntò contro il coltello. «Voglio raccontarti la storia di un bambino», disse.

85

Il vecchio e Apollo si affrontarono: uno brandiva un coltello, l'altro un giornale arrotolato. Situazione di stallo.

«C'era una volta un contadino che aveva tre figli», cominciò il vecchio. «La fattoria produceva così poco che non avevano nulla da mangiare. Abitavano vicino a un bosco grande e fitto, e un giorno il fratello maggiore ci andò a fare legna. Sperava di tagliarne abbastanza da pagare i debiti del padre e che gli restasse qualche soldo in tasca per tirare avanti. Ma tornò indietro a mani vuote dopo neanche un'ora e non volle parlare di quello che era successo nel bosco.

Allora il secondo figlio disse che ci avrebbe provato lui. Strappò la scure di mano al fratello e partì, ma tornò indietro prima che fosse trascorsa un'ora. Non solo tornò senza legna ma anche senza la scure! Il padre era sconvolto. Gli rimaneva una sola speranza: il figlio minore, che era ancora un bambino.

Ma Askeladden – così si chiamava il più piccolo – non aspettò nemmeno che facesse giorno e partì per il bosco prima dell'alba, con la luna che ancora splendeva nel cielo notturno. Non disse nulla né al padre né ai fratelli. Si inoltrò nel bosco cercando di non fare rumore e ritrovò immediatamente la scure. Era incastrata nel tronco di un abete irsuto, proprio dove l'aveva lasciata il fratello. Ma la cosa curiosa era l'intaccatura lasciata sul tronco dal fratello maggiore, appena sotto la scure incastrata.

Askeladden udì dei fruscii tra gli alberi e sentì il terreno vibrare all'avvicinarsi di qualcosa di gigantesco. Le cime degli alberi tremarono, e il ragazzo cercò un posto dove nascondersi. Purtroppo il bosco non gli offriva nascondigli. Pensò di arrampicarsi sull'abete per trovare riparo tra i rami, ma erano troppo alti. Allora considerò la scure: era ancora abbastanza piccolo per poter salire sul manico come su una scala senza che il suo peso la facesse staccare dal tronco. Da lì avrebbe potuto raggiungere il ramo più basso.

Salì fino quasi in cima all'abete e si nascose. Le incisioni lasciate sul tronco dai fratelli avevano fatto gocciolare la linfa, ma Askeladden se ne accorse solo quando si fermò e sentì le mani e i piedi sporchi e odorosi di legno e resina. Tentò di pulirseli ma dovette immobilizzarsi dopo pochi secondi perché dalle profondità della foresta sbucò qualcosa di gigantesco.

Era un troll enorme, alto come un palazzo di cinque piani, con spalle possenti e taurine. Era orribile a vedersi e puzzava di palude marcia; grugniva e tossiva. Andò a sbattere contro il tronco dell'abete e il povero Askeladden rischiò di cadere andando incontro a morte certa. Annusò l'aria, e se il bambino non fosse stato ricoperto di linfa sulle mani e sui piedi, lo avrebbe scoperto immediatamente, perché i troll hanno un olfatto finissimo come quello degli squali.

Tuttavia il mostro si rese conto che qualcosa non andava. Poco prima non aveva forse sorpreso due ragazzi nel suo bosco? La rabbia gli deformò la faccia.

"Chi osa entrare nel mio bosco?", ruggì. "Spolperò le sue ossa con i miei denti!".

Askeladden ebbe un'idea. "La mia testa è proprio lì a

terra davanti a te! Perché non provi a sgranocchiare il mio cranio?", gridò.

Il troll si chinò e raccolse una pietra della grandezza giusta. "Ti ho preso!", disse, e diede un morso. "Oh, i miei denti! Mi sono rotto tutti i denti con la tua testa dura!", esclamò con un ruggito di dolore. "Ora morderò le tue ossa", minacciò, così infuriato da non riuscire più a pensare.

"Io non ho ossa! Sono fatto di legno, stupido troll che non sei altro!", gridò il bambino.

"Ah sì? Sarei stupido? Allora ti faccio a pezzettini!".

"E dove la trovi una scure, buffone?", lo schernì Askeladden.

"Eccone una, proprio qui!", mugghiò il troll. "E con questa butterò giù la foresta per trovarti!".

Il mostro, non proprio intelligente e preso dalla furia, si mise a tagliare gli alberi tutto intorno finché rimase in piedi soltanto l'abete in mezzo a una distesa di pezzettini di legno.

"Ti ho preso finalmente!", gridò. Fece per brandire l'ascia, ma ormai era mattina, e i primi raggi del sole che sorgeva lo trasformarono in un masso.

Askeladden scese dall'abete e cercò di sollevare il troll di pietra per recuperare la scure di suo padre, ma dovette rinunciarci. Era troppo grosso e pesante. Però, in fondo, non era importante riprendersi la scure perché con tutta la legna tagliata dal troll suo padre sarebbe diventato ricco e ne avrebbe comprata una nuova senza problemi. E così vissero felici e contenti».

Il vecchio si schiarì la voce. Scosse il coltello e sembrò saggiare l'aria con la punta.

«Perché ti ho raccontato questa fiaba? Cosa volevo farti ascoltare secondo te?». Fissò Apollo aspettando la risposta.

«Non ne ho la più pallida idea», rispose infine Apollo. «Me la raccontò mio padre, che l'aveva sentita da suo padre, e così via. Veniamo dalla Norvegia e abbiamo portato questa storia con noi. Askeladden è il protagonista di molte fiabe in cui sconfigge sempre i mostri e torna a casa con un tesoro. Sono storie gradevoli se sei un poppante».

Fece un gesto ampio a includere il soggiorno malandato con la moquette consunta, le tende logore e il tavolo ingombro sul quale c'era spazio libero solo per un commensale.

«Ormai credo di odiare le favole», disse alzando le mani con un gesto di pace, come a placare un interlocutore che lo contraddiceva abitualmente. «Non parlo delle fiabe in sé, ma del finale, di quelle quattro parole che rovinano tutto: "Vissero felici e contenti"». Tirò fuori la lingua, quasi fossero amare come il fiele.

«"Vissero felici e contenti"», ripeté. «Anche se non vengono pronunciate sono comunque implicite. Pensa alla fiaba che ti ho raccontato: davvero il papà di Askeladden diventerà ricchissimo e potrà mandare i tre figli all'università? Forse ce ne manderà solo uno, o solo due. Come farà a decidere chi ricompensare? Il più piccolo ha sconfitto il troll, ma il primogenito ha comunque diritto a un premio, o no? E quando il padre muore, cosa succede? Fa testamento? Se sì, l'eredità sarà distribuita equamente tra i figli? Se l'eredità favorisce uno, gli altri cosa faranno? Si daranno battaglia in tribunale per i successivi vent'anni?». Fece una risata amara. «"E vissero felici e contenti" non ti prepara a nulla di tutto questo!».

«Per quanto mi riguarda», proseguì, «ho sempre pensato che il finale servisse a tenere buono il bambino che ascolta. Pensaci: è ora di dormire, gli hai appena raccontato una storia incredibile e lui, com'è normale, vuole saperne di più. Quando Askeladden torna a casa, i suoi lo accolgono con una festa? Il papà e i fratelli poi vanno nel bosco per vedere il troll che è diventato di pietra? Da grande Askeladden si sposa? E la moglie com'è? Hanno dei figli? Come si chiamano?

Un bambino farebbe questo tipo di domande, è naturale, ma è si è fatto tardi e tu sei stanco dopo una giornata di duro lavoro e vuoi soltanto dormire, e tuo figlio comincia davvero a irritarti con tutte queste domande. Ne fa sempre di nuove! Allora gli sussurri nell'orecchio: "Sai cosa accadde dopo? Vissero felici e contenti". "Fino a quando?", chiede il tuo bel bambino. "Per sempre", rispondi. "E ora fai la nanna!"».

Sospirò.

«E tuo figlio, creatura adorabile e stupida, ti crede. Poi cresce e racconta la stessa frottola alle sue figlie, e loro la passano ai figli... E alla fine qualcosa di vero nella fiaba ci sarà se la tua amorevole, cara famiglia se la tramanda di generazione in generazione. Ti rendi conto dei danni che hanno arrecato all'umanità queste quattro parole? Vorrei tanto che si dicesse qualcos'altro alla fine delle favole, qualcosa come: "E cercarono di essere felici", oppure: "La felicità eterna è una vana ricerca". Che ne pensi?».

«Penso che sei proprio un norvegese».

Il vecchio abbassò il coltello. «Perché non ci spostiamo in cucina? Ormai l'acqua bolle. Sto preparando la cena per lei».

«Basta Starbucks, dunque?».

Il vecchio chinò la testa. «Di solito cucino io per lei, ma ieri mi ha detto che dovevo andare da Starbucks a una certa ora e ho obbedito. Non è strano? Non è mai successo, poi all'improvviso mi dice che devo andare proprio lì».

«Lo so. Ti ho visto».

«Sarebbe davvero strano se... se avesse saputo che saresti stato lì in quel momento». Si passò la mano tra i capelli arruffati. «Scusami, ho bevuto».

«Oggi?».

«Sempre». Ebbe un tremolio di stanchezza nello sguardo.

Dalla cucina giungeva il rumore dell'acqua in ebollizione. «Cosa stai preparando?».

«Lo *smalahove*. È un piatto norvegese, proprio come la storia che ti ho raccontato. Ti faccio vedere». Indicò la cucina con il coltello.

«Prego, prima lei», replicò Apollo facendo segno con il giornale.

86

L'acqua bolliva a tutta forza. L'uomo posò il coltello sul piano di lavoro e si avvicinò al tavolino dove aveva lasciato le buste della spesa. Prese un involto da un sacchetto, senza mai perdere d'occhio Apollo. L'oggetto, delle dimensioni di una palla da bowling ma ovaliforme era avvolto in carta cerata. Lo posò sul piano, poi piegò meticolosamente la busta, aprì lo sportello del mobiletto sotto il lavello e ve lo ripose insieme alle altre, anch'esse piegate. Aprì il pacchetto di carta cerata con un rumore secco.

Sul tavolo c'era una testa di pecora.

Apollo ebbe un conato di vomito.

L'uomo ridacchiò e fece un gesto di ammonimento. «Non puoi reagire con disgusto. Questa è una tradizione del mio paese d'origine, e le tradizioni non si giudicano! Devi essere politicamente corretto, altrimenti mi arrabbio. Non giudicare, accetta. Ecco una testa di pecora: accettala».

Le assestò uno schiaffo che produsse un rumore di risucchio fangoso e la fece ruotare di qualche grado: ora la bocca puntava verso Apollo. L'arcata dentaria inferiore, una fila di piccole zanne giallastre, sporgeva dalle labbra leggermente discoste. Nella luce della cucina la testa, completamente scuoiata, era di un rosa rossastro brillante. Aveva ancora gli occhi, e sembravano sfere di gelatina nera incastonate nello stucco rosso della carne.

Il vecchio l'afferrò per il muso e la tuffò nell'acqua che gorgogliava. Schizzi d'acqua bollente lo colpirono sul braccio, ma non reagì al dolore che quel contatto gli aveva sicuramente provocato: si limitò a voltarsi verso Apollo e battere le mani come uno chef orgoglioso della propria bravura. Sul piano di lavoro c'era un timer, uno di quei gadget dalle forme strane che – guarda caso – aveva le sembianze di una pecora lanosa e soffice.

«Se non metto il timer mi dimentico che la testa sta cuocendo». Mostrò ad Apollo il display che stava sulla pancia della pecora. «La faccio andare per tre ore e mezza, così non è né troppo dura né completamente sfatta».

Incapace di stare dietro alla situazione, Apollo annuiva. La porta d'ingresso lasciata aperta, il vecchio appostato con il coltello, la fiaba di Askeladden e il troll, e ora una testa di pecora che bolliva in pentola. Aveva davvero creduto che l'isola fosse il colmo della stranezza?

«Mia moglie». Apollo pronunciò quella parola come se fosse un salvagente e mostrò la mano sinistra con il cordino rosso all'anulare. «Non me ne frega niente di tutte queste stronzate. Devo trovare Emma».

«Allora devi avvicinarti a lei con cautela», disse il vecchio posando il timer. «Devi tenere un comportamento ben preciso, presentarle un'offerta», concluse indicando la pentola.

Aprì il frigorifero e prese un sacco di patate. Lo mollò sul piano di lavoro dove atterrò con un tonfo, poi tornò al frigo e prese una bottiglia verde senza etichetta.

«Hai uno strano anello come fede. Quella di tua moglie è di filo spinato?».

Prese una tazza dal lavello, aprì la bottiglia e versò un liquido trasparente.

«Ci hai messo mesi a palesarti. Credevo che saresti arrivato prima».

Quelle parole furono una tale mazzata per Apollo che il giornale gli scivolò di mano finendo sul tavolo. «Tu sai tutto di mia moglie e mio figlio, vero?».

«Sì».

Aprì un armadietto e prese un flacone di Ensure. Versò il liquido gessoso nella tazza che conteneva il liquore e la fece ruotare perché le due sostanze si mescolassero. Bevve un sorso, e sul labbro superiore gli rimase un baffo bianco appena visibile.

«Allora puoi aiutarmi».

Bevve un altro sorso e volse le spalle ad Apollo. Prese una patata e si mise a pelarla sul lavello. «Non so se voglio aiutarti».

«Stai già aiutando mia moglie».

Il vecchio attaccò a sbucciare un'altra patata mentre guardava il cortiletto piastrellato sul retro, con gli alberi di Forest Park che facevano capolino in cima alla salita.

«Da quando è apparsa tua moglie non ho più chiuso occhio. Ho sempre dormito bene; mia mamma diceva che non le avevo mai dato problemi, neppure quando ero un neonato, ma ormai sono centoventi notti che non dormo». Lasciò cadere la patata sul piano da lavoro. «Tutto per colpa di tua moglie».

Voltò la testa per guardare Apollo. «Prepari tu il cavolo?».

Apollo rimase a bocca aperta per lo stupore.

«Innanzitutto devi togliere il torsolo», disse indicando l'altro sacchetto. Era impaziente come un nonno che deve tenere d'occhio il nipote per tutto il pomeriggio.

Siccome Apollo non accennava a muoversi, il vecchio prese il cavolo dal sacchetto, lo mise su un tagliere insieme a un coltello a lama grande e seghettata e posò il tutto sul tavolo. Alla vista del coltello Apollo non se la sentì di protestare: come arma era molto meglio del giornale arrotolato. Il vecchio lo fissò tranquillo mentre tirava a sé il tagliere e impugnava il coltello, poi si chinò per prendere una pentola più piccola – per le patate – sotto il piano di lavoro, dandogli le spalle. Dal pentolone con la testa di pecora veniva un gran gorgogliare e ribollire.

«Tu sei Jorgen Knudsen», disse Apollo.

Per la prima volta da quando si erano incontrati, il vecchio si irrigidì. Si voltò a guardare Apollo. Un attimo dopo, forse per merito dell'alcol, recuperò la maschera da anziano stravagante e stanco.

«Joe», disse. «Qui negli Stati Uniti mi chiamano Joe. In America devi avere un nome facile da pronunciare altrimenti ti tocca cambiarlo».

Riempì la pentola sotto al rubinetto.

«Quindi immagino che conosci William Wheeler».

Jorgen finì la tazza di Ensure e liquore, e la riempì della stessa mistura. «È così che si fa chiamare?». Continuò a bere.

Apollo tagliò il cavolo in quattro pezzi e li pulì dal torsolo. Intanto Jorgen metteva il pentolino sul fornello. Tic-tic-tic fece il fornello accendendosi.

«Ora taglialo molto sottile», disse con aria compiaciuta, tendendo la mano per prendere i pezzetti di torsolo. Non li gettò nella spazzatura, bensì in un secchio sotto il lavello. Si accorse che Apollo lo fissava «Fai la differenziata pure tu, no?».

Apollo tagliò lo spicchio di cavolo a striscioline sottili. Alla nascita di Brian, Emma non riusciva a cucinare, perciò la preparazione dei pasti era toccata a lui, nonostante conoscesse ben poche ricette. Adesso era come se fosse tornato a quel momento, provava di nuovo quel senso di responsabilità, perché stava preparando un pasto per Emma.

Concentrato com'era su quel compito ci mise un po' a

rendersi conto che Jorgen stava borbottando. Il vecchio prese un'altra pentola dall'armadietto, e con una passata di mano sul tagliere la riempì con le striscioline di cavolo, alle quali aggiunse della farina con un gesto esperto e sicuro. Bevve un altro sorso dalla tazza, e mentre cospargeva di sale e semi di carvi il contenuto della pentola, continuava a borbottare frasi da *Outside Over There*.

Apollo si unì a lui, recitando a memoria.

Jorgen si bloccò di colpo. «Perché mi imiti?», chiese con tono seccato.

«Ho pensato che potevamo recitare insieme».

«Conosci queste parole? Cos'è, una canzone?».

«È un libro. Una fiaba».

«Ah, ovvio», sbuffò Jorgen.

«Mio padre me la leggeva quando ero piccolo».

«Ti leggeva proprio quel libro? E non ti sei mai chiesto il perché?».

«Sì, ma non ho mai scoperto il motivo».

Jorgen mandò giù l'ultimo sorso e batté la tazza vuota contro la tempia. «Sento la sua voce nella testa giorno e notte, anche adesso mentre parlo con te. Tua moglie ripete le frasi di quel libro senza mai un momento di tregua, e io non riesco a coprire la sua voce in nessun modo. Non mi fa dormire. È una tortura». Guardò dentro la tazza. «Ma come fa? Tu hai un'idea?».

«È una strega», rispose Apollo con una nota d'orgoglio nella voce. Aveva finito di tagliuzzare il cavolo.

Jorgen allungò la mano per prendere il tagliere. Apollo trattenne il coltello. «Hai paura di Emma».

«Sì, mi fa paura». Osservò con una certa sorpresa il tagliere che teneva in mano e lo posò di nuovo sul tavolo, come se Apollo non avesse ancora finito. Controllò il timer: ancora tre ore e la testa sarebbe stata pronta.

«Sento la sua voce, e la notte la vedo dalla finestra della camera mentre cammina nel bosco. È circondata da un alone di luce blu. È una strega, sì. Lo sapevi quando l'hai sposata?».

Non lasciò ad Apollo il tempo per replicare. Si sbottonò il colletto della camicia e scostò i lembi rivelando una cicatrice verticale rosso intenso alla base del collo, ancora non completamente guarita.

«Me la sono fatta due mesi fa. Ho preso una vena, non un'arteria. Ho sanguinato molto e ho avuto molto dolore alla gola. I dottori mi hanno prescritto l'Ensure perché non posso ingerire cibi solidi. Ci aggiungo il liquore per mandarlo giù, è come un rimedio di famiglia, si chiama Brennivín. Sono stato per quattro giorni in terapia intensiva. Quando ero in ospedale, al Jamaica Hospital, non riuscivo a dormire nemmeno con i sedativi. Sentivo la sua voce tutto il tempo, persino là. So che non mi perdonerà mai».

Si sedette dall'altra parte del tavolo.

«Hai rapito tu nostro figlio». Apollo parlò con un filo di voce.

«Non sono stato io. Sono troppo vecchio». Guardò il soffitto. «Ma da giovane ho fatto il mio dovere».

«Dovere», ripeté Apollo. Quella parola gli bruciava la lingua.

Jorgen posò i palmi sul tavolo. Prima, mentre preparava la cena, gli era sembrato così imperioso, ma adesso, seduto in una cucina con il pavimento di linoleum e i pensili in truciolato, mostrava tutta l'età, l'ubriachezza e i sentimenti turbolenti che si trascinava dietro, quasi stesse invecchiando sotto lo sguardo di Apollo.

«Devi vedere il soggiorno. Non ha più senso nascondertelo». Lanciò un'occhiata alle pentole sui fornelli e fece un debole cenno con la testa. «Non si manifesterà senza un'offerta, perciò non ha alcun senso affrettarsi».

Puntò i palmi delle mani sul tavolo e si alzò.

Apollo andò a controllare la pentola grande. La testa della pecora si era girata con il muso verso l'alto e sembrava sorridergli. Seguì Jorgen. Portò con sé il coltello.

87

Attraversarono il corridoio. Il vecchio aprì una porta e gli fece segno di entrare. La stanza era lunga e stretta, lunga quanto la cucina e la sala da pranzo messe insieme, con la stessa moquette blu di quest'ultima e le pareti dipinte di un giallo spento, un accostamento di colori che dava il voltastomaco. Se in sala da pranzo faceva freddo, lì dentro il caldo era soffocante, molto più che in cucina con i fornelli accesi. Apollo dovette togliersi la giacca e il berretto di lana: si sentiva come la testa di pecora nell'acqua bollente.

Su una parete erano allineate tre stufette elettriche simili a quelle che Patrice e Dana avevano nel loro seminterrato; del tipo che Apollo conosceva sin dall'infanzia, ed erano tutte regolate al massimo. Sembravano degli enormi tostapane. Le resistenze arancioni e roventi erano coperte da una griglia. Se rimanevano accese a lungo – come nel caso di queste – dopo un po' cominciavano a crepitare, producendo una sorta di interferenza statica.

La stanza era divisa a metà nel senso della lunghezza da due serie di pannelli scorrevoli in stile giapponese, dipinti di nero, il genere di paravento che si trova nelle case dei quartieri molto poveri. I pannelli erano otto, decorati con un motivo di rami di ciliegio in fiore, completamente estesi per cui nascondevano l'altra metà della stanza. Alle pareti, poco sopra le stufette, erano appese delle foto incorniciate, ma dalla porta non si capiva cosa raffigurassero.

Jorgen si avvicinò alle foto. Dalla soglia Apollo sentì una folata d'aria fredda e si voltò a destra: la porta d'entrata era rimasta aperta. L'impulso di andare a chiuderla fu molto forte, ma Jorgen cominciò a parlare e non se ne fece più niente.

«Il primo immigrato che ebbe un impatto forte sul Queens fu il ghiacciaio Laurentide, ventimila anni fa. L'emisfero settentrionale era completamente ghiacciato, e dal Labrador – ciò che oggi chiamiamo Canada – la calotta si estendeva ben oltre ciò che adesso è un confine ma che allora era di là da venire».

Gli fece cenno di avvicinarsi, ma Apollo rimase dov'era. Osservò nuovamente la stanza chiedendosi se oltre quei pannelli giapponesi ci fosse qualcuno. Intanto il vecchio voleva parlare di ghiacciai.

«Il ghiacciaio arrivò fino al Wisconsin, poi fino al Michigan, all'Indiana e all'Illinois. Era inarrestabile, spostava le montagne, spaccava il terreno. Quando raggiunse New York era spesso trecento metri, più o meno l'altezza dell'Empire State Building. Quando infine smise di muoversi aveva ormai ricoperto l'estensione della futura New York, e sarebbe rimasto là per altri cinquecento anni. Poi ci fu un riscaldamento globale e il ghiacciaio si sciolse.

A quel punto, però, la massa ghiacciata aveva compiuto una sorta di miracolo, spostando abbastanza pietre e terra da creare una gigantesca barriera che teneva a bada l'Atlantico, tanto che se non fosse stato per lei oggi non esisterebbero né il Queens né Brooklyn, e noi saremmo sott'acqua. Tutto ciò fu merito di un canadese».

Jorgen sorrise e fece cenno ad Apollo affinché entrasse. Indicò le foto appese alla parete.

Apollo si decise a muovere qualche passo verso di lui, ma poiché non era uno sprovveduto diede una sbirciata oltre i pannelli. Non c'era nessuno nascosto là dietro: solo la moquette blu. Niente stufette. Molte foto, un centinaio, forse di più, appese alla parete. Sembrava un album fotografico di famiglia, solo che invece di avere l'aspetto di un libro, era esposto sul muro. Erano ritratti, ma non riuscì a vedere i dettagli perché Jorgen venne a prenderlo.

«Prego, Apollo», disse toccandogli il braccio.

Com'era possibile ritrovarselo così vicino in un batter d'occhio? Quella cavolo di moquette attutiva i rumori, ecco perché.

Uscì da dietro i pannelli e si rese conto di un dettaglio bizzarro: in quella stanza non c'erano finestre. Una villetta unifamiliare senza muri in comune con altre abitazioni, con la sala da pranzo che dava sulla strada e la cucina che si apriva sul cortile, poteva avere una stanza che guardava soltanto verso l'interno?

Jorgen lo condusse davanti alle foto, quelle sopra le stufette. Apollo sentì le ondate di calore colpirlo alle gambe.

«Ti ho raccontato del primo immigrato. Ora voglio parlarti di quelli più recenti». Toccò con il dito l'immagine più grande, quella di una nave.

«Il 5 luglio 1825, cinquantadue norvegesi partirono da Stavanger a bordo di uno sloop battezzato *Restoration*. Molti di loro erano quaccheri che cercavano in America la libertà di professare la fede che avevano scelto. Sulla *Restoration* viaggiò il primo gruppo di migranti norvegesi che abbia mai toccato le nostre sponde dai tempi dei vichinghi. Si trattava di una *Mayflower* norvegese.

Lo sloop era molto piccolo per quel genere di viaggio: misurava solo sedici metri per quattro. La traversata durò quattordici settimane e la barca approdò nel porto di New York il 9 ottobre, senza alcuna vittima tra i passeggeri. Anzi, il giornale riportò che c'era stata addirittura una nascita a bordo, una femmina, partorita senza assistenza medica e antidolorifici, alla vecchia maniera». Adesso le stufette ronzavano all'unisono come giganteschi insetti metallici intrappolati nella stanza senza finestre. Apollo sentiva gocce di sudore sul collo e sul mento.

«La traversata finì sui quotidiani nazionali, e i migranti furono soprannominati "gli Sloopers". L'aspetto che più incuriosiva i lettori era come avessero potuto attraversare l'Atlantico su una barca così piccola. Sembrava qualcosa di improbabile, impossibile. E neppure i migranti stessi conoscevano la verità.

Il loro capitano, Lars Larsen, parlò soltanto del desiderio di libertà religiosa che li animava e della singolare bontà e libertà di coscienza che avrebbero trovato negli Stati Uniti. Insomma, disse tutto ciò che piaceva alle autorità e gli Sloopers furono accolti senza problemi e diventarono cittadini americani. Passò del tempo e nessuno pensò più a porre la domanda essenziale: come avevano fatto ad attraversare l'oceano? Ebbene, te lo dico io: ricevettero un aiuto».

Per un attimo Apollo tornò su North Brother Island insieme a Cal mentre osservavano il peschereccio che prendeva il largo.

«Quello grande sa nuotare», mormorò.

«Sì, proprio così», replicò Jorgen fissandolo con espressione sorpresa. Passò a indicare un'altra immagine. Era un gruppo di persone, certamente non i cinquantatdue migranti. In realtà erano solo tre persone, due donne e un uomo.

«Gli Sloopers si stabilirono in questa zona, ma non ci rimasero a lungo. Quando Lars Larsen e la sua famiglia si spostarono a nord, in Orleans County, quasi tutti lo seguirono e formarono la prima colonia norvegese in America dai tempi di Leiv Eriksson, intorno all'anno mille».

«Vuoi dire Leif Eriksson?», lo corresse Apollo ricordando di aver studiato i vichinghi alle elementari.

«Credo di sì», rispose Jorgen.

Guardò l'immagine. «Quei tre invece non li seguirono, rimasero qui. All'epoca il Queens era una distesa di campi. Il villaggio finì per chiamarsi Little Norway, e loro ne furono i fondatori. Il ritratto che vedi risale a otto mesi dopo il loro arrivo».

Batté con il dito sul vetro per indicare la faccia dell'uomo, magro e senza barba. Il disegno a china era più che altro uno schizzo, ma la resa degli occhi era accurata e li mostrava forse più grandi di com'erano in realtà e molto nitidi, tanto che sembrava guardasse proprio loro due dalle profondità del tempo.

«Lui è il mio trisavolo, Nils».

Ora batté il dito su una delle due donne. Anche lei era magra, più alta di Nils, e teneva le mani incrociate in grembo. Portava una pezzuola che le copriva i capelli.

«Lei è la mia trisavola, Petra».

Infine toccò l'altra donna. Bassa, avvolta in uno scialle, le labbra disegnate con un tratto così lieve che sembrava priva di bocca; gli occhi due puntini, le spalle appena tratteggiate, curve, come se fosse un fantasma sul punto di svanire.

«Lei è Anna Sofie, la prima moglie di Nils».

«Aveva due mogli?».

«Be', non nello stesso momento».

«Ed erano tutti e tre sullo sloop?».

«Sì. Nils e Anna Sofie erano sposati da quattro anni quando si imbarcarono. Non erano quaccheri ma desideravano rifarsi una vita in un paese diverso. Forse Nils fu costretto a scappare, chissà. Il capitano offrì lavoro a chi volesse fare da equipaggio, così Nils ottenne un passaggio gratis per sua moglie incinta. Anna Sofie partorì durante la traversata».

«La bambina che dicevi. Come si chiamava?».

Jorgen abbassò la mano. «Agnes Knudsdatter».

«Agnes?», sussurrò Apollo. «Se era nata sulla barca perché non è nel ritratto?», chiese non appena ebbe ritrovato la padronanza di sé.

«Al tempo del ritratto Agnes era già morta», rispose Jorgen stringendo le labbra. «Anna Sofie non si riprese più da quella perdita. Poi mio padre sposò Petra».

Apollo osservò il volto di Anna Sofie. Adesso sembrava cancellata dal dolore. «E cosa accadde ad Anna Sofie dopo il divorzio? Rimase nel quartiere?». Il calore era soffocante. Apollo stava sudando.

«Andò nella foresta».

«Nella foresta? E perché?».

«Voleva trovare sua figlia. Sapeva che Agnes era da qualche parte là dentro».

«E Nils? L'aiutò a cercarla?», chiese Apollo guardando Jorgen negli occhi.

«Be', no. Certo che no».

«Ma era suo padre».

«Fu lui a portarla nel bosco e a lasciarla nella grotta».

88

Jorgen disse qualcos'altro e gli indicò i pannelli giapponesi, ma Apollo non lo sentì. Gli si erano chiuse le orecchie e le parole del vecchio erano soltanto un rumore che gli faceva vibrare le ossa del cranio. Si accorse che stava fissando il coltello che stringeva nella sinistra. Il tono indifferente di quelle parole: *fu lui a portarla nel bosco. Nella caverna.* Il coltello si sollevò lentamente, come un palloncino a elio.

Jorgen gli afferrò il polso e spinse la mano con il coltello verso il basso. La mano rimase immobile lungo il fianco. Per il momento.

«Hai mai notato che il tema del Diavolo nascosto nella foresta ricorre in tutte le storie dei primi coloni?». Diede un'occhiata veloce al coltello e, vedendo che non accennava a muoversi, lasciò la presa sul polso.

«Mi riferisco ai Puritani. Quando sbarcarono in Nord America erano convinti che in queste terre selvagge si nascondessero mostri feroci, ma forse era il contrario: forse dalle loro navi insieme alle merci sbarcarono dei mostri. La mia gente fece così, portò con sé un mostro. Anzi, fu il mio trisavolo a portarlo con sé».

«E gli altri sulla barca lo sapevano?».

Jorgen si diede un colpetto sulla pancia. «No, non penso. Credevano nell'equipaggio e in Dio, mentre Nils credeva in qualcosa di più antico. Se arrivarono sani e salvi fu per merito suo, ma erano troppo religiosi per rendersene conto. La gente sceglie di essere ignorante perché con i paraocchi è tutto più semplice. Ma ora che sono vecchio e ho tanto tempo per meditare, mi rendo conto che puoi scegliere di ignorare la verità, certo, ma alla fine lei ti cambia comunque».

Indicò ancora una volta i pannelli e passò dall'altra parte. Apollo guardò prima il coltello, poi il disegno dei tre trisavoli: Nils, Petra e Anna Sofie. Intanto le stufette ronzavano e scricchiolavano emettendo un calore ustionante, quasi volessero cacciarlo via.

Dall'altra parte dei pannelli, Jorgen gli fece segno di raggiungerlo, un gesto goffo con il braccio teso in alto come qualcuno che cerca di farsi vedere agli arrivi in aeroporto. Apollo lo raggiunse.

Il vecchio vichingo lo aspettava di fronte alle foto appese alla parete. Su tutta la notevole lunghezza del muro ce n'erano sicuramente più di cento. Da quel lato faceva molto più fresco perché mancavano le stufette. Jorgen toccò il disegno – tratteggiato sommariamente – di un bambino che stava con gli occhi chiusi e le labbra increspate come se fischiasse. Ciocche di capelli gli scendevano sulle orecchie.

«Agnes. Mio padre fece il disegno a memoria molto tempo dopo». Allontanò la mano, poi ci ripensò e accarezzò gli spigoli della cornice.

Quella bambina era stata abbandonata nel bosco, in una caverna, da suo padre? Trovava quel pensiero insopportabile. Osservò la parete della misteriosa stanza senza finestre e si rese conto che una volta c'erano state delle finestre, ma qualcuno le aveva murate. Poi le pareti erano state rivestite e imbiancate, ma si vedevano ancora i dislivelli sulla superficie, con un effetto di sporgenze e rientranze come sui tasti bianchi e neri del pianoforte, per cui le fotografie sembravano galleggiare su una superficie mossa. Dal suo punto d'osservazione era semplice identificare i soggetti: erano bambini; un mare di facce di bambini.

«Perché Nils portò con sé il mostro?».

«Doveva andarsene dalla Norvegia insieme alla moglie. Immagino che l'amasse e non volesse iniziare una nuova vita senza di lei, perciò quando vide la barca a cui si affidavano quegli ingenui quaccheri per attraversare l'Atlantico, sorsero in lui molti dubbi. Lo sloop era troppo piccolo, e lui doveva pensare alla famiglia. Ma la protezione che portò con sé aveva un prezzo. Gli Sloopers sbarcarono a New York e poco dopo andarono a rifugiarsi più a nord, ma Nils, Anna Sofie e Petra Mikkelsdatter rimasero nel Queens. All'epoca il parco non c'era ancora, il Queens era una distesa di boschi e terreni coltivabili: un habitat perfetto per il mostro, se pensi che da noi in Norvegia queste creature fanno parte della natura e hanno la loro tana nelle foreste e sulle montagne. Nel 1898 si conclusero gli acquisti dei terreni su cui sarebbe sorto il parco, e i proprietari cominciarono a progettarlo, dotandolo di campi da golf, sentieri e così via. Quei terreni collinari erano pieni di anfratti e di caverne, tutti nascondigli ideali per un mostro molto grande. Jotunn, Trolde: in norvegese li chiamiamo così».

Jorgen guardò Apollo dritto negli occhi.

«In Norvegia Nils aveva stretto un accordo con lui. Doveva essere il suo guardiano e fare in modo che se ne stesse buono. Il patto prevedeva un dono per il mostro: un bambino. Così, una notte, quando non fu più possibile rimandare l'adempimento della promessa, Nils Knudsen portò sua figlia nel bosco e la consegnò alla bestia nella sua grotta».

89

Le immagini erano disposte in fila da sinistra verso destra come in una successione cronologica che cominciava in alto a sinistra della parete più lunga e, giunta a quella opposta, scendeva di una riga e ripartiva. I primi erano schizzi e ritratti a carboncino poi, con una transizione quasi scioccante per la sua nitidezza, si passava ai dagherrotipi, seguiti dalle foto in bianco e nero e dalle prime foto a colori, sgranate. Tutte le immagini raffiguravano bambini, anzi neonati. La vastità di quella collezione causò un tale orrore in Apollo che fu come se gli avessero strappato la pelle del viso.

«Gli hai dato in pasto questi bambini?», riuscì infine a chiedere.

«No», rispose Jorgen deciso. «Le cose non stanno così. Lui cerca di allevarli, capisci? Come un buon...».

«Padre». Apollo completò la frase, ma pronunciare quella parola fu per lui come avere qualcosa di putrido in bocca.

Jorgen alzò le braccia come a volersi scusare. «Ci prova ma quando non ci riesce se ne nutre. Allora dobbiamo riprovare con un altro bambino. Questo era il nostro patto».

«Nostro», ripeté Apollo.

«Parlo dei discendenti maschi della famiglia Knudsen».

«E i figli del mostro? Perché non alleva quelli?».

«Quelle cose?». Jorgen si raschiò la gola come se stesse per scatarrare. «Sono troppo brutti per essere amati come figli».

Apollo si sentiva paralizzato da quella storia orrenda, come sul punto di cadere all'indietro, svenuto. Pareva una sorta di lezione, come se Jorgen Knudsen fosse un maestro e Apollo Kagwa il suo allievo.

«Nils capì quanto fosse difficile chiedere a una madre di rinunciare al proprio figlio. Anna Sofie ebbe un tracollo, scomparve nel bosco alla ricerca della figlia e non tornò mai più».

«Forse invece l'aveva trovata. Trovò Agnes e scapparono a gambe levate da quel marito infido».

Jorgen fece un sorriso a denti stretti. «Carina come ipotesi».

Apollo si sentì sprofondare.

«Nils sposò Petra nel giro di pochissimo tempo ed ebbero sette figli. Ma non portò nessuno di loro nel bosco perché aveva imparato la lezione. Mi piace pensare che fosse troppo duro per lui compiere nuovamente un simile sacrificio. Non era un uomo cattivo, checché ne pensi. I suoi figli raccontavano solo cose belle su di lui».

Apollo passò il coltello dalla sinistra alla destra e fece per avvicinarsi a Jorgen. Le mani gli chiedevano di usare il coltello. Invece si fermò, catturato ancora una volta dai ritratti di quelle vittime. Bambini e bambine dalla pelle scura, chiara, asiatici, europei, africani: un insieme variegato come l'assemblea plenaria delle Nazioni Unite.

«Se non sacrificò i suoi figli, allora su chi cadde la scelta?».

«Nel Queens c'erano molti immigrati, gente che di solito fa parecchi figli. All'epoca era diverso, non puoi giudicare secondo gli standard di oggi. Sono stati uomini come lui, dotati della forza d'animo per fare scelte difficili e portarle fino in fondo ad assicurare la prosperità di questo paese».

«E tu ci credi davvero a questa roba?».

«La loro storia non interessa a nessuno», disse Jorgen convinto. «Perlomeno, non vogliamo conoscerla per intero. Vogliamo che i nostri genitori ci proteggano, ma non vogliamo sapere cosa hanno dovuto sacrificare per permetterci di vivere bene. Non c'è nazione che sia fondata sulla bontà d'animo».

Dall'altra parte dei pannelli le tre stufette scricchiolarono e gracchiarono, come se ridessero di quelle parole.

«Come fai a trovarli? Come li scegli?».

Jorgen si passò la mano sul naso fino ad arrivare al mento.

«Quando ero in servizio le ricerche duravano ore, giornate intere. Negli anni Ottanta andavo ovunque con il mio furgoncino bianco. Però trovavo sempre un candidato, un maschio o una femmina senza protezione. Un bambino dimenticato, abbandonato. Sono bambini dall'aspetto inconfondibile, che imparai a riconoscere a colpo d'occhio».

Scosse la testa come a cercare comprensione da parte di Apollo.

«Oggigiorno non devi neppure uscire di casa per cercarli. È sufficiente una connessione internet», spiegò.

«Ma di che diavolo parli?».

«Nelle fiabe i vampiri non possono entrare nelle case a meno che non vi siano invitati. La bestia non poteva varcare la soglia di casa tua se tu non le davi il permesso. Bene: cosa credi che sia un computer o un cellulare? È la tua casa, ci vivi dentro. Ma una casa reale, fatta di mattoni e cemento, perlomeno ha una porta e delle finestre che puoi chiudere. La tecnologia invece non ha porte che puoi sbarrare. Oggigiorno la gente condivide tutto», Apollo lo ascoltava meravigliato, senza parole, «racconta quando e dove porta i figli a giocare; ti fa sapere che ha chiamato una babysitter; pubblica le foto della scuola che frequentano i figli. La gente è così orgogliosa dei propri figli! Non resistono, devono condividere ogni cosa. Ma con chi condividono tutte quelle informazioni? Sanno davvero chi hanno invitato in casa? Ti garantisco che non lo sanno», disse puntando il dito contro Apollo.

«Li conosco quelli come te. Siete i padri moderni, quelli che devono registrare e documentare qualsiasi momento della vita dei figli. Fate il video del bimbo che dorme e lo schiaffate su internet prima che si svegli. Vi credete padri amorevoli, volete essere migliori dell'uomo che vi ha cresciuti, o che non c'è mai stato. E invece lasciami dire cosa vedo in voi: vedo la vostra povertà, il vostro bisogno di applausi, come se il like di uno sconosciuto potesse compensare la mancanza di amore che avete sofferto da piccoli. Oh, poverini! Praticamente implorate il mostro di divorarvi. Forse i vostri figli devono proteggersi proprio da voi. Lasciate una traccia di briciole che qualsiasi lupo può seguire, e quando vi arriva alla porta di casa rimanete sconvolti e non capite più niente. Siete così presi dal ruolo che recitate da non accorgervi nemmeno che vostro figlio è stato rapito e sostituito con un essere generato da un troll, un *changeling*, la cui bellezza è soltanto la proiezione della vostra vanità».

Jorgen batté le mani.

«Andiamo a vedere a che punto è la testa?».

90

Dovette corrergli dietro fino in cucina.

«Perché non rifiutarsi di obbedire al troll? Dopotutto quella era la figlia di Nils! Perché non è finita lì?».

Jorgen si versò da bere prima di controllare la cottura della testa. Aveva finito la bottiglia di Brennivín, ma non si perse d'animo perché ne aveva altro nell'armadietto, insieme all'Ensure. Li mescolò nella tazza e controllò il timer. Mancava poco.

«Ci provò, fu la prima cosa che fece», disse appoggiandosi al lavello.

Apollo gli puntò contro il coltello. «E poi?».

Jorgen alzò la tazza e fece un gesto ampio. «La bestia distrusse tutto. Ti ho detto che gli Sloopers si trattennero qui solo per poco? Be', fu la distruzione a spingerli a scappare verso nord».

«Allora vennero a sapere della sua esistenza, dopo che distrusse le loro case?».

«No. Sai invece come spiegarono l'evento? Fino alla loro morte rimasero convinti che fosse stato un castigo divino». Chiuse gli occhi e alzò la tazza come a brindare. Fece una risata amara.

Bevve lentamente puntando lo sguardo verso il fondo del corridoio, come se seguisse un movimento che avveniva intorno alla porta rimasta aperta. Apollo si voltò di scatto, preparandosi a reagire a un attacco, ma non c'era nessuno. Jorgen aveva finito di bere e teneva la tazza stretta tra le mani. Sembrava improvvisamente sfinito, esaurito, le labbra serrate che tremavano per lo sforzo di resistere alla stanchezza.

«Perché mi hai raccontato tutto questo? A che pro? È una confessione?», chiese infine Apollo.

I coperchi ballavano sulle pentole. Jorgen spense la fiamma delle patate e del cavolo, lasciando accesa quella della testa di pecora.

«Secondo te perché l'avrei fatto?». Prese un vassoio d'argento dal pensile sopra il frigo.

«Perché ti senti in colpa per quello che hai fatto, per quello che hanno fatto gli uomini della tua famiglia. Ed è giusto che sia così».

Jorgen prese anche la cloche abbinata al vassoio.

«Sul senso di colpa hai ragione, non posso negarlo». Posò la cloche e si toccò la cicatrice sulla gola, testimonianza di un tentativo di suicidio. «Altrimenti non ci avrei provato. Però voglio chiederti – e rifletti bene prima di rispondere – cosa faresti tu per tuo figlio?».

«Farei qualsiasi cosa. Non c'è limite a quello che sarei capace di fare».

«Esattamente. Un buon padre deve rispondere così», replicò agitando il dito. «Un buon padre agisce così. Anche per me è lo stesso».

Lanciò un'occhiata al Brennivín, ma non riuscì neppure ad alzare la mano per prendere la bottiglia. Forse era più ubriaco di quel che sembrava. Si limitò a pendere verso la bottiglia, poi rinunciò.

«A suo tempo mio figlio ha fatto un bilancio di cosa rimaneva della famiglia Knudsen. Da una parte c'ero io, la casa e i debiti che la casa si portava dietro, dall'altra c'era lui, sua moglie, due figlie e un buon lavoro nel campo dell'informatica, che però non bastava a mantenere la famiglia. Un tempo, in questo paese un uomo come lui poteva contare sulla certezza che i figli avrebbero avuto una vita più facile della sua; era una sorta di diritto di nascita per ogni uomo bianco. Ora non più. Improvvisamente, uomini come mio figlio vengono ignorati in nome di cose come "l'imparzialità" e "l'equilibrio". Che giustizia c'è in tutto questo?».

Apollo gli si avvicinò. «Lui è tuo figlio», disse in un sussurro.

«Per lui il troll non era un peso ma una benedizione, a patto che tornassimo alle tradizioni della nostra gente, ovvero a un momento storico in cui siamo stati potenti. La sua ipotesi era che la situazione fosse andata peggiorando da quando Nils si era rifiutato di sacrificare uno dei figli di Petra. Se la bestia ci ha portato su questo continente, potrà salvarci di nuovo: questa era la convinzione di mio figlio. Saremmo riusciti a imbrigliare il potere del mostro e a usarlo per la nostra salvezza. Era un nostro diritto ereditario. Per quale altra ragione eravamo sbarcati in America e avevamo lavorato così duramente? Ma per riuscirci saremmo dovuti tornare alle origini senza mezze misure, in totale purezza. Perciò si è sobbarcato il compito di onorare il patto originario, e ha seguito le orme di Nils, come quel giorno di centonovanta anni prima. Ammiravo la sua fermezza».

«E così ha lasciato Agnes nel bosco, in una grotta».

Jorgen colpì il piano di lavoro con il palmo della mano. «Sua moglie non ha capito la sua visione. Non ha apprezzato il suo coraggio, l'ha disdegnato. Se n'è andata portando con sé Grace. Lui amava moltissimo la sua famiglia, tanto da sacrificare la figlia, e Gretta l'ha abbandonato! Era distrutto. L'ho visto con questi occhi. Mio figlio è impazzito, e da allora mi prendo cura di lui».

Da quella posizione, in piedi appoggiato al mobile del lavello, Jorgen si lasciò scivolare a terra, e rimase seduto sul pavimento come un pupazzo floscio, senza tentare nemmeno di rialzarsi.

«Davvero hai creduto che avessi lasciato la porta aperta per te?», chiese fissando la lama del coltello. «Davvero credi che ti abbia raccontato tutta questa storia soltanto per togliermi un peso? Mio figlio sa che se vede la porta di casa aperta con la luce sopra accesa, quello è il segnale che deve scappare. Per te questa era una confessione, ma per me è stato un modo per dargli il tempo di scappare». Alzò lo sguardo su Apollo. «Qualsiasi buon padre farebbe lo stesso. Ho fatto tutto quello che potevo. Ora dammi quel coltello».

Apollo poggiò un ginocchio a terra. «Eccolo, prendi».

Gli conficcò la lama nel collo, e mentre lo colpiva chiuse istintivamente gli occhi. Udì un colpo di tosse soffocato, quasi stupito. Quando riaprì gli occhi, dalla gola uscivano fiotti di sangue che gli entrarono negli occhi accecandolo. Il sangue gli ustionava il viso, gli ostruiva le narici e l'orecchio sinistro. Un disgusto assoluto si diffuse per tutta la sua pelle come fango e minacciò di soffocarlo.

Il timer suonò, e quel richiamo gli sembrò assordante come una sirena d'allarme. Il vecchio scalciava e Apollo fu lì lì per cadere. L'unico modo per mantenere l'equilibrio era appoggiarsi al coltello, conficcandolo sempre più in profondità nella gola di Jorgen. Sentì che la lama era entrata in qualcosa di duro, forse il legno del cassetto o una vertebra del vecchio. La pentola con la testa di pecora vibrava sul fornello ed era come se la casa stesse lanciando un rantolo di morte insieme al suo padrone.

Apollo ricadde all'indietro. Si strofinò le maniche della camicia sul viso per togliersi il sangue dagli occhi. Jorgen Knudsen era immobile, appoggiato ai cassetti della cucina, e i suoi occhi si erano infossati nel cranio. Ora sembrava una casa con le luci spente.

L'allarme del timer continuava a suonare, e quel rumore riportò Apollo al presente. Guardò il timer, poi guardò la pentola. Spense il fornello.

«La pecora è cotta», disse.

91

Apollo Kagwa uscì dal numero 124 della 86th Road con il favore delle tenebre, reggendo con entrambe le mani un vassoio coperto da una cloche. Le patate e il cavolo avevano bollito per tre ore come la testa ed erano completamente sfatti; inoltre l'acqua era evaporata e si era formata una crosta bruciata sul fondo della pentola. Solo la testa non si era rovinata. La carne aveva preso un colore grigio scuro, e gli occhi sembravano biglie di vetro opaco. La estrasse dall'acqua bollente con le mani nude e la posò sul vassoio. Ora le sue mani erano diventate rosso intenso, quasi viola, ma non sentiva alcun dolore, perché la sua mente non poteva rilevarlo. Aveva ancora i battiti accelerati dalla concitazione dell'omicidio appena compiuto. L'acqua nella pentola si era tinta di marrone scuro per il sangue che gli macchiava le mani.

Posò la testa sul vassoio e la coprì. Jorgen aveva detto che portava del cibo a Emma, a volte comprandolo da Starbucks altre volte cucinandolo in casa, e glielo presentava come una specie di offerta. Doveva imitare quel gesto? Quante cose non sapeva. Non avrebbe dovuto uccidere il vecchio prima di aver imparato tutti i passi, ma non era riuscito a trattenersi, dopo che Jorgen aveva raccontato come si era preso gioco di lui. *Qualsiasi buon padre farebbe lo stesso.* Kinder Garten aveva vissuto in questa casa; forse era persino arrivato fino all'entrata, poi aveva visto il segnale ed era scappato. E mentre ciò accadeva, Apollo stava nella stanza senza finestre a parlare del passato a scapito del presente.

Si lavò la faccia e il collo nel lavello, senza risultati apprezzabili. Al piano superiore trovò un bagno con una grande vasca all'antica dove fece una doccia. Salì ancora di un piano e trovò la camera da letto di Jorgen. O era quella di Kinder Garten? Dal cassettone prese dei pantaloni ampi, una camicia, calzini e maglietta. Si vestì e tornò in cucina. Al momento dell'uccisione non indossava né la giacca né il cappello, perciò quelli erano puliti.

Bevve un sorso di Brennivín. Ne bevve altri tre per ritrovare la stabilità e mise la bottiglia nella tasca della giacca, da cui sporgeva in modo evidente. Prese il vassoio, poi si ricordò di aver lasciato la valigia accanto all'entrata sul retro. Sistemò il vassoio sulla parte superiore del trolley e se lo tirò dietro afferrandolo dal manico telescopico.

Tornò alla scalinata d'accesso al parco dove Jorgen aveva depositato i sacchetti di cibo la sera prima. Arrivato in cima alle scale posò il vassoio a terra. Decise di non attraversare la strada per appostarsi nell'ombra, perché chiunque avesse chiamato la polizia la sera precedente poteva rifarlo. Stavolta si sarebbe inoltrato nel parco.

Alzò la valigia usandola per scansare l'erba del sottobosco che gli ostruiva il cammino. Inoltratosi di appena un metro nel bosco si rese conto che il paesaggio urbano del Queens era come cancellato. La calma improvvisa della foresta lo travolse come un'onda anomala. Non era silenzio, bensì calma. Lo scricchiolio degli alberi che si piegavano agili nel vento forte; le foglie secche sotto i suoi passi che crepitavano come cracker sotto i denti; l'odore dell'aria invernale che fa espandere le narici. Sfiorò il cordino rosso con la devozione di un cattolico che fa scorrere un rosario e lo fece girare più volte attorno all'anulare.

Infine udì un rumore, molto fievole rispetto agli altri, ma così regolare che dapprincipio lo scambiò per il mormorio di un torrente. Invece era una voce, come se il bosco sussurrasse. Non erano parole rivolte a lui, era un mormorio diffuso. Aveva messo piede nel bosco della strega con un'offerta.

E la strega si manifestò.

92

Gli sembrava di trovarsi nel pieno di una tempesta. Si coprì gli occhi. Tutto intorno a lui, tra gli alberi spogli, filtrava una luce cosmica blu. E al centro di quelle ondulazioni luminose, delle nuvole di fumo blu cobalto, apparve sua moglie. La distanza tra loro sembrava incolmabile. Un vento gelido gli schiacciava addosso la giacca e le orecchie gli fischiavano più forte di quando Cal aveva sparato con la pistola: sentiva persino un odore di bruciato nell'aria. Lampi di luce simili a fulmini lo accecarono. Vento e saette circondavano Emma Valentine come un mantello vorticante.

Gli alberi si scostarono per farla passare senza che lei muovesse un dito. Giunse infine sullo spiazzo e chiamò a sé il vassoio con la cloche. Non si piegò per raccoglierlo, si limitò a tendere la mano per riceverlo sul palmo.

Apollo udì Emma pronunciare le frasi del libro. Le sue labbra si muovevano ma la voce non sembrava venire da lei: era un'eco che rimbalzava sul terreno, sui rami e persino sulla superficie di cemento delle scale e saliva turbinando nella notte.

Emma fece qualche passo all'indietro e rientrò nel bosco, poi si voltò e riprese il sentiero da cui era venuta. La cloche tremolava sul vassoio seguendo i suoi movimenti. Si stava allontanando senza averlo neppure notato.

«Emma», disse Apollo.

Adesso l'aria che respirava era secca e gli bruciava in gola. Gli faceva male la gola. «Emma, sono io».

Ma Emma procedette senza esitazioni – quasi sollevandosi a qualche centimetro da terra – per il sentiero che si inoltrava nel folto del bosco. La seguì meditando sulle parole giuste da dire per farsi ascoltare, mentre continuava a tirarsi dietro il trolley per il semplice motivo che non riusciva più ad aprire la mano destra e mollare la maniglia.

Dapprincipio il sentiero si snodava su per una collinetta di liriodendri e querce rosse con qualche noce nero, poi man mano che si faceva più ripido, si notavano grandi querce nere, betulle nere che emanavano un odore balsamico di gaultheria, e noci hickory. La strega con la sua luce blu lo conduceva verso le profondità della foresta.

Il sentiero cominciava a inselvatichirsi; la terra battuta cedeva all'erba, al muschio e ai funghi, mentre nel terreno vivevano lombrichi, millepiedi e porcellini di terra. Apollo li percepiva quasi sotto i suoi piedi. Nella Northern Forest vivevano talpe, toporagni, scoiattoli grigi e conigli coda di cotone, tamie e procioni. Le talpe e i toporagni sopravvivevano all'inverno scavando tunnel appena sotto la superficie, una rete di cunicoli che si estendeva per tutto il parco. La foresta era un intreccio e una sovrapposizione di mondi nascosti.

Quando Emma raggiunse la sommità di un ripido pendio, la chiamò di nuovo. «Avevi ragione tu, Emma!».

Nessuna risposta, nessun cenno di riconoscimento.

«Non era un bambino».

A quelle parole Emma si voltò a guardarlo, anche se i suoi occhi erano talmente neri che sembrava cieca, accecata. Non aprì la bocca, ma Apollo udì un grido che risuonò per tutta la foresta.

«I folletti erano reali ma io non li vedevo!», gridò Apollo.

In quell'istante il nembo di energia che l'avvolgeva si aprì, ed Emma si mostrò com'era: una piccola donna infagottata in un piumino marrone ridotto a brandelli, che reggeva un vassoio di peltro. Alla luce della luna Apollo vide le sue labbra screpolate e le palpebre gonfie e giallastre, il ritratto dell'angoscia.

Ora la foresta tacque davvero.

«Emma».

Lei si guardò le mani, stupita dal vassoio che reggevano, come se fosse la prima volta che lo vedeva. Si accovacciò e lo posò sul terreno appena imbiancato dalla neve. Tastò tra le foglie alla ricerca di qualcosa.

«Sono Apollo».

Emma si raddrizzò stringendo un oggetto nella mano destra, poi alzò il braccio e lo lanciò con un grugnito: era una pietra grande come una palla da softball, e colpì Apollo poco sopra il ginocchio, causandogli una fitta di dolore che si propagò fino all'inguine e lo fece cadere come un tronco tagliato.

Emma prese il vassoio.

Si voltò dall'altra parte.

Sparì oltre la cresta della collina.

Apollo rimase a terra, lo sguardo perso tra le chiome degli alberi. Il dolore pulsante nella coscia era così intenso che la gamba gli sembrava sul punto di scoppiare. Ansimò per un po', poi si girò sulla pancia perché non poteva ancora mettersi in piedi. Avrebbe strisciato per il sottobosco innevato. Abbandonò la valigia e si inerpicò fino in cima alla collina.

L'altro versante era molto più scosceso, e in basso la foresta si faceva ancora più fitta. Continuò a strisciare finché non se la sentì di mettersi in piedi. Nella foresta c'erano due ordini di vegetazione: gli alberi più alti e antichi, e quelli giovani, più bassi. E, anche nella loro nudità invernale, formavano un intreccio così fitto da bloccare la luce lunare. Apollo seguiva il sentiero ma l'oscurità era troppo fitta per essere sicuro di non perdersi. Tuttavia aveva in tasca la soluzione: il cellulare. Scoprì che era completamente carico. Lo schermo brillava. Non c'era campo, ma a cosa gli sarebbe servito fare una chiamata se l'unica persona che doveva raggiungere era nel bosco con lui? Tenne lo schermo acceso davanti a sé come una torcia e trovò le impronte di Emma nella neve.

Seguì il sentiero.

93

Il terreno tornò pianeggiante, gli alberi diventarono meno fitti e il sottobosco si fece più arioso. Era giunto in una radura dove il terreno, a forza di essere calpestato, era diventato liscio. I tronchi degli alberi tutto intorno erano inclinati, come per l'azione di un camion o di un carro armato.

Jotunn, Trolde. In norvegese li chiamiamo così, aveva detto Jorgen.

Apollo indugiò nella radura. Il chiaro di luna gli permetteva di vedere senza difficoltà, per cui spense il telefono. Le impronte di Emma proseguivano, entrando nuovamente nel bosco. Si rimise in marcia.

Camminò per una quindicina di minuti, ma gli sembrò fossero passate due ore, vuoi per il gelo che sentiva, vuoi per il dolore alla gamba. Emma lo aveva colpito con forza e senza esitare. Che cosa si aspettava? Che lo accogliesse con abbracci e baci? Forse sì, ma sapeva anche che riconciliarsi, almeno nelle questioni importanti, non era mai una cosa semplice e immediata.

Adesso i rami erano meno fitti e la luna illuminava la neve sul terreno. Il sentiero si fece più largo e si biforcò, divaricandosi alla maniera di due corna di ariete. Non fu difficile capire quale direzione avesse preso Emma: poco distante dalla biforcazione, sul sentiero c'era la cloche di peltro, la parte concava esposta che brillava come argento lucidato. La raccolse, e istintivamente la impugnò come uno scudo. Era pur sempre una protezione. Proseguì oltre la curva, e la radura si fece ancora più vasta.

Si trovava adesso in una specie di ampio avvallamento, quasi una *cava* – fu la parola che gli venne subito in mente –, ma non era né ampia né profonda come una cava vera e propria. Tuttavia, se la paragonava alla foresta nella sua densità, quella pietraia sembrava vasta come il Grand Canyon. Si trattava di una specie di imbuto a gradoni di pietra grigia ingombri di pietrisco, al cui fondo si apriva, beante e oscura, una caverna. Emma stava seduta sul bordo dell'imbuto e guardava verso il basso, dandogli le spalle.

Apollo si fermò e guardò anch'egli verso il fondo. Sentiva freddo da un po', ma adesso un gelo ben diverso lo agghiacciava fin nel midollo. Sentire Jorgen che raccontava la storia di una caverna era ben diverso dal vederla nella realtà.

«Agnes», sussurrò.

«Dovresti lasciare l'occhio per ultimo», disse Emma senza voltarsi.

Quelle parole riportarono su di lei l'attenzione di Apollo.

Rimase immobile facendosi scudo con la cloche. Nulla avrebbe impedito a Emma di raccogliere una delle migliaia di pietre sparse tutto intorno e lanciargliela contro. Aveva un'ottima mira, e con ogni probabilità stavolta lo avrebbe colpito alla testa. Si avvicinò con cautela, nonostante adesso non fosse più circondata dalla tempesta di scariche elettriche blu.

Rannicchiata sul bordo, Emma guardava l'imboccatura della caverna e si dondolava avanti e indietro producendo scricchiolii sommessi. Stava mangiando con il vassoio appoggiato sulle gambe incrociate. Apollo si fermò accanto a lei.

«Il vecchio mi ha detto che l'occhio è come il dessert», sussurrò Emma. «Forse l'ho soltanto sentito mentre lo pensava. In ogni caso mi ha consigliato di tenerlo per ultimo, anche se non prendo certo ordini da lui».

Irrigidì il pollice e l'indice e li infilò nell'orbita con una mossa esperta. L'occhio schizzò fuori senza fare rumore. Apollo fece per fermarle la mano, ma nel compiere quel gesto fece cadere la cloche, che rimbalzando e tintinnando rotolò oltre il bordo. Corse a recuperarla, ma scivolò sul pietrisco e cadde sul fianco. La bottiglia di Brennivín che aveva in tasca si ruppe con un rumore sordo. Respirò i vapori dell'alcol, intensi come benzina speziata. Si alzò per sfuggire all'odore, ma ormai il liquore gli aveva inzuppato la giacca e i pantaloni e gli toccò portarselo dietro.

In mezzo a tutto quel cadere e rotolare, con disinvoltura Emma si mise in bocca l'occhio di pecora e lo succhiò come fosse una caramella gigante, con le guance gonfie e le labbra increspate, senza smettere di fissare l'entrata della caverna. Apollo ebbe dei conati di vomito vedendola mangiare. Infine Emma sputò il cristallino, grande come un nocciolo d'oliva, che rimbalzò tra le pietre più sotto proprio mentre Apollo risaliva verso il bordo.

Emma conficcò due dita nella carne attorno all'orbita ormai vuota e ne strappò un pezzo che infilò in bocca. Lo ingoiò quasi senza masticarlo, tenendo fisso lo sguardo sull'entrata della caverna.

Il coperchio si era fermato a circa sei metri dall'imboccatura. Apollo riguadagnò il bordo e si sedette accanto a Emma, che non sembrò infastidita dall'odore di alcol. Forse non le importava più di niente.

«Ti ho cercata tanto», disse Apollo.

Emma prese un altro pezzetto di carne e lo inghiottì senza mostrare nessuna emozione. «Be', ero qui».

«Non sei sempre stata qui. Sono andato sull'isola, ho incontrato Cal».

La guardò di profilo. Aveva gli occhi vitrei per la stanchezza, i capelli lunghi e arruffati.

«Quando è stata l'ultima volta che sei riuscita a riposarti? Dove dormi?».

Emma fece per prendere l'ultimo brandello di carne attorno all'orbita, ma Apollo le sfiorò il dorso della mano e lei rinunciò. Lo guardò negli occhi.

«*Non dormo mai perché il sonno è cugino della morte*». Indicò l'entrata della caverna. «Monto la guardia durante la notte, così Brian è al sicuro».

Avrebbe voluto prenderle la mano tra le sue, ma ancora di più avrebbe voluto che posasse il capo sulle sue gambe, per cullarla.

«Quando ero incinta di otto mesi incontrai una tizia per strada. Non appena mi vide mi fece un gran sorriso, ma io non la conoscevo. Mi disse che quando fosse nato mio figlio non avrei mai più avuto una vita tranquilla, neppure la notte. Non sarei più riuscita a dormire. Me lo disse con un'espressione felice, come se considerasse l'ansia una medaglia al valore. Avrei voluto cavarle gli occhi».

Apollo ascoltò senza muoversi, le mani posate sulle cosce. Replicò con voce calma: «Prima ti ho vista circondata da una luce blu, ma quando ti ho rivolto la parola è andata via».

«Adesso c'è?».

«No. Non la vedo più».

«*Il problema sei tu, Emma. Sei tu la causa dei nostri problemi. Vai a prendere un'altra pasticca, vai.* Sono state le ultime parole che mi hai detto».

Apollo chinò la testa. «Io...».

«Quella è stata la prima volta che mi hai tolto la luce».

«Stanotte puoi dormire. Veglierò io».

Emma lanciò un'occhiata alla grotta, poi al marito. Toccò la testa di pecora, ma non se ne cibò. Le sue dita tremavano. «Sei sicuro?».

«Sì».

«Allora scendi e guarda le pietre. Quando sei pronto, scendi fin laggiù e guardale bene».

Il piumino sembrò sgonfiarsi, come se lei fosse sgusciata fuori. Si era ristretta. Incrociò le maniche sulla pancia e chinò la testa finché il cappuccio le coprì il viso. Fu come osservare un armadillo che si chiudeva a palla.

«Apollo», disse con voce soffocata dal piumino.

«Sì».

«Se esce fuori che è tutto un imbroglio e tu sei una pedina di quegli uomini…».

«No. Non lo sono. Vedrai».

Nella voce di Emma non c'era una richiesta di rassicurazione, quanto piuttosto una certa noncuranza.

«Se esce fuori che è tutto un imbroglio, verrai con me all'inferno».

94

Ebbe la certezza che si era addormentata quando il sibilo del suo respiro divenne regolare e profondo. In realtà sembrava in preda a un attacco d'asma prolungato. Non solo era visibilmente spossata, si sentiva che era seriamente deperita. Che fosse ancora viva gli sembrò un atto di volontà che andava oltre la sua comprensione.

Alla fine il ritmo del suo russare fece venire sonno anche a lui: se fosse rimasto al suo fianco, ad ascoltarla, sarebbe scivolato nello stesso sonno profondo. Scese dunque nella cava. Allontanatosi di tre metri si voltò a guardarla. Non vedeva la faccia di Emma, ne distingueva solo i contorni nell'oscurità, ma la sua presenza lo fece sentire al sicuro, un poco più contento perché non stava facendo tutto questo da solo.

Continuò a scendere tenendo d'occhio il coperchio di peltro piuttosto che le pietre. L'entrata della caverna si trovava sei metri più in basso. Davvero era la stessa dei racconti di Jorgen? Il luogo dove un padre aveva abbandonato la figlia di nome Agnes, per due volte? E che ne era stato di tutti i bambini le cui foto erano appese alla parete? Il solo pensiero gli dava le vertigini, una nausea profonda, esistenziale. Nel cuore del Queens – sulla terra – esisteva un luogo come quello.

Per evitare l'entrata della caverna e le rocce, andò diretto verso il coperchio, abbassandosi con il sedere quasi a contatto del terreno per non rischiare più di scivolare sul pietrisco. Raggiungere la cloche fu una tale conquista che l'alzò per mostrarla a Emma, come un bambino che si fa grande per il genitore. Nel girarsi perse di vista la caverna per un istante. Un senso di terrore improvviso lo trafisse alla nuca, caldo come un raggio di sole. Guardò la bocca della caverna e si rese conto che non era soltanto la paura che gli dava quel senso di calore, ma una vera e propria corrente d'aria calda che usciva come un'espirazione dell'anfratto stesso o di qualcosa che si nascondeva nei suoi recessi.

Non era possibile muoversi. Non era possibile scappare. Il calore aveva sciolto la neve intorno a lui in un semicerchio frastagliato. In fondo alla cava era cominciata la primavera, e le pietre che prima erano coperte dalla neve adesso erano esposte.

Si fece scudo con il coperchio, e nell'alzarlo scoprì un bastoncino che sporgeva storto dal terreno, l'oggetto che ne aveva fermato il ruzzolare. Forse era un ramo; sarebbe comunque stata un'arma, la migliore che aveva a disposizione. Lo estrasse dal pietrisco e lo brandì come una spada in coppia con lo scudo improvvisato.

«Apollo».

Era la voce di Emma, proprio dietro di lui, o almeno gli sembrava, non potendo vederne né il viso né le labbra. Era come se gli parlasse direttamente nella testa.

«Guarda cos'hai in mano».

Apollo alzò il pezzo di legno per osservarlo alla luce della luna. Era rigido, di un bianco sporco, quasi grigio. A un'estremità aveva due protuberanze, all'altra solo una, ma più sporgente. Non era né un bastone né un pezzo di ramo. Era un osso.

Era un osso piccolo. L'osso di un bambino. Il femore

di un bambino. Quando capì cos'aveva in mano, lo gettò a terra. Fece uno schiocco secco sulle pietre.

Pietre?

Si abbassò per vedere meglio. Nelle orecchie aveva un sibilo, il rumore della sua confusione e del suo disgusto. Lasciò la presa dal coperchio e non sentì nemmeno il rumore che fece quando colpì il terreno. Con la destra afferrò una grossa pietra arrotondata. La girò. Era un teschio di bambino. Aveva un foro delle dimensioni di un dollaro d'argento sull'osso temporale, poco sopra l'orecchio sinistro. Apollo sentiva la mano contratta da uno spasmo doloroso e non riusciva a gettarlo via. Non riusciva neppure a distogliere lo sguardo dal foro. Provava una rabbia cieca; sentiva un nodo alla gola come un grumo di bile che premeva per uscire. Avanzò di un passo verso la caverna.

«Se ci entri adesso non sopravviverai», disse Emma.

Era uscita dal bozzolo e si era messa in piedi. Stava sul ciglio della cava, in cima alla vallata disseminata di ossa e aveva parlato con la sicurezza di una profetessa.

Apollo fece qualche passo indietro calpestando ossa che schioccarono e scricchiolarono. Teneva ancora in mano il teschio perché gli sembrava crudele buttarlo a terra. Aveva deciso che si trattava del teschio di Agnes, della prima bambina del Queens a essere stata abbandonata. Agnes Knudsdatter.

Si sedette accanto a Emma e coprì la testa spolpata con la cloche. Tenne il teschio sulle ginocchia, ma guardandolo di nuovo gli sembrò soltanto una pietra grigia, come prima. Gli venne da ridere, ma si sentiva troppo debole. Il mondo è pieno di *glamour*, soprattutto quando oscura la sofferenza dei deboli.

«Quindi rimaniamo qui fino a domattina», disse Apollo. «Quando sorge il sole lui va a dormire».

«E tu sei sicura che Brian è ancora qui?». Non riuscì a proferire l'altra domanda che gli premeva: *sei sicura che è ancora vivo?*

Ma Emma capì lo stesso. «Una madre lo sa», rispose in un sussurro toccandosi la pancia.

«Cosa fai durante il giorno, mentre dorme?».

«Cammino».

Apollo provò a toccarla. Appoggiò con delicatezza la mano sulla parte bassa della schiena.

«Appena fa giorno devi venire con me. C'è una casa qui nel quartiere dove possiamo andare a riposarci. Nessuno ci disturberà, adesso è un luogo sicuro».

Emma rimase in silenzio. Non si offrì al suo tocco né mostrò di provare sollievo, ma neppure rifiutò il contatto. Apollo lasciò la mano dove l'aveva posata e rimasero seduti a vegliare fino all'alba.

95

Emma e Apollo osservavano il corpo senza vita di Jorgen Knudsen.

Per Apollo tornare in quella casa e trovare il vecchio vichingo morto sul pavimento della cucina con il coltello conficcato in gola era stata una vera e propria sorpresa. Si era aspettato – più o meno inconsciamente – di trovarlo intento a versarsi l'Ensure e il Brennivín nella tazza. Per quanto il vecchio avesse meritato quella fine, ucciderlo gli era costato parecchio, e vedendo il cadavere – e il sangue già seccato sui vestiti e sul pavimento (c'erano degli schizzi persino sul soffitto e sul tavolo dove aveva tagliato il cavolo) – batté più volte le palpebre come se sentisse ancora il sangue che gli colava negli occhi. Forse si sarebbe portato quella sensazione fin nella tomba.

In ogni caso si trovavano di fronte a una realtà innegabile. Jorgen Knudsen non era più tra i vivi. Era inconfutabilmente morto.

Ma la vera sorpresa fu la reazione di Emma. «Gliel'ho fatto fare io», disse toccandosi la gola.

Forse Apollo non si era aspettato che rimanesse sconvolta – con tutto quello che aveva vissuto fino a quel momento – eppure sentirla parlare con tanta disinvoltura della morte di Jorgen, come se si trattasse di scegliere il rivestimento del piano da lavoro della cucina… ecco, un po' di effetto glielo faceva.

«Gli impedivo di dormire. Non gli davo un attimo di pace», disse con tono obiettivo. «Tutte le notti entravo nella sua mente e lo costringevo ad ascoltare».

Sulla via del ritorno – il sentiero percorso all'andata per arrivare alla cava – avevano recuperato la valigia, rimasta tra la vegetazione come un bagaglio dimenticato sul nastro trasportatore. Dopo averla alzata e tirata per qualche metro, Apollo si era reso conto che non ce l'avrebbe fatta a portarla. Odiava doverlo fare davanti a lei, ma l'aprì e ne tirò fuori l'iscrizione funeraria. Emma la osservò senza parlare. Gli sembrò appropriato lasciarla nel bosco, nei luoghi dove era nato il *changeling*. Ancora oggi, nascosta tra gli alberi di Forest Park, c'è una targa di bronzo con il nome di Brian Kagwa inciso sopra.

«Ogni sera mi lasciava del cibo, credeva che servisse a placarmi. Hai idea di quante teste di pecora ho mangiato? Ieri sera non ho più resistito e gli ho ordinato di portarmi dei tramezzini di Starbucks».

«Era questo il motivo? Solo perché volevi qualcosa di diverso da mangiare?».

Lei lo fissò per qualche istante con un'espressione quasi scherzosa. «E per quale altro motivo, se no?». Diede un calcio alla gamba di Jorgen. «Tu non immagini cos'ha fatto quest'uomo nella sua vita».

«Mi ha raccontato qualcosa».

Emma si diede un colpetto sulla tempia. «Io invece ho visto tutto quel che ha fatto».

«Andiamo di sopra».

Emma lanciò un'occhiata al soffitto, guardinga ma pronta. «Cosa c'è di sopra?».

«Un bagno con vasca».

Fece scorrere l'acqua. Tentò di aprire la cerniera del piumino, ma era incastrata, per il gelo o per la ruggine, chissà da quanto. Scese in cucina e trovò un paio di forbici in un cassetto. Scavalcò il cadavere facendo attenzione a non scivolare sul sangue e tornò da lei. Il tessuto imbottito, reso rigido dallo sporco, si aprì come la corazza di uno scarabeo. Emma era sempre stata minuta, ma senza la protezione del piumino gli apparve sottile come un ago di pino. Stranamente, però, la magrezza non trasmetteva debolezza. Era come se Apollo avesse portato alla luce una barra di plutonio nascosta in un sarcofago di piombo.

Gli abiti, invece, si erano praticamente fusi alla sua pelle. Provò a sfilarle di dosso le maniche del maglione di lana, ma gli si sbriciolarono tra le dita. I jeans si ridussero a lunghe strisce di stoffa blu sbiadita, mentre i calzini erano incollati ai piedi. Si sarebbero sicuramente dissolti nell'acqua, tanto erano marci.

Chiuse il rubinetto. Sentì l'odore di Emma solo avvicinando il naso a pochi centimetri dalla sua pelle: era così intenso che copriva gli effluvi del Brennivín. Era talmente acido di sudore secco che non veniva lavato con il sapone da mesi, che quando si chinò per prenderla in braccio e calarla nella vasca gli fece bruciare gli occhi.

«Sei pronta per l'acqua?», chiese. Emma non rispose. Si stava guardando nello specchio, forse per la prima volta da quattro mesi e non riusciva a distogliere gli occhi dal proprio riflesso.

«Chi è quella?», mormorò.

Apollo la depose nell'acqua, che si tinse immediatamente di un colore verdastro, facendosi densa come melma. Dalla sua pelle si staccava la sporcizia accumulata per mesi. Apollo svuotò la vasca e la riempì per tre volte finché l'acqua non s'intorbidò più, poi prese un panno e una saponetta e lavò Emma.

Rimasero in bagno per due ore.

Quando ebbero finito, Emma non riusciva a stare in

piedi. Il panno e il sapone sembravano averla privata dell'armatura, dell'esoscheletro che si era costruita addosso. Apollo la portò nella camera da letto più grande, quella che credeva fosse appartenuta a Jorgen. Il letto era evidentemente intatto; sulle lenzuola e sul cuscino non c'erano segni. Forse il vecchio aveva persino smesso di entrare in camera, tanto a lungo Emma lo aveva tenuto sveglio. Ma quella non era la stanza dove Apollo aveva trovato i vestiti puliti, e questo significava che stava indossando gli abiti di Kinder Garten.

Tirò via le coperte e depose Emma sul letto. Nella stanza c'erano due stufette, entrambe spente, perciò faceva freddo. Le accese facendo ruotare la manopola nera. La luce della tarda mattinata filtrava dalle due finestre dietro la testa del letto rivelando la tinta grigiastra ed esangue della pelle di Emma. Sembrava appena uscita dall'ibernazione. Il bagno aveva peggiorato il suo aspetto: come strega era stata una presenza imperiosa, avvolta in una nube blu di potenza magica, capace di piegare gli alberi al suo passaggio e riempire il bosco di sussurri; la donna distesa sul letto, invece, sembrava persa tra le lenzuola, bisognosa di una flebo ricostituente e riposo assoluto per il prossimo mese e mezzo. Non aveva più rivolto la parola ad Apollo da quando lui aveva iniziato a preparle il bagno. Sembrava più smarrita adesso di quando l'aveva trovata nella foresta. Le aveva fatto più male che bene riportandola alla normalità?

La coprì e scese a pianoterra per prendere i ricambi che aveva messo in valigia per lei e per Brian. Forse vederli le avrebbe ridato una presa sulla realtà, e in ogni caso non sapeva cos'altro fare. Stavolta trovarsi da solo con il cadavere di Jorgen gli fece così effetto che dovette reggersi al piano di lavoro per non cadere. In quel momento percepì qualcosa di strano nella casa: faceva troppo freddo. Andò in corridoio e vide che la maledetta porta principale era rimasta aperta tutta la notte. Il pianoterra era gelido e silenzioso come una tomba. Chiuse la porta e spense la luce del portico, poi portò di sopra la valigia e la svuotò. Tirò fuori persino il piccone. Le mostrò i vestiti che aveva scelto per lei, ma Emma rimase immobile e intorpidita a fissare il soffitto.

Notando un leggero rigonfiamento, aprì la cerniera della tasca laterale della valigia: forse aveva trascurato di togliere qualcosa. Infatti trovò un pacchetto di cannucce pieghevoli e una boccetta di olio per massaggi, un residuo della preparazione al parto. Agitò il flacone con il liquido giallo chiaro e aprì il tappo per annusare. Era olio di mandorle dolci. Emma aveva preparato la valigia più di un anno prima, perciò era come se avesse incluso un piccolo dono per se stessa.

Tirò giù le coperte e si versò qualche goccia di olio sul palmo della mano, poi si spostò ai piedi del letto e cominciò a massaggiarle il piede destro. L'olio era penetrato, ma la pelle conservava un tono grigiastro e malsano. Ripeté l'applicazione e fece scorrere i pollici dal tallone alla punta del piede. Quando ebbe finito con il piede destro passò al sinistro e continuò su per i polpacci fino alle cosce e ai fianchi. Conclusa l'operazione, Emma si mise sul fianco e lo guardò, sempre in silenzio. Asciugandosi, i capelli si erano arricciati ritrovando la piega naturale. Le rimboccò le coperte fino al naso e rimasero a fissarsi in un silenzio cupo per dieci minuti o forse dieci anni.

«Avrei dovuto crederti», disse Apollo.

Dalla coperta spuntarono due dita che la tirarono giù fino a scoprire il mento. «Neanch'io ti avrei creduto, se fossi stato tu».

Le toccò delicatamente le dita. «Ora siamo insieme».

Emma annuì e lo fissò negli occhi mentre allontanava

le coperte per mostrarsi. Ora la sua pelle splendeva come ottone lucidato. Tenne le coperte alzate per invitarlo a raggiungerla.

Non era così nervoso da quando aveva quindici anni. Mentre si spogliava, l'odore di Brennivín si diffuse per la stanza, come se, attraverso i vestiti, fosse penetrato anche nella pelle. Ma in quel momento non era certo importante l'odore. Si stese accanto a lei e le coperte ricaddero su di loro.

Da quanto tempo non si baciavano. Aveva dimenticato quanto fosse buono il sapore delle sue labbra. Aveva dimenticato la dolce curva del suo collo slanciato. Salì su di lei e, con sua grande sorpresa e felicità, Emma lo aiutò nel movimento, e rise con lui quando si scontrarono fronte contro mento. Strinse le gambe attorno alla sua coscia e si spostò verso l'alto, per avere il viso proprio sotto quello di lui. Fecero l'amore finché non diventò una scopata selvaggia. E scoparono finché non furono sfiniti.

Alla fine rimasero immobili, con il viso illuminato dal sole che entrava dalla finestra, a loro agio nel silenzio, assaporando quel breve momento di tregua.

Emma teneva la mano sul petto di Apollo. Gli diede due colpetti e si alzò sul gomito per baciagli la spalla. Apollo alzò il braccio sinistro e fece per accarezzarla sotto il seno, ma prima che potesse sfiorarla lei gli afferrò il polso e lo girò per vedere meglio l'anulare.

«Hai espresso un desiderio annodando il cordino?».

«Sì, ma adesso mi vergogno».

«Tienilo finché non metti di nuovo l'anello, no?».

Apollo abbassò la mano. «L'ho buttato nell'East River».

Emma gli diede uno schiaffetto sul mento e lo strinse un po' troppo forte. «Non sarà facile ripescarlo».

«Saresti pure capace di obbligarmi a farlo».

«Dall'odore sembra che ti sei già tuffato per cercarlo», disse lei annusandogli il petto con fare teatrale.

«Ma no, è solo il dopobarba preferito di Jorgen».

«Fatti un bagno. Devo dormire ancora un pochino prima che faccia buio».

Apollo scese dal letto e le rimboccò le coperte. Aveva bisogno di lavarsi, ma c'erano altre cose ben più importanti da fare. Cercò il cellulare nel mucchio di vestiti che si era tolto. Intanto Emma si era già addormentata.

Scese a pianoterra. Al risveglio di Emma sarebbero tornati nella foresta per entrare nella caverna senza esitazioni. Le avrebbe dato il coltello con cui aveva ucciso Jorgen e avrebbe tenuto per sé il piccone. E se non ne fossero usciti vivi? Anna Sofie non ce l'aveva fatta, e come lei decine di bambini. Chissà quanti corpi erano scomparsi là dentro. Apollo non voleva scomparire senza aver prima salutato sua madre. Accese il cellulare e chiamò Lillian.

96

«Mamma».

«Apollo? Apollo», sussurrò Lillian non riuscendo a dire altro perché si sentiva un groppo in gola.

«Come stai?».

«Sono contenta di sentire la tua voce».

Apollo andò alla porta e fece per aprirla con la disinvoltura di chi è a casa propria e fa la telefonata settimanale alla mamma per sentire come sta.

«Sono successe delle cose incredibili». Era diventato bravo a minimizzare.

«Ti ho lasciato da solo. Ti ho lasciato da solo, ecco perché è andata a finire male», disse Lillian precipitosamente.

Apollo si appoggiò alla porta. Voleva soltanto salutare sua madre, ma si ritrovò a chiudere gli occhi come se lei stesse per raccontargli una storia della buonanotte.

«L'ultima volta che ci siamo visti eri arrabbiatissimo con me, e capivo le tue ragioni. Credimi, non ho fatto altro che ripensarci a tutto quello che hai e che ho detto. Ci sono tante cose che non ti ho spiegato, forse perché speravo di non doverlo mai fare».

«Che vuoi dire?».

«Eri un bambino. Ho pregato che tu dimenticassi», rispose con voce sommessa.

«Poi cominciai ad avere gli incubi».

Lillian sospirò. «Già. E anche allora finsi che fossero soltanto incubi».

«Perché, mamma? Non ti sto accusando, è solo una domanda. Perché fingere che papà non fosse mai tornato per vedermi?».

Lillian rimase in silenzio, un silenzio talmente protratto che Apollo credette avesse riattaccato. Guardò il cellulare: era ancora carico e sullo schermo appariva la chiamata in corso.

«Con il tempo conobbi meglio Mr Blackwood, l'avvocato dello studio per cui lavoravo. Non diventammo amici, ma quando lavori abbastanza a lungo per qualcuno finisci per entrarci in confidenza. A un certo punto mi disse per quale motivo agli inizi era stato così severo con me tanto da costringermi a lavorare di sabato. Mi raccontò tutta una storia sul fatto che in realtà aveva cercato di aiutarmi a non essere licenziata. Lo studio legale prevedeva dei tagli al personale e io, in quanto ultima arrivata, rischiavo di ritrovarmi tra i primi a essere licenziati. Tuttavia, se avessi dimostrato una grande dedizione al lavoro, lavorando anche il fine settimana, per esempio, mi avrebbero considerata abbastanza preziosa da volermi tenere con loro. Così disse. Forse era sincero, ma quello non era certo l'unico motivo che lo spingeva a farmi venire in ufficio il sabato. E lo sapevamo entrambi.

Alla terza o quarta volta che mi ripeteva questa storia, mi resi conto che ci credeva sinceramente. Se gli avessi chiesto se ricordava di aver insistito affinché uscissi con lui, avrebbe giurato che una cosa simile non era mai accaduta. Quel fatto gli era proprio uscito di mente. Dopotutto mi aveva fatto un favore: erano passati cinque anni e non solo lavoravo ancora da loro, ma avevo avuto ben due promozioni. Insomma, avrei dovuto essergli grata! Non dico che mentisse, ma con quella storia voleva semplicemente farsi bello ai propri occhi. Era passato del tempo e aveva scelto di crederci. Mi rendo conto che decidendo di non dirti nulla riguardo a tuo padre ho fatto come Mr Blackwood, non per me stessa ma per lui».

«Dimmi una buona volta cos'è successo veramente», disse Apollo cominciando a fare avanti e indietro per il corridoio. Quando però si rese conto di trovarsi davanti alla cucina, e che in quella stanza, steso sul pavimento, c'era l'uomo che aveva ucciso, si fermò: non voleva ascoltare quella confessione mentre guardava un morto. Si appoggiò alla porta della stanza delle foto.

«Rientrai all'una con del cibo che avevo preso da McDonald's. Mi sentivo in colpa. Sapevo che adoravi le patatine fritte. Infilai la chiave nella toppa e mi accorsi che la porta non era chiusa: qualcosa non andava. Poi sentii il rumore dell'acqua che scorreva e fui presa dal panico. Mi sfuggì il sacchetto di mano e pensai che fossi finito nella vasca da solo e che fossi annegato. Mi precipitai in bagno e mi trovai di fronte la scena più orrenda della mia vita». Tacque all'improvviso e sembrò che avesse smesso di respirare. «Brian ti aveva… non ce la faccio a dirlo, Apollo».

«Voglio sentirtelo dire», la spronò, anche se non era convinto di volerlo sapere.

«Ti aveva spogliato e messo nella vasca».

«Non mi avevi detto che l'acqua era bollente? Che era tutto pieno di vapore?».

«Sì. Tuo padre ti teneva sott'acqua premendoti le mani sul petto, e tu urlavi e scalciavi perché ti stavi ustionando».

Apollo scivolò a terra. «Cosa?».

«Tuo padre voleva ammazzarti. E voleva uccidere anche me quando fossi tornata a casa. Poi si sarebbe suicidato».

«Perché?», sussurrò Apollo.

«Te l'ho detto: volevo il divorzio. Lo stavo lasciando e ti avrei portato con me. Tuo padre aveva avuto un'infanzia tremenda. I suoi genitori erano persone orribili, ma lui voleva tanto una famiglia, per rimediare a tutto quello che non aveva avuto. Dall'età di dodici anni non aveva fatto altro che fantasticare su come sarebbe stata la sua famiglia, ma anche se ormai era un uomo adulto, nella sua testa ragionava come un bambino. Non riusciva a cambiare, a adattarsi. Presentai istanza di divorzio, ma lui aveva altri progetti per noi».

«Ma io ho sempre creduto… Che la scatola, i ricordi, il libro…».

«Viveva nel terrore di perderti. Ecco di cosa parla il libro. Quando era piccolo non aveva una sorella come Ida che avrebbe potuto salvarlo. Ha sempre sentito dentro di sé che i folletti l'avevano rapito e tenuto con loro. Nessuno era venuto a cercarlo per riportarlo alla vita. Ecco perché conservava quel libro: voleva leggertelo. Voleva tornare a prenderti. Ti amava con tutto se stesso e cercò di ucciderti. Mi spiace, Apollo, ma ti amava e al tempo stesso voleva ucciderti».

Lillian si schiarì la voce. «Hai il diritto di pensarla come ti pare su tuo padre e su di me», disse con voce molto ferma. «Ma devi sapere tutta la verità. È l'unico modo per capire».

Apollo si premette la mano sugli occhi. «Sopravvivere all'infanzia è un miracolo».

«Apollo, mi senti? Voglio che tu sappia una cosa: non importa chi fosse diventato tuo padre, tu non sei lui, e io sono orgogliosa dell'uomo che sei riuscito a diventare».

Apollo appoggiò la testa alla porta della stanza delle foto e alzò gli occhi al soffitto. «Ho passato tutta la vita a cercarlo mentre c'eri tu accanto a me».

«Ero là dove volevo stare», sussurrò Lillian.

«Cosa gli è successo? Voglio dire dopo che ci trovasti. Non può essersi semplicemente scusato e avere tolto il disturbo, no?».

«Credi che un uomo potesse fare del male a mio figlio cavandosela soltanto con una porta sbattuta in faccia?».

«Chiamasti la polizia?».

«No. Non ce ne fu bisogno. Entrai in quel bagno, vidi mio figlio in pericolo e... mi trasformai in qualcosa di...».

«Dov'è lui ora? Hai idea di dove sia finito?».

«So esattamente dove si trova Brian West. È dove lo lasciai quel giorno».

Apollo attese che lei gli rivelasse ulteriori particolari, ma Lillian cambiò discorso. «Hai la voce stanca. Stai mangiando? Vuoi che venga da te e ti cucini qualcosa?».

Apollo fece una risata rauca. «Tra poco mangerò qualcosa. E presto verrò a trovarti, ho voglia di vederti».

Fece per pronunciare le parole "Emma è qui con me", ma prima che potesse aprire bocca si rese conto di quanto facesse freddo, persino sulla soglia della stanza delle foto. Disse a sua madre che doveva andare, riattaccò e aprì la porta. Non era cambiato nulla dal giorno prima nella disposizione della stanza, ma c'era qualcosa di diverso: i brividi che sentiva avvicinandosi alle stufette.

Erano spente.

Nessun calore, nessun rumore, scoppiettio o crepitio.

Le toccò: erano fredde. Forse era saltato un fusibile. Tuttavia, quando ruotò la manopola, le resistenze si accesero con il solito ronzio. I fusibili erano a posto. Questo significava che la notte precedente qualcuno era entrato in casa e aveva spento i riscaldamenti.

97

Era inginocchiato davanti alla stufetta; Emma, che lo aveva seguito, stava dietro di lui, avvolta nel lenzuolo come in un sari.

«Chiunque le abbia spente deve aver visto Jorgen, giusto?».

Sarebbe stato impossibile non accorgersi della presenza di un uomo di settant'anni con un coltello piantato in gola.

«Sta in cucina, steso sul pavimento. Forse non l'hanno visto», rispose Emma.

«E il sangue?».

Emma posò una mano sulla nuca di Apollo. Quel contatto lo tranquillizzò.

«Se non sono entrati dal retro, potrebbero davvero non sapere che è lì».

«Vorrebbe dire che Kinder Garten è entrato qui solo per spegnere le stufette. Perché mai l'avrebbe fatto?».

«Cosa?».

Apollo fece un gesto ampio con il braccio. «Parlo di William Wheeler».

«E chi è William Wheeler?».

Apollo scoppiò a ridere, come se lei lo volesse prendere in giro. In realtà Emma non poteva esserne al corrente. Paradossalmente, l'unico responsabile di tutta la loro infelicità non era altro che un fantasma per Emma, un'immagine profilo sullo schermo di un cellulare.

«È la persona che ti mandava i messaggi e poi li cancellava dal tuo cellulare».

«Oh... non l'avrei mai immaginato».

Le raccontò per sommi capi tutta la vicenda. Come Kinder Garten si era intrufolato persino nel computer di Patrice e si era nascosto nell'hard disk per spiarlo.

«Anche lui è un troll», commentò lei.

Emma fu travolta dalla rabbia, e per sfogarsi diede un pugno all'unico oggetto che avesse a portata di mano: i pannelli giapponesi al centro della stanza. Ne colpì uno, che cadendo si tirò dietro anche l'altro, due tonfi sordi in sequenza, attutiti dalla moquette spessa. E mentre cadevano trascinarono a terra anche una trentina di foto di bambini appese alla parete.

«E questo cosa sarebbe?», chiese Emma. Nonostante avesse occupato spesso la mente di Jorgen, non era mai stata nella sua abitazione.

Non sapendo da dove cominciare per spiegarle la vicenda, Apollo si avvicinò allo schizzo che si trovava all'estremità della parete e glielo indicò. «Questa è Agnes Knudsdatter, la prima bambina. Non conosco i nomi degli altri, ma deve esserci pure la figlia di Kinder Garten. Anche lei si chiamava Agnes».

Emma si avvicinò alla parete. Portò una mano alla bocca ed esaminò tutti i ritratti, uno per uno. Poi guardò in basso e guardò quelli che erano caduti. Ne raccolse due e li riappese al muro. Lasciò scivolare le mani lungo i fianchi.

«Tutte le loro mamme...», mormorò. «Questa casa è abitata dal male».

Accese le tre stufette, e quando le resistenze furono roventi le coricò a faccia in giù sul tappeto.

«Così darai fuoco a tutto», disse Apollo.

«È quello che spero».

La casa di Jorgen era una villetta separata dalle altre da vialetti su entrambi i lati, e Apollo sperava che lo spazio fosse sufficiente a impedire il propagarsi delle fiamme prima dell'arrivo dei pompieri. Fecero rapidamente il giro delle stanze al pianoterra per chiudere tutte le finestre. Usarono come innesco i giornali e i volantini accumulati negli anni sul tavolo della sala da pranzo, ammucchiandoli attorno alle stufette e in giro per le altre stanze, poi tornarono nella stanza delle foto. Emma indicò la valigia. «Fammi vedere gli abiti che mi hai portato».

Apollo li stese sul pavimento mentre Emma si liberava del lenzuolo. Quando si fu vestita prese un parka dall'armadio in corridoio. Le arrivava sotto le ginocchia, e dovette arrotolare le maniche. Ora Emma indossava gli abiti di Jorgen, e Apollo quelli di William: erano diventati i Knudsen che davano fuoco alla casa dei loro antenati.

La moquette cominciava a puzzare di bruciato; si stavano alzando le prime volute di fumo. Nella valigia rimanevano soltanto il piccone e i vestiti di Brian. Apollo prese il piccone, Emma i vestiti. Andarono in cucina. Il cadavere era inchiodato allo sportello come una farfalla trafitta da uno spillo dentro una teca.

«Quando qui brucerà tutto, il vecchio avrà il funerale vichingo che si merita», osservò Apollo.

«Invece non lo merita affatto».

Apollo poggiò a terra il piccone e si chinò sul cadavere per l'ultima volta, non con l'intenzione di congedarsene, ma per un motivo di ordine pratico: eliminare le impronte digitali dal coltello. La casa sarebbe andata a fuoco, ma chi poteva dire se qualcosa si sarebbe salvato? Il minimo che poteva fare era eliminare l'arma del delitto. Diede uno strattone dall'impugnatura, ma la punta si era conficcata in profondità nel legno, perciò dovette spingere con un piede sul petto di Jorgen per estrarre la lama. Il corpo crollò di lato con un tonfo soffocato. Intanto Emma era uscita dal retro.

Fecero il giro della casa dall'esterno. Dalla strada non si capiva che fosse in corso un incendio. Non ancora. L'interno, però, era invaso dal fumo. Avevano chiuso le finestre e sigillato la fessura sotto la porta d'ingresso con manciate di volantini proprio per chiudere ermeticamente la casa e trasformarla in un affumicatoio. Nella stanza delle foto, poi, mancavano le finestre, per cui un vicino ficcanaso non avrebbe visto le fiamme se non quando ormai avessero invaso l'edificio, troppo tardi per salvarlo.

Erano giunti a metà del vialetto quando si accese una luce intensa come un'idea brillante. Il sensore di movimento si era attivato, ma stavolta Apollo non scappò né si fermò. In pieno giorno la luce non era visibile dalla casa a fianco e men che meno dall'altro lato della strada. Si fermarono invece davanti alla strana porta senza maniglia né serratura.

«Guarda un po'», disse Emma.

Sulla porta, all'altezza dove normalmente ci sarebbe stata la serratura, c'era un'impronta digitale appena visibile.

«È sangue», disse Apollo.

Emma spinse la porta, ma non si mosse. «Cosa c'è là sotto?».

«Non lo so. Non sono mai entrato».

«Se il vecchio teneva quelle foto nella stanza senza finestre, cosa pensi che potesse nascondere nel seminterrato?». Indicò il piccone che Apollo stringeva nella sinistra.

Apollo conficcò la punta ad ascia tra la porta e il telaio. Diede un'occhiata rapida alla strada e alle loro spalle. Non c'era nessuno. Tirò e il legno gemette rumorosamente. Senza esitare, spostò l'ascia più in basso e tirò di nuovo. Al terzo tentativo la porta si sollevò sui cardini e si scostò dal telaio. La spinse verso l'interno.

Si trovarono davanti a una lunga scala che scendeva nel seminterrato. Rimasero poco oltre la soglia, in ascolto. Si udiva un debolissimo ticchettio. Silenzio. Di nuovo quel ticchettio.

«Adesso attivo il soggetto dodici. Ragazzi, vi piacerà».

Era una voce maschile.

Apollo la riconobbe.

Con il piccone fece segno a Emma di scendere. Sentivano il calore che filtrava dal pavimento sopra la loro testa.

98

Una caldaia, una lavatrice e un'asciugatrice; sei latte di vernice così vecchie che i coperchi erano ossidati; un materasso gonfiabile con sopra una trapunta accartocciata; un cuscino sottile e due sacchi dell'immondizia pieni di vestiti adatti a un uomo di mezz'età dalla corporatura robusta; una sedia ergonomica da ufficio, nera, e un set di schermi e hard disk uguale a quello di Patrice; un iPad appoggiato a uno dei monitor. Il tablet mostrava la foto di un neonato tra le braccia di un uomo.

E in mezzo a tutto ciò c'era Kinder Garten.

Stava sulla sedia da ufficio, intento a osservare lo schermo centrale. Indossava un paio di cuffie enormi. Sul pavimento tutto intorno a lui c'era una miriade di goccioline di sangue.

«Questa è la casa di Charleston», disse, forse in risposta a una domanda. Fece una risatina. «No, l'indirizzo non te lo do. Solo gli utenti abbonati hanno l'accesso illimitato Platinum».

Apollo ed Emma guardavano, e si sentivano mancare il respiro.

Kinder Garten aveva nascosto una telecamera nella cucina di una famiglia di Charleston, in South Carolina. Cinque persone – il papà, due nonni e due ragazze adolescenti – stavano preparando la colazione in una cucina molto ampia, e lui li spiava da un seminterrato nel Queens.

Non soltanto era riuscito a introdursi in casa loro, ma aveva piazzato una telecamera in un punto abbastanza evidente. Dall'inquadratura sembrava posizionata direttamente sul piano da lavoro, e doveva essere ben visibile da almeno una delle persone nella stanza. Eppure tutti e cinque facevano come se non esistesse. Il momento più brutto fu quando il nonno si avvicinò all'obiettivo e ci guardò dentro senza inquietudine alcuna. Alzò un dito e digitò qualcosa con lentezza, guardando ogni tanto nell'obiettivo.

A quel punto Apollo ed Emma capirono che si trattava del computer. «È il portatile. Ha attivato la telecamera».

Si irrigidirono entrambi, aspettandosi che li avesse sentiti, ma indossando le cuffie non poteva avere la minima idea della loro presenza. Kinder Garten aveva trasformato la sua postazione in una sorta di vasca di deprivazione sensoriale.

Con una fitta dolorosa, Apollo si rese conto che quell'uomo aveva fatto la stessa cosa con il computer di Patrice e Dana. E loro tre avevano guardato il video della fuga di Emma mentre lui li spiava tranquillo e pacifico. Chiuse gli occhi, esausto. Era impossibile superare in astuzia uno come lui.

Ora spostò lo sguardo sugli altri schermi. Su ognuno di essi apparivano quattro scene diverse, altrettanti individui seduti a una scrivania, con cuffie simili alle sue, il viso illuminato dalla luce verdastra dello schermo. Le cuffie avevano un microfono che sporgeva dall'auricolare destro; sembravano giocatori di videogame online, ma invece di esplorare un sotterraneo o combattere una guerra simulata invadevano in massa una casa con dentro una famiglia ignara. Un gioco innocuo, insomma.

«Non ce la faccio più a seguirli», disse Kinder Garten. «Ragazzi, siamo qua da almeno otto ore! Sto crollando».

Apollo ed Emma erano impietriti.

«No. La madre è a Chicago, al Renaissance Blackstone Hotel. Ancora per due notti».

Si chinò in avanti per ascoltare uno degli uomini nel riquadro. Apollo vide le labbra del tizio che articolava le parole.

«Già», rispose Kinder Garten. «Il papà è un poveraccio senza palle. La mamma è una racchia, ma la figlia per ora è scopabile. Però lo sai, se la mamma è così, le ragazze diventeranno ciccione come lei, è ovvio».

Emma afferrò il piccone, strappandolo di mano ad Apollo. «Ora basta», disse.

Colpì Kinder Garten usando il piccone come una mazza, senza puntargli contro le estremità metalliche. Non lo fece per gentilezza, ma solo perché l'attrezzo si era rivelato più pesante di quanto credesse. Lo colpì alla spalla, proiettandolo a terra insieme alla sedia. Il sangue che era colato sulla seduta andò a formare una pozza sul pavimento. Sembrava che ci fosse caduto un barattolo di marmellata di lamponi. Le cuffie furono sbalzate dalla sua testa. L'uomo guaì come un cagnolino. Alzò gli occhi e vide Emma con Apollo dietro di lei.

«Cazzo». Non si mosse. Sul lato destro del maglione aveva una chiazza di sangue secco.

Emma si rese conto dell'errore di valutazione e girò il piccone in modo da puntargli contro l'estremità appuntita. Si inarcò all'indietro e sollevò l'attrezzo.

«No, no, no!», gridò l'uomo. «Posso aiutarvi».

La punta gli trapassò il colletto della camicia, e si piantò poco sopra la clavicola. Ora Kinder Garten squittiva come un pipistrello sbattendo selvaggiamente le gambe. Apollo trasalì, ricordando gli ultimi momenti di Jorgen. Emma premette un piede contro il torace dell'uomo ed estrasse la punta del piccone dal pavimento.

Kinder Garten roteò gli occhi e individuò Apollo. «Ti prego, tieni a bada tua moglie», supplicò.

Per tutta risposta Emma lo colpì di nuovo, stavolta al petto, e la punta si conficcò per due centimetri e mezzo nel grande pettorale. «Non supplicare lui. Supplica me».

L'uomo annuì. Tentò di alzare le braccia e unire le mani a mo' di preghiera, ma tremavano troppo. Inoltre la punta del piccone conficcata nel torace non gli era certo d'aiuto.

«Ti prego. Lo so che vi ho fatto del male, ma non ammazzatemi». Ansimò. «Ho anch'io una figlia che ha appena perso sua madre».

Emma spostò il piede sulla clavicola, e mentre lo teneva premuto facendolo soffocare e ululare di dolore, dava degli strattoni al piccone per tirarlo via. Infine ci riuscì, e dalla ferita sgorgò sangue.

Apollo le toccò il braccio. «Non immaginavo che lo avresti fatto».

«Neanch'io».

Apollo fece per riprendersi l'attrezzo, ma lei non glielo cedette. Non volle insistere, si limitò a chinarsi sul ferito. «Tuo padre è morto», disse per ferirlo di più.

«Lo so. L'ho visto».

«E l'hai lasciato dov'era?».

Kinder Garten si premette la mano sulla seconda ferita, la più grande.

«Erano mesi che minacciava di suicidarsi. Sono salito per cercare qualcosa da mangiare e l'ho trovato sul pavimento. Ho solo pensato che alla fine ce l'aveva fatta». Espirò. «Per dirla tutta è stato un sollievo».

Apollo perse quasi l'equilibrio.

Persino Emma sembrava scioccata. «Accidenti», commentò.

«Prima o poi avrei chiamato la polizia, ma mi trovavo

nel bel mezzo di un'operazione quaggiù... e ho continuato, tanto lui mica poteva scappare, giusto?».

«Allora perché hai lasciato la porta aperta?», chiese Emma.

L'uomo cercò di alzarsi. «Sono entrato dal retro. La porta principale era aperta? Lui l'avrebbe aperta solo per avvisarmi... che voi eravate qui. L'avete ucciso voi?», chiese con un sussurro.

Apollo guardò Emma e poi Kinder Garten. «Sì».

«Allora... grazie».

Prima di rendersi conto di quello che stava per fare, Apollo infilò un dito nella ferita. Kinder Garten schizzò a sedere. Il dolore l'avrebbe fatto saltare in piedi se Emma non gli fosse salita sulla caviglia.

«Ha cercato di proteggerti», disse Apollo.

Kinder Garten sospirò. «Sai cosa c'è di più brutto che essere abbandonati? Crescere con un uomo come lui».

«Si è comportato come qualsiasi bravo padre».

«Mi sembra di sentir parlare lui!», gridò Kinder Garten. «Un bravo padre protegge i propri figli. Se quell'idiota avesse messo da parte qualche soldo, se avesse pensato al futuro invece di dare per scontato che avremmo avuto di che vivere, non sarei stato costretto a fare quello che ho fatto». Per un istante gli mancò il fiato. «Non sarebbe stato necessario il sacrificio supremo», concluse.

Intanto sullo schermo dell'iPad scorrevano decine di foto dello stesso bebè scattate in momenti diversi nell'arco dei primi sei mesi di vita.

«Quello che non capisco è perché nessuno di voi l'abbia mai ammazzato», disse Emma.

«Non è possibile ammazzarlo. Ovvio, no?».

«Perché?».

Kinder Garten scosse la testa. «Non capisci. Non ti biasimo, però. Non sei cresciuta... come noi. Non possiamo cambiare la storia, possiamo solo tentare di sfruttare al meglio ciò che abbiamo ricevuto in eredità. Ecco cosa ho fatto».

«E hai dovuto rapire mio figlio?». Emma premette il piede sulla sua caviglia.

Alzò una mano a implorare pietà. «È vivo. Avete capito? Vi dico che è vivo».

«Come lo sai?», chiese Apollo.

Indicò il computer con il mento. «Portatemi lì e ve lo faccio vedere».

Emma alzò il piede dalla sua caviglia, mentre Apollo gli afferrava il braccio per tirarlo in piedi. Il gesto fu brusco e gli fece male, ma né Apollo né Emma se ne curarono.

«Perché fa così caldo?», chiese alzando lo sguardo al soffitto. Dalle travi cominciava a filtrare del fumo.

«Ti abbiamo incendiato la casa», rispose Emma.

Kinder Garten regolò la sedia con una certa difficoltà, come se non avesse più forza nel braccio destro, che sembrava ciondolargli dalla spalla come slogato. La ferita al torace continuava a sanguinare. Si toccò le costole, dove c'era una grossa chiazza di sangue secco, una vecchia ferita.

Sullo schermo si vedeva la famiglia a tavola. Facevano colazione, beatamente inconsapevoli dell'avvoltoio nella stanza.

Disattivò la telecamera del portatile nella cucina di Charleston. Gli uomini che fino ad allora avevano guardato la scena della colazione rimasero a bocca aperta: ora sui loro schermi appariva la diretta dal seminterrato di casa Knudsen. Otto sconosciuti si avvicinarono al proprio schermo con espressione attonita: videro Kinder Garten ferito e sanguinante, in compagnia di due persone. Erano preoccupati per il loro amico o trovavano ancora più interessante quel nuovo spettacolo?

«Adesso attiverò il soggetto zero», disse, come se parlasse con gli spettatori invece che con le due persone accanto a lui. Forse trovava più facile continuare a pensare al bambino con il nome in codice piuttosto che con il suo vero nome.

«Brian», disse Apollo.

Annuì debolmente. Lo schermo centrale diventò nero tranne che per una serie di cifre in basso a destra.

«Non vedo niente», disse Emma.

«Ora muovo la telecamera».

Premette due tasti e la telecamera ruotò facendo una panoramica. Apollo capì che si trattava di un luogo sotterraneo, con pareti di terra mista a pietre.

«È la caverna. Hai piazzato una telecamera nella caverna», disse Apollo.

«Te l'ho detto. Puoi solo sfruttare al meglio quello che hai ricevuto in eredità».

«E quindi cosa avresti fatto?», chiese Emma, sporgendosi e strizzando gli occhi per vedere meglio l'immagine sfocata.

«Ho monetizzato», rispose palesemente orgoglioso. «Mio padre ha fatto il suo dovere gratis, ma in origine non funzionava così. Il patto era che i maschi della famiglia Knudsen compissero il sacrificio supremo, e la contropartita era la prosperità economica. Mio padre non ha compiuto il sacrificio, perciò non ha avuto nessuna ricompensa. È riuscito soltanto a tenere buono il troll, ma questo non mi ha certo aiutato a pagare il mutuo.

Perciò ho sparso la voce su certi forum dedicati. Gli utenti pagano un abbonamento mensile per collegarsi quando vogliono e guardare cosa succede nella vostra vita, ventiquattro ore su ventiquattro. Vedono tutto. Se la gente mettesse un pezzetto di nastro isolante sulla telecamera del computer, noi non vedremmo un bel niente. Basterebbe un'inezia come quella, ma la maggior parte delle persone non riesce a vedere a un palmo dal naso. *In Apple we trust*. I miei abbonati vogliono qualcosa di speciale, una sorpresa, un mistero, ciò che non hanno mai visto. Il valore aggiunto sta proprio lì, anzi è il valore assoluto. Ancora non ho molti utenti, ma penso che la voce si spargerà. Il soggetto zero è la mia versione beta del servizio. In seguito vorrei organizzarmi per ricevere i pagamenti in bitcoin, sono più difficili da tracciare».

Si appoggiò allo schienale, esausto.

«In realtà c'è molto margine di miglioramento. Là sotto c'è soltanto una telecamera perché non ho avuto tempo per installarne un'altra. La vorrei con obiettivo da 35 millimetri, pieno formato e sensore CMOS per video HD, così potrei vedere proprio tutto. Naturalmente l'evento clou è il pasto finale, e i miei abbonati aspettano solo quello. La pubblicità che ho fatto riguarda quello».

Guardò entrambi e sorrise. L'eccitazione e l'aspettativa per la sua promettente start up agiva su di lui come un potente antidolorifico.

«Quindi hai promesso a quelle persone che avrebbero assistito allo spettacolo di un troll che divora nostro figlio», disse Apollo.

L'allegria svanì dalla sua faccia. «Mi spiace. Negli anni passati ci metteva di meno ad arrivare al punto. Cerca di allevare i bambini, ma proprio non ci riesce. Tenta di nutrirli, ma gli dà da mangiare della roba non commestibile. A volte non si rende conto della forza che ha. Con Brian, però, è diverso. Non capisco perché».

«Perché qualcuno lo protegge», replicò Apollo lanciando un'occhiata a Emma, che non aveva mai staccato lo sguardo dallo schermo.

Kinder Garten guardò nuovamente il soffitto. Era impossibile non notare il fumo nero che infilandosi tra le assi del pavimento continuava ad accumularsi lassù.

Alzò il braccio sano. «Ve lo faccio vedere! Ho la prova che sta bene. Ho delle foto di vostro figlio». Prese l'iPad, digitò il codice di sblocco e si mise a cercarle. «Vedrete», borbottò.

Aprì l'album e fece scorrere le foto.

«Vedrete».

Ma non ebbe il tempo di trovare l'immagine. Emma fece un passo indietro, alzò il piccone e sferrò un colpo laterale – con una mira migliore rispetto a prima – piantandogli la punta nel cranio, poco sopra l'orecchio sinistro.

Il colpo lo fece cadere trascinando la sedia, ma stavolta l'impatto con il pavimento fu così forte che il piccone fu espulso dal cranio portando con sé un frammento di osso. Kinder Garten si dimenava sul pavimento perdendo fiumi di sangue da un lato della testa.

Apollo ed Emma l'osservavano a qualche passo di distanza. Si vedeva il cervello. Sembrava la carne di un animale selvatico schiacciato da un'auto, e pulsava con i battiti del cuore. Per un momento parve entrare in uno stato di shock, poi volse gli occhi verso Apollo.

Sanguinava, ansimava e gridava. Ma nonostante le fiamme si levassero ormai alte nella casa, e si sentisse la sirena dei pompieri sempre più forte, e avessero ancora una rampa di scale da salire per scappare, Apollo ed Emma non riuscivano a muoversi.

Il sangue aveva formato una pozza, aveva raggiunto l'iPad, e cominciava bagnare le suole delle loro scarpe. Gli occhi di Kinder Garten si girarono all'insù e mostrarono il bianco.

La sua mano colpì il pavimento tre volte, poi rimase immobile.

99

Apollo si chinò e raccolse l'iPad senza perdere di vista il cadavere, i cui occhi fissavano il soffitto. La custodia era inzuppata di sangue, ma quando la sfilò il tablet risultò pulito. Intanto sui monitor gli spettatori erano rimasti in cinque e osservavano la scena nel seminterrato con espressione catatonica. Si stavano forse chiedendo come sarebbe andato a finire lo spettacolo? Spinse i due monitor laterali giù dalla scrivania: caddero sul pavimento e finirono in pezzi.

Fu sopraffatto dalla curiosità. Doveva verificare una cosa. Alzarono la felpa che indossava Kinder Garten per esporre il fianco destro.

«Cal deve averlo colpito almeno una volta», disse Apollo. Ma la ferita non sembrava causata da un proiettile: infatti c'erano tre lunghi squarci paralleli da cui ciondolava la pelle.

«E brava Cal», commentò Emma.

Ormai il calore che proveniva dal pianoterra li faceva sudare. Il fumo aumentava, e a breve avrebbe invaso la stanza. Il crepitio del legno divorato dalle fiamme copriva ogni altro rumore.

Il calore era opprimente, le travi del soffitto erano completamente nascoste dietro una cortina di fumo. Emma e Apollo si coprirono la bocca. Si udivano le sirene dei pompieri. Ormai tutto il vicinato era per strada, perciò fuggire dal vialetto non rappresentava più un'opzione.

Esaminarono l'ambiente. La lavatrice – un vecchio modello di colore blu – e l'asciugatrice stavano su un lato; c'era un armadietto con una scopa spelacchiata e due rastrelli consunti, un badile con il manico scheggiato e dei guanti da giardinaggio laceri.

Poiché il seminterrato non era mai stato finito, mancava il controsoffitto, e il tavolato del pavimento rimaneva esposto, così come le tubature che dalla cucina e dai bagni arrivavano alla caldaia, posta in un angolo distante da tutto il resto. Quel grosso cilindro di metallo sembrava un missile da cui uscivano dei tubi che si infilavano nel soffitto.

«Perché i Knudsen avevano tutte quelle stufette se quaggiù c'era una caldaia gigante?», chiese Apollo fissando l'apparecchio.

«I tubi sono scollegati. Tutti quanti», rispose Emma indicando il soffitto.

Il sangue entrò nel loro campo visivo. Seguiva l'inclinazione appena accennata del pavimento e si era trasformato in un affluente in cerca del canale in cui riversarsi. Scorreva verso di loro, e per un istante Apollo ebbe l'impressione che li cercasse attivamente. Invece raggiunse la caldaia e scomparve sotto di essa. Si avvicinarono incuriositi e udirono un ticchettio di gocce che cadevano.

Apollo posò l'iPad. Si misero di lato alla caldaia e la spinsero insieme nel tentativo di rovesciarla come avrebbero fatto con un frigorifero o un orologio a pendolo. Alla seconda spinta cadde a terra con gran fracasso, scoprendo un grosso buco nel cemento. Il sangue di Kinder Garten si perdeva nell'oscurità di quella voragine. Era una cavità irregolare, risultato di lunghi scavi notturni, certamente non recenti.

Non si capiva quanto fosse profondo, quanto sarebbe stato pericoloso caderci dentro. Intanto, per strada, i pompieri gridavano. Le assi del pavimento del pianoterra erano ormai carbonizzate.

Emma si sedette sul bordo e fece per calarsi dentro, ma Apollo la bloccò.

«Aspetta. Ci serve ancora una cosa». Prese il cellulare e lo accese.

«Ti metti a fare una cazzo di telefonata proprio ora?».

Apollo prese anche l'iPad e passò in rassegna le app.

Patrice rispose. «Allora sei vivo», disse. Sembrava sollevato. «Stamani è passata tua madre. Ti cercava, è parecchio preoccupata. L'hai chiamata? Dice che avevi una voce tremenda».

«Patrice, stai zitto per favore. Poi non potrò più chiamarti».

«Dimmi».

«La tua app Daylight, c'è sull'App Store?».

«Lo sai, il difetto principale è che puoi usarla solo una volta perché prosciuga la carica del cellulare».

Emma era seduta sul bordo della botola, come un nuotatore in attesa di tuffarsi dal pontile.

«Mi serve», disse Apollo.

Patrice sospirò. «È disponibile al prezzo di tre dollari e novantanove, ma posso renderla gratuita, così la scarichi subito».

Quelle parole gli fecero venire in mente un'idea che pur in mezzo all'emergenza gli strappò una risata. «Sì, cambiagli il prezzo. Esiste un prezzo massimo applicabile?».

«Il massimo che posso chiedere sull'App Store è novecentonovantanove dollari e novantanove centesimi, ma posso facilmente aggirare il limite».

«Potresti farlo adesso?».

«Be', certo che posso. Sono Patrice, no? Quanto vorresti pagare?».

«Settantamila dollari».

La risata all'altro capo della linea fu così fragorosa che persino Emma la sentì.

Quando aprì la pagina dell'App Store il prezzo era già aggiornato. Cliccò acquista. Si accovacciò accanto a Emma e guardarono insieme la barra di avanzamento del download.

«Ma che senso ha scaricarla se possiamo usarla solo una volta? La foresta è a quasi un chilometro da qui».

«Il vecchio mi ha raccontato una fiaba. Sai cosa uccide i troll?».

«La luce del sole».

Udirono un boato sopra la loro testa, forse era crollata una parete. Presto il primo piano sarebbe collassato sul pianoterra, spingendo quest'ultimo sul seminterrato.

Emma lanciò un'occhiata in direzione delle scale, ormai invisibili dietro una cortina di fumo nero.

Strinse la mano di Apollo, che l'aiutò a calarsi nel buco. Era meno profondo di quanto avessero temuto. Apollo le passò l'iPad. La stirpe dei Knudsen, dopo secoli di servizi resi al mostro, era giunta al termine. Entro quella sera non sarebbe rimasto di loro altro che legno e ossa carbonizzati.

8
Nel paese del mostro selvaggio

100

Apollo si aspettava che Emma facesse un incantesimo. Scese insieme a lei in un cunicolo largo appena per una persona, con le pareti di terra compattata. Davanti a loro un lungo budello nero, sopra di loro una casa in fiamme.

Stavano uno di fronte all'altra, petto contro petto, ma le tenebre erano talmente fitte che non le vedeva la faccia. I suoi occhi non si erano ancora adattati all'oscurità. Avrebbe voluto toccarle le guance o il naso per essere sicuro che fosse veramente lei.

«Cosa stai aspettando?», chiese Emma.

«Aspetto la tua luce».

«Non hai detto che possiamo usarla solo una volta?», rispose lei dandogli un colpetto con l'iPad.

«No, parlo di quella che ti aleggiava intorno quando eravamo nel bosco. Come un alone».

Emma rimase in silenzio. Chissà che espressione aveva sul viso.

«Riuscivi a controllare i sogni di Jorgen», disse Apollo esasperato e disperato. «Comandavi agli alberi di spostarsi al tuo passaggio. Non dirmi che non sai di cosa parlo!».

«Non dico che non so di cosa parli. Dico solo che ero nella foresta e cercavo di sopravvivere, di far sopravvivere Brian e di tenere sotto controllo Jorgen, giorno e notte, e lo sforzo mi stava uccidendo. Hai visto com'ero ridotta, no? Riuscivo a farlo non perché avevo i superpoteri ma perché non avevo scelta. Dovevo farcela da sola e l'ho fatto. Ma ora non sono più sola, almeno lo spero. In due possiamo essere più forti, ma significa che devi aiutarmi. Puoi farlo? Lo farai?».

Apollo annuì. Procedettero.

Il cunicolo si restrinse, improvvisamente il soffitto si fece più basso. Dovettero camminare a testa china. Sembrava di trovarsi in un imbuto, nello scivolo di una carbonaia, o di un mattatoio.

«Non essere arrabbiato con mia sorella, ti prego», sussurrò Emma.

«Come mai ci pensi adesso?».

Benché sussurrassero, la loro voce sembrava più sonora in quell'ambiente.

«Potrà sembrarti ridicolo, ma per me è importante».

«Kim mi ha mentito. Le ho dato un assegno e lei l'ha preso senza fiatare».

Apollo si fermò. Emma era dietro di lui, ma ora riusciva a intravederne la sagoma nell'oscurità.

«Come ha potuto crederti? Cos'hai detto per convincerla?».

«In realtà non mi ha creduto. Ma è mia sorella. E non ti ha tradito, ha soltanto cercato di proteggermi».

Il cunicolo sboccò in una sorta di vasto anfiteatro scavato nella terra, una sequenza di gradoni che conducevano a uno spiazzo di terra battuta. Kinder Garten aveva mostrato loro la telecamera. Gli spettatori stavano ancora guardando?

Scesero un gradino dopo l'altro. Le proporzioni erano quelle di una normale scalinata. Apollo sentiva lo sguardo di Emma come se fosse il tocco di una mano. Provò il desiderio fortissimo di raccontarle di Brian West, del sogno che non era un sogno bensì un ricordo. Kinder Garten aveva creduto di agire per il bene della propria famiglia, si era aggrappato alla convinzione che il suo fosse un atto d'amore, e invece era qualcosa di orribile. E cosa aveva provato Brian West mentre gettava il suo unico figlio in una vasca piena d'acqua bollente per affogarlo? Benché andasse contro ogni verosimiglianza, doveva aver creduto di agire per amore. Quando Apollo si era infuriato con Emma, quando era diventato crudele con lei, come si era giustificato di fronte a se stesso? Aveva cercato di concentrarsi su Brian, voleva essere il padre che lui stesso non aveva avuto. Fino a che punto possiamo arrivare nella convinzione di agire per il bene?

Rivolse lo sguardo verso l'alto. Oltre mezzo metro dal proprio naso non si vedeva più nulla, e in una cavità sotterranea così ampia l'effetto delle tenebre era destabilizzante. Per il momento Apollo ed Emma si sentivano quasi ciechi e indifesi. Avrebbero potuto trovarsi davanti un carro armato che gli puntava contro il cannone e non se ne sarebbero accorti finché non avesse fatto fuoco. Procedevano a tentoni, a passettini, con le ginocchia leggermente piegate come a parare un colpo che sarebbe sicuramente arrivato. Con questo assetto raggiunsero la parete di fondo dell'anfiteatro e da lì si spostarono rasenti alla roccia, in preda alle vertigini sia per il buio sia per il suono ritmato, quasi ipnotico, dei loro passi sul terreno smosso.

Apollo andò a sbattere contro un oggetto. Lo colpì con il piede generando un tonfo sordo. Emma si mise in ginocchio.

Era una grossa scatola grigia di polistirolo.

Con il coperchio.

Lo aprirono. Volevano fare meno rumore possibile, ma ansimavano come cani trafelati.

La scatola conteneva un corpicino steso sul fianco. Nudo.

Rimasero in attesa, in ascolto, e infine lo sentirono, debole ma regolare: il bambino respirava. Ora che non c'era il coperchio il respiro echeggiava per la caverna. Per lo shock, Emma fece un singhiozzo che sembrò un conato di vomito. Lasciò cadere l'iPad e prese il bambino, adagiato su uno strato di foglie secche e terra.

Eccolo. Brian dormiva ed era bellissimo.

Sembrava grande per la sua età... ma non aveva più sei mesi. Ne aveva dieci.

Al contatto delle mani che lo stringevano e lo alzavano si svegliò. La sua pelle era fredda. Il respiro regolare si interruppe e un gorgoglio sommesso e prolungato gli sfuggì dalle labbra. Le palpebre si aprirono con un palpito. Emma si chinò su di lui per vederlo meglio. Brian sbadigliò e strizzò gli occhi.

Eppure, nonostante il bambino si fosse svegliato, l'eco del respiro si udiva ancora, regolare e profondo. Non era un'eco, ma il respiro sincronizzato di un'altra creatura. Infine anche quel respiro si interruppe, sostituito da un brontolio basso, simile al rumore che fa una palla da bowling che rotola sulla pista di legno.

Avevano immaginato che la scatola si trovasse a ridosso della parete, ma ora la parete si stava muovendo, ruotava come un alligatore che morde la preda sott'acqua. Apollo ed Emma erano ancora in ginocchio quando nel buio si aprì un occhio grande come il coperchio di un tombino.

Jotunn.

Trolde.

Il troll.

101

Dal buco nella parete uscì un fiato caldo e umido che puzzava di terra. Nell'aria fredda della caverna, quell'esalazione diventò una nebbia che invase l'ambiente. Apollo ed Emma caddero all'indietro e si ritrovarono seduti. Emma tenne ben stretto Brian che si agitava ma non poteva più sfuggirle.

Dal buco emerse una forma indistinta nella nebbia e nell'oscurità. Le sue dimensioni però erano inequivocabili. Un braccio grosso come un tronco spazzò l'aria sopra di loro. Emma cercò di scappare, inciampò. Apollo si sentiva come se avesse aperto lui stesso la porta al mostro.

L'anfiteatro fu invaso da un'altra nube di fiato umido. Il braccio rimase sospeso per un istante a mezz'aria, poi l'estremità tremò e il pugno enorme si aprì rivelando un numero imprecisato di dita. Nella nebbia era impossibile capire. Sentì l'odore del mostro, simile a latte putrido, e fu sul punto di vomitare. Guardò a sinistra, ma Emma e Brian non c'erano più. Almeno quello era un sollievo.

Le unghie della mano deforme erano smisurate. Il troll batté la mano a terra, schiacciando la scatola con il pollice. Se Brian fosse rimasto là dentro lo avrebbe trafitto. Emma lanciò un grido, e Brian tese la mano per toccarle il mento.

Il troll conficcò le unghie nel terreno e uscì dal buco

dove aveva dormito fino a quel momento. Si drizzò in piedi, srotolandosi come una vela sul pennone, e spalancò la bocca per il terzo respiro, che fu più profondo degli altri. La nebbia avvolse di nuovo Apollo. La bestia sbuffò dalle narici per due volte e Apollo sentì l'umido di quel fiato imperlargli la testa e la fronte come goccioline di rugiada. Non riusciva a muoversi, ma la cosa più brutta era quella sensazione simile alla nostalgia che lo stava travolgendo. Inorridì di fronte all'istinto che lo spingeva a gridare il nome Brian West.

Il troll estrasse gli artigli dal terreno. Diede una zampata alla scatola e la fece ruzzolare mezzo metro più in là. Foglie secche e terriccio si sparsero in giro. Apollo si coprì gli occhi con il braccio. La scatola si schiantò a terra con un tonfo sordo che echeggiò nella caverna, mentre il troll già si gettava in avanti con le gambe tozze, scimmiesco nell'atto di chinarsi per annusare il terreno intorno alla scatola.

Dov'era Emma? Nel muoversi, Apollo strisciò la scarpa sul terreno, e forse il rumore risultò troppo forte solo perché non ce n'erano altri che lo coprissero… fatto sta che la bestia lo individuò prima che potesse fare un passo.

Non aveva vie di fuga, non era possibile nascondersi. Con due falcate il troll fu su di lui. Ora, se Apollo avesse allungato la mano lo avrebbe toccato. La bestia aveva la pelle verdastra coperta di foglie secche e grumi di terriccio. Da tutto il corpo sporgevano ossicini – di scoiattoli e uccelli – come aghi da un puntaspilli. Sbuffava e ansimava sulla faccia di Apollo, che resisteva strenuamente ai conati di vomito. I suoi occhi erano enormi dischi biancastri: era praticamente cieco, per questo si affidava all'olfatto per individuare le prede. Aveva le narici infossate come quelle dei pipistrelli.

Annusò l'aria intorno ad Apollo e annusò ancora. Infine nella sua faccia apparve uno squarcio, da qualche parte sotto il naso, e mostrò i denti, grossi e frastagliati come le unghie. Ma non si avventò contro Apollo; sbadigliò rilasciando l'ennesima ondata di nebbia fetida. Nel momento in cui chiuse gli occhi, Apollo sentì un rumore debolissimo di acqua che scorreva, forse era soltanto un'impressione. La bestia annusò ancora una volta, poi si allontanò.

Cosa mi ha salvato?, si chiese Apollo.

Adesso che il troll si era spostato, Apollo poté vedere com'era il suo giaciglio. Scoprì che non si trattava di una nicchia ma dell'imboccatura di un tunnel, al cui fondo l'oscurità era diversa rispetto a quella nella caverna. Era un chiaro di luna. Laggiù, oltre quei sassolini sul pendio, c'erano il parco, il bosco, il mondo esterno. La via di fuga si trovava a una quindicina di metri.

Il troll stritolò la scatola con la mano. Si girò da una parte, poi dall'altra. Spalancò la bocca, prese aria e gonfiò la pancia. Il mugghio che uscì dalle sue fauci era l'eco di un incubo antico di secoli. Intanto Emma cercava l'imboccatura del cunicolo da cui erano arrivati. Certo la casa di Jorgen era in fiamme, ma se non altro l'incendio non le stava dando la caccia come quel maledetto mostro. Non riusciva a pensare con lucidità; quella era l'idea migliore in quella situazione. L'ululato – potente come una sirena da nebbia – buttò a terra sia lei che Apollo. A mezzo metro dal punto in cui era caduta c'era il tablet.

Ma il mugghio che aveva rintronato loro due non scompose minimamente il piccolo Brian. Emma lo lasciò andare per afferrare l'iPad; del resto il piccolo cercava in ogni modo di divincolarsi. Ruzzolò sulla terra smossa, poi fece una cosa sconvolgente, che né Apollo né Emma avevano mai visto.

Camminò.

E dove lo portavano i suoi passi?
Verso il troll.
Mosse soltanto tre passi a braccia tese nel buio, ma furono sufficienti a ferire profondamente Emma. Cosa doveva fare? Rincorrerlo? Esisteva una strategia migliore? Sbloccò l'iPad, e la luce dello schermo le illuminò il viso.
Il troll percepì la variazione di luminosità e si voltò dalla sua parte. Anche Brian si voltò, coprendosi gli occhi con il braccio perché non era abituato alla luce. Lanciò un gridolino d'angoscia. Il primo pensiero di Emma e Apollo fu per la somiglianza tra quel grido e il mugghio della bestia, ma era un pensiero troppo doloroso da contemplare. Emma non si fece distrarre, continuò a digitare sul tablet. Trovò l'app e rivolse lo schermo verso i presenti. Si mise in piedi e tenne sollevato l'iPad nella speranza di non ferire gli occhi di Brian con la luce che ne sarebbe scaturita. Toccò l'icona e la caverna fu inondata di luce.
Brian lanciò uno strillo animalesco e cadde a faccia in giù, contorcendosi in preda al dolore come se la sua non fosse semplicemente una reazione di sorpresa. Il troll vacillò, piegandosi all'indietro con un altro mugghio potente.
Ma non divenne di pietra.
Quella cavolo di app non era la salvezza che avevano sperato. Tra un istante la bestia avrebbe ritrovato l'equilibrio e si sarebbe avventata su di loro. Serviva un'altra soluzione.
Emma corse verso il centro dell'anfiteatro. «È l'alba!», gridò.
Apollo colse immediatamente il significato delle sue parole. Se il troll temeva la luce del sole, l'avrebbe evitata a ogni costo; se fosse riuscito a condurlo fuori dalla caverna, anche Emma e Brian sarebbero riusciti a mettersi in salvo. Scattò di corsa verso il tunnel gridando. «È l'alba!».
Il troll fu scosso da un tremito. Era confuso: prima girò

la testa verso l'origine del grido, poi guardò verso il soffitto, spazzando l'aria con il braccio come per scansare una minaccia.

«È l'alba!», ripeté Apollo, la sua voce sempre più fievole man mano che si avvicinava all'uscita.

La bestia continuava a girarsi di qua e di là, incerta, confusa. La batteria dell'iPad era quasi esaurita, ma per il momento la luce che emetteva era brillante come una stella. Apollo uscì dal tunnel.

Infine il troll decise di seguirlo, ma fu distratto da un odore. Annusò l'aria. Allungò un braccio possente dietro di sé e trovò il corpo di un bambino. Lo afferrò, lo portò alla bocca e così, in un solo boccone, inghiottì il piccolo Brian Kagwa.

102

Apollo si arrampicò sul cumulo di ossa. Uscito dalla caverna e dall'aria viziata che vi stagnava, sentiva chiaramente il proprio odore: un misto di alcol speziato e benzina. Il Brennivín che si era versato addosso era molto persistente, e forse proprio all'odore di alcol, che copriva quello della sua pelle, doveva la salvezza. Una salvezza temporanea, perché il troll l'avrebbe raggiunto in men che non si dica... e poi cosa sarebbe accaduto?

Perché ti ho raccontato quella storia? Cosa volevo farti ascoltare?

La voce di Jorgen risuonò assordante nella sua testa, tanto che gli parve di sentirne l'eco nel bosco. Erano parole talmente sorprendenti e inattese che Apollo non ne afferrò subito il vero significato. Non ne ebbe il tempo, perché dal tunnel si udì un rombo, un ruggito prolungato, e subito dopo ne uscì un braccio teso, la mano aperta, le unghie ad artiglio che calarono sulle pietre – le ossa dei bambini – e le fecero esplodere in aria. Ora la bestia era uscita e si ergeva in tutta la sua altezza, come una casa di tre piani.

Giunto in cima Apollo si chiese se sarebbe mai riuscito a sconfiggere quel gigante.

Perché ti ho raccontato quella storia? Cosa volevo farti ascoltare?

Goffo e pesante, il troll iniziò ad arrampicarsi sul cumulo. I suoi movimenti erano talmente scoordinati che Apollo si chiese se non fosse ferito. Emma era forse riuscita a colpirlo? Tossiva, farfugliava, come se avesse qualcosa incastrato in gola.

Apollo arretrò di tre passi. Dove poteva andare adesso? Attorno a lui c'era la foresta e, nonostante il mondo moderno cominciasse a meno di un chilometro dalla cava, era come trovarsi nella Foresta Nera agli albori dell'anno Mille.

Lo scintillio di un oggetto metallico catturò la sua attenzione. Era il coperchio del vassoio, là dove lo avevano lasciato la notte prima. Se il coperchio era ancora lì, allora la testa di pecora non doveva essere lontana.

Perché ti ho raccontato quella storia? Cosa volevo farti ascoltare?

E infatti la trovò alzando il coperchio. Sembrava fissarlo con l'occhio rimasto. La raccolse e la tenne sul palmo della mano come a esibirla, mentre con l'altra mano teneva il coperchio. Se il troll non sentiva il suo odore perché era mascherato dal Brennivín, quello della carne bollita non gli sarebbe sfuggito; anzi, l'avrebbe attirato.

La bestia tese il collo come un segugio che fiuta la pista. Rimase immobile per un istante, poi annusò di nuovo l'aria. Tossì e gorgogliò. Apollo continuava a tenere la testa di pecora tesa davanti a sé senza distogliere lo sguardo dalla bestia, che annusò l'aria per la seconda volta e strizzò gli enormi occhi chinando la testa per tendere l'orecchio.

«Sono qui, maledetto troll!», gridò Apollo. «Sei troppo stupido per acchiapparmi!». Detto ciò prese a correre tenendo ben alta la testa di pecora e il coperchio. Come aveva fatto Askeladden nella fiaba corse tra gli alberi inoltrandosi nella foresta, con il troll alle calcagna.

Fuggiva come un coniglio selvatico, infilandosi là dove i tronchi erano più fitti e la bestia non riusciva a passare, e rimaneva acquattato nel sottobosco, mentre il troll gli girava attorno mugghiando e stroncando rami. Ogni tanto si fermava per colpirsi la gola con la mano e liberarla da qualcosa che la irritava, poi si raddrizzava e ripartiva.

In quei momenti di pausa dall'inseguimento, Apollo sgusciava fuori dal riparo, correva verso un altro gruppo di alberi e si acquattava di nuovo, tremante di eccitazione e paura. Quel gioco a rimpiattino proseguì, senza che Apollo sentisse né freddo né fatica. Nei momenti in cui era fermo gli sembrava di udire nel vento la voce di Emma che lo chiamava, nonostante sapesse che la presenza del troll significava che Emma e Brian erano riusciti a scappare. L'idea gli dava energia e coraggio per continuare.

Rimase nascosto all'interno di un gruppo di noci hickory e ben presto vide apparire il troll. Ansimava rumorosamente e dalla bocca gli colava una bava gelatinosa verde come la sua pelle. Sputò e tossì, con un rumore di motore ingolfato. Annusò i tronchi e sbatté la testa contro uno di essi per saggiarne la resistenza. L'alba era imminente. Presto la luce del sole avrebbe trasformato il mostro in pietra e tutto sarebbe finito.

A poco meno di venti metri dal suo nascondiglio c'era la radura che aveva attraversato la notte prima mentre inseguiva Emma. Si alzò in piedi e partì di corsa. Quando ebbe raggiunto la distesa d'erba, posò a terra il coperchio con sopra la testa di pecora in modo da facilitare la diffusione dell'odore. Poi tornò di corsa nel folto, ai piedi di una quercia scarlatta provvista di rami facili da scalare. Siccome l'albero non aveva perso tutte le foglie, riuscì ad arrampicarsi senza essere visto.

«La mia testa è proprio lì, davanti a te!», gridò. «Perché non provi a spaccarmela?».

Per tutta risposta il troll non si limitò a farsi strada tra gli alberi all'estremità della radura spingendone di lato i tronchi; li sbriciolò con furia centuplicata e si avventò sulla testa di pecora con rapidità tale che sembrava volare. Si spostava a testa bassa, le fauci spalancate, i denti che aravano la terra e la neve pur di sbranare quel boccone. Quando l'ebbe raggiunto le mascelle si chiusero come una morsa, ma oltre alla carne e alle ossa incontrarono anche il coperchio. Si levò un fragore metallico così assordante che persino Apollo strinse i denti. Il troll tirò di scatto la testa all'indietro portando una mano alla bocca. Sputò il coperchio incrinato e ammaccato, mandandolo a sbattere contro un tronco.

Fu preso dalla frenesia. Si contorceva, conficcava le unghie nelle cortecce, sradicava gli alberi. Le radici sembravano vene, e lanciava i tronchi per aria, poi ne sradicava altri, perso nella propria ferocia demente. Dal ramo su cui era appollaiato, Apollo vedeva tutto, ma non poteva deridere la bestia, né sfidarla perché si sentiva minuscolo e terrorizzato. Il troll era talmente perso nel caos da lui stesso creato da non accorgersi che un tronco appena lanciato in alto gli stava piombando addosso. Lo colpì in pieno sulla testa e lo fece cadere all'indietro. Rimase ansimante e sfinito sotto il grosso tronco del noce. Intanto il cielo passava dal nero della notte al rossastro dell'alba. Scalciò, nel tentativo di sollevare il tronco e liberarsi, ma ormai aveva esaurito ogni energia.

«Apollo! Apollo!».

Scese dal nascondiglio. Era la voce di Emma, molto vicina.

Apparve tra gli alberi maciullati e uscì allo scoperto nella radura agitando le braccia in aria.

«Dov'è Brian?», gridò Apollo.

Senza esitare, Emma salì sulla pancia del troll. «Se l'è

mangiato! Ti sto rincorrendo da un po'. Ha inghiottito Brian».

Schiacciò con i piedi la pancia ansimante della bestia, che cercò di spalancare la bocca, ma riuscì soltanto a gettare la testa indietro. Dichiarava la sconfitta o esprimeva una soddisfazione maligna? La minaccia del sole si profilava all'orizzonte.

Apollo corse da Emma. Prese dalla tasca il coltello con cui aveva sgozzato Jorgen e lo affondò nella pancia del troll fino all'impugnatura e poi ancora più giù, fino al polso. La bestia riprese a scalciare. Il tronco che gli stava di traverso sul petto si mosse. Apollo tirò la lama verso l'inguine, squarciandogli il ventre.

E tirò con tutte le sue forze, finché non gli fecero male le spalle. Dal ventre aperto uscì una specie di fanghiglia verde scuro che puzzava di fogna, ma non la notò nemmeno. Né lui né Emma ci fecero caso.

Ora il troll scalciava con rinnovato vigore e mugghiava ancora più forte. Le braccia colpirono il tronco di noce finché questo non si alzò in verticale e ricadde dalla parte opposta.

Apollo individuò la membrana sierosa che avvolgeva lo stomaco, ma non osò bucarla con il coltello per timore di ferire suo figlio. Allora la aprirono a mani nude. Era come un pallone pieno di acqua calda, e ne uscì uno spruzzo di liquido giallo che bagnò loro il viso e i vestiti.

Ma non se ne accorsero quasi, perché avevano trovato loro figlio. Era in posizione fetale e si dimenava: era stato inghiottito tutto intero, perciò era ancora vivo. Insieme lo riportarono al mondo.

Brian Kagwa, l'unico bambino nato due volte.

Si lasciarono scivolare dalla pancia del mostro e si allontanarono carponi, con le ultime forze che gli erano rimaste. Il sole spuntò, e la luce del giorno – quella vera –

li inondò. Il troll fu scosso da un tremito e si irrigidì, mentre il colore verdastro della sua pelle sbiadiva. Emise un ultimo gemito che sembrava di sollievo, poi si scurì e divenne di pietra. E subito il masso si frantumò in mille pezzi: il mostro era diventato un semplice cumulo di pietre. Chiunque fosse passato di lì avrebbe visto soltanto una collinetta sassosa nel bel mezzo della Northern Forest.

Emma non indugiò oltre. Si alzò sulle gambe malferme e, stringendo Brian al seno, scappò di corsa verso il sentiero che avevano percorso la notte prima.

Apollo, invece, si soffermò davanti al cumulo. Cercò la pietra più grossa, che era stata la testa. Quelle leggere rientranze fino a pochi minuti prima erano stati i grandi occhi ciechi del mostro. Passò un dito su quei dischi di pietra e poggiò la fronte contro la superficie grigia. Così diede finalmente sepoltura a un fantasma che lo tormentava sin dall'infanzia. Ma quel funerale non era per suo padre: era l'estremo saluto alla mancanza di un padre. Che quel mostro trovasse infine l'eterno riposo.

103

Seguì le orme di Emma sulla neve. Le impronte erano più profonde rispetto all'andata perché al peso di Emma si era aggiunto quello del figlio che portava in braccio. La trovò che procedeva a passo lento, china in avanti. Teneva il bambino nel parka da uomo che avevano recuperato nell'armadio di Jorgen. Aveva dato una ripulita sommaria alla faccia di Brian, tralasciando i capelli, che erano rimasti incrostati di fanghiglia verdastra. Ma lei stessa e Apollo erano ben più sudici.

Brian Kagwa aveva dieci mesi e guardava il cielo e i rami spogli strizzando gli occhi. Non sembrava avesse paura, né che fosse ferito, e neppure traumatizzato. Anzi, la luce del giorno scioglieva il suo ghiaccio interiore. Padre, madre e figlio camminavano in silenzio. Brian non si muoveva, ma il suo sguardo passava da un albero all'altro con rapidità, e quando un uccello cinguettava o gracchiava, lui muoveva le labbra come se volesse rispondergli.

Uscirono dal bosco e attraversarono lo spiazzo della giostra e l'arena George Seuffert. Ad Apollo fece una strana impressione rivedere quei luoghi: non avrebbe mai creduto di poter ripercorrere il sentiero dell'andata, men che meno di uscire vivo da quella storia. Qualche minuto di cammino e arrivarono ai servizi igienici. La porta del bagno dove aveva passato la notte non era stata riparata, solo chiusa con del nastro adesivo.

C'era l'acqua corrente, per cui poterono lavare il viso e i capelli di Brian e darsi una rapida rinfrescata generale. Apollo si accorse di aver perso il cordino rosso che portava annodato al dito. Chissà quando era successo. Forse quando aveva infilato le mani nella pancia del troll per liberare Brian? Forse ora il cordino era imprigionato in una pietra del cumulo... abbastanza improbabile e pertanto perfettamente possibile.

«Dobbiamo portarlo in ospedale», disse Apollo quando furono usciti dalle toilette. Sembravano ancora una famiglia di selvaggi, ma almeno non avevano pezzetti di viscere di troll attaccati ai denti.

Emma non rispose. Fino a quel momento non aveva distolto lo sguardo da Brian neppure una volta.

«Volevo avvertire Kim», replicò timidamente. «È ancora il medico di Brian. Sarebbe strano se ci presentassimo in ospedale conciati così. Kim saprebbe mantenere una certa discrezione».

Apollo la fissò senza rispondere, poi fece una risatina. «Be', accidenti se è brava a mantenere i segreti».

Non era ancora al corrente di un fatto, ovvero che Kim non aveva mai incassato il compenso per la sua prestazione. Anzi, qualche giorno prima era andata a casa di Apollo, aveva scritto «MI SPIACE» sulla faccia anteriore dell'assegno e l'aveva infilato nella fessura tra la porta e il pavimento.

«Qualcuno ci darà un passaggio», disse Emma indicando Woodhaven Boulevard.

Naturalmente a quell'ora erano le uniche persone per strada. La velocità delle auto al mattino presto si attestava sugli ottanta chilometri orari, e l'unica cosa che avrebbe potuto fermare i guidatori era un semaforo rosso, anche se a volte l'unico effetto apprezzabile del semaforo era farli rallentare fino a cinquanta. Nessuno avrebbe mai dato un passaggio a una famiglia, figurarsi a un trio sciamannato come loro.

Apollo non poteva chiamare il 911 perché aveva il cellulare completamente scarico. Lungo la strada non c'era neppure un telefono pubblico funzionante; taxi non se ne vedevano, né gialli né verdi, e anche i taxi locali da quelle parti erano rari. Rimaneva la possibilità di mettersi in mezzo alla strada e costringere qualcuno a fermarsi, ma chiunque conosca lo stile di guida degli abitanti del Queens non ci penserebbe nemmeno per un istante. Uccidere un troll e poi finire investito da un pirata della strada? No, grazie.

«Dobbiamo aspettare il Q11», disse Apollo.

Emma annuì e si sedette sulla panchina alla fermata dell'autobus, tenendo Brian appoggiato alla pancia. Con un gesto incerto, avvicinò un dito al viso del bambino. Brian Kagwa era l'unico essere vivente che avesse il potere di far tremare Emma Valentine. Dopo qualche esitazione, gli toccò il mento con delicatezza, facendo dei cerchi con il dito. Poi passò a toccargli le labbra.

La bocca era socchiusa. «Ha messo i dentini», sussurrò.

Vedere i primi dentini del loro bimbo fu un piacere così intenso che li fece tremare. Ma subito dopo la consapevolezza di non essere stati testimoni di quel passaggio della crescita fu una stretta al cuore. Aveva pianto mentre gli spuntavano i denti? C'era stata una presenza rassicurante accanto a lui?

Apollo infilò la mano nel parka e strinse un piedino di Brian. Le dita si mossero, e Apollo chiuse gli occhi e sorrise.

Sullo schermo delle palpebre chiuse vide sfilare i mesi e gli anni a venire: vide le lotte per insegnargli a usare il vasino; i mille risvegli ogni notte quando sarebbe stato il momento di lasciare il pannolino; i sotterfugi per fargli mangiare le verdure e per convincerlo ad andare all'asilo; la noia di fargli fare i compiti e il senso di inferiorità quando i compiti sarebbero diventati troppo complicati per loro; vide se stesso consolarlo dopo la prima vera zuffa; vide la prima volta che avrebbe preso dei soldi di nascosto, e il momento in cui se ne sarebbero accorti; vide i difetti che, da adolescente, avrebbe trovato nei genitori; quando avrebbe iniziato a considerare suo padre un fallito e quando gliel'avrebbe detto in faccia: tutto questo – e cose ben peggiori – sarebbe accaduto, grazie a Dio.

Grazie a Dio.

Grazie a Dio.

Sentì la testa che girava per la felicità. Si appoggiò a Emma e strinse anche l'altro piede di Brian. Piansero singhiozzando seduti alla fermata del bus.

Brian vide un aereo e ne seguì la scia con lo sguardo.

«È da tanto che voglio farti una domanda», disse Apollo dopo qualche minuto. «Qual era il tuo terzo desiderio?».

Per la prima volta da quando erano usciti dalla caverna, Emma guardò direttamente Apollo. «Il primo desiderio era incontrare un brav'uomo. Il secondo era avere un figlio sano».

«Sì. E poi?».

«Il terzo era vivere una vita piena di avventure».

Non tennero il conto di quanto tempo fosse passato; in ogni caso quando Emma si sporse in avanti e indicò con il mento un punto in fondo a Woodhaven Boulevard, era ancora mattina presto. Stava arrivando un bus.

Improvvisamente Apollo si rese conto che non avevano soldi. L'autista gli avrebbe reso la vita impossibile. Cosa poteva inventarsi? Erano semplicemente una famiglia che cercava di tornare a casa, ma chissà quale impressione facevano a un estraneo. Forse non sarebbero riusciti a sollecitare la compassione dell'autista.

Brian ed Emma erano rimasti per mesi alla mercé delle intemperie e dovevano quanto prima affidarsi alle cure di un medico, perciò il bus che stava arrivando era per loro una sorta di salvagente. Apollo immaginò una miriade di spiegazioni arzigogolate del perché fossero senza soldi, poi improvvisamente ricordò come la sera prima si era ritrovato proprio a quella fermata. Sì! Aveva ancora la MetroCard in tasca. La mostrò a Emma.

«Un regalo del NYPD», disse.

Il Q11 si avvicinava sfolgorante di luci. A quell'ora del mattino era l'oggetto più luminoso dell'universo, un carro del sole degno di Apollo, Emma e Brian. Il bus cominciò a rallentare e i tre si alzarono.

«E vissero per sempre felici e contenti», sussurrò Apollo.

Emma appoggiò la testa alla sua spalla. «E vissero felici, almeno per oggi».

«È abbastanza?», chiese Apollo, guardando Brian, guardando Emma.

«È tutto, amore mio».

Finito di stampare
nel mese di giugno 2019
presso Print On Web s.r.l.
Via Napoli, 85 – Isola del Liri (FR)
per conto di
Fazi Editore